全國高校古籍整理研究工作委員會重點資助項目

中國古典文學基本叢書

蔣捷詞校注

〔宋〕蔣捷　撰
楊景龍　校注

中華書局

圖書在版編目(CIP)數據

蔣捷詞校注/(宋)蔣捷撰;楊景龍校注.—北京:中華書局,2010.5(2025.1重印)

(中國古典文學基本叢書)

ISBN 978-7-101-07399-7

Ⅰ.蔣…　Ⅱ.①蔣…　②楊…　Ⅲ.宋詞-注釋　Ⅳ.I222.844

中國版本圖書館CIP數據核字(2010)第074321號

封面題簽:譚素欽
責任編輯:俞國林
責任印製:韓馨雨

中國古典文學基本叢書

蔣捷詞校注

〔宋〕蔣　捷　撰
楊景龍　校注

*

中華書局出版發行
(北京市豐臺區太平橋西里38號　100073)
http://www.zhbc.com.cn
E-mail:zhbc@zhbc.com.cn
大廠回族自治縣彩虹印刷有限公司印刷

*

850×1168毫米 1/32・13¼印張・2插頁・320千字
2010年5月第1版　2025年1月第9次印刷
印數:14501-16000册　定價:48.00元

ISBN 978-7-101-07399-7

目録

蔣捷和他的《竹山詞》（代前言）……………… 一

蔣捷詞校注卷一

賀新郎　秋曉……………………………… 一

又　約友三月旦飲………………………… 六

又　吴江…………………………………… 一一

又（夢冷黄金屋）………………………… 一四

又　兵後寓吴……………………………… 一九

沁園春　爲老人書南堂壁………………… 二三

又　次强雲卿韻…………………………… 二七

女冠子　元夕……………………………… 三三

又　競渡…………………………………… 三八

大聖樂　陶成之生日……………………… 四三

解連環　岳園牡丹………………………… 四七

永遇樂　緑陰……………………………… 五一

花心動　南塘元夕………………………… 五五

金琖子（練月縈窗）……………………… 五八

喜遷鶯　暮春……………………………… 六三

晝錦堂　荷花……………………………… 六八

水龍吟　效稼軒體招落梅之魂…………… 七二

瑞鶴仙　紅葉……七八
又　鄉城見月……八三
又　壽東軒立冬前一日……八七
又　友人買妾名雪香……九二
木蘭花慢　冰……九六
又　再賦……一〇一
珍珠簾　壽岳君選……一〇五
高陽臺　芙蓉……一〇九
又　送翠英……一一三
又　閏元宵……一一七

蔣捷詞校注卷二

春夏兩相期　壽謝令人……一二三
念奴嬌　壽薛稼堂……一二六
絳都春（春愁怎畫）……一三〇
聲聲慢　秋聲……一三五
尾犯　寒夜……一三九
滿江紅（一掬鄉心）……一四三
又（秋本無愁）……一四七
探芳信　菊……一五一
梅花引　荆溪阻雪……一五四
洞仙歌　對雨思友……一五八
又　柳……一六二
最高樓　催春……一六五
祝英臺　次韻……一六八
風入松　戲人去妾……一七三
解佩令　春……一七七
　翦梅　宿龍游朱氏樓……一八一
又　舟過吴江……一八五
糖多令　壽東軒……一八九
柳梢青　有談舊娼潘氏……一九二
阮郎歸　客中思馬迹山……一九四

金蕉葉　秋夜不寐……一九七
憶秦娥　閨悶……二〇〇
謁金門三首全闋……二〇一
菩薩蠻二首全闋……二〇二
卜算子二首全闋……二〇二
霜天曉角五首全闋……二〇三
點絳唇二首全闋……二〇三
昭君怨　賣花人……二〇三
如夢令（夜月溪篁鸞影）……二〇五
小重山（晴浦溶溶明斷霞）……二〇八
又（曾伴芳卿鏘佩環）……二一一
白苧（正春晴）……二一四
蝶戀花　風蓮……二一八

蔣捷詞校注卷三

虞美人　梳樓……二二一
又　聽雨……二二四
南鄉子（泊雁小汀洲）……二二七
又　塘門元宵……二三〇
步蟾宮　木犀……二三三
又　春景……二三六
玉樓春　桃花灣馬迹……二三九
戀繡衾（蒨金小袖花下行）……二四二
浪淘沙（人愛曉妝鮮）……二四五
又　重九……二四七
燕歸梁　風蓮……二五〇
步蟾宮　中秋……二五三
南鄉子　黃葵……二五六
行香子　舟宿蘭灣……二五九
粉蝶兒　殘春……二六二
翠羽吟　響林王君本示予越調小梅花引，俾以飛仙步虛之意爲其辭。予謂泛泛

言仙，似乎寡味，越調之曲與梅花宜，
羅浮梅花，真仙事也。演而成章，名翠
羽吟 …… 二六五
賀新郎　鄉士以狂得罪，賦此餞行 …… 二六九
又　彈琵琶者 …… 二七四
又　題後院畫像 …… 二七八
摸魚子　壽東軒 …… 二八一
沁園春　壽岳君舉 …… 二八五
喜遷鶯　金村阻風 …… 二八九
又（晴天寥廓） …… 二九二
齊天樂　元夜閲夢華録 …… 二九六
念奴嬌　夢有奏方響而舞者 …… 三〇〇
應天長　次清真韻 …… 三〇四
賀新郎　檃括杜詩 …… 三〇七
玉漏遲　壽東軒 …… 三一一
又　傅巖隱木如武林，納浴堂徐氏女子
於客樓。其歸也，亦貯之所居樓上，
而圖西湖景於樓壁 …… 三一四
高陽臺　江陰道中有懷 …… 三一七
探春令（玉窗蠅字記春寒） …… 三二一
秋夜雨　秋夜 …… 三二三
又　蔣正夫令作春夏冬各一闋，次前韻 …… 三二五
又（黲車轉急風如噎） …… 三二七
又（紅鱗不暖瓶笙噎） …… 三二九
少年游（梨邊風緊雪難晴） …… 三三一
又（楓林紅透晚煙青） …… 三三四
柳梢青　游女 …… 三三六
霜天曉角（人影窗紗） …… 三三九
附録
一、存目詞 …… 三四三
二、蔣捷詩文輯佚 …… 三四四

三、蔣捷傳記資料……………………三四七
四、蔣捷《竹山詞》題跋叙録…………三五〇
五、蔣捷《竹山詞》總評………………三五四
六、《竹山詞》歷代重要選本收録篇目……三七〇
七、《竹山詞》研究論著目録…………三七九
後記……………………………………三九一

蔣捷和他的《竹山詞》（代前言）

一、蔣捷的家世、生平、思想

南宋詞人蔣捷，在詞史上與王沂孫、周密、張炎齊名，爲「宋末四大家」之一，被劉熙載譽爲「長短句之長城」（《藝概·詞曲概》）。但《宋史》、《宋史翼》均無傳，生平事蹟不甚詳明。聯綴方志、題跋、家乘等相關資料的零星記載，可以爲蔣捷的家世、生平和思想勾畫出一個大致的輪廓。

家世：毛晉汲古閣本《竹山詞》卷首，有元湖濱散人至正乙巳歲（一三六五年）所作《題竹山詞》云：「竹山先生出義興鉅族。宋南渡後，有名璨字宣卿者（「璨」應爲「璨」），善書，仕亦通顯，子孫俊秀，所居擅溪山之勝。故先生貌不揚，長於樂府。此稿得之於唐士牧家藏本，雖無詮次，庶幾無遺逸云。」今人均據以考知蔣捷系出「義興鉅族」蔣氏，爲南宋紹興年間曾任户部侍郎、敷文閣待制、知揚州、臨安府的著名書家蔣璨的後人。關於蔣捷世系，武進蠡河橋（今稱禮河橋）《蔣氏家乘》以西周初年蔣國始封君、周公旦之子伯齡爲一世祖，東漢光武帝功臣、遭冤獄而死的蔣橫爲四十七世。橫生九子，皆流散。其八子蔣默避地陽羡滆湖東雲陽，九子蔣澄避地滆湖西函亭，是爲蔣氏遷宜興之始。後蔣橫平反，其九子皆就地封侯，蔣默封雲陽亭侯，蔣澄封函亭鄉侯。澄生五子：孟、通、休、政、元（玄），皆爲刺史，有「一門五牧」之譽。捷爲四十九世蔣休之後。蔣氏家族自東漢以下，累世官宦，名人輩出，唐時蔣乂五子伸、係、偕、仙、佶皆任州牧以上高官，與漢代宜興蔣氏「一門五牧」前後輝映，在宜興留下兩個「五牧村」的佳話。蔣伸曾爲宣宗、懿宗朝宰相，《舊唐書》卷一四三、《新唐書》卷一三二有傳。八十九世蔣堂，宋大中祥符進士，真宗時授大理寺卿，累官至樞密直學士，《宋史》卷二九八有傳，爲九十世之奇、之美兄弟的伯父。蔣璨爲之美子，之美早卒，「璨方十三，鞠於世父魏公之奇」（嘉慶《重刊宜興縣志》卷八《文苑・蔣璨傳》）。蔣之奇，《宋史》卷三四三有傳，哲宗時以平寇功除寶文閣待制，知杭州，徽宗時拜觀文殿學士。與東坡爲同年進士，嘗與定卜居陽羡之約。有文集雜著百餘卷。子瑎，孫興祖。蔣捷乃之奇子蔣瑎後人，非出蔣璨。九十三世蔣芾官居孝宗朝右相，《宋史》卷三八四有傳。至蔣捷爲九十六世。捷父惟晃，生捷、握、攝三子。捷妻佘素玉，晉陵學士佘安裕之女，生三子：長子獻明，次子偉明，三子陟明。

生平：蔣捷舉進士前，應在家鄉讀書游學。捷舉進士時間，近人胡適《詞選》、胡雲翼《宋詞選》等書據明萬曆王升纂《宜興縣志》等志書記載，定爲恭帝德祐年間（一二七五—一二七六）。《宜興縣志》卷七「進士」載捷中「德祐二年丙子龍澤榜」，卷八「隱逸」稱捷爲「宋德祐進士」。然德祐二年三月元軍已破臨安，以此知中德祐二年進士説有誤。唐圭璋《全宋詞》稱捷中度宗咸淳十年（一二七四）進士，據馬端臨《文獻通考》卷三五《宋登科記總目》，宋代末科進士爲度宗咸淳十年，狀元王龍澤，則知「龍澤榜」應在咸淳十年，唐圭璋説爲是。

隱居竹山：蔣捷中進士不久，南宋滅亡，從此開始了長期的隱居、流浪生活。宜興境内太湖之濱的竹山，在周鐵鎮沙塘港口，或稱竺山、足山。南宋亡後，蔣捷隱居於此，並取以爲號。宜興後村《周氏宗譜》中有蔣捷所撰《惠簡公譜牒後序》一文：「公爲中興名相，距今百有餘年。流風遺烈，猶有能景慕而樂道者。公殁後，朝事日非，一時元輔如韓侂胄、史彌遠、賈似道，其人接踵而起，甚於賣國之檜，不得如公者維挽於其間，國祚遂移。乃公之子孫亦稍淩夷衰微也。傳曰『君子之澤，五世而斬』，抑又有之，世臣、親臣，與國同休戚，其斯之謂歟！余遭喪亂，濱處湖濱，既與公同壤，公之孫祖儒者，好文墨，工於詞，時相過從，共抱黍離之悲。每出其家藏譜牒示余，如接公於晤語。竊又幸公雲裔濟濟，積慶未艾，不與故國山河同歸絶滅也。爲續書行輩於剩簡而復贅數言，俾後之覽者，知余掩卷而重有感云。」惠簡公即南宋周葵，《宋史》卷三八五有傳。儲大文於乾隆四年（一七三九）作《後村二修譜序》云：「宋元以前，周氏世居，大率不離羊山（即陽山）左右……先輩蔣捷隱居竹山……蓋竹山、陽山，俱濱震澤（即太湖），相距數里許，故云同壤。」這裏明確指出蔣捷隱居周鐵竹山。他與周祖儒「共抱黍離之悲」，思想投契，「時相過從」，在周鐵竹山應生活了較長一段時間。蔣捷的文章所見不多，這篇後序，指斥秦檜、賈似道等誤國權相，致慨故國絶滅，「世臣、親臣，與國同休戚」雖云周氏，也是蔣氏自道，是瞭解蔣捷思想極爲寶貴的材料。

又據志書載：清光緒六年（一八八〇），當地士紳捐款助地，「在周鐵橋北街外，興建書院。因周鐵橋東有竺山，書院在竺山之西，故名竺西書院。書院中設宋進士蔣捷（竺山先生）的神位，地方人士以時祭祀。」近年竹山腳下沙塘港村杭氏修纂宗譜，發現民國初年儲諶的《竺農杭世兄序》，文曰：「竺湖三萬六千頃，有竺山焉。宋蔣詞人卜居於此。自兹以往，鍾靈毓秀，代有名賢，迄至於今，少年英俊，聯翩鵲起，洵非偶然。竺農世兄乃其一也。」可知到清末民初，地方人士還在懷念和景仰隱居竹山的蔣捷。這些記載也可作爲蔣捷隱居竹山的佐證。其中似乎還透漏了蔣捷在竹山曾爲塾師的信息，所以他的神位才會被供於書院之中。宜興鄉賢認爲蔣捷的寓居地在竹山的福善寺，近年重修福善寺時發現了一些據説是蔣捷的遺物，且云在福善寺旁發現了曾遭盜毁、迄未修復的蔣捷墓。另外，無錫太湖邊南泉鎮（舊稱開化鄉，今謂太湖鎮）也有個竹山。清康熙年間王抱承編纂《開化鄉志》，把蔣捷歸入「儒林」，並説「本陽羨人……家竹山」。王抱承唱和明代邵寶詠竹山詩云：「勝欲先生首倡游，得名四百有餘秋。曾無修篁千竿映，剩有空明一片浮。星聚昔偏來勝友，陸沉今已盡神州。眼前風景猶然好，一一題詩在上頭。」把創游開化竹山之功歸於蔣捷，可供參考。《開化鄉志》載入的蔣捷傳，除了簡略地提到他的詞作、理學、小學之外，還説「勝欲又擅詩名」。但後世能看到的蔣捷詩文不多，可能是在元至正丙申「兵災」中被洗劫焚毁了。

漂泊江湖：宋亡後，蔣捷堅守民族氣節，義不仕元，過著「壯年聽雨客舟中」的漂泊流浪生活，浪迹吴越一帶。蔣捷在吴地的活動，在其《賀新郎·吴江》、《賀新郎·兵後寓吴》、《一翦梅·舟過吴江》、

《高陽臺・江陰道中有懷》、《梅花引・荊溪阻雪》、《阮郎歸・客中思馬迹山》等詞作中留下了較爲清晰的記録。至於越地的行蹤，有下列地方：據《一翦梅・宿龍游朱氏樓》，知其嘗至龍游，龍游爲五代以龍丘縣城改置，治所即今浙江衢縣東北龍游鎮。據《喜遷鶯・金村阻風》，知其嘗至長興縣金村。《浙江通志》卷五十五：湖州府長興縣有金村港，從詞中「蘆窠窄港」看，阻風的金村似應爲湖州府長興縣金村港。據《行香子・舟宿蘭灣》，知其嘗至松陽縣（今遂昌縣）蘭灣。松陽爲東漢建安四年（一九九）置縣，治所即今浙江遂昌縣東南古市鎮。據《南鄉子・塘門元宵》，知其嘗至杭州。《天機餘錦》卷四，此詞題作「錢塘門元宵」。《淳祐臨安志》卷五「城府」：「城西門：錢湖門、清波門、豐豫門、錢塘門。」元許謙《白雲集》卷一有《贈相士蔣竹山一首》：「我昔河内家，舊有知人名。遺書滿天下，誰能得其精。蔣叟從何來，自託老門生。知我三十年，少晦今當明。燕頷侯萬里，鳶肩列蓬瀛。世無貧賤人，安別貴與榮。我分已無聞，子言良可驚。何以贈子歸，妙諭不在形。」此「蔣竹山」如係蔣捷，可知其嘗漂流金華，在艱窘的漂泊生涯裏曾爲相士謀生。萬曆《宜興縣志》卷八「隱逸」云：蔣捷「元初遁迹不仕，大德間，憲使臧夢解、陸垕交章薦其才，卒不就。」元成宗大德九年（一三〇五）五月戊申，朝廷曾下詔「求山林間有德行、文學、識治道者」（《續資治通鑑》卷一九五），據《元史》卷一七七《臧夢解、陸垕傳》，知臧夢解於大德六年遷浙東肅政廉訪副使。九年，除廣東肅政廉訪使。同時有陸垕者，與夢解齊名。累遷至湖南肅政廉訪副使，升浙西廉訪使。根據以上史料，則蔣捷大德九年前後當在越地，足迹遍及浙東、浙西。

遷居武進：武進蠡河橋《蔣氏家乘》錢叔平序文云：「至竹山……由義興徙晉陵（今武進）前餘，是爲吾邑蔣氏之始。」《錫山蔣氏家譜》亦云蔣捷「自𠙶亭徙居晉陵西鄉」。據此，可知蔣捷晚年遷居武進西鄉前餘（今武進夏溪鎮三星村），成爲蔣氏該支的始遷祖。《蔣氏家乘》記載：元成宗貞元二年（一二九六），蔣捷率三子自宜興𠙶亭遷至晉陵西鄉。他與長子獻明居傅村之南的前餘；次子偉明，居傅村之北的後餘（今稱厚餘）；三子陟明，居延政鄉堰下。蠡河橋《蔣氏家乘》「古跡」云：「竹山在武進縣西鄉前餘，宋竹山公諱捷居此，手植幹竹，取虛心堅節之意。」上文提到的周鐵、南泉兩地的竹山，在《咸淳毗陵志》中就有記載，非蔣捷題名；前餘的竹山，係因蔣捷居此並親自種竹而得名。蔣捷種竹，非僅美化環境，更有藉以砥礪節操之意。

蔣捷徙居武進後，曾爲塾師，以詩書授徒。明永樂《常州府志・文學》云：「蔣捷，字勝欲，世居陽羨，後占籍武進，遂爲武進人。……延祐甲寅，朝廷設科取士，先生以詩書授學者。若浚儀馬公祖常，時侍父爲武進達魯花赤，居郡城，從先生受業，其後擢高科，爲一代名臣。山東馮某，不遠千里來受業，以疋布爲贄，先生憫其貧，姑受之，至冬乃製衣予之。越二年，業成而歸，遂領鄉薦。既聞先生歿，匍匐來弔，哀痛欲絶。先生成就後學多若此。……至正丙申，家殲於兵，書皆不存。學者以先生家竹山，故咸稱竹山先生云。」蔣捷教書授徒，關愛學生，以此贏得學生的感激愛戴，這從一個側面反映了蔣捷的人品。延祐甲寅乃元仁宗延祐元年（一三一四），蔣捷授徒時間在此前後，該是其晚年了。這對研究蔣捷生卒年，有參考價值。「家殲於兵，書皆不存」事，據《明史・太祖紀》，元順帝至正十六年（一三五六），長江下游朱元璋與張士誠軍在長江沿常熟、平江路（蘇州）至常州一帶激戰。蔣捷舊宅在此時遭兵禍，遺存之書及詩詞創作手稿都毁於難。另據元楊維楨《陶氏菊逸序》，知蔣捷曾爲毗陵陶氏家塾塾師，馬祖常即是在陶氏家塾受業於蔣捷的。文曰：「毗陵陶氏，前朝文獻家也。在宣和間有爲翰林檢閲者某，扈駕南渡，其五世孫爲譫圃君某，仕常郡教授，因家毗陵。國初以宋遺老徵，不起，家延顧師竹山蔣公教子弟，時石田馬中丞公實從學其家，與其孫靖爲同窗友。馬在南端薦授之，靖無仕宦志。」（楊維楨《東維子集》卷九）毗陵，即今江蘇常州市。石田馬中丞即馬祖常，延祐二年廷試第二，曾官御史中丞，著《石田文集》十六卷，《元史》卷一四三有傳。馬祖常爲人正直，曾彈劾權相遭貶，退居光州，陶靖則不熱中於仕途，二人皆受到蔣捷思想的影響。

蔣捷與元曲家謝應芳亦有交往。謝應芳武進人，蔣捷徙居武進，爲謝同鄉前輩。謝應芳《跋岳氏族譜》云：「岳氏爲常之望族，舊矣，予早歲過唐門，見其第宅相甲乙者數家，且聞竹山蔣先生言：宋乾德間，岳王弟經略使（岳翻）之孫自九江來居。由宋而元，子姓蕃衍，文物之盛拔萃同里，比以陵谷變遷，奕葉憔悴。」（《龜巢稿》卷十四）可知謝應芳「早歲」即識蔣捷。謝應芳《答惠子及送泉書》，曾言及友人向自己求《竹山詞》一事：「《竹山詞》久爲烏有，弗克奉命。歲晏未由晤言，惟善保爲斯文壽。」（《龜巢稿》卷十一）謝應芳藏《竹山詞》，友人向謝應芳求《竹山詞》，見出蔣捷與謝應芳的關係，和《竹山詞》受到當世文人的重視程度。

關於蔣捷的生卒年，武進蠡河橋《蔣氏家乘》云：「生卒失傳。」無錫《錫山蔣氏宗譜》載蔣捷生於宋寧宗嘉定十二年（一二一九），卒於元成宗大德十一年（一三〇七）年，享年八十九歲。咸淳十年中進士時五十六歲。該譜載捷父惟晃生於宋高宗紹興二十八年（一一五八），六十二歲始生長子捷。按之不甚可靠。參之《虞美人·聽雨》的「壯年聽雨客舟中」詞句，《禮記·曲禮》「三十曰壯」，則宋亡時漂泊江湖的蔣捷年當三四十歲，那麼咸淳十年（一二七四）中進士時當在三十歲左右，依此計算，則其生年大致在一二四五年前後；永樂《常州府志》載蔣捷在延祐甲寅朝廷開科取士後，曾設帳授徒，據此可知其卒年應在一三一四年以後了。謝應芳《跋岳氏族譜》提到「早歲」曾聽蔣捷談説岳氏事蹟，此文作於明洪武十九年六月既望，即一三八六年農曆六月十六日，上距元仁宗延祐元年已有七十二年之久，這條材料可以作爲蔣捷或享高壽的證據。蔣捷卒後葬於前餘，後裔尊之爲永思墓。明洪武年間在墓旁建竹山先生祠，蠡河橋《蔣氏家乘》「家祠」云：「竹山先生祠在武進縣西鄉前餘，明洪武間建，首祀勝欲公諱捷。」祠堂中祀蔣捷，左昭右穆，配享子孫，祠具一定規模。

思想：史稱宜興蔣氏「世禪儒」，藏書豐富，文士輩出。唐蔣環開元中爲弘文館學士，環子蔣將明任集賢殿學士，將明子蔣乂「通百家學」，二十歲入集賢院，家藏書達一萬五千卷。乂子係曾爲集賢殿學士，伸爲翰林學士。蔣乂「有史才」，其子係、伸、偕皆曾爲「史館修撰」，蔣家「父子爲學士，儒者榮之」，「三世踵修國史，世稱良筆」（《新唐書》卷一三二《蔣乂傳》）。宋代蔣堂，「好學工文辭，尤嗜作詩，有《吴門集》二十卷」（《宋史》卷二九八《蔣堂傳》）。蔣之勉，《宜興縣志》卷八「隱逸」稱其「博通典籍，爲西浙大儒，屢薦不仕，學者稱荆南先生」。世代業儒的家學淵源，以家族文化遺傳的方式，奠定了蔣捷忠於宋室的思想基礎。蔣捷「治《易經》」(《錫山蔣氏家譜》),「平生著述,一以義理爲主」(萬曆《宜興縣志》卷八「隱逸」),可見儒家思想對蔣捷影響至深。儒家思想之外,道家隱逸和神仙思想在蔣捷身上也有反映,他的「人間富貴總腥膻」的認知,詞作中對隱逸高節的讚美,宋亡後選擇的漂泊江湖、歸隱竹山的生存方式,無不打上道家思想的烙印。而在他酬酢性質的壽詞中,則多言及神仙。佛教思想對蔣捷也有滲透,「晴乾不去,待雨淋頭」(《尾犯·寒夜》)、「老去萬緣輕」(《少年游》)等詞句皆涉佛,更有人據《虞美人》「聽雨僧廬下」,推測蔣捷晚年或曾爲僧,鄉里人士指認其出家地就在宜興竹山的福善寺。元倪瓚《清閟閣全集》卷十二云:「韓奕,字公望,吴之良醫也。好與名僧游。所云蔣竹山者,則義興蔣氏也。以宋詞名世,其清新雅麗,雖周美成、張玉田不能過焉。」據上下文,也可作出蔣捷乃韓奕與游之「名僧」的解讀。可見,佛教與蔣捷實有不解之緣。如果説儒家義理是蔣捷忠君愛國的思想基礎,道家思想給了他蔑視富貴、抗衡新朝的生存勇氣,決定了他浪迹江湖、歸隱山林的生存方式,那麽,佛教的空無思想則有效化解了蔣捷這位「不事二姓」的苦志守節者,在亡國後的漫長歲月裏的生命痛苦。

宋亡之後,名士多與新朝有染,如與蔣捷同爲宋末四大家之一、身爲南宋中興名將之後的張炎,即曾應新朝徵召,作爲南宋宗室的趙孟頫更出仕新朝,只有蔣捷與新朝毫髮無染,作了徹底的遺民,其高風亮節,非時輩所可企及。需要特別强調的是,蔣捷的不事新朝,並非空穴來風的「天植其操」(萬曆《宜興縣志》卷八「隱逸」),除了上已言及的儒道思想影響,更與宜興蔣氏家族的愛國傳統有關。蔣氏九十世蔣之奇,任河北轉運使、知瀛州時,遼使耶律迪死於使宋途中,宋朝地方官員沿路拜祭,獨之奇

「祭而不拜」，保全國格。知熙州（今甘肅臨洮）時，備戰西夏，使之不敢犯邊（《宋史》卷三四三《蔣之奇傳》）。之奇孫蔣興祖，知開封府陽武縣，「靖康初，金兵犯京師，道過縣，或勸使走避。興祖曰：『吾世受國恩，當死於是。』與妻子留不去。監兵與賊通，斬以狥。金數百騎來攻，不勝去。明日師益至，力不敵，死焉。年四十二。妻及長子相繼以悸死。詔贈朝散大夫」（《宋史》卷四五二《蔣興祖傳》）。《詞苑叢談》卷七記載了蔣興祖女兒的事蹟：「金人犯闕，武陽令（《宋史》卷八五《地理志》一作「陽武」）蔣興祖死之，其女被擄至雄州驛，題《減字木蘭花》於壁云：朝雲横度，轆轆車聲如水去。白草黄沙，月照孤村三兩家。　飛鴻過也，百結愁腸無晝夜。漸近燕山，回首鄉關歸路難。」九十一世蔣璨因解救岳飛而得罪秦檜，宋陳櫄《負暄野録》卷上：「蔣宣卿待制璨，紹興中以善書著名，因救解岳侯，遂忤秦相，諷言者論罷，閑廢十年。」九十三世蔣芾，中紹興辛未科進士第二人，也因拒絶「羅致」而觸怒秦檜，遭到「終其世不召用」的報復（永樂《常州府志》卷十一「人物」引《咸淳毗陵志》）。蔣氏與岳氏的關係一直維繫到蔣捷。上文引述元謝應芳《跋岳氏族譜》文字，提到他曾聽蔣捷談説宜興岳氏家族的情況，蔣捷有多首爲岳氏族人所作的詞，如《沁園春・壽岳君舉》、《解連環・岳園牡丹》、《珍珠簾・壽岳君選》等。明淩迪知《萬姓統譜》卷八六載：之奇七世孫、與蔣捷同時的蔣禹玉，在南宋末曾「提義兵救常州，不克，棄家入吴，客杭」。正是蔣門世代忠良的家風，爲蔣捷隱居竹山、流浪江湖、義不事元提供了思想和行爲上的榜樣。蔣捷蔑視富貴、讚美隱逸、甘於淡泊、耐得寂寞的清高人格，也與他始終堅守民族大義有關，並且在改朝换代的大背景下，賦予這種傳統道家人格以新的價值和意義。

二、《竹山詞》的題材類別與内容構成

蔣捷《竹山詞》現存九十三首又一闋，從内容角度可以大致分爲漂泊詞、節令詞、題詠詞、記夢詞、惜春詞、贈答詞、言情詞幾類。下文分類簡述之。

漂泊詞：南宋滅亡之時，正值壯年的蔣捷走避兵亂，義不仕元，開始了他漫長的漂泊流浪生活，足迹遍及吴越。他寫下的一系列羈旅、紀行、思鄉的漂泊之詞，以宋元易代之際的巨大歷史變故爲背景，抒發詞人的身世之感與故國之思，個人命運與祖國命運在這些漂泊之作中緊密地聯繫在一起。這類作品有《賀新郎·兵後寓吴》、《滿江紅》「一掬鄉心」、《滿江紅》「秋本無愁」、《梅花引·荆溪阻雪》、《一翦梅·宿龍游朱氏樓》、《一翦梅·舟過吴江》、《行香子·舟宿蘭灣》、《喜遷鶯·金村阻風》、《高陽臺·江陰道中有懷》、《少年游》「梨邊風緊雪難晴」、《少年游》「楓林紅透晚煙青」、《阮郎歸·客中思馬迹山》等。亂離歲月的漂泊途程是艱辛的，或阻於風浪，或困於雨雪，不僅要忍受「漠漠黄雲溼透木緜裘」的肌膚之苦（《梅花引·荆溪阻雪》），更要忍受「故鄉一望一心酸」的鄉愁折磨（《一翦梅·宿龍游朱氏樓》）。

節令詞：蔣捷的節令詞有《女冠子·元夕》、《女冠子·競渡》、《花心動·南塘元夕》、《高陽臺·閏元宵》、《南鄉子·塘門元宵》、《浪淘沙·重九》、《步蟾宫·中秋》、《齊天樂·元夜閲夢華録》等。

《女冠子·競渡》題詠端午,《浪淘沙·重九》、《步蟾宫·中秋》如題所示,分詠重陽、中秋。元夕詞共五首,《花心動·南塘元夕》情調歡快,無故國之思,應是南宋亡前的作品。《高陽臺·閏元宵》無甚深意。其餘《齊天樂·元夜閲夢華録》、《南鄉子·塘門元宵》、《女冠子·元夕》三首,則都包含著濃重的故國之思。

題詠詞:《竹山詞》中題詠之作最多,《賀新郎·秋曉》、《賀新郎·吴江》、《水龍吟·效稼軒體招落梅之魂》、《解連環·岳園牡丹》、《永遇樂·緑陰》、《晝錦堂·荷花》、《瑞鶴仙·紅葉》、《木蘭花慢·冰》、《木蘭花慢·再賦》、《高陽臺·芙蓉》、《尾犯·寒夜》、《聲聲慢·秋聲》、《燕歸梁·風蓮》、《探芳信·菊》、《洞仙歌·柳》、《憶秦娥·闔閭》、《如夢令·村景》、《蝶戀花·風蓮》、《虞美人·聽雨》、《步蟾宫·木犀》、《步蟾宫·春景》、《玉樓春·桃花灣馬迹》、《南鄉子·黄葵》、《翠羽吟》「紺露濃」等皆是。除了一般的切題敷演,故國之思在上列題詠詞中也有突出表現。《賀新郎·秋曉》裏的「中年懷抱」即是一腔傷悼故國之情,「萬里江南吹簫恨」即是亡國漂泊之恨。《賀新郎·吴江》裏的「昨夜鯨翻坤軸動」,隱指南宋覆亡的天崩地裂般的巨大變故,「怕群仙,重游到此,翠旌難駐」已是國破家亡、安身無地的境況,而「星月一天雲萬壑,覽茫茫,宇宙知何處」,更流露出家國難覓的茫無歸宿之感。《水龍吟·效稼軒體招落梅之魂》,陶爾夫、劉敬圻《南宋詞史》認爲「是《楚辭·招魂》的繼承與發揚,實際就是通過『招落梅之魂』來爲南宋的滅亡招魂」。《解連環·岳園牡丹》借題詠牡丹,寄託故國之思。《尾犯·寒夜》寫與友人夜話亡國之痛,以抑遏之筆,抒激憤之氣。《竹山詞》中經常寫到梅花,《水龍吟》、

《翠羽吟》兩首皆詠梅，《梅花引》的「有梅花，似我愁」，《阮郎歸》的「瓊簫夜夜挾愁吹，梅花知不知」，也是以梅自擬或引梅花爲同調。

記夢詞：蔣捷的記夢詞有《賀新郎》「夢冷黄金屋」、《燕歸梁·風蓮》、《念奴嬌·夢有奏方響而舞者》等三首。這些記夢之作中，也同樣滲透著詞人追懷故國的情緒。《賀新郎》「夢冷黄金屋」，借助夢境，寄託故國之思與今昔之感。《念奴嬌·夢有奏方響而舞者》結句的「笳」聲，是理解詞旨的關鍵。如果詞尾没有出現笳聲，那麽寫夢中聽樂觀舞的此詞，也不過一首普通的記夢之作罷了。有了詞末的笳聲，詞旨大爲不同。方響乃華夏之正聲，只能於夢中聽到，夢醒之後，盈耳是異族的胡樂聲。這裏有遺民詞人的現實感慨，記述孤館旅夜夢聽方響，是在曲折表達詞人的故國之思。明乎此，也就懂得了夢中方響爲何那般美妙，夢中光景爲何那般神奇。

惜春詞：《竹山詞》中的惜春之作有《喜遷鶯·暮春》、《絳都春》「春愁怎畫」、《最高樓·催春》、《祝英臺·次韻》、《解佩令·春》、《戀繡衾》「倩金小袖」、《粉蝶兒·殘春》、《探春令》「玉窗蠅字」、《秋夜雨》「金衣露溼」等。《喜遷鶯·暮春》寫暮春景物，憶舊歎老，抒感傷遲暮之情。《最高樓·催春》寫春光怱促。《粉蝶兒·殘春》表及時行樂之意。《絳都春》「春愁怎畫」、《探春令》「玉窗蠅字」均寫思婦傷春懷人的「春愁」。《戀繡衾》「倩金小袖」寫女子春恨。《秋夜雨》「金衣露溼」賦春夜别愁。這幾首亦可歸入言情詞中。《祝英臺·次韻》、《解佩令·春》二首題旨重大，表現了對國運的隱憂。丁紹儀《聽秋聲館詞話》卷二十云：「因思南宋末季，士多憫世遺俗，託興遥深，如蔣竹山之《解佩令》……《祝英臺近》……與德祐太學生《百字令》詞『真箇恨煞東風』，同一意旨。」陶爾夫、劉敬圻《南宋詞史》認爲《解佩令·春》中「歲歲春光，被二十四風吹老。楝花風，爾且慢到」幾句，「就是在呼喚元軍進攻慢些，讓南宋的滅亡再延遲一些」，則把丁紹儀指出的此詞「託興遥深」的特點落到實處。

贈答詞：《竹山詞》中人際交往酬酢的贈答之作分兩類，一類是朋友間的一般性贈答，一類是祝壽詞。前者如《賀新郎·約友三月旦飲》、《沁園春·爲老人書南堂壁》、《沁園春·次强雲卿韻》、《洞仙歌·對雨思友》、《賀新郎·鄉士以狂得罪賦此餞行》等。《賀新郎·約友三月旦飲》寫約友小酌，見出詞人生涯的窘迫，心緒的索寞，和對人生命運的透徹。《沁園春·爲老人書南堂壁》借爲老人題壁，抒發詞人追慕陶杜志節、淡泊自守的襟抱。《沁園春·次强雲卿韻》表現詞人以道制欲的修爲，展示紅塵中翻過筋斗来的人生高境。後者有《大聖樂·陶成之生日》、《瑞鶴仙·壽東軒立冬前一日》、《珍珠簾·壽岳君選》、《春夏兩相期·壽謝令人》、《念奴嬌·壽薛稼堂》、《糖多令·壽東軒》、《沁園春·壽岳君舉》、《摸魚子·壽東軒》、《玉漏遲·壽東軒》等。祝壽之俗起源甚早，至宋代風氣尤盛。皇帝例建生辰爲節日，朝野同慶，對文武大臣的生日，則須賜盛禮。上行下效，兩宋社會祝壽成風，催生了一大批祝壽詩詞，南宋時期，以詞祝壽風氣尤熾。據統計，《全宋詞》有壽詞近兩千首，占到存詞總數的十分之一，成爲宋詞重要的題材類别。詞人集子例有壽詞，且有數量驚人者，如魏了翁《鶴山詞》一八六首，有壽詞一〇二首；劉辰翁《須溪詞》三五四首，有壽詞九十首；李劉存詞十一首，十首皆爲壽詞；更有一些人存詞一首，即是壽詞。蔣捷《竹山詞》存詞九十餘首，有壽詞九首，占存詞比近十分之一，其中寫給東軒一人的壽詞就有四首。

言情詞：婉約詞多寫離别相思、男女情事，《竹山詞》中也不乏此類言情香豔之作。這類作品分三種情況：一是泛寫，如《探春令》「玉窗蠅字」、《南鄉子》「泊雁小汀洲」、《喜遷鶯》「晴天寥廓」等；二是寫他人，如《玉漏遲》「翠鴛雙穗冷」、《風入松·戲人去妾》、《柳梢青·有談舊娼潘氏》、《賀新郎·彈琵琶者》、《瑞鶴仙·友人買妾名雪香》等；三是關乎己情，如《高陽臺·送翠英》、《賀新郎·題後院畫像》、《應天長·次清真韻》、《白苧》「正春晴」等。前兩類詞寫離别相思，賦男女情事，詞筆分寸得體，詞情雅潔含蓄，此處不再具論，僅就第三類稍加申説。《虞美人·聽雨》總結生平，憶及少年時代「聽雨歌樓」，可知蔣捷亦和宋代多數文人一樣，有過風流浪漫的情感經歷。在《應天長·次清真韻》中難忘「白苧裁縫，燈下初識」的細節，在《白苧》中寫相思心理云「料想裁縫，白苧春衫薄」，兩處寫及「裁縫白苧」，印象深細，當非泛泛。特别是《高陽臺·送翠英》、《賀新郎·題後院畫像》二詞，有助於我們具體瞭解詞人的生活和情感狀況。若能對此加以破解，對深入認識蔣捷其人其詞，都有裨益。

三、《竹山詞》的藝術表現

比興手法的妙用，語言的錘煉出新，開放的詞風，廣采博收融匯衆家，終於自成一家，是《竹山詞》

藝術表現上的引人注目之處。

比興手法：《竹山詞》中觸處皆是的故國之思和今昔之感，以及清高人格的標示，都是借助比興手法達成的。《解佩令·春》與《祝英臺·次韻》，被丁紹儀《聽秋聲館詞話》指爲「慨世遺俗，託興遥深」之作，「與德祐太學生《百字令》詞『真箇恨煞東風』，同一意旨」。這種假託閨怨來抒發詞人隱憂的寫法，在南宋詞中亦屬常見，如辛棄疾的《摸魚兒》「更能消幾番風雨」、《祝英臺近》「寶釵分」等，都是同類名作。《小重山》「曾伴芳卿鏘佩環」亦是借詠花寄託人世寓意。《燕歸梁·風蓮》更是寄託深隱，構思新奇。不但詠物堪稱絶唱，更別有比興深意在焉。表面上以荷花喻舞女，以風荷喻舞姿，但因擬寫的是「唐宫」的「霓裳羽衣舞」，人們自然會生發聯想。尤其是换頭三句，大有《長恨歌》中「漁陽鼙鼓動地來，驚破霓裳羽衣曲」的氣象。聯繫到蔣捷所處的南宋末年的衰微國運，其比興寄託的弦外之音，不正給人以無窮的回味嗎？

語言藝術：《四庫全書總目提要》云：蔣捷詞「煉字精深，調音諧暢，爲倚聲家之榘矱」，劉熙載《藝概》云：蔣捷詞「洗煉縝密，語多創獲」。《竹山詞》注意字句鍛煉，往往避熟就生，涉想新奇。體現在修辭和構思立意兩個層面，二者又往往妙合爲一，給《竹山詞》語言帶來别開生面之感，有力地提高了《竹山詞》的創新度和表現力。修辭的層面如《瑞鶴仙·紅葉》「縞霜霏霽雪。漸翠没涼痕，猩浮寒血」，《金盞子》「風刀快，翦盡畫檐梧桐，怎翦愁斷」，《瑞鶴仙·鄉城見月》「瓊瑰暗泣」、「蓬壺蕖浸，花院梨溶，醉連春夕」，《花心動·南塘元夕》「翠簨叩冰，銀管嘘霜，瑞露滿鍾頻釂」，《永遇樂·緑陰》「清逼池亭，潤浸山閣，雪氣凝聚」，《賀新郎》「鴛樓碎瀉東西玉」，《粉蝶兒・殘春》「燕憐晴，鶯愛暖，一窗芳哄」，《步蟾宫・木犀》「秋窗一夜西風驟。翠匳鎖，瓊珠花鏤」，《白苧》「霽華烘破青青萼」，《賀新郎・題後院畫像》「緑墮雲垂領」，《金蕉葉・秋夜不寐》「雲褰翠幕，滿天星碎珠迸索」，《梅花引・荆溪阻雪》「風拍小簾燈暈舞」，《絳都春》「嚬青泫白」，《高陽臺・送翠英》「燈摇縹暈茸窗冷，語未闌、娥影分收」，《高陽臺・芙蓉》「霞鑠簾珠，雲蒸篆玉」，《珍珠簾・壽岳君選》「萬顆蘂心瓊珠輥，細滴與、銀朱小硯」，《喜遷鶯・金村阻風》「佩玉無詩，飛霞乏序，滿席快飆誰付」，《齊天樂・元夜閲夢華録》「雹紫鞘輕，雲紅筤曲，雕玉輿穿燈底。峰繒岫綺」等。構思立意如《探芳信・菊》「料應陶令吟魂在，凝此秋香妙」，《木蘭花慢・冰》「紅裯。淚乾萬點。待穿來、寄與薄情收」，《喜遷鶯・金村阻風》「别浦。雲斷處。低雁一繩，攔斷家山路」，《喜遷鶯》「車角生時，馬蹄方後，纔始斷伊漂泊」，《南鄉子》「準擬架層樓，望得伊家見始休」，《一翦梅・舟過吴江》「流光容易把人拋。紅了櫻桃，緑了芭蕉」，《念奴嬌・夢有奏方響而舞者》「凄鏘仙調，風敲珠樹新折」等。都是琢煉生新之句。

刻苦錘煉語言必至静細之境。陳廷焯《白雨齋詞話》卷六在總體上批評「《竹山詞》多粗」後，稱道《滿江紅》「浪遠微聽葭葉響，雨殘細數梧梢滴」二句「最細」。正是在岑寂幽闃之境，人的聽覺才變得如此敏感細膩：浪遠波平，蘆葦葉子發出的微細響聲依約可聞，夜雨將停，不眠的詞人無事可做，仔細地數著從梧桐樹梢落下的雨滴。這兩句通過聽覺表現秋裏「岑寂」和静夜「幽闃」，詞境「極静細，不是闃寂中如何辨得」（陳廷焯《放歌集》卷二）。其實《竹山詞》中類似例子尚多，如《白苧》「户外惟聞，放翦刀聲，深在妝閣。料想裁縫，白苧春衫薄」，傾心向慕、悠然神往之狀可掬。再有《賀新郎・題後院畫像》「鶯帶鬆聲飛過也，柳窗深，尚記停針聽」，《秋夜雨》「三更夢斷敲荷雨，細聽來，疏點還歇」，《木蘭花慢・冰》「寒流。暗衝片響，似犀椎，帶月靜敲秋」，《永遇樂・綠陰》「玉子敲枰，香綃落翦，聲度深幾許」等，皆是以聽覺和聲音來寫出一種靜細之境，絕非詞心和運筆粗疏者所能辦。此外如《賀新郎・秋曉》中的「月有微黄籬無影」、《戀繡衾》中的「紅薇影轉晴窗晝」等，亦是用筆極細的佳句。陳氏評《竹山詞》多有牴牾，有時極力稱讚，有時一筆抹殺，這裏對《竹山詞》「多粗」的指責，亦非確論。

當然，過於追求生新則會流於尖巧，過於錘煉字句則易失之雕琢，毋庸諱言，這也是《竹山詞》語言上客觀存在的問題。張祥齡《詞論》云：「尚密麗者失於雕鑿。竹山云鷺曰『瓊絲』，鴛曰『繡羽』，又『霞鑠簾珠，雲蒸篆玉』、『翠簨翔龍，金樅躍鳳』之屬，過於澀鍊，若整匹綾羅，翦成寸寸。七寶樓臺，蓋薄之之辭。」馮煦《蒿庵論詞》亦指《高陽臺》「霞鑠簾珠，雲蒸篆玉」、「燈搖縹暈茸窗冷」、《齊天樂》「電紫鞘輕，雲紅笪曲，峰繒岫綺」、《念奴嬌》「翠簨翔龍，金樅躍鳳」、《瑞鶴仙》「螺心翠靨，龍吻瓊涎」、《木蘭花慢》「但鷺斂瓊絲，鴛藏繡羽」等句，「字雕句琢，荒豔炫目」。應該説，這些批評都是較爲中肯的。

開放詞風：不主故常，不守一家，博采廣收，爲我所用的開放詞風，是《竹山詞》藝術上一個突出的特點。《竹山詞》開放詞風的表現之一是融入騷意與曲趣。蔣捷受《楚辭》影響甚深，《竹山詞》中多處烙下《楚辭》的鮮明印痕。《晝錦堂・荷花》詠荷，既不像周邦彥《蘇幕遮》中的「葉上初陽乾宿雨。水面清圓，一一風荷舉」，具體勾勒荷花的形象；也不像姜夔《念奴嬌》中的「翠葉吹涼，玉容銷酒，更灑菰蒲雨。嫣然摇動，冷香飛上詩句」，描寫、比擬手法兼用，而是把荷花直接喻爲仙女玉妃，寫人與仙女的邂逅相遇、受邀飲酒、臨别饋贈，强化故事性因素，場面、情節、人物都類似于《九歌》作品人神交接的風格。《水龍吟・效稼軒體招落梅之魂》，被楊慎《詞品》卷二贊爲「幽秀古豔，迥出纖冶穠華之外」，乃「小詞中《離騷》」，是就美感風格和語言形式兩個方面而言。此詞在精神内涵、美感風格和語言形式方面，都與《楚辭》爲近。

焦循《雕菰樓詞話》曾指出：蔣捷《探春令》、《秋夜雨》「皆用當時鄉談里語」，《秋夜雨》中的「拋」字「屢見元曲」。卓人月《詞統》亦稱《竹山詞》「語用得恁趣」。鄭騫《成府談詞》認爲《竹山詞》「卻是元調，與南宋面目不同」。蔣捷詞在語言、題材、寫法上，確有和俚俗的元曲相近之處，如《最高樓・催春》、《柳梢青・游女》、《昭君怨・賣花人》、《霜天曉角》「人影窗紗」等，都是不同程度融入曲趣之作。

《竹山詞》開放詞風的表現之二是散文化、議論化。像《沁園春・爲老人書南堂壁》、《念奴嬌・壽薛稼堂》、《尾犯・寒夜》、《瑞鶴仙・壽東軒立冬前一日》等詞，都有明顯的散文化傾向，尤其是他的《賀新郎・鄉士以狂得罪賦此餞行》、《沁園春・次强雲卿韻》二詞，以文爲詞、以詞作論的傾向更爲明顯。詩言志，文載道，詞抒情。宋詞以言情爲能事，涉筆男女之情，往往一派旖旎纏綿，香豔嬌軟。這些詞反其道而行之，以議論的利落刀翦斬斷紛亂的情絲，重道崇理，無欲則剛。你可以説它無甚新意，有頭巾氣。但是，作爲讀者更應該看到詞人的那番修爲，那份操守，那種常人難到的生命境界。這些詞明顯受到以詩爲詞、以文爲詞的蘇辛詞風影響，也帶有宋詩尚議論和程朱理學的影響痕迹。

《竹山詞》開放詞風的表現之三是多種形式試驗。如《聲聲慢·秋聲》的「獨木橋體」，《瑞鶴仙·壽東軒立冬前一日》、《水龍吟·效稼軒體招落梅之魂》的「騷體」，《賀新郎·隱括杜詩》的跨文體改寫等，嘗試了詞體寫作的多種可能，豐富了詞體的美感風格，對此，我們給予積極的評價。馮煦《蒿庵論詞》斥之爲「皆不可訓」的「俳體」，審美心態顯得過於封閉保守，非公允之論。以《水龍吟·效稼軒體招落梅之魂》爲例，此詞受到民間習俗和《楚辭·招魂》作品的雙重影響，其直接的創作緣起，則是模仿辛棄疾《水龍吟·用些語再題瓢泉》的句法體式，而辛詞的形式來源，就是《楚辭》裏的句中「兮」字和《招魂》中的「些」字語尾。楊慎《詞品》卷二稱此詞乃「小詞中《離騷》」，是就風格體式兩方面而言。這裏只著眼其「稼軒體」的形式。「稼軒體」實即騷體，是唐宋詞中的一種特殊體式，它與一般以句子最後一個字作韻腳的習慣不同，而是用《楚辭》中的語尾字「些」放在每個句子的最後，又另用平聲的實字放在「些」字前，作爲實際的韻腳，形成長尾韻，好像有兩個韻腳在起作用，別具回環諧和的聲情之美。此詞格奇，在唐宋詞中不常見，它的獨特體式也就成了它在藝術表現上最引人矚目的地方。

《竹山詞》開放詞風的表現之四是博采衆長，轉益多師，模擬、融化南北宋豪放、婉約諸家的多種風格。歷代詞論家要麽把蔣捷歸爲姜派，要麽歸爲辛派，皆是未對《竹山詞》作全面把握，未顧及《竹山词》整體所致。將蔣捷歸於姜派的有：朱彝尊《黑蝶齋詞序》認爲蔣捷得「夔之一體」；李調元《雨村詞話·序》：「鄱陽姜夔郁爲詞宗，一歸醇正。於是辛稼軒、史達祖、高觀國、吴文英師之於前，蔣捷、周密、陳君衡、王沂孫效之於後。」田同之《西圃詞説》：「白石而後，有史達祖、高觀國羽翼之，張輯、吴文英師之於前，趙以夫、蔣捷、周密、陳允衡、王沂孫、張炎、張翥效之於後。」沈雄《古今詞話》：「至姜、史、蔣、吳，融鍊字句，法無不備。」陳廷焯《詞壇叢話》：「白石詞，如白雲在空，隨風變滅，獨有千古。同時史達祖、高觀國兩家，直欲與白石並驅，然終讓一步。他如張輯、吳文英、趙以夫、蔣捷、周密、陳允平、王沂孫諸家，各極其盛，然未有出白石之範圍者。」謝章鋌《賭棋山莊詞話續編》卷三：「填詞之道，須取法南宋，然其中亦有兩派焉。一派爲白石，以清空爲主，高、史輔之。前則有夢窗、竹山、西麓、虛齋、蒲江，後則有玉田、聖與、公謹、商隱諸人，掃除野狐，獨標正諦，猶禪之南宗也。」《竹山詞》效法周姜婉約詞風的作品，有《賀新郎》「夢冷黃金屋」、《金盞子》「練月縈窗」、《瑞鶴仙·紅葉》、《瑞鶴仙·鄉城見月》、《應天長·次清真韻》、《解連環·岳園牡丹》等，《女冠子·元夕》、《梅花引·荆溪阻雪》則效易安體，《高陽臺·芙蓉》、《念奴嬌·夢有奏方響而舞者》轉效夢窗體。

將蔣捷歸於辛派的有：卓人月《詞統》：「辛之有蔣，猶屈之有宋也。」毛奇齡《西河詞話》：「張鶴門詞……雖不絶辛、蔣，然亦不習辛、蔣，此正宗也。」江順詒《詞學集成》卷四：「紀曉嵐先生昀云：『《西河詞話》無韻一條最爲精核，謂辛、蔣爲别調，深明源委。』先生於詞不屑爲，故所論未允。夫宋人之詞，皆可入樂。韻爲天籟，未有四聲以前，三百篇未有無韻者。豈唐宋以後入樂之文而不用韻乎。況宋人自度腔皆可歌，後人不得其傳。至辛、蔣以豪邁之語，爲變徵之音。如今弦笛，腔愈低則調愈促，聲高則調高，何礙吟歎之有。」謝章鋌《賭棋山莊詞話》卷七：「若蘇、辛、劉、蔣，則如素娥之視虙妃，尚嫌臨波作態。」陳廷焯《白雨齋詞話》：「劉改之、蔣竹山，皆學稼軒者。」《竹山詞》效法蘇辛豪放詞風而時與劉過爲近者有《賀新郎·吴江》、《沁園春·爲老人書南堂壁》、《念奴嬌·壽薛稼堂》、《沁園春·壽岳君舉》、《水龍吟·效稼軒體招落梅之魂》、《賀新郎·鄉士以狂得罪賦此餞行》、《滿江紅》「一掬鄉心」等。

自成一家：在博采衆長、融合諸家、廣泛試驗、多方汲取的基礎上，《竹山詞》終於「掃盡臼科，獨露本色」（馮金伯《詞苑萃編》卷八引高二鮑語），顯示出自家的獨特面目，形成了自己的獨特風格。品讀《竹山詞》，覺其淡漠中潛沉咽，流暢中有藴蓄，綺麗中見清奇，柔婉中露豪逸，俚俗中參雅趣，疏落中顯縝密，陳熟中透尖新，盡摹衆家而又盡脱衆家，盡習衆體而又盡去衆體，終於在亦柔亦剛、亦秀亦豪、亦淡亦濃、亦常亦奇、亦麗亦清、亦陳亦新、亦疏亦密、亦俗亦雅、亦莊亦諧之間，自成一家一體，在南宋詞史上佔有一席突出的位置。

詞風開放而又面目自具的《竹山詞》，對後世産生了深遠的影響。明末清初易代之際崛起於蔣捷家鄉的陽羨詞派，以陳維崧爲首，達百人之衆，派中人多有瓣香蔣捷其人其詞者。陳維崧詞風的形成就包含了辛棄疾、劉過和蔣捷的因素，孫爾準《論詞絶句》即云：「詞場青兕説髯陳，千載辛劉有替人。羅帕舊家閒話在，更兼蔣捷是鄉親。」在具體手法上，陳維崧對蔣捷詞亦加仿效，謝章鋌《賭棋山莊詞話》卷四指出：「蔣竹山《聲聲慢》『秋聲』、《虞美人》『聽雨』，歷數諸景，揮灑而出，比之稼軒《賀新涼》『緑樹聽啼鴂』闋，盡集許多恨事，同一機杼，而用筆尤爲嶄新。迦陵春溪泛舟填《四代好》，上闋提四水，下闋分疏其事，亦是此格。」可以「平分髯客旗鼓」、著有《蝶庵詞》的陽羨派健將史惟圓，則被視爲蔣捷的後身：「繞荆溪，數間茅屋，竹山舊日曾住。吟花課鳥無遺恨，領袖詞壇南渡。逐電去。誰更續、哀絲脆管紅牙譜。湖山如故。又幻出才人，鏤冰繪影，抒寫斷腸句。」（曹貞吉《摸魚兒・寄贈史雲臣》）以《詞律》著稱的萬樹，其流動活潑、雅俗兼具的《香膽詞》，尤其是他的《蘇幕遮・離情》一類詞作頂針疊句的「堆絮體」，即是從蔣捷《梅花引・荆溪阻雪》的句調體式發展變化而來。蔣景祁在爲曹亮武編選的《荆溪詞初集》作序時，即把陽羨詞派的歷史追溯至蔣捷：「吾荆溪，以詞名者則自宋末家竹山始也。竹山先生恬淡寡營，居滆湖之濱，日以吟詠自樂，故其詞沖夷蕭遠，有隱君子之風。」蔣景祁是蔣捷的後裔，他上溯蔣捷一方面是出於家族的榮譽感，更爲重要的，是蔣捷的人品、詞品在鄉邑後學心目中存在的巨大影響使然。又當易代之際的陽羨詞人，不僅從蔣捷這位鄉先賢詞中摹習詞藝，更從他身上汲取眷念故國、大節不虧的精神力量，陽羨詞人突出的反清傾向，多爲忠烈後裔的家風，甘爲遺民流離轉徙、歸隱終老的行爲方式，詞作中滿溢的「無聊不平之意」和「憂傷怨誹」之情，悲慨、激楚、淒冷、蕭瑟、疏放的「草野孑遺」情緒，無不打上蔣捷的烙印。蔣捷在清代的影響更突破了地域和流派，前期浙派著名詞人李符，即擅有蔣捷風調，所著《耒邊詞》，論者以爲「在宋人中絶似竹山」（馮金伯《詞苑萃編》卷八）。郭麐《靈芬館詞話》卷二亦認爲曹爾堪詞「殊有竹山風調」。丁紹儀《聽秋聲館詞話》云：「浙詞多法姜、張，吴下則不然，然究厥指歸，不外竹山、竹屋數家。昭文邵蘭風茂才廣銓所爲詞，與蔣尤近。」鄭燮《板橋詞》的藝術源頭之一，就是蔣捷的《竹山詞》，陳廷焯《雲韶集》卷十九評語云：「板橋詞擺去羈縛，獨樹一幟，其源亦出蘇、辛、劉、蔣，而更加以一百二十分恣肆，真詞壇霹靂手也。」此外，蔣士銓的《銅弦詞》，吴中七子的詞作，也都程度不同地受到蔣捷詞風的濡染霑溉。

四、校注的幾點説明

蔣捷《竹山詞》在大陸迄無校注本行世，緣此，筆者以《蔣捷〈竹山詞〉校注》爲題，申報了全國高校古籍整理研究工作委員會的重點研究項目，獲准立項並得到資助。本次校理，以唐圭璋《全宋詞》本《竹山詞》爲底本，校以紫芝漫鈔本、吴訥《唐宋名賢百家詞》本、毛晉《宋六十名家詞》本、朱祖謀《彊村叢書》本、陶湘《涉園續刊影宋金元明本詞》影元鈔本、《續修四庫全書》本、黄明校點本《竹山詞》，並參校楊慎《詞林萬選》，陳耀文《花草萃編》，萬樹《詞律》，陳廷敬、王奕清《康熙詞譜》，沈辰垣《御選歷代詩餘》等書所收蔣捷詞作。校注合一，校勘異文在詞作後注出，不另出校記。對《竹山詞》現存的九十四首詞作，逐篇加以疏解，並彙集歷代評語置於篇後。撰寫《蔣捷和他的〈竹山詞〉》一文作爲「代前言」，爲蔣捷的家世、生平、思想勾畫輪廓，論析《竹山詞》的題材内容和藝術特色。本書的附録部分，包括蔣捷存目詞、詩文輯佚、傳記資料、《竹山詞》題跋叙録、《竹山詞》總評、《竹山詞》歷代重要選本收録篇目、《竹山詞》研究論著目録等内容。總爲一書，以期爲讀者和研究者提供一個較爲完善的《竹山詞》校注本。

楊景龍

二〇〇九年十一月

蔣捷詞校注卷一

賀新郎〔一〕 秋曉

渺渺啼鴉了〔二〕。亘魚天、寒生峭嶼，五湖秋曉〔三〕。竹几一燈人做夢，嘶馬誰行古道〔四〕。起搔首、窺星多少〔五〕。月有微黄籬無影，挂牽牛、數朵青花小〔六〕。秋太淡，添紅棗。愁痕依賴西風掃。被西風、翻催鬢鬒，與秋俱老〔七〕。舊院隔霜簾不捲，金粉屏邊醉倒〔八〕。計無此、中年懷抱〔九〕。萬里江南吹簫恨，恨參差、白雁横天杪〔一〇〕。煙未斂，楚山杳〔一一〕。

【校　注】

〔一〕賀新郎：又名乳燕飛、金縷曲、金縷衣、金縷詞、金縷歌、風敲竹、風瀑竹、唱金縷、雪月江山夜、賀新涼、貂裘换酒。調見宋蘇軾《東坡樂府》。《苕溪漁隱叢話》卷三九云：「此詞（按指東坡詞）腔調寄《賀新郎》，乃古曲名也。」

〔二〕渺渺句：渺渺：遠貌。宋蘇軾《前赤壁賦》：「渺渺兮予懷，望美人兮天一方。」啼鴉：宋周邦彦《瑣窗寒》：「暗柳啼鴉，單衣竚立，小簾朱户。」了：消失，停息。指啼鴉聲寂。

〔三〕亘：上弦月。一説遼闊、綿亘。魚天：魚肚白色的拂曉天。一説魚天指水面。或説魚天指魚鱗天，即有魚鱗狀雲片的天空。元婁元禮《田家雜占》：「魚鱗天，不風也風顛。」峭嶼：陡峭的島嶼。嶼：小島。南朝宋謝靈運《登江中孤嶼》：「亂流趨正絶，孤嶼媚中川。」五湖：太湖之别名。《太平御覽》引張勃《吴録》：「五湖者，太湖之别名。以其周行五百里，以五湖爲名。」或以太湖及附近四湖爲五湖。《後漢書·馮衍傳》注引虞翻曰：太湖有五湖，故謂之五湖。即滆湖、洮湖、太湖、射湖、貴湖。

〔四〕竹几：竹子做成的小桌。几，矮小的桌子，古代設於座側，以便憑依。《尚書·顧命》：「憑玉几。」一燈人做夢：南宋史達祖《臨江仙》：「一燈人著夢，雙燕月當樓。」

〔五〕搔首：抓頭，撓髮。有所思貌。《詩經·邶風·靜女》：「愛而不見，搔首踟躕。」南宋陸游《秋晚登城北門》：「山河興廢供搔首，身世安危人倚樓。」窺星多少：察看天上星星多少。這一辨别天色遲早的舉動也表露了詞人的内心悵惘之情。

〔六〕青花：指牽牛花。

〔七〕鬢鬒：兩鬢之黑髮。南朝齊謝朓《晚登三山還望京邑》：「有情知望鄉，誰能鬒不變。」

〔八〕金粉屏：以金色粉末塗飾的屏風。

〔九〕中年懷抱：《晉書·王羲之傳》：「謝安嘗謂羲之曰：『中年以來，傷於哀樂。』」

〔一〇〕吹簫恨：據《史記·范睢傳》載：春秋時楚國伍員父兄被楚平王殺害，伍員含恨逃奔吳國，曾「鼓腹吹篪，乞食於吴市」。詞人這裏以伍員自比。簫，紫芝本作「蕭」，誤。白雁：候鳥名。秋日南飛。宋孔平仲《孔氏談苑·白雁爲霜信》：「北方有白雁，似雁而小，色白。秋深至則霜降。河北人謂之霜信。」唐李白《幽州胡馬客歌》：「彎弓若轉月，白雁落雲端。」天杪：天之高遠處。

〔一一〕煙：霧靄，五湖煙水。楚山：此泛指太湖一帶的山，因吴越之地戰國時皆入楚，故而太湖一帶的山也可稱楚山。唐王昌齡《芙蓉樓送辛漸》：「寒雨連江夜入吳，平明送客楚山孤。」杳：遥遠，模糊不清。

【疏解】

這首《賀新郎·秋曉》列蔣捷《竹山詞》第一篇，詞寫家國之恨鬱積心底的中年懷抱。《晉書·王羲之傳》載「謝安嘗謂羲之曰：『中年以來，傷於哀樂。』」那主要是就時間生命意識層面而言的。在蔣捷這裏，爲堅守民族氣節，義不仕元，數十年漂泊江湖的苦難歲月，國破家亡之恨無時釋然，夢寐朝夕，繫心縈懷，則是詞中所寫「中年懷抱」的基本内涵。詞人晚歲常常寄迹太湖島嶼之上，又值寒冷的秋晨，枯枝鴉啼，古道馬嘶，兀坐通宵，憑几而寐的詞人驚夢而起，搔首窺星，憑眺遠天，送目五湖，在拂曉襲人的寒意中感慨不已。詞的上片就是以聽覺、視覺、膚覺相疊的手法切入表現的，「啼鴉嘶馬」是聽覺，「魚天殘星」是視覺，「寒生峭嶼」是膚覺，知覺疊用的手法，渲染出秋晨冷落荒涼的濃郁氛圍。「竹几一燈人做夢」是詞中名句，更寫出了詞人的孤寂索寞情態，詞人當是又一次夢回故國吧。但「嘶馬」和起句中的「啼鴉」一起，驚破了詞人的好夢。「起搔首，窺星多少」的辨察天色的動作，便是詞人孤燈夢回後惆悵失落、惘然不甘的心態的體現。接下來「月有微黄」幾句秋晨景物描寫，是詞人收回視綫後看到的身邊近景，竹籬無影，牽牛花小，雖有幾枚紅棗妝點其間，但難掩暗淡蕭瑟的秋容。「秋太淡」是緣於詞人的心境慘淡，這幾句寫景仍是寫心，是詞人「中年懷抱」的外化折射。至於陳廷焯《白雨齋詞話》批評這幾句寫景「無味至極，與通首詞意，均不融洽」，似乎失察，未爲確論。

如果説上片主要描寫秋晨景物和詞人的情態動作的話，那麼詞的下片則轉入抒情。詞人原本想借高爽的秋風一掃鬱積的「愁痕」，卻被西風催白鬢髮，「與秋俱老」四字語極沈痛，有一種徹底失望和失落的悲恨之意。這種「中年懷抱」是年輕時所没有的，像當年那樣簾内屏邊借酒澆愁，已是難以化解。「萬里江南吹簫恨」一句，用春秋時楚國伍員奔逃吴國「鼓腹吹簫，乞食於吴市」的典故，喻指自己國破家亡流離失所，從而點出了詞人之「恨」也就是「中年懷抱」的底藴。然後遷恨於天邊的參差白雁，因爲秋雁尚能南飛尋找温暖的棲處，漂泊的詞人國破家亡，已無歸宿。結句「煙未斂，楚山杳」，是詞人望中所見，煙霧彌漫，楚山杳冥，家國何處，心事浩茫。二句以景結情，「情以景幽」（沈雄《古今詞話·詞品》），使下片的抒情餘味悠然不盡。

【集評】

卓人月《詞統》卷一六：丹楓烏桕，人取我棄。《證類本草》：牽牛花作藤，生花狀如扁豆，因野人牽牛易葯得名。

世經堂康熙十七年殘本《詞綜》批語：三首俱生挺。（按：「三首」，指此首與下同調之「雁嶼晴嵐薄」、「夢冷黄金屋」二首。）

許昂霄《詞綜偶評》：「月有微黄籬無影，掛牽牛、數朵青花小」，舊人言牽牛花，日出即萎，故此詞云然。

陳廷焯《放歌集》卷二：竹山在南宋亦樹一幟，然好作質實語而力量不足，合者不過改之之匹，不能得稼軒彷彿也。「嘶馬」六字似接不接，「挂牽牛」三句與通首詞意不融洽，所謂外强中乾也。

陳廷焯《白雨齋詞話》卷一：竹山詞多不接處。如《賀新郎》云「竹几一燈人做夢」，可稱警句。下接云「嘶馬誰行古道」，合上下文觀之，不解所謂。即云託諸夢境，無源可尋，亦似接不接。下云「起搔首、窺星多少」，蓋言夢醒。下云「月有微黄籬無影」，又是警句。下接云「挂牽牛、數朵青花小。秋太淡，添紅棗」，此三句，無味之極，與通首詞意，均不融洽，所謂外强中乾也。古人脱接處，不接而接也。竹山不接處，乃真不接也。大抵劉、蔣之詞，未嘗無筆力，而理法氣度，全不講究。是板橋、心餘輩所祖，乃詞中左道。有志復古者，當別有會心也。

胡適《詞選》：《賀新郎》詠秋曉云：「起搔首窺星多少。月有微黄籬無影，挂牽牛、數朵青花小。」這是很美的描寫。

又　約友三月旦飲〔一〕

雁嶼晴嵐薄〔二〕。倚層屏、千樹高低，粉纖紅弱〔三〕。雲隘東風藏不盡，吹豔生香萬壑〔四〕。又散入、汀蘅洲藥〔五〕。擾擾匆匆塵土面，看歌鶯、舞燕逢春樂〔六〕。人共物，知誰錯〔七〕。

寶釵樓上圍簾幕〔八〕。小嬋娟、雙調彈箏，半霄鸞鶴〔九〕。我輩中人無此分，琴思詩情當卻〔一〇〕。也勝似、愁橫眉角〔一一〕。芳景三分纔過二，便綠陰、門巷楊花落〔一二〕。沽斗酒，且同酌〔一三〕。

【校注】

〔一〕三月旦：三月初一。旦：同朔，農曆初一。朔望也作旦望，《宋史·禮志》：「一遇旦望諸節序，下降香表，薦獻行禮。」

〔二〕雁嶼：大雁棲落的島嶼。晴嵐：晴日山間的霧氣。唐鄭谷《華山》詩：「峭仞聳巍巍，晴嵐染近畿。」宋周邦彦《渡江雲》：「晴嵐低楚甸，暖迴雁翼，陣勢起平沙。」

〔三〕倚層屏二句：意謂樹木依託重疊的山崖而生，高低參差。層屏，層疊如屏的山崖。粉纖紅弱，謂白色、紅色的花嬌弱可愛。

〔四〕雲隘：雲霧繚繞的山隘。豔：即上句「粉纖紅弱」的嬌豔花朵。生香萬壑：即萬壑生香。意爲東風把花香吹遍千山萬壑。

〔五〕汀蘅洲藥：汀洲上生長的蘅藥。汀、洲，均爲水中的小塊陸地。戰國楚屈原《九歌·湘夫人》：「搴汀洲兮杜若，將以遺兮遠者。」蘅：杜蘅，香草名。戰國楚屈原《離騷》：「畦留夷與揭車兮，雜杜蘅與芳芷。」藥：花名，勺藥的簡稱。《詩經·鄭風·溱洧》：「維士與女，伊其相謔。贈之以勺藥。」南朝齊謝朓《直中書省》詩：「紅藥當階翻，蒼苔依砌上。」

〔六〕擾擾怱怱，紛擾怱忙，指人間世俗生活的怱促紛亂、動蕩不安。怱怱，毛本、續本作「囱囱」。塵土面：指世路奔波、風塵滿面的人。

〔七〕共：與。

〔八〕寶釵樓：唐宋時咸陽酒樓名。五代張泌《酒泉子》：「咸陽沽酒寶釵空。」宋邵博《聞見後録》卷十九：「予嘗秋日餞客咸陽寶釵樓上，漢諸陵在晚照中，有歌此詞（按指李白《憶秦娥》）者，一座淒然而罷。」南宋陸游《對酒》：「但恨寶釵樓，胡沙隔咸陽。」自注：「寶釵樓，咸陽旗亭也。」南宋劉克莊《沁園春·夢孚若》：「何處相逢，登寶釵樓，訪銅雀臺。」此泛指酒樓。

〔九〕小嬋娟：指妙齡少女。嬋娟，形態美好貌。漢張衡《西京賦》：「嚼清商而卻轉，增嬋娟以此豸。」唐孟郊《嬋娟篇》：「花嬋娟，泛春泉。月嬋娟，真可憐。」雙調：商調樂律名。《新唐書·禮樂志》十二：「越調、大食調、高大食調、雙調、小食調、歇指調、林鍾商爲七商。」半霄鸞鶴：半空中鸞鶴飛鳴，比喻箏調優美動人。

〔一〇〕中人：平常人，凡人。《荀子·非相》：「中人羞以爲友。」《史記·李將軍列傳》：「才能不及中人。」

〔一一〕愁横眉角：紫芝本作「愁眉横角」。

〔一二〕芳景：美好的春光。三分纔過二：正月爲孟春，二月爲仲春，三月爲季春，合稱「三春」，時值三月旦，正是春光「三分纔過二」之際。

〔一三〕沽：買。斗酒：一斗酒。漢無名氏《古詩十九首》之三：「斗酒相娛樂，聊厚不爲薄。」斗，古代酒器。《詩經·大雅·行葦》：「酌以大斗，以祈黄耇。」

【疏　解】

如題所示，詞寫春日邀約友人小酌，時間是「三月旦」，即農曆三月初一。上片以景起，「雁嶼晴嵐薄。倚層屏、千樹高低，粉纖紅弱」，寫春歸雁回的水邊洲島上，飄浮著一抹淡淡的嵐煙。這是一個晴好的春日，放眼望去，但見樹木葱翠，依託重疊的山崖而生，高低參差，錯落一片，枝頭綴滿白色、紅色的花朵，嬌弱可愛。「雲隘東風藏不盡，吹豔生香萬壑」，寫雲霧繚繞的山隘也擋不住浩蕩的東風，把馥郁的花香吹遍千山萬壑。「豔」字承上「粉纖紅弱」，指林間枝頭嬌豔的花朵。「又散入、汀蘅洲藥」，是説東風又把林花的芬芳飄散到生長杜蘅、芍藥的汀洲上。芍藥、杜蘅都是香草名，以之入詩，最早見於《詩經》和《楚辭》。至此，林花的芳香，芍藥的芳香，杜蘅的芳香，和著春風，氤氲一氣，借助詞人的妙筆，渲染出彌漫一片的花香襲人的氛圍。然後人物出場：「擾擾怱怱塵土面，看歌鶯、舞燕逢春樂」，原來上面所寫春日芳景，都是世路奔波、滿面風塵的詞人眼前所見。一邊是詞人生存的艱辛，一邊是「歌鶯舞燕逢春樂」，人與物，景與情，處在一種對立矛盾的錯位狀態。詞人也有些困惑了：「人共物，知誰錯？」風送芳菲，鶯歌燕舞的大好春光，可謂良辰美景，詞人的心情本該是快樂的，但詞人偏無賞心樂事，這是「以樂景寫哀」的手法（王夫之《薑齋詩話》）。古典詩詞大多追求情景交融，但也有情景分離的寫法，此詞上片就是典型的情景分離手法。

下片轉寫春日名樓盛宴：「寶釵樓上圍簾幕。小嬋娟、雙調彈箏，半霄鸞鶴。」寶釵樓上簾幕重重，嬋娟美女當宴調箏，歌舞樂聲優美動人。但這三句是虛寫，也可以説是襯筆，是給詞人簡單的斗酒小酌作陪襯對比的，這由下句「我輩中人無此分」可知。徵歌逐舞、琴棋書畫、詩酒風流，本是歷代文人詞客重要的生活内容和消遣方式，但詞人卻説：「我輩中人無此分，琴思詩情當卻。」這兩句承上片「擾擾匆匆塵土面」而來。其何以如此？究其原因不外以下幾個方面：一是亡國之後，奔波流浪，物質生活條件貧乏，名樓飲酒、名姬歌舞非能想望；二是琴思詩情、逸興湍飛的心境不再，遭遇巨大變故的詞人，已無此種興致；三是彈琴吟詩，是亡國之前的文士生活常態，但這種風雅的生活已被元軍的野蠻入侵無情地打碎了，重理舊好，徒然勾起心中難以排遣的愁恨，與其弄得「愁橫眉角」，還不如乾脆不去招惹撩撥的好；四是詞人的牢騷話，生計慘淡，心緒不佳，琴思詩情與我無緣；五是品格的標榜，熱鬧和享樂是新朝新貴們的，是那些變節求榮的識時務者的，「我輩中人」，甘守清貧，決不蹚此渾水。「芳景三分纔過二，便綠陰、門巷楊花落」二句，上句點題目中的「三月旦」，下句强調時光流逝之速，綠蔭門巷楊花飄落，已近暮春。所以詞人要「沽斗酒，且同酌」，趁著春光尚在，邀集友人，斗酒同酌，一洗塵顔，寬慰心懷吧。結句扣題中「約友」和「飲」字，全詞的意脈結構顯得完整縝密。

【集　評】

卓人月《詞統》卷一六：人與物較，我輩又與此輩較，不飲何爲。

許昂霄《詞綜偶評》：「我輩中人無此分」三句，名言。

又　吴江〔一〕

浪湧孤亭起〔二〕。是當年、蓬萊頂上，海風飄墜〔三〕。帝遣江神長守護，八柱蛟龍纏尾〔四〕。鬭吐出、寒煙寒雨〔五〕。昨夜鯨翻坤軸動，捲雕翬、擲向虚空裏〔六〕。但留得，絳虹住。五湖有客扁舟艤〔七〕。怕群仙、重游到此，翠旌難駐〔八〕。手拍闌干呼白鷺，爲我殷勤寄語。奈鷺也、驚飛沙渚〔九〕。星月一天雲萬壑，覽茫茫、宇宙知何處。鼓雙檝，浩歌去〔一〇〕。

【校　注】

〔一〕吴江：即吴淞江，太湖最大支流。又名笠津、松江、松陵江、蘇州河。自太湖東北流經吴江縣、吴縣、昆山、青浦、松江、嘉定、上海，合黄浦江入海。

〔二〕孤亭：即垂虹亭，在江蘇吴江縣東長橋上。《嘉慶一統志》七八《蘇州府》二：長橋本名利往橋，橋有七十二孔。因上有垂虹亭，故名垂虹橋。橋、亭皆建於北宋慶曆年間。宋蘇軾自杭州移守密州時，曾和張先等在此亭飲酒。宋王安石《送裴如晦宰吴江》：「他時散髮處，最愛垂虹亭。」南宋陆游《擬峴臺觀雪》：「垂虹亭上三更月，擬峴臺前清曉雪。」

〔三〕蓬萊：山名，古代方士傳説爲仙人所居，又名蓬壺。《山海經·海内北經》：「蓬萊山在海中。」

《史記·封禪書》："蓬萊、方丈、瀛洲，此三神山者，其傳在勃海中。"

〔四〕帝：天帝，亦喻指趙宋皇帝，因橋、亭均爲趙宋盛時所建。八柱句：八根亭柱上雕繪著纏繞的蛟龍。

〔五〕鬭吐句：意謂江上的寒煙寒雨乃蛟龍相鬭噴吐而出。鬭：紫芝本、影鈔本作"鬪"，黄本作"斗"。

〔六〕昨夜五句：意爲昨夜地下巨鯨翻動地軸，把亭上雕飾的飛檐卷去，抛向天空，化爲彩虹（即垂虹橋、亭）留下來。鯨翻：古人認爲大地爲巨鯨所載，鯨翻則地動。坤軸：即地軸。《河圖括地象》云："昆侖爲地之中，地下有八柱，柱廣十萬里。有三千六百軸，互相牽制，名山大川，孔穴相通。"雕翬：亭上雕飾的飛檐。翬：雉雞。《詩經·小雅·斯干》："如翬斯飛。"朱熹《詩集傳》注云："其檐阿華彩而軒翔，如翬之飛而矯其翼也。"絳虹：泛指彩虹，此處喻垂虹橋亭。絳，赤色。

〔七〕五湖：即太湖。艤：船靠岸。《史記·項羽本紀》："於是項王乃欲東渡烏江。烏江亭長艤船待。"《御選歷代詩餘》作"檥"。

〔八〕翠旌：翠羽裝飾的旌旗。戰國楚屈原《九歌·少司命》："孔蓋兮翠旌，登九天兮撫彗星。"後借指帝王儀仗，此指仙駕。

〔九〕沙渚：沙洲。

〔一〇〕鼓：摇動。雙櫂：雙槳。浩歌：放聲歌唱。戰國楚屈原《九歌·少司命》：「望美人兮未來，臨風怳兮浩歌。」

【疏　解】

此詞作於宋亡後，詞人在蘇州吴江一帶流亡漂泊之時，風格豪逸，接近蘇辛豪放詞風，後世詞論家將「辛蔣」或「劉蔣」並稱，如江順詒《詞學集成》卷四云：「至辛、蔣以豪邁之語，爲變徵之音。」謝章鋌《賭棋山莊詞話》卷七云：「若蘇、辛、劉、蔣，則如素娥之視虚妃，尚嫌臨波作態。」主要就是著眼此類詞作立論的。「吴江」即太湖支流吴淞江，在今江蘇吴江市境内，上有跨江七十二孔橋名長橋，又名垂虹橋，橋上建有垂虹亭。起句「孤亭」即指此亭。「浪湧孤亭起」五字發唱驚挺，起勢不凡，詞人不僅用白浪滔天的聲勢烘托此亭聳峙江橋，而且還誇説它是從神話傳説中的蓬萊仙山上被海風吹落下來的。爲此，天帝還特派江神來守護它，並有八條蛟龍盤旋纏繞於八根亭柱之上，噴吐出陣陣寒煙寒雨。然而，一夜之間突然發生巨大的變化：「昨夜鯨翻坤軸動，捲雕翬、擲向虚空裏。但留得，絳虹住。」這來自仙山並爲天帝神力守護的亭子，卻被巨鯨攪動地軸，天地翻覆之中，亭子那雕飾彩繪的飛檐，被拋入冥冥太空，只留下一座長橋横臥江上。「鯨翻坤軸」一句，喻指的就是元蒙野蠻的入侵和宋室江山的覆亡。下片抒寫詞人的感受。詞人一葉扁舟，浪迹五湖，艤舟長橋，目睹這「鯨翻坤軸」的巨大變化，心緒難平。他想垂虹亭既然是從仙山降落人間的，那麽當仙人來到人間，發現此亭遭到無法修復的毁壞時，他們也就失去了人間的駐足之地。他很想託白鷺立即把這傾覆危殆的現實情況告知仙界，無奈白鷺卻不解詞人心意，翩然驚飛而去。當此莫可奈何之際，詞人仰望長空，只見萬壑浮雲，一天星月，宇宙茫茫，無邊遼闊，何處是我的棲身之地呢？胡雲翼《宋詞選》分析此詞下片時指出：「既説『怕群仙、重游到此，翠旌難駐』，又説『覽茫茫宇宙知何處』，這首詞的主題，該是反映『江山易主』無處容身的隱痛。」所論極是。但經歷了國破家亡、漂泊流離的諸般磨難的洗禮，忠於故國、苦志守節的詞人，變得堅强而曠達。結句「鼓雙檝，浩歌去」，豪邁飄逸，詞人超越苦難、解脱困縛的高情遠致，確與蘇辛豪放清雄的詞風略相彷彿。總體而論，此詞與蘇辛一派豪放格調爲近，但其中也摻入了周姜詞風的因素，如下片「怕群仙、重游到此，翠旌難駐」幾句，就帶有較爲明顯的姜夔筆法。

【集　評】

胡雲翼《宋詞選》：既説「怕群仙、重游到此，翠旌難駐」，又説「覽茫茫宇宙知何處」，這首詞的主題，該是反映「江山易主」無處容身的隱痛。

又〔一〕

夢冷黄金屋〔二〕。歎秦箏、斜鴻陣裏，素絃塵撲〔三〕。化作嬌鶯飛歸去，猶認紗窗舊緑〔四〕。正過雨、荊桃如菽〔五〕。此恨難平君知否，似瓊臺、湧起彈棋局〔六〕。消瘦影，嫌明燭。鴛樓碎瀉東西玉〔七〕。問芳悰、何時再展，翠釵難卜〔八〕。待把宮眉橫雲樣，描上生綃畫幅〔九〕。怕不是、新來妝束〔一〇〕。綵扇紅牙今都在，恨無人、解聽開元曲〔一一〕。空掩袖，倚寒竹〔一二〕。

【校注】

〔一〕毛本、影鈔本、續本、《御選歷代詩餘》均有詞題「懷舊」二字。

〔二〕黄金屋：語本漢班固《漢武故事》，武帝劉徹少時，長公主欲以女阿嬌相許，徹曰：「若得阿嬌作婦，當作金屋貯之。」金屋：極言屋之華麗。唐李商隱《茂陵》：「玉桃偷得憐方朔，金屋脩成貯阿嬌。」此處暗喻宫苑，以佳人失意夢冷，寫詞人故國哀思。

〔三〕秦箏：絃樂器，漢應劭《風俗通·聲音》謂秦人蒙恬所造，故名。晉潘岳《笙賦》：「晉野悚而投琴，況齊瑟與秦箏。」謝靈運《燕歌行》：「對君不樂淚沾纓，闢窗開幌弄秦箏。」斜鴻陣：形容絃柱斜列如飛雁之行陣。古箏列柱如雁行，故稱「雁柱」，宋張先《生查子》：「雁柱十三絃，一一春鶯語。」鴻：即大雁。《詩經·小雅·鴻鴈》：「鴻鴈于飛，肅肅其羽。」毛《傳》：「大曰鴻，小曰鴈。」素絃塵撲：謂久不彈撥的箏絃已蒙灰塵。素絃，素色絲絃。

〔四〕紗窗：《詞綜》作「窗紗」。

〔五〕荊桃如菽：櫻桃如豆般大小。荊桃：即櫻桃。菽：豆類之總稱。宋周邦彦《大酺·春雨》：

「紅糝鋪地，門外櫻桃如菽。」

〔六〕瓊臺：美玉之臺。此指玉石所製之彈棋盤。湧起：吴本作「湧銀」，誤。彈棋局：彈棋之棋盤，「以石爲之」，其狀「隆中夷外」，不平。古人常以喻心中之不平。唐李商隱《無題》：「莫近彈棋局，中心最不平。」彈棋：古代博戲之一。《後漢書·梁冀傳》注引《藝經》：「彈棋，兩人對局，白黑棋各六枚，先列棋相當，更先彈也。」此處以棋局之多變喻世事之多變。

〔七〕鴛樓：泛指酒樓，此處亦借喻故國宫苑。碎瀉東西玉：以杯碎酒瀉喻宋室覆亡。《御選歷代詩餘》作「瀉碎」。東西玉：指酒，一説指酒器。宋黄庭堅《次韻吉老十小詩》：「佳人斗南北，美酒玉東西。」宋范成大《丙午新正書懷》：「祝我賸周花甲子，謝人深勸玉東西。」

〔八〕悰：心情。唐李商隱《樂游原》：「無悰託詩遣，吟罷更無悰。」吴本、毛本、《詞綜》、《御選歷代詩餘》、續本、黄本作「蹤」。翠釵句：謂翠釵也難以卜問消息。釵由兩股合成，古時婦女常用來問卜吉凶。敦煌曲子詞《雲謡集·鳳歸雲》：「枉把金釵卜，卦卦皆虚。」宋鄧林《客孟氏塾戲降紫姑》：「釵卜無憑芳信杳，酸風空度鳳臺簫。」

〔九〕待把二句：謂要把佳人容顔畫在生綃上。宫眉：宫中流行的眉毛樣式。唐李商隱《蝶》詩之三：「壽陽公主嫁時妝，八字宫眉捧額黄。」宋歐陽修《鷓鴣天》：「學畫宫眉細細長，芙蓉出水鬬新妝。」横雲樣：謂眉如纖雲横於額前。生綃：未經漂煮的絲織品，古人以之作畫，因亦代指畫幅。唐韓愈《桃源圖》：「流水盤迴山百轉，生綃數幅垂中堂。」宋王安石《學士院畫屏》：

「六幅生綃四五峰，暮雲樓閣有無中。」畫：紫芝本作「晝」，誤。幅，影鈔本作「輻」，誤。

〔一〇〕怕：紫芝本作「帕」，誤。

〔一一〕綵扇紅牙：均爲歌舞之用具。紅牙：調節樂曲節拍之牙板，色紅。宋俞文豹《吹劍續録》：「柳郎中詞，只合十七八女郎，執紅牙板，歌『楊柳岸，曉風殘月』。」開元曲：唐開元盛世之樂曲，指代前朝舊事。唐杜甫《秋日夔府詠懷奉寄鄭監李賓客一百韻》：「南内開元曲，常時弟子傳。」此指宋朝盛時歌舞繁華之事。

〔一二〕空掩袖二句：語本唐杜甫《佳人》：「天寒翠袖薄，日暮倚修竹。」謂心事無人解會。寒竹：《御選歷代詩餘》作「修竹」。

【疏　解】

此詞運用比興手法，借助夢境，寄託詞人的故國之思與今昔之感。起句用漢武「金屋藏嬌」典故，以「黄金屋」喻故國宫苑，以阿嬌喻失意憔悴的佳人，作爲貫穿全詞的抒情主人公，佳人實即詞人的代指。「歎秦箏」三句，以樂器的蒙塵，寫「金屋」的冷落，暗示故國的衰亡。「化作嬌鶯」二句，「語甚奇警」（唐圭璋《唐宋詞簡釋》），「嬌鶯」承上喻溜囀的箏聲，乃是失意佳人的夢魂所幻化。金屋冷落、素絃蒙塵的淒涼境況，就是佳人夢魂化作嬌鶯飛回故宫之所見。「紗窗舊緑」是當年盛況遺留的殘迹，而今仍依稀可辨。但往昔宫苑奇花異卉、嫣紅姹紫的風光不再，一陣雨過，唯餘幾枝「荆桃」，結出了豆粒大小的青果。化作嬌鶯、夢回故宫的佳人，回憶當年的繁華，面對眼前的敗落，不禁慨歎世事翻覆無常如同彈棋之局，心中油然生出無限的黍離之悲、銅駝之恨。心情悲苦的佳人自覺形容消瘦，不堪明燭照影。前結「嫌明燭」三字，將佳人那份落寞淒涼的心境傳神寫出。後起「鴛樓」與前起「金屋」前後照應，均爲故國之象徵。「碎瀉東西玉」，以玉杯破碎、美酒傾瀉，喻指山河破碎，故國淪亡，風流雲散，不可收拾。所以佳人沉痛到幾於絶望，她感到像當年那樣美好的心情，是再也不會重有了。「翠釵難卜」，與辛棄疾《祝英臺近·春晚》中的「試把花卜歸期」意旨近似。於是佳人想用丹青描畫出自己昔日形象，聊以慰藉眷念故國之情。但她轉念一想，那「小頭鞋履窄衣裳，青黛點眉眉細長」的前朝舊妝，和改朝换代後的「新來妝束」，恐怕是新舊異趣、大不相同吧！一如「綵扇紅牙」俱在，卻没有人「解聽開元曲」，世間已物是人非，知音難覓。「綵扇紅牙」二句，在意脈上回應上片「歎秦箏」數句。佳人的故妝舊曲與時人的改换新妝、不解舊曲，對比分明，識時務者的隨波逐流、變節趨新，愈益襯出佳人不忘故國的耿耿忠忱。後結化用杜甫《佳人》「天寒翠袖薄，日暮倚修竹」詩意，既見出佳人之節操不易，丹心不改，亦見出「美人遲暮」的蕭瑟悲淒。全詞借助夢境與比興象徵手法，多層次、多維度地抒寫詞人眷念故國的一往深情，雖有瑰辭麗藻，但靈動豪邁之氣貫注字裏行間，確如陳廷焯所評：「處處飛舞，如奇峰怪石，非平常蹊徑也。」

【集　評】

卓人月《詞統》卷一六：吐蘭吞蕙。《晉·天文》：地如棊局。○山谷詩：佳人斗南北，美酒玉東西。注：酒器也。

譚獻《譚評詞辨》：瑰麗處鮮妍自在，然辭藻太密。

陳廷焯《白雨齋詞話》卷八：此亦磊落可喜。竹山集中，便算最高之作。乃秀水必謂其效法白石，何異癡人説夢耶。

陳廷焯《放歌集》卷二：（前結）磊落英多。（後結）曲高和寡，古今同慨。

陳廷焯《雲韶集》：筆致飛舞奇警，後來惟板橋深得其妙。處處飛舞，如奇峰怪石，非平常蹊徑也。

唐圭璋《唐宋詞簡釋》：此首感舊詞，極吞吐之妙。發端言夢冷塵撲，是一淒極境界。「化作」兩句，承上言箏聲，仍扣住舊境，語甚奇警。「正過雨」句，頓住，點雨景。「此恨」四句，歎世局改移，令人恨極而瘦。換頭，傷舊游難尋。「待把」二字，與「怕不是」呼應，詞筆曲折，言描畫倩影不能逼肖也。「彩扇」兩句，再用曲筆，言知音已杳，物是人非也。末以美人自喻，倍見孤臣遲暮之感。

又　兵後寓吴〔一〕

深閣簾垂繡〔二〕。記家人、軟語燈邊，笑渦紅透〔三〕。萬疊城頭哀怨角，吹落霜花滿袖〔四〕。影廝伴、東奔西走〔五〕。望斷鄉關知何處，羡寒鴉、到著黄昏後〔六〕。一點點，歸楊柳。

相看只有山如舊。歎浮雲、本是無心，也成蒼狗〔七〕。明日枯荷包冷飯，又過前頭小皁〔八〕。

趁未發、且嘗村酒。醉探枵囊毛錐在，問鄰翁、要寫牛經否〔九〕。翁不應，但摇手〔一〇〕。

【校　注】

〔一〕兵後：戰亂之後，當指公元一二七六年元軍佔領南宋都城臨安（杭州）之後。時蔣捷流寓蘇州一帶。吳，指蘇州。《御選歷代詩餘》無詞題。

〔二〕簾垂繡：即垂繡簾。

〔三〕軟語：温柔和婉的話語。唐杜甫《贈蜀僧閭邱師兄》：「夜闌接軟語，落月如金盆。」笑渦：笑時雙頰之酒窩。

〔四〕萬疊：一遍又一遍地反復吹奏。疊：明楊慎《丹鉛總録》二七《瑣語》：鼓三百三十槌爲一通，鼓止角動，吹十二聲爲一疊。

〔五〕厮伴：相伴。吳本作「厮冰」，誤。

〔六〕望斷句：化用唐崔顥《黄鶴樓》「日暮鄉關何處是」句意。鄉關：故鄉。《梁書·元帝紀》徐陵《勸進表》：「瞻望鄉關，誠均休戚。」

〔七〕歎浮雲三句：喻世事難測，變化無常。晉陶潛《歸去來兮辭》：「雲無心以出岫，鳥倦飛而知還。」唐杜甫《可歎》：「天上浮雲似白衣，斯須改變如蒼狗。」本是：紫芝本、《御選歷代詩餘》作「本自」。

〔八〕 阜：土山，丘陵。《詩經·小雅·天保》：「如山如阜，如岡如陵。」

〔九〕 枵囊：空袋。毛錐：毛筆。牛經：有關養牛知識的書。《三國志》注云漢朝有《牛經》。《新唐書》五九《藝文志》「農家類」載有甯戚《相牛經》一卷。

〔一〇〕 吴本此首後注云：「後段全脱，從汲古閣刻本録補。堅之注。」

【疏解】

此詞作於宋亡之後，詞人漂泊東南、流寓蘇州時。上片分兩層，一起三句爲第一層，「記」字乃是句眼，它告訴讀者，這三句寫的是流落異鄉的詞人，對元兵滅宋前温馨的家居生活的深情回憶。三句展示的畫面令人陶醉，由深閨香暖、繡簾低垂的環境，「軟語燈邊、笑窩紅透」的細節可知，詞人不能忘懷的是和婉美姣好的妻子朝夕相守一起生活的閨房之樂。這三句寫來婀娜旖旎，讀之頰齒生香，與下文「影廝伴、東奔西走」、「枯荷包冷飯」的悽惶酸辛顛沛流離生涯構成對比，昔日的歡樂愈襯出今日的悲苦。「萬疊城頭」至前結九句爲第二層，由回憶轉至眼前，寫「兵後」的苦況。城頭萬疊角聲，即是兵荒馬亂的動蕩時代的表徵，「霜花滿袖」既寫季節氣候，更寫出了無家可歸者漂泊的淒苦。元兵入侵毁滅了詞人幸福的家庭生活，「影廝伴」兩句就是詞人隻身逃亡、孤苦無依的流寓生涯的寫照。詞人望斷鄉關，不見家園，但見蒼茫暮色中歸巢的點點寒鴉。「羡寒鴉」幾句以物比人，反襯出人不如鴉，「羡」字極酸澀沉痛。下片亦分兩層，换頭「相看」三句抒發詞人的感喟：山河不殊，人事已非，滄桑變化彷彿白雲蒼狗般恍惚無定。這三句内蘊豐富，細加品嚼，其中有詞人「青山不改」的氣節自守意味，也有對變節的識時務者的諷諭。「明日」以下至結句爲第二層，承接上片「東奔西走」，是題中「寓吴」二字的具體展開。詞人以飽含苦澀又帶些許幽默的筆致，描寫一個易代之際的守節文士落魄潦倒的困窘相，「枯荷包冷飯」是流浪者寒傖的生活；「且嘗村酒」是文人積習，更是借酒消愁；「醉探毛錐」二句則是流寓中文士聊以謀生的手藝；結句「翁不應，但摇手」，以老翁摇手不答襯出近乎乞討的詞人技藝不售的狼狽，同時也透漏了老翁一言難盡的隱衷：元軍到處燒殺劫掠，圈地放牧，田園荒蕪，耕作盡廢，抄寫《牛經》還有何用？老翁的摇手不應既是不敢觸犯時忌，也是有感於詞人的迂腐。這種不避卑俗，如實摹畫，形象具體的寫法，在宋詞中還不常見到。

此詞還有兩點值得注意：從文學形象的典型意義來看，詞人自身的遭遇對比概括了元兵滅宋給廣大人民生活造成的巨大災難；從宋詞言情的角度來看，兩宋詞人每每寫及令人銷魂的歡愛場面，多是發生在秦樓楚館，他們所眷戀的多是年輕漂亮的歌女藝伎，令他們難以忘懷的往往是「情人」而非「家人」，蔣捷此詞獨獨鍾情於「家人」，且把家中妻子寫得異常嬌媚，顯示了這位在大節上義不仕元的遺民詞人，在私生活的小節上重視倫理感情的品格。

【集評】

卓人月《詞統》卷一六：是阮生窮途光景。

胡雲翼《宋詞選》：《賀新郎》（兵後寓吴）寫亡國後一個流浪者的哀愁，其感人之深可以和《須溪詞》裏最好的作品相比。

這是一首流浪者的哀歌，也是作者的自叙。内容是説他在因戰爭燃起的遍地烈火裏，完全失掉了家庭的幸福和温暖，在漂泊無依的旅途上，忍受著風霜的侵襲，簡直比不上寒鴉還有窠兒可歸。……他如今一無所有，身邊只剩下一點乾荷葉包著的冷飯，從這個山頭翻過那個山頭，從這個村莊走到那個村莊，到處奔波。即使想歇下來，找個抄抄書换口飯吃的安身地方也不可能。按蔣捷在南宋亡國後是隱居不仕的文人之一，這首詞反映了當時一般不肯變節的知識分子艱苦的處境。

沁園春〔一〕　爲老人書南堂壁〔二〕

老子平生，辛勤幾年，始有此廬〔三〕。也學那陶潛，籬栽些菊，依他杜甫，園種些蔬〔四〕。除了雕梁，肯容紫燕，誰管門前長者車〔五〕。怪近日，把一庭明月，卻借伊渠〔六〕。鬢邊白髮紛如〔七〕。又何苦招賓約客歟〔八〕。但夏榻宵眠，面風欹枕，冬檐晝短，背日觀書〔九〕。若有人尋，只教僮道，這屋主人今自居〔一〇〕。休羡彼，有摇金寶轡，織翠華裾〔一一〕。

【校　注】

〔一〕沁園春：又名大聖樂、千春詞、念離群、東仙、洞庭春色、壽星明。調見宋韋驤《韋先生詞》。《能改齋漫録》卷一六云：「今世樂府傳《沁園春》詞。按《後漢書》竇憲女弟立爲皇后，憲恃宫掖聲勢，遂以賤直請奪沁水公主園。然則沁水園者，公主之園也。故唐人類用之。」

〔二〕《御選歷代詩餘》詞題作「書南堂壁」。

〔三〕老子：自稱，同「老夫」。《後漢書·馬援傳》：「諸曹時白外事，援輒曰：『此丞、掾之任，何足相煩。頗哀老子，使得遨游。』」南宋史達祖《滿江紅·九月二十一日出京懷古》：「老子豈無經世術，詩人不預平戎策。」

〔四〕籬栽些菊：晉陶淵明《飲酒》其五：「采菊東籬下，悠然見南山。」依：依照。園種些蔬：唐杜甫《園》：「畦蔬繞茅屋，自足媚盤飧。」《有客》：「自鋤稀菜甲，小摘爲情親。」《暇日小園散病，將種秋菜，督勤耕牛，兼書觸目》：「嘉蔬既不一，名數頗具陳。」

〔五〕紫燕：又名越燕。北周庾信《庾子山集》八《謝滕王賚馬啟》：「柳穀未開，翻逢紫燕。」南宋羅願《爾雅翼·釋鳥》三：「越燕小而多聲，頷下紫，巢於門楣上，謂之紫燕，亦謂之漢燕。」長者車：顯貴者所乘之車。《史記·陳丞相世家》：「家乃負郭窮巷，以弊席爲門，然門外多有長者車轍。」

〔六〕明月：影鈔本作「風月」。伊渠：他們。均第三人稱代詞。唐白居易《李德裕相公貶崖州三首》之二：「擺頭撼腦花園裏，將爲春光總屬伊。」唐寒山《詩三百三首》：「蚊子叮鐵牛，無渠下嘴處。」

〔七〕白髮：彊村本、黄本作「白雪」。紛如：猶「紛若」，盛多貌。

〔八〕約客：吴本、毛本、彊村本、續本、黄本作「納客」。

〔九〕攲枕：倚枕。攲，亦作欹，通「倚」。宋辛棄疾《南鄉子·舟行記夢》：「欹枕櫓聲邊，貪聽咿啞聒醉眠。」

〔一〇〕自居：紫芝本、吴本、毛本、續本作「日居」。

〔一一〕摇金句：飾有黄金珠寶的馬韁繩。轡：駕馭牲口用的嚼子韁繩。織翠句：織有彩色花紋的錦繡衣裳。裾：衣襟或衣袖，代指衣裳。上二句化用李賀《高軒過》詩句：「華裾織翠青如葱，金環壓轡摇玲瓏。」以華麗服用借指達官貴人。

【疏　解】

竹山詞的豪宕奇崛之氣，是詞人在南宋滅亡後守志抱節、決不妥協的堅貞精神在創作中的流露。這首《沁園春·爲老人書南堂壁》，即是一首流露詞人豪宕奇崛之氣的詞作。詞人借助「爲老人書南堂壁」，而自寫襟抱，標示高節。這位「老人」大約同詞人一樣，是一個不肯屈節仕元而甘願隱居終生的遺民，所以詞人才會爲他題詞於南堂的牆壁之上。一起三句，言人生不易，多年辛勤，始有此遮風避雨之廬舍。聯繫蔣捷亡國後長期漂泊流浪的經歷，「二十年來，無家種竹」的境況，這三句實非泛泛之語，當有其甘苦體驗在內。因廬舍來之不易，所以要用心經營，細加擘畫：「學那陶潛，籬栽些菊，依他杜甫，園種些蔬」。學陶依杜，栽菊種蔬，尚友古人，所謂「典型在夙昔」，是要從陶杜那裏汲取不慕榮利、忠君愛國的精神力量。園廬除了紫燕出入，户庭並無塵雜，至於門前有無「長者車」，則可以不去管他。讓詞人驚怪的是，好好的「一庭明月」，卻也借與那些尊榮富貴者，利欲薰心的他們，是無暇也無心去領略清風明月的好處的，言外是説那等庸俗不堪的「長者」，不配也不懂享此清朗，故而惹得詞人訝異不已。換頭三句，是閱歷滄桑的透徹之語。浮華落盡，雲煙過眼，人情覷破，方能道出。鬢髮如雪，垂垂老矣，一切淡然，不再勞神，早過了喜湊熱鬧的年齡，也再無呼朋引伴的興致。何況自己和「長者」原非同類，道不同不相與謀啊！守著廬舍「夏榻宵眠，面風敧枕，冬檐晝短，背日觀書」，感受獨處中的大自在，自足中的大快活。不惟不去攀附結交，就是有人尋來，也要讓童僕以「這屋主人今自居」卻回。在思想上與「長者」——實即賣身求榮的新貴們既然劃清了界限，那就會甘於寂寞，獨標高格，任是「摇金寶轡，織翠華裾」，於我有何可羨！詞句充滿了對新貴們的不屑與輕蔑。在中國文學史上，凡易代之際不肯屈節改仕新朝之士，大都效法陶潛，避世歸隱，學習杜甫，忠愛故國。蔣捷正是從陶潛和杜甫身上看到了仿效的榜樣，獲得了鄙視新貴、抗禮新朝的道德勇氣。在對屈節仕元者的不屑與蔑視中，守志抱節的貞士形象高高地矗立起來。李調元《雨村詞話》評此詞「甚有奇氣」，這「奇氣」來源於詞人堅貞的民族氣節。

【集　評】

卓人月《詞統》卷一五：一肚皮輕薄。面風背日清福，老人太受用。

李調元《雨村詞話》卷二：蔣竹山詞堆金砌玉，少疏宕。獨《沁園春》「爲老人書南堂壁」，甚有奇氣，人多不選，今録之。

又　次强雲卿韻〔一〕

結算平生，風流債負，請一筆勾。蓋攻性之兵，花圍錦陣，毒身之鴆，笑齒歌喉〔二〕。豈識吾儒，道中樂地，絶勝珠簾十里樓〔三〕。迷因底，歎晴乾不去，待雨淋頭〔四〕。　休休。著甚來由。硬鐵漢從來氣食牛〔五〕。但只有千篇，好詩好曲，都無半點，閒悶閒愁。自古嬌波，溺人多矣，試問還能溺我不〔六〕。高擡眼，看牽絲傀儡，誰弄誰收〔七〕。

【校　注】

〔一〕次韻：和人之詩詞並依原作用韻的次序，叫次韻。始於唐元稹、白居易。《舊唐書·元稹傳》：「居易雅能詩，就中愛驅駕文字，窮極聲韻，或爲千言，或五百言律詩，以相投寄。小生自審不能過之，往往戲排舊韻，別創新辭，名爲次韻相酬，蓋欲以難相挑。」强雲卿：作者友人，生平不詳。

〔二〕攻性之兵：義同「伐性之斧」。《吕氏春秋・本生》：「靡曼皓齒，鄭衛之音，務以自樂，命之曰伐性之斧。」漢枚乘《七發》：「皓齒蛾眉，乃伐性之斧。」性，性命。花園錦陣：即花營錦陣，指美女聚集之處。鴆：鳥名，雄曰運日，雌曰陰諧，其羽劇毒，以之浸酒，飲之立死。《晉書・庾懌傳》：「懌聞，遂飲鴆而卒。」紫芝本「鴆」作「鴆」，誤。

〔三〕道中樂地：儒家道德學問中令人快樂之處，義近「孔顔樂處」。珠簾十里樓：游樂繁華之所，即「笑齒歌喉」攢簇而成的「花園錦陣」。唐杜牧《贈别二首》其一：「春風十里揚州路，捲上珠簾總不如。」十里樓：毛本、續本作「十里迷樓」。

〔四〕迷因底：紫芝本作「迷底歎」，毛本、續本作「因底歎」。因底：因何。晴乾：《景德傳燈録》二三《襄州洞山守初宗慧大師》：「師曰：天晴不肯去，直待雨淋頭。」喻禍至而始悟。

〔五〕著甚：作甚，爲什麽。宋蘇軾《滿庭芳》：「蝸角虚名，蠅頭微利，算來著甚乾忙。」宋朱敦儒《長相思》：「人難量。水難量。過險方知著甚忙。歸休老醉鄉。」來由：緣由，來歷。《南齊書・朱謙之傳》：「張緒、陸澄是其鄉舊，應具來由。」唐白居易《潯陽春三首・春生》：「先遣和風報消息，續教啼鳥説來由。」鐵漢：剛直不撓之人。宋劉安世貶梅州，章惇遣使欲殺之，安世從容不驚，卒得免害。投荒七年，遍歷遠惡之地，蘇軾稱之爲鐵漢。見《元城語録解》。食牛：《尸子》：「虎豹之駒未成文，而有食牛之氣；鴻鵠之鷇，羽翼未全而有四海之心。賢者之生亦然。」後多以「食牛氣」指年輕人的豪情壯志。唐杜甫《徐卿二子歌》：「小兒五歲氣食牛，滿堂賓客皆回頭。」

〔六〕嬌波：美女嫵媚的眼波。溺人：使人沉溺無法自拔。不：通「否」。紫芝本作「盃」，誤。吴本、毛本、影鈔本、續本作「否」。

〔七〕高擡眼：黄本無此三字。傀儡：用土木製成的偶像。牽絲傀儡，指用絲綫牽引偶像的傀儡戲表演。此以之比喻爲外物操縱不能自主者。

【疏　解】

這是一首次韻之作，次韻不僅在韻脚上要依原作的次序，而且在題旨上也往往和原作有關聯。强雲卿是蔣捷友人，生平不詳，他的原作雖看不到，但大約不外一首談論性命之作，我們從蔣捷這首和作可以大致推測出來。此詞的主題是圍繞道與欲、理與欲展開的，暮年的詞人「結算平生」，爽快地表示要把所欠下的「風流債」一筆勾銷，乾淨了斷。這就不是欲望强烈的年青時候能夠説出的，也不是欲海沉溺戲水流連者能夠説出的，詞人這時顯然已經修到舍筏登岸的地步，掙脱了欲望的糾結纏繞，所以語氣才如此乾脆利落。接下「蓋攻性之兵，花圍錦陣，毒身之鴆，笑齒歌喉」四句，寫聲色享樂的危害，也是詞人果決了斷「風流債」的原因。這四句雖是老生常談，代表站在道學立場上的人對待女色的一般態度，但我們也不能因此就輕易放過。古人之所以把女色視爲戕害性命的利刃鴆毒，其間正包含了無數欲火焚身、欲海溺斃的痛切經驗教訓！「豈識吾儒，道中樂地，絶勝珠簾十里樓」三句，搬出「吾儒」的「道中樂地」，也就是士人有志於道、清心寡欲、淡泊寧静、自得其樂的修養境界，與聲色歡場對比、抗衡，詞人認爲道中之樂勝過聲色之樂多多。所以詞人不禁詰問衆生的迷惑，「晴乾不去，待雨淋頭」二句，用《景德傳燈録》中守初宗慧禪師語，感慨道不勝欲的人們禍至方悟，不亦晚乎！換頭「休休。著甚來由」遠承起句，近承前結。「硬鐵漢從來氣食牛」句用典，説明戰勝欲望需要剛强的意志和超邁的氣概。「但只有千篇，好詩好曲，都無半點，閒悶閒愁」四句，是説自己志有所之，情有所寄，愛好高雅藝文，詩詞歌賦，頤養心神，内在充實，所以没有絲毫空虛無聊的「閒悶閒愁」，當然就不用借助聲色去消解了。詞人以超越欲海、度盡劫波的「岸上人」口吻説：「自古嬌波，溺人多矣，試問還能溺我不？」詞人放眼歷史，指出自古以來，貪戀聲色傷身隕命、破家亡國之事所在多有。緣於這份穿透歷史的清醒，依憑「吾儒」的「道中樂地」，寄託身心於「千篇好詩好曲」，詞人自信「嬌波」已難「溺我」。這是一番深入閲歷、持久修爲之後才有的不疑不惑，從容淡定。詞人已從欲望的迷陣中走出，置身局外，擡眼看破了俗世衆生如同「牽絲傀儡」一般，被物欲牽扯撥弄的紛擾被動情形。語氣超然自得，傲然自足，雖居高臨下但更悲天憫人。

道、欲之爭是一個古老的話題，戰勝欲望是對外部誘惑的鬥爭，更是人的内部自我鬥爭，是本我和超我的反復較量。先天的欲植根於生命深處，與生俱來，是人的本能，是人的動物性和自然性的表現，欲壑難填，永無滿足，痛苦便與人的自然生命糾結一處，不舍不分，無休無止；道則是人的後天修爲，是與情欲相對的道德理性，它抑制欲望，淡化欲望，淨化人性中的汙泥濁水，減輕人的肉體和心靈痛苦。古聖先賢對兩性、對女性的防範，在最深的層次上，是一種道不勝欲的恐懼心理的體現。「吾未見好德如好色者也」，「食色性也」，睿智而内省的聖賢深諳人性的本質，他們豎起靈耳，傾聽到生命内部欲望本能的狂暴海嘯，他們深知這種本能的力量能夠捲裹一切摧毀一切，他們因此深感驚恐和戰慄，所以戒慎戒懼，視紅顔爲禍水，視皓齒蛾眉爲伐性之斧，時刻以道、理制欲，警醒自己遠離聲色享樂。僅僅指責他們以男權歧視女性，將禍亂歸罪女性，其實是一種貌似正確的皮相看法。實質是他們對自身後天修爲的不自信，對道、理的不自信，對人性本身的不自信。蔣捷在這裏以詞的形式，較爲感性、形象地重新演繹了道欲的對立，更展示了以道制欲的勝出高境，確有讓人「讀之爽神數日」的警醒、淨化、升華效果。詞人晚境的這番透徹之悟，透徹之語，其實都從歷史經驗和平生閱歷中來。

詩言志，文載道，詞抒情。宋詞以言情爲能事，涉筆男女之情，往往一派旖旎纏綿，香豔嬌軟。此詞反其道而行之，以議論的利落刀翦斬斷紛亂的情絲，重道崇理，無欲則剛。你可以説它無甚新意，有頭巾氣。但是，作爲讀者更應該看到詞人的那番修爲，那份操守，那種常人難到的生命境界。此詞明顯受到以詩爲詞、以文爲詞的蘇辛詞風影響，也帶有宋詩尚議論和程朱理學的影響痕迹。

【集評】

卓人月《詞統》卷一五：蓋字未用。冷水灌頂，過身一汗。

李調元《雨村詞話》卷二：每讀之爽神數日。「晴乾」二句，見《五燈會元》，守初禪師語也。俗語入詞，必有所本方可用。

女冠子〔一〕　元夕〔二〕

蕙花香也〔三〕。雪晴池館如畫〔四〕。春風飛到，寶釵樓上，一片笙簫，琉璃光射〔五〕。而今燈漫挂〔六〕。不是暗塵明月，那時元夜〔七〕。況年來、心嬾意怯，羞與蛾兒爭耍〔八〕。　江城人悄初更打。問繁華誰解，再向天公借〔九〕。剔殘紅灺〔一〇〕。但夢裏隱隱，鈿車羅帕。吴牋銀粉砑〔一一〕。待把舊家風景，寫成閒話。笑緑鬟鄰女，倚窗猶唱，夕陽西下〔一二〕。

【校注】

〔一〕女冠子：又名女冠子慢。唐教坊曲名。調見《花間集》卷一温庭筠詞者爲小令，雙調四十一字。見宋柳永《樂章集》者爲慢詞，凡兩首，雙調一一一字、一一三字。蔣捷此詞雙調一一二字。《金奩集》注歇指調。《樂章集》注大石調、仙吕調。《填詞名解》卷一云：「唐薛昭藴始撰此調云：求仙去也，翠鈿金篦盡舍。以詞詠女冠，故名。《詞譜》援漢宫掖承恩者，賜芙蓉冠子，或緋或碧。然詞名未必緣此事也。」

〔二〕元夕：農曆正月十五，舊稱上元，上元之夜稱元夕，即元宵。《唐詩紀事》卷二三有王諲《元夕觀燈》詩。宋歐陽修有《生查子·元夕》詞。

〔三〕蕙花：香草名，俗稱佩蘭。戰國楚屈原《離騷》：「余既滋蘭之九畹兮，又樹蕙之百畝。」《詞律》、《康熙詞譜》「蕙花」作「蕙風」。

〔四〕雪晴：《御選歷代詩餘》作「霜晴」。

〔五〕寶釵樓：唐宋時咸陽酒樓名，此泛指酒樓，見《賀新郎·約友三月旦飲》注〔八〕。琉璃：即琉璃燈，用五色琉璃製作。宋周密《武林舊事·元夕》：「又有幽坊靜巷多設五色琉璃泡燈，更自雅潔。」以上六句寫南宋盛時元夕的繁華景象。

〔六〕漫：隨意，任由。紫芝本、毛本、影鈔本、續本作「謾」。

〔七〕暗塵明月：謂舊時元夜車馬游人衆多，揚起的飛塵使月光模糊不清。唐蘇味道《正月十五夜》：「暗塵隨馬去，明月逐人來。」那時：南宋盛時。

〔八〕蛾兒：即鬧蛾，用彩紙翦成，婦女元夕佩戴的飾物。南宋辛棄疾《青玉案·元夕》：「蛾兒雪柳黄金縷，笑語盈盈暗香去。」《詞律》作「鬧蛾」。《御選歷代詩餘》作「鬧蛾兒」。以上六句情景略似宋李清照《永遇樂》「如今憔悴，風鬟霧鬢，怕見夜間出去」數句所寫。

〔九〕問繁華二句：問誰能夠向天公借來舊日的繁華呢？天公：天。公：敬稱。以天擬人，故稱天帝爲天公。唐釋皎然《偶然五首·問天》：「天公何時有，談者皆不經。」影鈔本、《詞律》作「天工」。

〔一〇〕剔殘三句：灺，燈燭的灰燼。黄本作「炧」。鈿車羅帕：金飾的華麗車子裏，坐著手持香羅手帕的女子。宋周邦彦《解語花》：「鈿車羅帕，相逢處，自有暗塵隨馬。」這三句寫詞人醒來剔去紅燭的殘灰，記起夢裏故國元夕車馬喧闐、游人如織的盛況。

〔一一〕吴牋：吴地出産的箋紙。銀粉砑：碾上銀粉，使之光潔。砑：碾壓。《詞林萬選》無「砑」字。舊家：從前，過去。家爲估量之辭。宋陳與義《和顔持約》：「多少巫山舊家事，老來分付水東流。」南宋高觀國《水龍吟》：「舊家心緒如雲，乍舒乍卷初無定。」這三句説詞人要把從前故國元夕盛況用箋紙寫下來。

〔一二〕緑鬟：黑髮，指青年女子。倚窗：吴本、毛本、續本作「綺窗」。夕陽西下：《御選歷代詩餘》作「夕陽下」。北宋范周《寶鼎現》詠元夕詞起句：「夕陽西下，暮靄紅隘，香風羅綺。」宋龔明之《中吴紀聞》説范詞「極蒙嘉獎，因遺酒五百壺，其詞播於天下，每遇燈夕，諸郡皆歌之」。

【疏　解】

《竹山詞》中有關元夕的詞作共五首：《高陽臺·閏元宵》、《花心動·南塘元夕》、《齊天樂·元夜閲夢華録》、《南鄉子·塘門元宵》和這首《女冠子·元夕》。此詞作於宋亡之後，以詠節令的方式來抒發故國之思和傷今悼昔之情。元夕是兩宋時期盛大的節日，《東京夢華録》、《武林舊事》、《夢粱録》等書均對之有過詳盡記載，確如李清照《永遇樂》所云：宋人「偏重三五」。是夜朝野上下，賞燈玩月，士女如雲，通宵狂歡。詞的上片前六句「極力渲染」，鋪寫元夕盛況：雪晴池館，蕙風飄香，寶釵樓上一片笙簫鼓樂之聲，琉璃彩燈煥發出璀璨的光芒。這六句所寫南宋元夕盛況，彷彿李清照《永遇樂》所寫「中州盛日」元夕光景。接以「而今」二字，詞筆陡然轉折，原來繁華已消歇，只是存在於詞人心底的關於故國元夕永難忘懷的美好記憶罷了。眼前的元夕，隨意掛幾盞燈，冷落蕭條，人們心懶意怯，全無游樂的興致。上片今昔對比，「而今」從回憶轉到現實，運筆跌宕，「有水逝雲捲，風馳電掣之妙」（陳廷焯《白雨齋詞話》）。下片繼續就「而今」進一步展開，江城初更時分已是人聲靜悄，與當年人山燈海徹夜熱鬧反差極大，句中透漏出南宋遺民在元蒙殘暴統治下的淒慘境況。於是詞人從心底迸出「問繁華誰解，再向天公借」的無望之想，其中包含多少苦恨悲抑之情！無可如何的詞人也只能剔除燭芯的殘灰，借助夢境去重温「那時元夜」香車寶馬的舊繁華了。詞人想用精緻的吴箋，把「舊家風景，寫成閒話」，以寄託故國之思、今昔之感，像當年孟元老的《東京夢華録》一樣，供後人展卷觀覽，追懷憑弔。可尚未提筆，思路就被鄰家少女的歌聲打斷了。結三句人我對比，寫夜深聽見鄰女唱宋世元夕詞，心裏湧起不知悲喜的複雜感情。此處顯然化用了唐杜牧《泊秦淮》「商女不知亡國恨，隔江猶唱後庭花」詩意。全詞今昔對比，脈理細密，虛實之中有抑揚，流麗之中有轉折，頗見吞吐之妙。清代詞人陳維崧、史惟圓、徐喈鳳、龔翔麟等皆有次韻之作。

【集評】

周密《武林舊事》卷二「元夕」：一入新正，燈火日盛。……邸第好事者，閒設雅戲、煙火，花邊水際，燈燭燦然，游人士女縱觀，則迎門酌酒而去。又有幽坊靜巷、好事之家，多設五彩琉璃泡燈，更自雅潔，靚妝笑語，望之如神仙。……元夕節物，婦人皆戴珠翠、鬧蛾、玉梅、雪柳、菩提葉、燈毬、銷金合、蟬貂袖、項帕，而衣多尚白，蓋月下所宜也。

楊慎《詞品》卷一：沈約之韻，未必悉合聲律，而今詩人守之，如金科玉條。此無他，今之詩學李杜，李杜學六朝，往往用沈韻，故相襲不能革也。若作填詞，自可通變。……蔣捷元夕《女冠子》云：「蕙花香也。雪晴池館如畫。春風飛到，寶釵樓上，一片笙簫，琉璃光射。而今燈謾挂。不是暗塵明月，那時元夜。況年來、心嬾意怯，羞與鬧蛾兒爭耍。江城人悄初更打。問繁華誰解，再向天公借。剔殘紅灺。但夢裏隱隱，鈿車羅帕。吴牋銀粉砑。待把舊家風景，寫成閒話。笑緑鬟鄰女，倚窗猶唱，夕陽西下。」是駁正沈韻畫及挂話及打字之謬也。吕聖求《惜分釵》云「重簾下。微燈挂。背闌同説春風話。」用韻亦與蔣捷同意。

卓人月《詞統》卷一五：高季迪《石州慢》詞駁正舊韻，頗與此同。清感何終。《詞品》：沈韻多不合聲律，即如打字與等字押，卦畫與怪壞押，此缺舌之病，豈可爲法。元人周德清著《中原音韻》，偉矣。宋詞已有開先者，如蔣捷《女冠子》。晁叔用《感皇恩》，酌古斟今，可爲用韻之式。又吕聖求《惜分釵》云：「重簾下。微燈掛。背闌同説春風話。」用韻亦與蔣捷同意。○一本「鬧蛾」下多一

「兒」字。康伯可上元詞：「鬧蛾兒滿路，成團打隊，簇著冠兒鬬轉。」馬莊父元夕詞：「玉梅對妝雪柳，鬧蛾兒像生嬌顫。」〇 砑，碾也。

沈雄《古今詞話·詞品》下卷：耍，嬉也。周美成「貪耍不成妝」，蔣竹山「羞與蛾兒爭耍」。

李調元《雨村詞話》卷二：伯可詞名冠一時，有上元《寶鼎現》詞，首句「夕陽西下」。蔣竹山捷同時人，作《女冠子》詞詠上元，結句云：「笑綠鬟鄰女，倚窗猶唱，夕陽西下」，其推重當時如此。

世經堂康熙十七年殘本《詞綜》批語：不做作而風韻自在，近北宋名家。撫今追昔，大有升沉之痛。「蛾兒」，一刻「鬧蛾」。

許昂霄《詞綜偶評》：《女冠子》，蔣捷。「羞與蛾兒爭耍」，元宵有撲燈蛾，亦曰鬧蛾兒，又曰火蛾。

李佳《左庵詞話》卷上：有借音數字，宋人慣用之。……蔣捷《女冠子》：「羞與鬧蛾兒爭耍。」「耍」字叶霜馬切。

陳廷焯《白雨齋詞話》：極力渲染。「而今」二字，忽然一轉，有水逝雲捲，風馳電掣之妙。

張相《詩詞曲語詞彙釋》：「此（結句）亦欣喜之辭，鄰女可唱，説明舊家風景，尚存一二也。」

胡雲翼《宋詞選》：這首元夕詞用今昔對比的手法，表現出作者懷念故國的心情。前段首先寫難忘的「池館如畫」、「一片笙簫」的「那時元夜」。亡國以後，「心懶意怯」，便無復賞玩佳節的興會了。這種心理變化也反映在後段裏。没有寫元宵的熱鬧場面，作爲襯托的是冷清清的「江城人悄初更打」的環境，這是符合作者寂寞的心情的。當他夢中浮現了往日「鈿車羅帕」的繁華景象，正打算

「把舊家風景，寫成閒話」的時候，倦游歸來的鄰女的歌聲打亂了詩人的藝術構思。這恰恰形成一個對照：一方面是興高采烈的歌女，她不知道什麽是亡國恨，感情是狂歡意猶未足，在深夜裏還唱著「夕陽西下」的歌子；另一方面是「心懶意怯」的詩人，在燒殘的紅燭底下，追懷消逝了的故國風光，低著頭寫心酸的回憶。在這樣的情況下，詩人的笑聲該是含著苦味發出來的。

唐圭璋《唐宋詞簡釋》：此首元夕感賦。起六句，極力渲染昔時元夕之盛況。「蕙花」兩句，寫月光；「春風」四句，寫燈光，中間人影、簫聲，盛極一時。「而今」二字，陡轉今情，哀痛無比。時既非當時之時，人亦非當時之人，故無心閒賞元夕。换頭六句，皆今夕冷落景象。人悄燈殘，此情真不堪回首。「吴箋」以下六句，一氣舒卷，言我自傷往，而人猶樂今，可笑亦可歎也。

又　競渡〔一〕

電旆飛舞〔二〕。雙雙還又爭渡〔三〕。湘灕雲外，獨醒何在，翠藥紅蘅，芳菲如故〔四〕。深衷全未語〔五〕。不似素車白馬，捲潮起怒〔六〕。但悄然、千載舊跡，時有閒人弔古。生平慣受椒蘭苦〔七〕。甚魄沈寒浪，更被饞蛟妒。結瓊紉璐。料貝闕隱隱，騎鯨煙霧〔八〕。楚妃花倚暮〔九〕。□□瓊簫吹了，泝波同步〔一〇〕。待月明洲渚，小留旌節，朗吟騷賦〔一一〕。

【校注】

〔一〕競渡：賽船。南朝梁宗懔《荆楚歲時記》：「五月五日競渡，俗爲屈原投汨羅日，傷其死，故並命舟楫以拯之。」《隋書·地理志》下：「屈原以五月望日赴汨羅，土人追至洞庭不見，……因爾鼓櫂爭歸，競會亭上。習以相傳，爲競渡之戲。」可知競渡原爲打撈屈原，後演化爲農曆五月初五端陽節的民俗活動。

〔二〕電旂：快速競進的龍舟上的旗子。旂，旗的異體字。

〔三〕雙雙：紫芝本作「雙龖」，吴本、影鈔本作「雙龍」。

〔四〕湘灕：湘水和灕水。湘水，又稱湘江，湖南最大河流。灕水：又稱灕江，桂江上游。湘水與灕水同發源於廣西興安縣海陽山，稱灕湘。合流至興安，與灕水分流，東北向入湖南，至零陵與瀟水滙合，稱瀟湘。瀟湘一帶爲屈原流放之地。獨醒：獨醒者，指屈原。《楚辭·漁父》：「舉世皆濁我獨清，衆人皆醉我獨醒。」翠蘂紅蘅：蘂，芍蘂。蘅，蘅蕪。皆香草名。芳菲：影鈔本作「芳霏」，誤。

〔五〕深衷：深懷的衷曲。語：影鈔本作「悟」。

〔六〕素車白馬：此用伍子胥故事。相傳伍子胥死後顯靈，化爲江潮，潮頭湧起如素車白馬。

〔七〕生平三句：椒蘭，子椒、子蘭，皆楚國佞臣，讒害屈原。三句意爲屈原生前飽受子蘭、子椒陷害，投江又遭水中「饞蛟」忌恨。

〔八〕結瓊紉璐：把瓊璐串結起來，作爲佩飾。瓊璐均爲美玉，亦喻屈原志行芳潔。戰國楚屈原《離騷》：「溘吾遊此春宮兮，折瓊枝以繼佩。」。戰國楚屈原《九章・涉江》：「被明月兮珮寶璐。」貝闕：用貝裝飾的宮門前樓觀。戰國楚屈原《九歌・河伯》：「魚鱗屋兮龍堂，紫貝闕兮朱宮。」此指湘妃居所。騎鯨：漢揚雄《羽獵賦》：「乘巨鱗，騎鯨魚。」後常以喻指文人高士隱遁或游仙。南宋陸游《七月一日夜坐舍北水涯戲作》：「斥仙豈復塵中戀，便擬騎鯨返玉京。」此指屈原騎鯨往貝闕水宮尋找湘妃。

〔九〕楚妃：即湘妃，傳説中帝堯二女娥皇、女英，爲帝舜二妃，死後成爲湘水之神，稱湘妃。唐岑參《秋夕聽羅山人彈三峽流泉》：「楚客腸欲斷，湘妃淚斑斑。」或稱湘君、湘夫人，見漢司馬遷《史記》、東漢王逸《楚辭章句》、唐司馬貞《史記索引》、宋洪興祖《楚辭補注》。暮：毛本、續本作「莫」。

〔一〇〕□□：影鈔本作「玉」。□□瓊簫吹了：紫芝本、吴本、毛本、續本作「玉簫吹了」。泝：溯，逆水而行。泝波：紫芝本、吴本、毛本、影鈔本、續本作「沂陂」。

〔一一〕旌節：旌旗儀仗。

【疏解】

這是一首題詠詞，也是一首節令詞，題詠端午節的競渡民俗活動。但詞人的興趣顯然不在衆船競發、萬人縱觀的熱鬧場面，而是「傷心人别有懷抱」，借此追懷屈原，傷其獨醒，憫其不幸，慕其芳潔，表達自己的精神歸依和情感寄託。起句照應題目，描寫南方民間端午節的競渡活動場面，先是特寫鏡頭「電旋飛舞」，然後是「雙雙還又爭渡」的全景畫面。船頭的旗幟像閃電一般飄舞，可見船速之快，爭奪之激烈，落實一個「競」字。對俗人來説，端午是香甜的粽子，熱鬧的龍舟。但對詞人來説，端午是一個並不輕鬆的日子，屈子的遭遇讓他千載之下仍覺揪心，難以釋懷。所以全詞二十四句，描寫端午競渡場面的内容僅此兩句，接下來詞筆就轉入對端午節的真正主人屈原的懷念上來。詞人思接千載，視通萬里，思緒和目光已從眼前投向遥遠的「湘灕雲外」，去尋覓當年「獨醒者」屈原的蹤迹。但湘灕源頭那片流放屈原的南楚蠻荒之地，於今早已不見「行吟澤畔，顔色憔悴，形容枯槁」的屈子身影，只有出現在屈原筆下的香草「翠藥紅蘅，芳菲如故」，令人不勝悵惘！「獨醒」是屈原罹憂放逐的原因，更是屈原的難能可貴之處。「芳菲如故」喻示屈原流芳百世、永不消散的精神遺澤。「深衷全未語」一句，悲憫屈原含冤遭罪，投江殉國，一腔衷曲無可告語，無人解會。「不似素車白馬，捲潮起怒」二句是襯筆，用伍子胥冤魂化爲洶湧江潮顯靈告白世人的傳説，來襯寫屈原生前身後那無語無訴的冤抑。「但悄然、千載舊跡，時有閒人弔古」，對比端午競渡的熱鬧，映襯子胥冤魂的不甘沉默，屈原放逐沉江之處一片悄然，偶或有人前來憑弔，愈發顯得蕭瑟冷清。這裏的「閒人」，實是少數理解屈原、在精神上真正與屈原溝通共鳴的志士仁人。詞人就是這悵望千秋追懷屈原的少數「閒人」之一。换頭「平生慣受椒蘭苦。甚波沈寒浪，更被饞蛟妒」三句，概括屈原平生遭遇。子椒、子蘭皆楚國佞臣，讒害屈原，是屈原所鄙視的「興心嫉妒、競進貪婪」的「群小」。這三句寫屈原生前飽受子蘭、子椒陷害，含冤投江又遭水中「饞蛟」忌恨。屈原雖然生前身後遭遇悲慘，但他志潔行芳，雖體解猶未變，縱九死而不悔！「結瓊紉璐」以爲佩飾，就是屈原「好修以爲常」的標志。在《離騷》等作品中，屈原不止一次寫到自己博采香草美玉佩戴在身上，喻示自己博采衆善，追求完美。詞人對屈原是深刻理解、深表向慕並深懷同情的，所以在追懷屈原的生平不幸遭際之後，他依託《楚辭》中的相關意象、人物和情節，展開豐富的聯想想像，爲屈原設計了一個「兩美其必合兮，孰求美而釋女」式的明亮結局，這就是「料貝闕隱隱」以下八句所寫。詞人設想屈原騎鯨前往貝闕水宫尋找湘妃，這既是屈賦中反復寫及的「求女」情節的合理延伸，又符合屈原生死不渝的「求美」天性。果然是兩美必合，「楚妃花倚暮」，瀟湘暮色中，湘妃拈花而立，佇望候人。一曲瓊簫吹了，與詩人「泝波同步」，「盤桓一餉」等「待月明洲渚」時分，湘妃還要「小留旌節，朗吟騷賦」。這就進一步寫出了湘妃對屈原的理解和贊賞，獨醒的詩人終遇知音，當是何等欣慰啊！結句展示的畫面和情景，騷情雅意，美麗動人，散發著濃鬱的浪漫氣息。

當年屈原面對楚國的内憂外患，責數懷王，怨惡椒蘭，追求美政理想和完美人格，是一個不合時宜的「獨醒者」；而今詞人面臨故國淪亡前後的變局，看劫後衆生熱鬧依舊，麻木癡頑，而獨抱高節，追懷先賢，尚友古人，也是一個不合時宜的「獨醒者」。正是這種心境和精神上的相通，使詞人名賦競渡而實懷屈原，寫下了這首頗爲别致的端午題詠詞。

大聖樂[一]　陶成之生日[二]

笙樂涼邊，翠翹雙舞，壽仙曲破[三]。更聽得豔拍流星，慢唱壽詞初了，群唱蓮歌[四]。主翁樓上披鶴氅，展一笑、微微紅透渦[五]。襟懷好，縱炎官駐轍，長是春和[六]。　千年鼻祖事業，記曾趁雷聲飛快梭[七]。但也曾三徑，撫松採菊，隨分吟哦[八]。富貴雲浮，榮華風過，淡處還他滋味多[九]。休辭飲，有碧荷貯酒，深似金荷[一〇]。

【校　注】

〔一〕大聖樂：此調有平韻、仄韻兩體。平韻見《草堂詩餘》前集卷下宋無名氏詞。仄韻見宋周密《蘋洲漁笛譜》。亦名《沁園春》。《宋書·樂志》云：「道調宮。」《荀子·哀公》云：「孔子曰：人有五儀，有庸人，有士，有君子，有賢人，有大聖。……所謂大聖者，知通乎大道，應變而不窮，辨乎萬物之情性者也。」

〔二〕陶成之：蔣捷友人，生平不詳。《御選歷代詩餘》詞題作「壽陶成之」。

〔三〕翠翹：婦女頭飾，似翠鳥尾之長羽，故名。唐白居易《長恨歌》：「花鈿委地無人收，翠翹金雀玉搔頭。」此處指代舞女。

〔四〕曲破：唐宋大曲的第三段舞曲部分。因這一部分使用較快的節奏，打破常拍，故名「破」、「入破」或「曲破」。宋代曲破常從大曲中獨立出來演奏，逐漸形成同大曲並列的一個音樂品種。唐元稹《琵琶歌》：「月寒一聲深殿磬，驟彈曲破音繁併。」宋晏殊《玉樓春》：「重頭歌韻響錚鏦，入破舞腰紅亂旋。」豔拍：詞樂表演術語。相對於官拍而言，《詞源·謳曲旨要》有「官拍豔拍分輕重」之説，官拍爲正拍、重拍，豔拍爲輔怕、輕拍。拍：紫芝本作「柏」，誤。慢唱：拉長音符舒緩地唱。慢，慢曲，慢曲子，與急曲子相對而言，特點在於曼聲，曲調長，節奏慢，每一字聲有許多修飾。唐盧綸《宴席賦得姚美人拍箏歌》：「有時輕弄和郎歌，慢處聲遲情更多。」宋張炎《詞源》：「慢曲不過百餘字，中間抑揚高下，丁抗掣拽，有大頓、小頓，大住、小住，……累累乎端如貫珠之語。」蓮歌：宋大曲有《蓮歌》，配以爲皇上祝壽的曲詞，見宋史浩《鄮峰真隱大曲》卷一。另梁清商曲江南弄有《采蓮曲》，唐宋詞調有《采蓮子》、《采蓮令》、《采蓮回》、《采蓮曲》等，「蓮歌」似應指此類歌曲。

〔五〕主翁：主人翁，主人。《史記·范睢傳》：「范睢曰：『願爲君借大車駟馬於主人翁。』」此指陶成之。樓上：吴本、毛本、《花草萃編》、《御選歷代詩餘》、彊村本、續本、黄本作「樓中」。鶴氅：鳥羽所製裘服，用作外套，美稱鶴氅。《世説新語·企羨》：「孟昶未達時，家在京口。嘗見王恭乘高輿，被鶴氅裘，於時微雪，昶於籬間窺之，歎曰：『此真神仙中人。』」唐白居易《雪夜喜李郎中見訪兼酬所贈》：「可憐今夜鵝毛雪，引得高情鶴氅人。」

〔六〕炎官駐繖：火神停下車馬傘蓋。炎官，火神。唐韓愈《游青龍寺贈崔大補闕》：「光華閃壁見神鬼，赫赫炎官張火傘。」駐繖，停下車馬傘蓋。繖，傘的本字。春和：春天温和的天氣。宋范仲淹《岳陽樓記》：「至若春和景明，波瀾不驚，上下天光，一碧萬頃。」

〔七〕鼻祖：始祖，初祖。《漢書・揚雄傳》：「有周氏之嬋嫣兮，或鼻祖於汾隅。」南宋劉克莊《寄題小孤山》之一：「鼻祖耳孫同嗜好，買山世世種梅花。」雷聲飛快梭：用晉陶侃事。南朝宋劉敬叔《異苑》卷一：「釣磯山者，陶侃嘗釣於此山下，水中得一織梭，還，掛壁上。有頃，雷雨，梭變成赤龍，從空而去。」後以此典喻神物遲早定會變化，賢者才士會應時而起。

〔八〕但也曾三句：用陶潛事。三徑：西漢末，王莽專權，兗州刺史蔣詡辭官歸隱，於院中辟三徑，唯與求仲、羊仲來往。見漢趙岐《三輔決録・逃名》。後常用三徑指家園。晉陶潛《歸去來兮辭》：「三徑就荒，松菊猶存。」撫松采菊：晉陶潛《歸去來兮辭》：「景翳翳以將入，撫孤松而盤桓。」《飲酒》之五：「采菊東籬下，悠然見南山。」隨分：隨意，隨便。宋李清照《鷓鴣天》：「不如隨分尊前醉，莫負東籬菊蕊黄。」吟哦：吟詠詩句。宋黄庭堅《奉和王世弼寄上七兄先生用其韻》：「吟哦口垂涎，嚼味有餘雋。」

〔九〕雲浮：紫芝本、吴本、《花草萃編》、毛本、《御選歷代詩餘》、影鈔本、續本作「浮雲」。

〔一〇〕辭：紫芝本作「觧」，毛本、續本作「受」，並誤。碧荷貯酒：即以荷杯貯酒。古人把荷葉中心凹處戳穿，通至蓮莖作杯，叫荷杯或荷葉杯。唐戴叔倫《南野》：「茶烹松火紅，酒吸荷杯緑。」金荷：酒杯。南宋辛棄疾《鷓鴣天・鵝湖病起作》：「明畫燭，洗金荷，主人起舞客高歌。」

【疏解】

這是一首爲友人祝壽之詞。上片鋪排祝壽場面，描寫歌舞筵席，勾畫主人翁形象。起三句：「笙樂涼邊，翠翹雙舞，壽仙曲破」，寫笙樂奏起，頭飾翠羽的舞女雙雙翩翩起舞，祝壽的曲子正演奏到歡快熱烈的第三段舞曲部分。「更聽得豔拍流星，慢唱壽詞初了，群唱蓮歌」三句，繼續描寫壽筵歌舞演唱，「豔拍」是歌舞演唱時的輔助性節拍，按拍較輕。在一段節奏强烈的「曲破」演奏之後，是配合節拍輕鬆、音聲舒緩的慢曲子獨唱的壽詞，這應是祝壽演出的壓軸節目。接下來又是熱鬧嬉戲、娛樂性强的《蓮歌》合唱。在寫足了生日祝壽歌舞歡樂的場面氣氛後，主人翁陶成之出場：「主翁樓上披鶴氅，展一笑、微微紅透渦」，壽樓之上，身披鶴氅，開顔一笑，紅渦微透，的是「壽仙」風儀。「鶴氅」的服飾與起句「壽仙」二字呼應。前結「襟懷好，縱炎官駐繖，長是春和」三句，觀賞著歡快的歌舞表演，接受著賓客的熱情祝福，壽翁心情怡悦，這從上句「展一笑、微微紅透渦」的容顔即可見出。詞人把這一切看在眼裏，感覺縱是火神顯威的赤日炎天，也會因爲壽翁的「好襟懷」，而變成温和宜人的春天。「長是春和」四字，包含著長春不老的意思，是詞人爲友人壽誕送上的良好誠摯的祝願！下片連用陶侃、陶潛典故，展示陶氏家族的光榮傳統：「千年鼻祖事業，記曾趁雷聲飛快梭。但也曾三徑，撫松採菊，隨分吟哦。」因壽翁是陶姓友人，所以詞人把陶侃、陶潛典故合寫，形容陶成之既有遠祖陶侃乘時而起的雄才大志，又有陶潛歸隱田園的高情逸致。但這兩個典故也有主次輕重之别。以陶侃帶起，而落實到陶潛，重心在陶潛的隱逸。表彰陶潛撫松采菊、題詩自娱的隱逸生活，贊美陶潛不慕榮利、甘守淡泊的高尚品格。這也是對陶成之的勉勵和期待，所謂「典型在夙昔」，友人當效法高逸的祖先，「富貴雲浮，榮華風過」，超然物外，退守田園，重續家族的榮光。所以結拍出以勸勉語氣：「休辭隱，有碧荷貯酒，深似金荷。」碧荷是指用荷葉做成的簡易酒杯，在此指代樸素的田園生活；金荷是指荷型金杯，指代富貴豪奢的世俗生活。「碧荷貯酒，深似金荷」是説田園生活不輸世俗享樂，「淡處還他滋味多」，這種順乎自然、合乎天性的田園隱逸生活，比世俗的豪華更有滋味，更有真意，更符合人的本性。這樣，就把容易流於奉承套話的壽詞，寫得高逸不俗，使祝壽這種交際酬酢的詞類，具有了標示高尚人格的意義和價值。從意脈結構的角度來看，因上片有「群唱蓮歌」，結以「碧荷貯酒」，荷葉杯與蓮歌上下照應，前後貫通，詞筆縝密。

解連環[一]　岳園牡丹

妒花風惡[二]。吹青陰漲卻，亂紅池閣[三]。駐媚景、别有仙葩，徧瓊甃小臺，翠油疏箔[四]。舊日天香，記曾繞、玉奴絃索[五]。自長安路遠，膩紫肥黄，但譜東洛[六]。天津霽虹似昨[七]。聽鵑聲度月，春又寥寞[八]。散豔魄、飛入江南，轉湖渺山茫，夢境難託[九]。萬疊花愁，正困倚、鉤闌斜角〔一〇〕。待攜尊、醉歌醉舞，勸花自樂〔一一〕。

【校注】

〔一〕解連環：又名玉連環、杏梁燕、望梅、望梅詞。《康熙詞譜》卷三四《解連環》詞署名柳永，調下注云：「此調始自柳永，以詞有『信早梅、偏占陽和』及『時有香來，望明豔、遥知非雪』句，名《望梅》。後因周邦彦詞有『妙手能解連環』句，更名《解連環》。」《片玉集》注商調，《夢窗詞》注夷則商，俗名商調。《填詞名解》卷三云：「《莊子》云：『今日適越而昔來連環可解也。』又《戰國策》齊君王后當國，秦遺齊玉連環使解之。君王后引錐碎之而謝使者曰：『謹以解矣。』至宋周美成閨情詞云：『信妙手能解連環。』遂取三字以名。」

〔二〕妒花風：指吹殘百花的暮春之風，似有妒花之意，故稱。

〔三〕青陰漲卻：緑葉繁盛。漲：指緑葉長勢旺盛。

亂紅：落紅，散落的花瓣。宋歐陽修《臨江仙》：「淚眼問花花不語，亂紅飛過秋千去。」

〔四〕媚景：春景。《初學記》卷三引南朝梁元帝《纂要》：「春曰青陽，亦曰發生，芳春，青春，陽春，……景曰媚景，和景，韶景。」仙葩：仙界之奇花異卉。此指牡丹。瓊甃小臺：用玉石砌成的小臺。甃：本指井壁，也可指修築井池之壁，白居易《官舍内新鑿小池》：「中底鋪白沙，四隅甃青石。」此處做動詞用，壘砌之意。翠油疏箔：染成翠緑色的疏落的竹簾。疏：紫芝本、影鈔本作「踈」。

〔五〕天香：牡丹，素有國色天香之譽。唐李濬《松窗雜録》引唐李正封詠牡丹詩：「天香夜染衣，國色朝酣酒。」玉奴：古時稱女子曰玉奴。亦是唐楊貴妃小名。絃索：琵琶類絃樂器。唐鄭嵎《津陽門》：「玉奴琵琶龍香撥，倚歌促酒聲嬌悲。」

〔六〕自長安三句：意謂牡丹在唐代盛於長安，到宋代則以洛陽爲最。膩紫肥黄：即魏紫姚黄，洛陽牡丹名品，魏紫爲千葉肉紅花，出於魏仁溥家。姚黄爲千葉黄花，出民姚氏家。宋歐陽修《縣舍不種花……因戲書七言四韻》：「伊川洛浦尋芳徧，魏紫姚黄照眼明。」膩、肥：均狀牡丹花豐滿、盛豔。譜東洛：把東都洛陽所産名花姚黄魏紫寫入花譜。宋劉克莊《昭君怨·牡丹》：「曾看洛陽舊譜，只許姚黄獨步。」

〔七〕天津霽虹：形容洛陽舊城西南洛水上之天津橋，淩空飛跨，猶如雨後彩虹。天津橋原爲浮橋，建於隋大業年間，唐貞觀年間改爲石礎橋。唐李白《憶舊游寄譙郡元參軍》：「憶昔洛陽董糟丘，爲余天津橋上造酒樓。」

〔八〕聽鵑聲度月：月夜聽杜鵑啼聲，化用李白《蜀道難》「又聞子規啼夜月，愁空山」句意。暮春鵑啼，春又去也，聯繫上句「天津橋」，暗喻北宋亡國。

〔九〕散豔魄四句：意爲北宋滅亡，牡丹花魂隨宋室飄零江南，湖山渺茫，道路遥遠，故國之思在夢中也難寄託了。

〔一〇〕萬疊花愁：極言花愁之深重。疊：層。鈎闌：曲折的欄干。

〔一一〕自樂：《詞律》、《御選歷代詩餘》作「自落」。

【疏　解】

詞詠岳園牡丹，寄託故國之思。宜興居住有南宋抗金名將岳飛後人一支，岳園當是宜興岳氏的私家園林。起三句「妒花風惡。吹青陰漲卻，亂紅池閣」，描寫吹殘百花的暮春之風，似有妒花之意，幾番吹拂，池閣之間一片落紅狼藉，草木的枝葉越發茂盛了。牡丹花於衆芳紛謝的暮春時節開放，這三句爲詠牡丹提供時令背景。「駐媚景、别有仙葩，徧瓊甃小臺，翠油疏箔」幾句切入題面詠牡丹，百花凋零，春天看看就要過去，這時幸有「仙葩」牡丹——這非凡的花朵，開滿了岳園緑籬繞護、白石圍砌的小臺，把將逝的大好春光留住。接下來用典，是關於唐代長安、北宋洛陽牡丹的盛世記憶。「舊日天香，記曾繞、玉奴絃索」寫唐代長安牡丹，玉奴指楊貴妃，唐玄宗和楊貴妃曾於沉香亭賞牡丹，國色天香的富貴之花與傾城傾國的美貌妃子，是大唐盛世的象徵。「名花傾國兩相歡，長得君王帶笑看」，「花開花落二十日，一城之人皆若狂」，那一段與牡丹相伴的盛世美好歲月，足令後人欣羡追慕啊！「自長安路遠，膩紫肥黄，但譜東洛」，長安之後是洛陽，洛陽牡丹甲天下，至宋代牡丹花以洛陽爲盛。語云：姚黄魏紫，各有千秋。「膩紫肥黄」即指出於魏仁溥家的魏紫和出於姚氏家的姚黄，「肥膩」形容花朵豐滿盛豔。「魏紫姚黄照眼明」，這冠世的名品，都已寫入了牡丹花譜。「舊日天香」六句，以有關唐宋長安、洛陽牡丹的故實，隱寓詞人的故國之思。換頭「天津霽虹似昨」，承上感慨物是人非，洛陽舊城西南洛水上之天津橋，依舊淩空飛跨，猶如雨後彩虹，但故國不再，洛陽的牡丹花事已成昨日記憶。「聽鵑聲度月，春又寥寞」，沈浸在盛世記憶中的詞人，聞聽月夜啼鵑聲，知道一番春事又了。這兩句感傷落寞，聯繫上句「天津橋」，暗寓詞人傷悼北宋亡國之意。「散艷魄、飛入江南，轉湖渺山茫，夢境難託」幾句，從歷史記憶中的唐宋長安、洛陽牡丹，回到眼前的岳園牡丹，意爲北宋滅亡之後，牡丹花魂隨宋室飄零江南，這岳園牡丹來自中原，根在河洛，但一別之後，湖山渺茫，道路遥遠，故國之思在夢中也難寄託了。「萬疊花愁，正困倚、鉤闌斜角」，念及此，詞人不禁爲牡丹的命運遭遇深感惆悵，久久地倚在曲欄拐角處，怔忡不已。結句「待攜尊、醉歌醉舞，勸花自樂」，憐惜同情牡丹的詞人準備攜酒重來，醉飲花間，歌舞勸花，亦自娱樂。這幾句借酒澆愁，以放達寫沉痛，是對漂淪江南、歸夢難成的牡丹的寬慰，也是對自己因賞花而觸發的故國之思的排解。

永遇樂〔一〕 緑陰

清逼池亭，潤侵山閣，雪氣凝聚〔二〕。未有蟬前，已無蝶後，花事隨逝水〔三〕。西園支徑，今朝重到，半礙醉笻吟袂〔四〕。除非是、鶯身瘦小，暗中引雛穿去〔五〕。梅檐溜滴，風來吹斷，放得斜陽一縷〔六〕。玉子敲枰，香綃落翦，聲度深幾許〔七〕。層層離恨，淒迷如此，點破謾煩輕絮〔八〕。應難認、爭春舊館，倚紅杏處〔九〕。

【校注】

〔一〕永遇樂：又名消息、永樂詞，有平韻、仄韻兩體。平韻體見宋陳允平《日湖漁唱》。仄韻體見宋柳永《樂章集》。《樂章集》注歇指調，《夢窗詞》注林鍾商。《填詞名解》卷三云：「永遇樂，歇指調也。唐杜秘書工小詞，鄰家有小女，名酥香，凡才人歌曲，悉能吟諷，尤喜杜詞，遂成踰牆之好。後爲僕所訴，杜竟流河朔。臨行，述《永遇樂》詞訣别，女持紙三唱而死。第未知此調創自杜與否？」

〔二〕清逼三句：清、潤：均形容緑蔭的清新潤澤。逼、侵：指緑蔭的清潤遍被池亭山閣。侵：吳本、毛本、續本作「浸」。雪氣：清涼之氣濃重如雪。吳本、毛本、《詞綜》、《御選歷代詩餘》、彊村本、續本、黄本作「雲氣」。

〔三〕未有二句：指春末夏初時節。後：影鈔本作「后」。花事：游春賞花之事。宋劉克莊《晚春》：「花事匆匆了，人家割麥初。」

〔四〕西園：園名，漢末曹操所建，在鄴城，魏曹丕《芙蓉池作》：「乘輦夜行游，逍遥步西園。」後用爲園林游賞場所的代稱。此指詞人游賞的園林。支徑：大路分岔出的小路。支：紫芝本作「文」，誤。半礙句：指繁枝密葉幾乎礙人行走了。醉筇：醉人手拄的竹杖。吟袂：吟者的衣袖。《御選歷代詩餘》作「吟屨」。

〔五〕雛：幼鳥。唐白居易《晚燕》：「百鳥乳雛畢，秋燕獨蹉跎。」

〔六〕梅檐：唐杜甫《舍弟觀赴藍田取妻子到江陵喜寄三首》其二：「巡檐索共梅花笑，冷蕊疏枝半不禁。」溜：通「霤」，檐下承接雨水的設施。溜滴：《詞綜》作「滴溜」。斜陽：紫芝本、吴本、毛本、影鈔本、續本作「斜照」。

〔七〕玉子敲枰：用玉製的圍棋子敲擊棋盤。枰：棋盤。南朝梁蕭衍《圍棋賦》：「枰則廣羊文犀，子則白璞元玉。」香綃落翦：裁翦絲綃。香綃：紫芝本作「香消」，誤。上片從視覺寫緑蔭濃密，這幾句則轉爲聽覺，以聲聞幽遠見出緑蔭濃密。

〔八〕點破句：言繁密的緑蔭彷彿層層離愁別恨，淒迷一片，只有飄來的幾點暮春飛絮方略爲點破。謾：吴本、彊村本、黄本作「漫」。

〔九〕爭春舊館：《揚州府志》：「太平園中有杏數十株，每開，太守張宴，一株命一伎倚其旁，立館曰『爭春』。」

【疏　解】

詞詠「緑陰」，抒發傷春懷人之情。「清逼池亭，潤侵山閣，雪氣凝聚」三句，描寫清新潤澤的緑蔭遍被池亭山閣之間，清涼之氣濃重如雪。「逼」、「侵」二字，形容濃厚茂密的樹蔭把裹挾寒涼的翠色緑意，水一般浸滿池閣、亭台、山野。「未有蟬前，已無蝶後，花事隨逝水」三句，寫春末夏初，枝頭還没有聽到嘶鳴暑熱的蟬聲，百花次第謝落，追花的蝴蝶不見了，一春花事已經過去。三句包含著詞人深深的寂寞感和傷悼情緒。「花事隨逝水」五字融合了李煜《浪淘沙》「流水落花春去也」、蘇軾《水龍吟》「春色三分，二分塵土，一分流水」句意，説明花的凋謝，春的過往，已如逝水東流，無法挽回。「西園支徑，今朝重到，半礙醉筇吟袂」三句，點出所寫爲「西園」緑蔭，詞人春天曾來這裏賞花，而今重游，在園林小路上扶杖行吟，繁茂的枝葉幾乎礙人行走了。詞人看到，除非是靈巧嬌小的黄鶯，才能帶著雛鳥從枝葉的罅隙中飛穿過去。這兩句是詞人眼前所見之景，暮春初夏，正是雛鶯試飛的季節。「暗」字再次扣題，强化緑陰濃密之意。换頭三句，「梅檐」承接上片的「亭閣」而來，「吹斷溜滴」暗寫雨後放晴，「斜陽一縷」説明時已臨近黄昏。「玉子敲枰，香綃落翦，聲度深幾許」三句，再用透過繁枝密葉隱隱傳來的弈棋聲、刀尺聲，從聽覺上反復渲染緑蔭的深濃。「層層離恨」三句，由傷春轉入傷别，爲賦緑蔭抹上人事感情色彩，茂密的緑蔭原來是層層疊疊的離愁别恨堆積而成的，所以才會顯得如此沉暗凄迷，虧有隨風飄來的雪白柳絮，把這一片迷暗略爲點破。「凄迷」照應前面的「斜陽一縷」，正是黄昏的黯淡光景。結句「應難認、爭春舊館，倚紅杏處」，用《揚州府志》典故，寫故地重游引起的懷人之情，「難認」承上「凄迷」，春日的杏花，倚花而立與花爭豔的人，都隨著花謝葉緑、春往夏來的時光流逝，消失得渺無蹤影。今日重游，連當時的痕迹都依稀難辨了。

滿眼蒼翠在今人的感覺中是愉悦的。但在古典詩詞中，緑葉繁茂總是和紅花凋謝相聯繫，紅瘦緑肥，花落葉密，其時正值暮春初夏，正是「春去也」的時候，所以緑蔭總是和傷春之情聯繫在一起，那彌望的濃緑，是一抹傷心的顔色。傷春又往往伴著傷别，事如春夢，人在何處，就更讓人難以爲懷。即如此詞所寫，由賦緑蔭而傷春傷别，結穴於「難認倚紅杏處」，暗含懷人之意，情意悠悠不盡。

【集　評】

卓人月《詞統》卷一四：寫緑陰稠密，是情非字。

世經堂康熙十七年殘本《詞綜》批語：寫緑陰能懸空描畫。

花心動〔一〕　南塘元夕〔二〕

春入南塘，粉梅花、盈盈倚風微笑〔三〕。虹暈貫簾，星毬攢巷，徧地寶光交照〔四〕。湧金門外樓臺影，參差浸、西湖波渺〔五〕。暮天遠，芙蓉萬朵，是誰移到〔六〕。　鬟鬢雙仙未老〔七〕。陪玳席佳賓，暖香雲繞〔八〕。翠簞叩冰，銀管噓霜，瑞露滿鍾頻釂〔九〕。醉歸深院重歌舞，瑚盤轉、珍珠紅小〔一〇〕。鳳洲柳，絲絲淡煙弄曉〔一一〕。

【校注】

〔一〕花心動：又名上升花、好心動、花心動慢、桂飄香、梅梢月。調見宋周邦彦《片玉詞》。

〔二〕南塘：南宋都城臨安地名。

〔三〕粉梅：粉色梅花。盈盈：美好貌。多指女性之儀態。東漢無名氏《古詩十九首》之二：「盈盈樓上女，皎皎當窗牖。」此處擬人喻梅花。

〔四〕虹暈、星毬：均形容元夕燈火形狀。毬：黄本作「毬」，誤。攢：聚集。紫芝本缺「巷」字。

〔五〕湧金門：古代杭州西城門名。五代天福元年（九三六），吴越王引西湖水入城，開湧金池，築湧金門，正當傳説中西湖「金牛湧現」之地，因而得名。南宋楊萬里《清曉湖上》三首之一：「未説湖山佳處在，清晨小出湧金門。」此門爲杭州城區與西湖的連接通道，游船多在此聚散，故有「湧金門外劃船兒」之諺。民國二年（一九一三）與清波門、錢塘門一並拆除。

〔六〕芙蓉萬朵：形容元夕花燈之美且多，彷彿萬朵芙蓉綻放。芙蓉：毛本、續本作「芙容」，影鈔本作「芙蕖」。

〔七〕鬒鬢：黑髮。

〔八〕玳席：即玳筵，以玳瑁裝飾坐具的豪華筵席。《初學記》十魏劉楨《瓜賦序》：「布象牙之席，薰玳瑁之筵。」《樂府詩集》三九陳江總《今日樂相樂》：「綺殿文雅遒，玳筵歡趣密。」佳賓：紫芝本、影鈔本作「嘉賓」。暖香：薰籠散發的香氣。唐温庭筠《菩薩蠻》：「水精簾裏頗黎枕，暖香惹夢鴛鴦錦。」

〔九〕簨：古代懸掛鐘磬等樂器的横架。《南齊書·禮志》上：「雖金石輟響，而簨虡充庭。」此處指代鐘磬樂器。銀管：樂器名，即銀字，管笛類。管上用銀作字，標明音色高低。唐白居易《秋夜聽高調涼州》：「樓上金風聲漸緊，月中銀字韻初調。」瑞露：喻美酒。鍾：酒杯。釂：喝乾杯中酒。《禮記·曲禮》上：「長者舉未釂，少者不敢飲。」

〔一〇〕琱盤：即雕盤，玉盤。此處指一種賭盤。珍珠紅小：指骰子。

〔一一〕鳳洲：指西湖邊的洲諸，因西湖在都城杭州，乃帝后所居，所以稱湖邊洲渚爲「鳳洲」。

【疏解】

這是一首節令詞，題詠南塘元夕。據詞中「湧金門」三字，可知這裏的「南塘」是南宋都城臨安地名。這首詞情調歡快，無故國之思，應是南宋亡前的作品。雖無寄託深意，但對後世讀者具有一定的認識和審美價值。上片描寫南塘元夕燈火璀璨的盛況。起句「春入南塘」點題，元宵前後，正是早春梅花盛開的時節，作者用擬人手法，寫「粉梅花、盈盈倚風微笑」，爲節日烘托喜悦的氣氛。元宵觀燈，燈是元宵節的標志景觀，詠元宵必寫燈，「虹暈貫簾，星毬攢巷，徧地寶光交照」三句，正面描寫南塘元夕的各色燈盞，狀如「虹暈」、「星毬」，彩映簾幕，布滿街巷，遍地光華輝映。「湧金門外樓臺影，參差浸、西湖波渺」三句，寫元夕燈火輝煌燦爛，湧金門外西湖的浩渺水波裏，映出了參差的樓臺倒影。「虹暈」三句雖也比擬形容，但基本上實寫南塘元夕的滿街燈火，這三句再用水中倒影虛寫映襯，城中湖上，燈火樓臺，波光燈影，交織一片。前結「暮天遠，芙蓉萬朵，是誰移到」三句，承接上句的水中燈火樓臺倒影，寫在暮天的遼闊背景下遠遠看去，元夕彩燈彷彿萬朵芙蓉盛開，既美且多。這是詞人産生的幻覺，用時空季節的錯位，極盡形容，贊美南塘元夕燈火美盛之能事。下片轉寫元宵節的人物活動。換頭「鬒鬢雙仙未老」推出人物，「鬒鬢」顯示其正值盛年，「雙仙」當是一對夫婦，而稱「仙」，顯示其地位尊貴，氣度不凡。「陪玳席佳賓，暖香雲繞」二句寫元宵節豪華家宴，「鬒鬢雙仙」親自作陪，高朋嘉賓滿座，薰籠送暖，香煙繚繞。「翠簨叩冰，銀管噓霜，瑞露滿鍾頻釂」三句寫席間奏樂飲酒，鍾磬敲擊出清脆的響聲，管笛吹奏出高爽的音節，美酒滿斟，頻頻乾杯，興高采烈，主客盡歡。「醉歸深院重歌舞，珊盤轉、珍珠紅小」三句寫席散之後，醉意薰薰的主人回到內院，並未就寢，而是一邊觀賞家姬歌舞，一邊擲骰博戲取樂。這下片所寫宴飲、奏樂、歌舞、博戲等人物活動，乃是元夕觀燈之夜，一個富貴人家的節日生活內容。結句「鳳洲柳，絲絲淡煙弄曉」，表明歌舞博戲通宵達旦，元夕作樂一直持續到天亮。結以「鳳洲煙柳弄曉」，與起句「梅花倚風微笑」前後照應，所謂梅柳報春，柳眼梅腮，都是早春風物，與元宵節的時令正相切合。

金錢子〔一〕

練月縈窗，夢乍醒、黄花翠竹庭館〔二〕。心字夜香消，人孤另、雙鶼被池羞看〔三〕。擬待告訴天公，減秋聲一半。無情雁。正用恁時飛來，叫雲尋伴〔四〕。猶記杏櫳暖〔五〕。銀燭下、纖影卸佩款〔六〕。春渦暈，紅豆小，鶯衣嫩，珠痕淡印芳汗〔七〕。自從信誤青鸞，想籠鸚停喚〔八〕。風刀快，翦盡畫檐梧桐，怎翦愁斷〔九〕。

【校　注】

〔一〕金琖子：又名金盞兒。調見宋晁端禮《閒齋琴趣外篇》。《花草萃編》、毛本、影鈔本、續本於調下有詞題「秋思」。

〔二〕練月：潔白如練之月光。宋范仲淹《御街行》：「年年今夜，月華如練，長是人千里。」黄花：菊花秋季開放，時令在金，故以黄色爲正，因稱黄花。唐李白《九日龍山歌》：「九日龍山飲，黄花笑逐臣。」

〔三〕心字香：清褚人獲《堅瓠集》：「按『心字香』，外國以花釀香，作心字焚之。」明楊慎《詞品》：「所謂『心字香』者，以香末縈篆成心字也。」宋楊萬里有《謝胡子遠郎中惠蒲大韶墨報以龍涎心字香》詩。《康熙詞譜》「心字」作「心事」。消：《花草萃編》作「清」。孤另：孤獨。南宋劉克莊《水調歌頭・十三夜同官載酒相别，不見月作》：「酒行深，歌聽徹，笛吹殘。嫦娥老去孤另，離别匹如閑。」雙鶼被池：繡有雙鶼的被頭。鶼，即鶼鶼，傳説中之比翼鳥名。《爾雅・釋地》：「東方有比目魚焉，不比不行，其名謂之鰈；南方有比翼鳥焉，不比不飛，其名謂之鶼鶼。」晉郭璞注：「似鳧，青赤色，一目一翼，相得而飛。」池，衣、被邊緣的綴飾。宋趙令時《侯鯖録》一：「池者，緣飾之名，謂其形像水池耳。……今人被頭别施帛爲緣者，猶呼爲被池。」紫芝本、《詞林萬選》、《花草萃編》、吴本、毛本、《詞綜》、《御選歷代詩餘》、影鈔本、續本「池」作「他」。

〔四〕正用：正好。恁時：那時。宋柳永《受恩深》：「待宴賞重陽，恁時盡把芳心吐。」叫雲：在雲端鳴叫。

〔五〕杳：吴本作「香」。櫳：窗櫺。代指房室。《爾雅・釋宫》：「櫳，……舍也。」晉張協《雜詩》一：「房櫳無行跡，庭草萋以緑。」暖：《詞林萬選》作「煙軟」。

〔六〕纖影：女子纖柔之倩影。卸佩款：款款卸下所戴佩飾。款：紫芝本、《詞林萬選》、吴本、毛本、影鈔本、續本作「鸞」，《康熙詞譜》作「懶」。《花草萃編》作「欵」。

〔七〕春渦：女子的笑渦。嫩：《花草萃編》作「嬾」。珠痕：《詞林萬選》作「朱痕」。

〔八〕信誤青驪：宋晏幾道《阮郎歸》：「收翠羽，整妝華，青驪信又差。」青驪，黑色馬。《詩經・魯頌・駉》：「有驪有黄。」毛傳：「純黑曰驪。」此指傳信之驛馬。吴本、《詞綜》、《御選歷代詩餘》、彊村本、黄本作「青鸞」。《詞林萬選》作「青驄」。籠鶯：《詞林萬選》、《花草萃編》、《詞綜》、《康熙詞譜》、《御選歷代詩餘》作「籠鸚」。

〔九〕風刀：如刀之風，指凜冽的寒風。唐岑參《輪台歌奉送封大夫出師西征》：「馬上行軍戈相撥，風頭如刀面如割。」紫芝本作「風力」，誤。翦盡畫檐：紫芝本、吴本、毛本、續本作「翦畫檐」，《花草萃編》、《詞綜》作「但翦畫檐」。

【疏　解】

詞抒秋夜懷人之情。上片夜傷孤零，下片回憶往事。起句寫夜夢乍醒，看到皎潔如練的月光照在紗窗上。「縈」字既形容月光如煙如霧之狀，又見出是以惺忪睡眼觀之，擇字精確，如用「映」字，則顯得一般化。「黄花翠竹庭館」寫居處環境的清雅，「黄花」指菊花，表明季節。這是一個深秋的夜晚，房間裏焚起的心字香已經燃盡，夜闌更深，月照無眠，詞人倍感孤獨，以至於連繡著「雙鶼」的被邊都羞於看視了。「鶼鶼」乃傳説中的比翼鳥，以之反襯人的獨處。古典詩詞中這種以鳥兒成雙比襯人的孤獨的例子很多，有的實寫鳥兒，有的寫被服上的鳥兒圖案，像「雙燕復雙燕，雙飛令人羡」（李白《雙燕離》）、「梁燕不知人事改，雨中猶作一雙飛」（鄭文寶《缺題》）、「新貼繡羅襦，雙雙金鷓鴣」（温庭筠《菩薩蠻》）、「落花人獨立，微雨燕雙飛」（翁宏《宫詞》）等皆是。「擬待告訴天公，減秋聲一半。無情雁。正用恁時飛來，叫雲尋伴」五句，交代「夢乍醒」的原因，是爲「秋聲」所驚擾。睡眠可以暫時忘卻孤獨，或者竟可以在夢中重逢，但是「秋聲」不作美，夜半擾人夢，「諳盡孤眠滋味」的詞人，又受到被頭「雙鶼」的心理刺激，情幾不堪，所以纔會准備「告訴天公，減秋聲一半」，但恰在這時，夜空中又傳來了失群孤雁響亮刺耳的叫聲，這對驚夢失眠的詞人來説，真是雪上加霜的折磨。

「無情」二字，語含責怨，「叫雲尋伴」的雁聲，對夜傷孤獨的詞人是又一重心理上的暗示和刺激。至此，懷人憶舊已是情所難免，所以下片用「猶記」領起，轉入對往昔歡情的回憶，「甘言道舊」（卓人月《詞統》卷一四），以爲夜傷孤零的慰藉。那是一場春天的故事，滿枝的杏花鬧烘一窗暖意，窗内銀燭低燒，映照出纖柔的身影，伊人正在燭光裏款款卸下身上的佩飾。「春渦暈，紅豆小，鶯衣嫩，珠痕淡印芳汗」四句，具體細緻地描寫伊人的情態、形象：頰上酒窩漾著笑意，唇如紅豆，身穿如春鶯羽毛般的嫩黄色衣服，腕臂的珠鏈印痕上有微汗沁出。這四句是回憶中的細節，再現伊人當時留下的美好印象。這一段回憶内容香豔，藻飾綺麗，所謂「璚績滿眼」，但詞人的分寸把握得體，不曾手滑。這種性質的内容在唐宋婉約詞中多有，柳永《樂章集》中就多次寫到這類場面，如《菊花新》所寫「脱羅裳，恣情無限。留取帳前燈，時時待看伊嬌面」之類，描寫常常手滑，失去分寸把握，色情肉感，被斥爲「詞語塵下」（李清照《詞論》）。同樣的内容，蔣捷則寫得詞情雅潔，不涉色欲，讀之覺有「清氣貫澈」其間（先著《詞潔輯評》卷五）。「自從信誤青驪，想籠鶯停唤」兩句，是詞人想像中的伊人别後情形，音信不通，情緒低落，連調弄籠鶯的興致也提不起來了。結句「風刀快，翦盡畫檐梧桐，怎翦愁斷」，從憶舊回到眼前，窗外的深秋寒風快疾如刀翦，把庭館檐間的梧桐樹葉吹落淨盡了，但卻無法把詞人秋夜懷人的愁緒翦斷。卓人月《詞統》卷一四評曰：「『風刀』二語，苦志求新」，實際上不止這兩句，詞人對語言的刻意求新，體現在全篇，像「練月縈窗」、「春渦暈，紅豆小，鶯衣嫩」等句，擇詞下字，都很講究錘煉功夫，此詞語言上的新創，確如先著《詞潔輯評》卷五所説「陳言習語，吐棄一切」。

【集評】

楊慎《詞林萬選》卷三：蔣捷詞手，亞於淮海。此詞無字不工。

卓人月《詞統》卷一四：「猶記」一段，甘言道舊。「風刀」二語，苦志求新。

世經堂康熙十七年殘本《詞綜》批語：結處神來。「佩款」二字不明，有作「鸞」，亦非，以復也。「鶯衣」，一作「鶯花」。

先著《詞潔輯評》卷五：《金盞子》，蔣捷，「練月縈窗」。「佩鸞」有作「佩欸」者，「佩鸞」不叶，「佩欸」不可解。初見之瑀續滿眼，細按則清氣首尾貫澈。陳言習語，吐棄一切，與夢窗相似，又別是一種。大抵亦自美成出，但字字作意。

喜遷鶯〔一〕 暮春

游絲纖弱〔二〕。謾著意絆春，春難憑托〔三〕。水暖成紋，雲晴生影，雙燕又窺簾幕〔四〕。露添牡丹新豔，風擺秋千閒索〔五〕。對此景，動高歌一曲，何妨行樂〔六〕。行樂。春正好，無奈綠窗，孤負敲棋約〔七〕。錦幄調笙，銀缾索酒，爭奈也曾迷著〔八〕。自從鬓凋心倦，常倚鉤闌斜角〔九〕。翠深處，看悠悠幾點，楊花飛落〔一〇〕。

【校　注】

〔一〕喜遷鶯：又名早梅芳、春光好、烘春桃李、黄鍾喜遷鶯、喜遷鶯令、喜遷鶯慢、萬年枝、燕歸來、鶴沖天。調見《花間集》五代韋莊詞，小令。調見《中興以來絶妙詞選》卷一宋康與之詞者，爲慢詞。

〔二〕游絲：蜘蛛等昆蟲春日所吐的細絲，因其飄游於空間，故稱。北朝庾信《春賦》：「一叢香草足礙人，數尺游絲即横路。」宋晏殊《蝶戀花》：「滿眼游絲兼落絮，紅杏開時，一霎清明雨。」

〔三〕謾：同漫，空，枉，徒然。宋王安石《桂枝香·金陵懷古》：「念往昔，繁華競逐。歎門外樓頭，悲恨相續。千古憑高，對此謾嗟榮辱。」著意：注意，用心。戰國楚宋玉《九辨》：「罔流涕以聊慮兮，惟著意而得之。」宋李清照《小重山》：「花影壓重門。疏簾鋪淡月，好黄昏。二年三度負東君。歸來也，著意過今春。」也作着意，宋蘇軾《中秋月》之三：「天公自着意，此會那可輕。」

〔四〕雙燕句：紫芝本、《詞律》、《康熙詞譜》作「芳草漸浸裙幄」，毛本、《御選歷代詩餘》、影鈔本、續本作「芳草漸侵裙幄」，吴本作「芳草漸侵裠幄」。

〔五〕閒索：空閒不用時的秋千繩索。

〔六〕行樂：消遣娱樂。漢楊惲《報孫會宗書》：「人生行樂耳，須富貴何時。」唐李白《月下獨酌》：「暫伴月將影，行樂須及春。」

〔七〕孤負：即辜負。《文選》漢李陵《答蘇武書》：「功大罪小，不蒙明察，孤負陵區區之心。」敲棋約：即下圍棊之約。以弈棊舉子需斟酌推敲，且落子有聲，故云敲棊。宋趙師秀《約客》：「有約不來過夜半，閒敲棊子落燈花。」

〔八〕錦幄：錦製的華美帳幕。宋周邦彦《少年游》：「錦幄初温，獸香不斷，相對坐調笙。」銀缾：銀製之瓶。唐杜甫《少年行》：「不通姓氏麤豪甚，指點銀瓶索酒嘗。」爭奈：怎奈，無奈。唐盧仝《守歲》之一：「當壚一榼酒，爭奈兩年何。」唐白居易《琵琶》：「賴是心無惆悵事，不然爭奈子弦聲。」南宋向滈《虞美人》：「東鄰一笑值千金，爭奈茂陵情分在文君。」迷著：迷戀。

〔九〕春正好以下八句：紫芝本作「君聽取，鶯轉緑窓，也似來相約。粉壁題詩，香街走馬，爭奈鬢絲輪卻。夢回晝長，無事聊倚，闌干斜角。」《詞律》、《康熙詞譜》同。吴本作「君聲取，鶯囀緑窗，也似來相約。」以下與紫芝本同。毛本、《御選歷代詩餘》、影鈔本、續本與紫芝本同，惟「鶯轉緑窓」句「轉」作「囀」。

〔一〇〕翠深處：樹叢濃密處。飛落：《康熙詞譜》作「自落」。紫芝本此詞後有「又 改前詞」一首，上下片同，只「棊約」作「寒約」，「爭奈也」作「爭也」。吴本此詞下有「又 改前詞」一首，字句與底本同。毛本、續本此詞下有「又 改前詞」一首，字句與底本同，惟「鈎」作「釣」。影鈔本此詞下接一詞，不標詞牌詞題，文字與底本小異，末有「右改前詞」四字。下片「負」作「角」，「棊約」作「寒約」，「爭奈也」作「爭也」，「常」作「長」。底本此詞後以小字附詞一首：武進陶氏景元鈔本此首注云：右改前詞，其前另有一首云：「游絲纖弱。謾著意絆春，春難憑托。水暖成紋，雲晴生影，芳草漸侵裙幄。露添牡丹新豔，風擺秋千閒索。對此景，動高歌一曲，何妨行樂。君聽取，鶯囀緑窗，也似來相約。粉壁題詩，香街走馬，爭奈鬢絲輸卻。夢回晝長無事，聊倚闌干斜角。翠深處，看悠悠幾點，楊花飛落。」

【疏解】

此詞傷春歎老之作。上片寫暮春景物，表及時行樂之意。起句「游絲纖弱」類似特寫鏡頭，暮春的空氣中，飄蕩著昆蟲吐出的纖細游絲，若斷若續。「謾著意絆春，春難憑托」二句，是説那弱不禁風的暮春游絲，是在努力地絆住春天逝去的腳步，但由于它太纖弱無力了，春天難以憑靠它而停留下來。這幾句借游絲寫挽留春天之意，但春天是無法留住的，任是竭盡心力也屬徒然。不過春雖難留，倒也無妨。四運鱗次，物華常新，暮春也自有一番景致。「水暖成紋，雲晴生影，雙燕又窺簾幕。露添牡丹新豔，風擺秋千閒索」五句，描寫暮春景物，暖風輕拂的水面上，漾起細微的波紋，嫩藍的天上白雲如絮，把影子照在碧緑的波心。雙燕歸來，繞著人家的簾幕翩飛，尋找去年的舊巢。百花雖然次第開過，但滋潤著暮春雨露，初綻的牡丹花顯得格外嬌豔，花外緑楊成蔭，秋千的繩索在風中輕輕擺動。面對這番暮春景致，詞人把惜春留春之意暫且收起，感覺春天雖然即將過去，眼前的風景也還差强人意，尚能讓人欣然興起，「高歌一曲」，及時消遣娱樂。下片憶舊歎老，抒感傷遲暮之情。換頭「行樂」二字頂針辭格，蟬聯而下。「春正好」是説當年青春大好之時，切入回憶。如果把「春正好」三字理解爲指眼前風物，則與詞題「暮春」有所齟齬，也與上片開頭所抒惜春留春之意相矛盾。因爲時已暮春，無論如何也不宜再説「春正好」了。辜負緑窗弈棋之約而曰「無奈」，是因爲那時年輕心浮，掙脱不了聲色之樂的牽扯，有更爲官能享樂之事讓他著迷。也就是下三句所寫：「錦幄調笙，銀缾索酒，爭奈也曾迷著。」醉心聲色，任氣使酒，年輕時代追歡逐樂的歲月，聲色酒肉的感官滿足令人留戀迷醉。不惟詞人年輕時如此，這也是古代青年士子的常態常情，所以蔣捷並不避諱，在晚年的詞作中不止一次憶及這些早年的浪漫舊事。這三句所寫近於《虞美人》「少年聽雨歌樓上，紅燭昏羅帳」的情形。「自從鬢凋心倦，常倚鉤闌斜角」二句，寫暮年鬢髮凋零，心懶情倦，無意歡場，獨愛閒靜，常常一個人倚在曲欄的拐角處，回首平生，暗自出神。這兩句所寫近於《虞美人》下片「暮年聽雨」的況味。「翠深處，看悠悠幾點，楊花飛落」三句，以景結情。緑葉繁茂，楊花飄飛，正是暮春景色，回扣詞題。憑欄的詞人，看緑樹叢中幾點楊花悠悠飛落，其間含有傷春歎老之意，也有閱歷繁華的暮年人的一份蕭散與悠閒。

【集　評】

卓人月《詞統》卷一四：一刻蔣捷（按：此首《詞統》誤作史達祖詞）。牛毛皴法。「芳草」句一作「雙燕又窺簾幙」。「行樂」下一作「春正好，無奈緑窗，孤負敲棊約。錦瑟調絃，銀瓶索酒，年少也曾迷著。自從髮凋心倦，長倚鉤闌斜角。」

晝錦堂〔一〕　荷花

染柳煙消，敲菰雨斷，歷歷猶寄斜陽〔二〕。掩冉玉妃芳袂，擁出靈場〔三〕。倩他鴛鴦來寄語，駐君舴艋亦何妨〔四〕。漁榔靜，獨奏櫂歌，邀妃試酌清觴〔五〕。　湖上雲漸暝，秋浩蕩，鮮風支盡蟬糧〔六〕。贈我非環非佩，萬斛生香〔七〕。半蝸茅屋歸吹影，數螺苔石壓波光〔八〕。鴛鴦笑，何似且留雙檝，翠隱紅藏〔九〕。

【校　注】

〔一〕晝錦堂：此調有平韻、仄韻兩體。平韻體見宋周邦彦《片玉詞》補遺，仄韻體見南宋陳允平《日湖漁唱》。

〔二〕菰：生於河邊、澤陂，莖名茭白，可作蔬菜。實稱菰米，亦名雕胡米，可以作飯，爲古代六穀之一。唐李白《宿五松山下荀媪家》：「跪進雕胡飯，月光明素盤。」唐杜牧《早雁》：「莫厭瀟湘少人處，水多菰米岸莓苔。」雨斷：雨停。　歷歷：分明可見。漢無名氏《古詩十九首》之七：「玉衡指孟冬，衆星何歷歷。」唐崔顥《黄鶴樓》：「晴川歷歷漢陽樹，芳草萋萋鸚鵡洲。」

〔三〕掩冉：掩映。輕盈柔美貌。亦作掩苒。南宋辛棄疾《喜遷鶯》：「掩冉如羞，參差似妒，擁出芙渠花發。」南宋陸游《感懷詩》：「芊眠香草茂，掩苒煙柳弱。」玉妃：本仙女名，宋楊萬里《雪後霜晴元宵月色特奇》：「先煩玉妃整羽衛，次遣青女褰雲關。」亦指楊貴妃，唐陳鴻《長恨歌傳》：「見最高仙山，上多樓闕，西廂下有洞户，東向，闔其門，署曰：『玉妃太真院』。」此處以喻荷花。靈場：靈境，此指荷塘。

〔四〕倩：借助，見《方言》卷一二。請人替自己做事叫倩。漢王褒《童約》：「有一奴，名便了，倩行沽酒。」南宋辛棄疾《水龍吟·登建康賞心亭》：「倩何人，喚取紅巾翠袖，揾英雄淚。」舴艋：小船。唐張志和《漁父》：「釣臺漁父褐爲裘，兩兩三三舴艋舟。」宋李清照《武陵春》：「只恐雙溪舴艋舟，載不動，許多愁。」

〔五〕漁榔：捕魚時用以敲船驚魚的長木條。櫂歌：船工行船時所唱的歌。漢劉徹《秋風辭》：「簫鼓鳴兮發櫂歌，歡樂極兮哀情多。」唐張志和《漁父》之五：「青草湖中月正圓，巴陵漁父櫂歌還。」清觴：美酒。觴，古代酒器。《太平御覽》卷二二九引漢揚雄《太官令箴》：「群物百品，八珍清觴，以御賓客，以膳於王。」

〔六〕鮮風句：意爲秋風吹盡了花木上的露水。支，支付。蟬糧，即露水，蟬飲露，以露爲糧。

〔七〕萬斛：極言容量之大。此指廣闊的水面。或説指荷香濃鬱。斛，量器名，古時以十斗爲一斛，南宋末改爲五斗一斛。唐杜甫《夔州歌》之七：「蜀麻吴鹽自古通，萬斛之舟行若風。」生香：形容花香新鮮濃鬱。唐薛能《杏花》：「活色生香第一流，手中移得近青樓。」

〔八〕半蝸茅屋：形容茅屋之小，僅如半個蝸牛殼大。蝸，蝸牛。晉崔豹《古今注·魚蟲》：「野人結圓舍，如蝸牛之殼，故曰蝸舍。」南朝梁何遜《仰贈從兄興寧寘南》：「棲息同蝸舍，出入共荆扉。」歸吹影：《御選歷代詩餘》作「歸雲影」。吹：《康熙词谱》作「炊」。

〔九〕翠、紅：指荷之葉與花。

【疏　解】

詞詠荷花。起三句「染柳煙消，敲菰雨斷，歷歷猶寄斜陽」，先寫荷塘周圍的環境和天氣，作爲正面詠荷的陪襯。荷塘堤岸上長著柳樹，水邊生有菰米，一場新雨過後，柳煙濯盡，柳色青青，碧空如洗，斜陽歷歷，空氣清新，光綫明亮。如此美好的環境和天氣，正宜於荷花的生長和開放。然後切入題面詠荷，「掩冉玉妃芳袂，擁出靈場」二句描寫荷花，採用擬人手法，把荷花比作仙女玉妃，芳香的衣袂輕盈飄逸，把她從仙境裏簇擁出來。「玉妃」擬荷花，「掩冉芳袂」形容風中輕曳的荷葉，「擁出靈場」是説碧翠的荷葉，從荷塘中托出亭亭的荷花來。既把荷花比擬爲美麗脱俗的仙女，那麼荷花居處的荷塘，自然就是靈境而非俗地了。「倩他鴛鴦來寄語，駐君舴艋亦何妨」二句，寫荷花與詞人之間的交流，荷花請塘中戲水的鴛鴦前來寄語，希望詞人的小船停下來。荷乃花中君子，品格甚高，賞荷的詞人亦是清高絶俗之士，物以類聚，同氣相求，所以纔有荷花的主動邀請，纔有了這番靈境裏的神奇相遇。「漁榔静，獨奏櫂歌，邀妃試酌清觴」三句，寫漁榔聲静，櫂歌唱起，荷花與詞人相見甚歡，荷塘開宴，詞人勸酒，氣氛融洽，漸入佳境。下片换頭，「湖上雲漸暝。秋浩蕩，鮮風支盡蟬糧」三句，寫出時間的推移，這場邂逅相遇的花間對酌，從斜陽西照開始，這時已是雲色漸暗的薄暮時分了。黄昏浩蕩的秋風，吹盡了雨後荷塘花木上的露水，空氣更覺清爽宜人。分别的時候到了，荷花玉妃「贈我非環非佩」的「萬斛生香」。這裏暗用鄭交甫遇漢上游女的典故，荷花玉妃不是漢水神女，因此臨别不以環佩相贈，而是贈以無邊無際濃鬱新鮮的荷香。詞句雖穠麗實空靈，玉妃持贈荷塘彌漫一片的芬芳花氣，顯得更爲超軼脱俗，不落迹象。從上片的主動邀約到此時臨别有贈，表明荷花引詞人爲同調，對詞人的依戀不舍，與詞人的相得相知。這樣寫就從一個側面表現了詞人的人格品位。「半蝸茅屋歸吹影，數螺苔石壓波光」二句，寫與荷花玉妃分别之後，詞人回到傍依「數螺苔石」的水邊茅屋。結句「鴛鴦笑，何似且留雙檝，翠隱紅藏」，借鴛鴦的笑語，巧妙展示詞人的心理。詞人對於這場美麗的邂逅，其實也和荷花玉妃一樣依戀不舍，雖人仙異路，不得不别，心裏卻是想著留下船槳，隱身於荷塘的碧葉紅花之間，把這場美麗的邂逅延續下去。

蔣捷受《楚辭》影響甚深，《竹山詞》中多處烙下《楚辭》的鮮明印痕。這首詠荷詞，既不像周邦彦《蘇幕遮》中的「葉上初陽乾宿雨。水面清圓，一一風荷舉」，具體勾勒荷花的形象；也不像姜夔《念奴嬌》中的「翠葉吹涼，玉容銷酒，更灑菰蒲雨。嫣然摇動，冷香飛上詩句」，描寫、比擬手法兼用；而是把荷花直接喻爲仙女玉妃，寫人與仙女的邂逅相遇、受邀飲酒、臨别饋贈，强化故事性因素，場面、情節、人物都類似於《九歌》作品人神交接的風格。從而使這首《晝錦堂》在唐宋衆多的詠荷詞中，顯得甚爲别致。

【集　評】

卓人月《詞統》卷一四：花風可以飼蟬，花影可以啖魚，此謂捕風捉影。

水龍吟〔一〕　效稼軒體招落梅之魂〔二〕

醉兮瓊瀣浮觴些〔三〕。招兮遣巫陽些〔四〕。君毋去此，颶風將起，天微黄些〔五〕。野馬塵埃，污君楚楚，白霓裳些〔六〕。駕空兮雲浪，茫洋東下，流君往、他方些〔七〕。　月滿兮西廂些〔八〕。叫雲兮、笛淒涼些〔九〕。歸來爲我，重倚蛟背，寒鱗蒼些〔一〇〕。俯視春紅，浩然一笑，吐山香些〔一一〕。翠禽兮弄曉，招君未至，我心傷些〔一二〕。

【校　注】

〔一〕水龍吟：又名小樓連苑、水龍吟令、水龍吟慢、海天闊處、莊椿歲、鼓笛慢、龍吟曲、豐年瑞。調見宋蘇軾《東坡樂府》。此調體式甚多，《康熙詞譜》卷三〇云：「此調句讀最爲參差。」

〔二〕稼軒體：辛棄疾曾仿《楚辭·招魂》格式作《水龍吟》，詞序云：「用些語再題瓢泉，歌以飲客，聲韻甚諧，客皆爲之釂。」詞用《楚辭》中語尾字「些」作每句的煞尾，另在「些」字前用平聲字作韻脚，並在句中用「兮」字相呼應，是一種創格的特殊詞體，别具美感。之：吴本、續本無「之」字。《詞林萬選》詞題作「招落梅魂」，《御選歷代詩餘》詞題作「招梅魂」。

〔三〕瓊瀣：瓊露，此指美酒。瀣：露水。

〔四〕巫陽：古代巫師名。《楚辭·招魂》：「帝告巫陽曰：『有人在下，我欲輔之。魂魄離散，汝筮予之。』」

〔五〕颼風：風力之巨大者。

〔六〕野馬塵埃：野外浮動的雲氣風塵。《莊子·逍遥游》：「野馬也，塵埃也，生物之以息相吹也。」成玄英《疏》：「青春之時，陽氣發動，遥望藪澤之中，猶如奔馬，故謂之野馬也。」汚：彊村本、黄本作「汙」，黄本於字下校云「一作汙」，底本於字下校云：「原誤作『汗』，據武進陶氏影元人鈔本竹山詞校正」。楚楚：整潔鮮明貌。《詩經·曹風·蜉蝣》：「蜉蝣之羽，衣裳楚楚。」白霓裳：既喻白梅，亦指梅魂所穿之衣裳。傳説神仙以雲爲衣，以霓爲裳。戰國楚屈原《九歌·東君》：「青雲衣兮白霓裳，舉長矢兮射天狼。」

〔七〕茫洋：亦作芒洋，浩渺，無邊無際貌。唐韓愈《雜説》之一：「龍噓氣成雲，雲固弗靈於龍也。然龍乘是氣，茫洋窮乎玄間。」

〔八〕西廂：《詞律》、《御選歷代詩餘》作「方塘」。

〔九〕叫雲：形容笛聲高亢，響徹雲霄。

〔一〇〕歸來爲我：紫芝本、《詞林萬選》、吴本、毛本、《詞律》、《御選歷代詩餘》、影鈔本、續本作「歸來兮爲我」。蛟：古代傳説中一種龍。戰國楚屈原《九歌·湘夫人》：「麋何食兮庭中，蛟何爲兮水裔？」蒼：青黑色。

〔一一〕春紅：春天的花朵。唐李白《怨歌行》：「十五入漢宫，花顔笑春紅。」宋蘇軾《眉子石硯歌贈胡誾》：「小窗虚幌相嫵媚，令君曉夢生春紅。」《詞律》作「春江」。山香：山間花木散發的香氣。唐許渾《貽終南山隱者》：「潭泠薜蘿晚，山香松桂秋。」山：紫芝本、《詞林萬選》、毛本、影鈔本、續本作「出」，《詞律》、《御選歷代詩餘》作「幽」。

〔一二〕翠禽兮弄曉：用唐柳宗元《龍城録》所記隋趙師雄羅浮山遇梅花仙典故，詳見《翠羽吟》注〔三〕。弄曉：紫芝本作「弄晚」。

【疏解】

如詞題所示，這是一首爲落梅招魂之作。古人迷信，認爲人生病、受驚或死亡了，靈魂會離開軀體，需要舉行招魂的巫術儀式，呼喚靈魂歸來。後來演化爲喪禮習俗，謂之復。《儀禮·士喪禮》云：「復者一人」，漢鄭玄《注》曰：「復者，有司招魂復魄也。」方法是將死者之衣掛在房屋上，北面三呼，即可招回死者之魂。也作「招復」。《楚辭》有《招魂》一篇，模仿民間的招魂習俗寫成，司馬遷《史記·屈原列傳》定爲屈原作品，近世學者多認爲屈原深痛楚懷王之客死而招其魂；東漢王逸《楚辭章句》稱《招魂》的作者爲宋玉，哀憐屈原「魂魄放佚」，因作以招其生魂。蔣捷此詞顯然受到民間習俗和《楚辭》作品的雙重影響，其直接的創作緣起，則是模仿辛棄疾《水龍吟·用些語再題瓢泉》的句法體式，而辛詞的形式來源，就是《楚辭》裏的句中「兮」字和《招魂》中的「些」字語尾。起句「醉兮瓊瀣浮觴些」，寫美酒盈觴的奠酒招魂儀式。詞人讓誰去爲落梅招魂呢？「招兮遣巫陽些」，原來派遣的是古代著名的巫師巫陽。巫陽正是《楚辭·招魂》中被上帝派往人間招懷王之魂的巫師，詞人在這裏又一次遣他去招落梅之魂。「君毋去此，颸風將起，天微黄些」三句，是巫陽勸阻梅花之魂的話，「君」指梅魂，因爲颸風將起，天上現出微黄的風色，所以巫陽勸阻梅魂，天氣惡劣，不要離去飄蕩他方。「野馬塵埃，污君楚楚，白霓裳些」三句，承上寫大風揚起的漫天塵埃，會把梅魂所穿的潔白的霓裳玷污染髒的。這是巫陽對梅魂的繼續規勸。由「白霓裳」三字可知，此詞是爲白梅招魂。「駕空兮雲浪，茫洋東下，流君往、他方些」三句，寫颸風捲起排空雲浪，浩茫無涯，把落梅飄蕩到遠惡的地方。上片所寫颸風怒捲、黄塵漫天、雲浪排空的種種凶險，都是爲了勸阻梅魂不要遠去，爲了招回梅花之魂。在措意上，也就是《楚辭·招魂》中巫陽招辭形容東西南北、上下四方可畏可怖的意思。换頭轉寫月夜笛聲，暗含梅花笛曲的典故。漢横吹曲《梅花落》，東晉桓伊所奏《梅花三弄》，都是笛曲，表現梅花芳潔、耐寒的品節。月夜西廂吹奏的梅花笛曲，穿雲裂石，高亢而淒涼，也在爲梅花招魂。

「西廂」當是舉行招魂儀式的場所。「歸來爲我，重倚蛟背，寒鱗蒼些」三句，祈禱梅魂歸來，重綴蟠曲如蛟龍的老梅枝頭，「寒鱗」句形容老梅虯枝上蒼黑的苔蘚，如蛟龍背上泛著寒光的鱗片。「俯視春紅」三句，想像潔白的梅花重新綻放在蒼勁的梅枝，俯視春天的桃杏俗花，浩然一笑，吐出山間草木特有的幽香清芬。這三句寫出梅花不與凡花爲伍的超塵絶俗風神，這也是詞人爲之殷勤招魂的原因。詞人招梅花之魂，實是呼喚一種梅花般的人格精神。結句「翠禽兮弄曉，招君未至，我心傷些」，用趙師雄羅浮山遇梅花仙典故，寫翠鳥啼曉，天已放亮，巫陽徹夜招落梅之魂而未能招至，詞人感到十分傷心。

楊慎《詞品》卷二稱此詞「幽秀古豔，迥出纖冶穠華之外」，乃「小詞中《離騷》」，是就美感風格和語言形式兩個方面而言。詞題標明「效稼軒體」，詞作想像豐富，氣魄宏大，筆力恣肆，其「磊落横放」的格調，確與稼軒詞爲近。所謂「稼軒體」，實即騷體，是唐宋詞中的一種特殊體式，它與一般以句子最後一個字作韻脚的習慣不同，而是用《楚辭》中的語尾字「些」放在每個句子的最後，又另用平聲的實字放在「些」字前，作爲實際的韻脚，形成長尾韻，好像有兩個韻脚在起作用，別具回環諧和的聲情之美。此詞格奇，在唐宋詞中不常見，它的獨特體式也就成了它在藝術上最引人矚目的地方。

【集評】

楊慎《詞品》卷二：蔣捷有效稼軒體招落梅魂《水龍吟》一首云：「醉兮瓊瀣浮觴些。招兮遣巫陽些。君毋去此，颶風將起，天微黄些。野馬塵埃，污君楚楚，白霓裳些。駕空兮雲浪，茫洋東下，流君往、他方些。

月滿兮方塘些。叫雲兮、笛淒涼些。歸來兮爲我，重倚蛟背，寒鱗蒼些。俯視春紅，浩然一笑，吐出香些。

翠禽兮弄曉，招君未至，我心傷些。」其詞幽秀古豔，迥出纖冶穠華之外，可愛也。稼軒之詞曰《醉翁操》，並録於此：「長松。之風。如公。肯予從。山中。人心與吾兮誰同。湛湛千里之江，上有楓。噫，送子于東。望君之門兮九重。女無悦己，誰適爲容。

不龜手藥，或一朝兮取封。昔與遊兮皆童。我獨窮兮今翁。一魚兮一龍。勞心兮忡忡。噫，命與時逢。子取之食兮萬鍾。」小詞中《離騷》，僅見此二首也。

卓人月《詞統》卷一四：余君宣有弔桃花影賦，可與此題埒。盡愛以致禱，迥出纖冶穠華之外。辛之有蔣，猶屈之有宋也。颶音具，讀貝者非。

陳廷敬、王奕清《康熙詞譜》卷三〇：（辛棄疾《水龍吟》詞）仿《楚辭》體，每韻下用一『些』字，采以備體。按蔣捷《竹山詞》《水龍吟》調亦有仿此體者，因字句悉同，不另列。

賀裳《皺水軒詞筌》：蔣捷用騷體作《水龍吟》招梅魂，奇耳，固未爲妙。

沈雄《古今詞話·詞辨》下卷：沈雄曰：諸選騷體僅見二首，如東坡、稼軒之醉翁琴調者。蔣竹山效之，爲招落梅魂云：「醉兮瓊瀣浮觴些。招兮遣巫陽些。」又「月滿兮方塘些。叫雲兮笛淒涼些。歸來爲我，重騎蛟背，寒鱗蒼些。」《詞品》謂其古豔，迥出纖穠之外。余謂奇矣，未見當行也。

馮金伯《詞苑萃編》：今讀《竹山詞》一卷，語語纖巧，真世説糜也；字字妍倩，真六朝隃也。豈其稍劣於諸公。即或讀招魂詞，謂其磊落横放，與辛幼安同調，其殆以一斑而失全豹矣。

胡薇元《歲寒居詞話·竹山詞》：《竹山詞》，蔣捷撰。宜興人，德祐進士，宋亡遁跡不仕。詞煉字精深，音調諧暢，爲倚聲家之榘矱。《水龍吟·招落梅之魂》一闋，通首用「些」字，《瑞鶴仙·壽東軒》一闋，通首用「也」字煞，忽作騷體，亦自適其意，終非正格也。《詞統》譏之，甚當也。

張德瀛《詞徵》卷五：蔣竹山招落梅魂，仿辛稼軒用騷經「些」字體也。

瑞鶴仙〔一〕　紅葉

縞霜霏霽雪〔二〕。漸翠没涼痕，猩浮寒血〔三〕。山窗夢淒切〔四〕。短吟筇猶倚，鷟邊新樾〔五〕。花魂未歇〔六〕。似追惜、芳消豔滅〔七〕。挽西風、再入柔柯，誤染紺雲成纈〔八〕。休説。深題錦翰，淺泛瓊漪，暗春曾泄〔九〕。情條萬結。依然是，未愁絶。最憐他，南苑空堦堆徧，人隔仙蓬怨別〔一〇〕。鎖芙蓉、小殿秋深，碎蟲訴月〔一一〕。

【校　注】

〔一〕瑞鶴仙：又名《一撚紅》，調見宋周邦彦《片玉詞》，注高平，《夢窗詞》注林鍾羽，俗名高平調。

〔二〕縞霜句：縞霜：白霜。縞，本指白色絲絹，此指白色。謝莊《月賦》：「連觀霜縞，周除冰淨。」

霏：飛散。《詩經·邶風·北風》：「北風其喈，雨雪其霏。」霽：雨止。《尚書·洪範》：「乃命卜筮，曰雨曰霽。」凡雨雪止，雲霧散，天氣放晴，皆謂之霽。此句意爲白霜像飛散的晴雪。

〔三〕翠没涼痕：樹葉的翠色在霜痕中消失了。没：紫芝本、毛本、影鈔本、續本作「設」，《御選歷代詩餘》作「滅」。猩浮寒血：經霜的葉子泛出寒冷的血色。猩血：指紅色。南宋陸游《雨霽春色粲然喜而有賦》：「千縷鞠塵楊柳緑，萬枝猩血海棠紅。」

〔四〕山窗：山居的窗户，山居。唐武則天《遊九龍潭》：「山窗遊玉女，澗户對瓊峰。」南宋林景熙《山窗新糊有故朝封事稿閲之有感》：「何人一紙防秋疏，卻與山窗障北風。」《御選歷代詩餘》作「山川」。

〔五〕吟笻：行吟時所扶之手杖。樾：樹陰。《玉篇》：「楚曰兩樹交陰之下曰樾。」

〔六〕花魂句：意爲紅葉如不散的花魂，在悼惜消逝的春色。花魂：謂花的精神、魂魄。

〔七〕惜：《御選歷代詩餘》作「昔」。芳消豔滅：春殘花落。

〔八〕柔柯：初生的柔嫩枝條。承上「新樾」而言。《詩經·豳風·七月》：「女執懿筐，遵彼微行，爰求柔桑。」紺雲：深青透紅的雲，此指紅葉。纈：《一切經音義》：「謂以絲縛繒染之，解絲成文曰纈也。」本指絲織品上的花紋。此喻秋樹葉色斑駁。

〔九〕深題錦翰三句：用紅葉題詩典故。唐人小説記紅葉題詩故事甚多，據范攄《雲溪友議》載，唐宣宗時，盧渥赴京應舉，偶臨御溝，拾得紅葉，上題詩云：「流水何太急，深宫盡日閒。殷勤謝紅葉，好去到人間。」後宣宗放出宫女許從百官司吏，渥得一宫女，即題詩紅葉者。錦翰：彩筆。瓊漪：御溝潔如瓊玉的水面波紋。暗春：指宫女心中隱約的春情。孟棨《本事詩》載：唐玄宗時，顧況於苑中流水上拾得梧葉，葉上題詩云：「一入深宫裏，年年不見春。聊題一片葉，寄與有情人。」況亦於葉上題詩和之。三句意爲：當年宫女曾把心事題寫在紅葉上，然後泛於御溝流水，將懷春之意洩露出去。

〔一〇〕最憐他二句：化用白居易《長恨歌》「西宫南内多秋草，宫葉滿階紅不掃」、「含情凝睇謝君王，一別音容兩渺茫。昭陽殿裏恩愛絶，蓬萊宫中日月長」等句意。在詠紅葉中關涉社稷覆亡、生死離别的悲劇意味，流露出詞人揮之不去的故國之感。他：影鈔本作「它」。南内，唐興慶宫，原系玄宗爲藩王時故宅，後爲宫，因在東内之南，故名南内。南宋皇帝所居也叫南内。《宋史·輿服志》六：「皇帝之居曰殿，總曰大内，又曰南内。本杭州治也，紹興初創爲之。」白居易詩「南内」亦作「南苑」。仙蓬：蓬萊山，傳爲仙人居處。

〔一一〕芙蓉：紫芝本作「夫容」，毛本、影鈔本、續本作「芙容」。碎蛩：細碎的蛩聲。蛩：《御選歷代詩餘》作「蛩」。

【疏　解】

詞詠紅葉，寄故國之思。一起「縞霜霏霽雪」五字，就顯露出蔣捷詞語多新創、煉字精切的特點。

「縞」、「霏」、「霽」等字，字字研煉，擇用都很講究。晴日降霜，酷霜濃重，所以比之爲「霽雪」。此句既以白喻白，形容濃霜如雪；又以白襯紅，爲下文詠紅葉預作鋪墊。接以「漸翠沒涼痕，猩浮寒血」，切題轉寫紅葉。深秋時節，樹葉的翠色在浸涼的霜痕中消失了，經霜的葉子泛出寒冷的血色。「漸」字領起二句，寫出秋葉經霜變紅的過程。「翠沒涼痕，猩浮寒血」八字，修辭亦很刻煉，都是典型的蔣捷《竹山詞》賦物描寫類的句子。「山窗夢淒切」一句加入人的活動，秋日山居，霜寒氣冷，連夢境都是淒涼哀切的。「短吟筇猶倚，鶯邊新樾」，是夜夢者關於春天的記憶，春日行吟時的手杖，彷彿還靠在黃鶯飛過的綠樹下。這兩句在詠秋日紅葉時，又以春天的綠蔭爲襯，並爲下句「花魂」設引。「花魂未歇，似追惜、芳消豔減」是關鍵性的句子，寫紅葉如不散的花魂，在悼惜著消逝了的春色。句中有深意存焉，是詞人沉入潛意識層面的憶昔懷舊情結的暗示。視紅葉爲花魂，不僅涉想新奇，更流露了詞人的深度心理，詞人追懷故國的一腔心事，已在這個新奇的比喻裏隱隱逗出。前結「挽西風、再入柔柯，誤染紺雲成纈」承上「追惜」，寫悼惜春色的花魂，把霜風挽入樹木的枝條，染出滿樹的紅葉如春天錦繡的花朵。詞的下片，是關於紅葉的詩詞典故的使用，分兩個層次。「休說。深題錦翰，淺泛瓊漪，暗春曾泄。情條萬結。依然是，未愁絶」七句爲第一層，糅合范攄《雲溪友議》、孟棨《本事詩》等唐五代人筆記中有關紅葉題詩、御溝漂流的風流韻事。才子佳人紅葉傳情，有深宮高牆阻隔，宮女傳詩能否被人拾到，拾到的人是否多情才子，宮女能否從大內放出，放出能否遇到撿拾紅葉之人，雖存在種種懸念，但畢竟又存在著種種的可能；而且這類故事結局多是借紅葉結緣，有情人終成眷屬。所以雖也「情條萬結」，惆悵不已，但尚未臻於「愁絶」的地步；何況那都是才子佳人借紅葉傳遞的私人戀情，無關乎家國天下的興亡之事。「最憐他，南苑空堦堆徧，人隔仙蓬怨别。鎖芙蓉、小殿秋深，碎蛩訴月」六句是第二層，化用白居易《長恨歌》「西宫南内多秋草，宫葉滿階紅不掃」、「含情凝睇謝君王，一别音容兩渺茫」。昭陽殿裏恩愛絶，蓬萊宫中日月長」等句意。在詠紅葉中關涉社稷覆亡、生死離别的悲劇意味，流露出詞人揮之不去的故國之感。南内，即唐玄宗所居興慶宫。據《宋史・輿服志》六，南宋皇帝所居也叫南内。這樣，唐宋就打成一片了，傷唐室衰亂也就是憫宋室喪亡，詞人的故國之感就這樣借助題詠紅葉得以發抒。紅葉寄託的故國之思，才是真正讓詞人「愁絶」不堪的。結以芙蓉小殿深秋月夜，寒蛩泣訴如説興亡，詞情感傷不盡。

詞詠紅葉，先從白霜寫起，繼以猩血形容，暈以夢境，襯以緑蔭，幻出花魂，染成雲纈，下片再用紅葉題詩典故，化用《長恨歌》句意，調動鋪墊、襯托、比擬、點染、聯想、暗示等多種手法，迤邐寫來，觸處興感，「離離蔚蔚，幻出許多意興來」（卓人月《詞統》卷一四），作品顯得豐滿深厚。遣詞下字如「縞霜霏霽雪」、「翠没涼痕，猩浮寒血」、「芳消豔滅」、「紺雲成纈」、「深題錦翰，淺泛瓊漪」、「碎蛩訴月」等句，確有陳廷焯《放歌集》卷二指出的「造語奇麗」的特點。

【集　評】

卓人月《詞統》卷一四：離離蔚蔚，幻出許多意興來。

又〔一〕　鄉城見月〔二〕

紺煙迷雁迹〔三〕。漸斷鼓零鐘，街喧初息〔四〕。風檠背寒壁〔五〕。放冰蜍飛到，絲絲簾隙〔六〕。瓊瑰暗泣〔七〕。念鄉關、霜蕪似織〔八〕。漫將身、化鶴歸來，忘卻舊游端的〔九〕。

歡極。蓬壺蕉浸，花院梨溶，醉連春夕〔一〇〕。柯雲罷弈〔一一〕。櫻桃在，夢難覓〔一二〕。勸清光，乍可幽窗相伴，休照紅樓夜笛〔一三〕。怕人間、換譜伊涼，素娥未識。〔一四〕

【校　注】

〔一〕又：影鈔本作「瑞鶴仙」。

〔二〕鄉城：地名，不詳。或謂即蔣捷家鄉宜興城。

〔三〕紺煙：黄昏夕照中的煙霞。紺：深青透紅之色。

〔四〕漸斷：紫芝本作「漸」，少一字。毛本、續本作「漸□」，缺一字。斷鼓零鐘：斷續零碎的報時鐘鼓聲。斷鼓：《詞綜》、《御選歷代詩餘》作「碎鼓」。街喧：嘈雜的市聲。

〔五〕風檠：風中摇曳的燈光。檠：燈架，此代指燈。北周庾信《對燭賦》：「蓮帳寒檠窗拂曙，筠籠熏火香盈絮。」

〔六〕冰蜍：寒冷的月色。蜍：蟾蜍。古代傳説月中有蟾蜍，故以之指代月亮。《淮南子·精神訓》：「日中有踆烏，而月中有蟾蜍。」唐劉商《胡笳十八拍》之十一：「幾回鴻雁來又去，腸斷蟾蜍虧復圓。」絲絲：《詞綜》作「蛛丝」，《詞林萬選》作「絲」。

〔七〕瓊瑰：喻指月亮。瑰：紫芝本、《詞林萬選》、毛本、《詞綜》、《御選歷代詩餘》、影鈔本、續本作「魂」。

〔八〕鄉關：指故鄉。《梁書·元帝紀》徐陵《勸進表》：「瞻望鄉關，誠均休戚。」唐崔顥《黄鶴樓》：「日暮鄉關何處是，煙波江上使人愁。」霜蕪：經霜的草野。

〔九〕化鶴歸來：《搜神後記》載：遼東人丁令威學道於靈虚山，千年後成仙，化鶴歸來，止於城門華表上，有少年舉弓欲射，遂在空中盤旋而歌：「有鳥有鳥丁令威，去家千年今始歸。城郭如故人民非，何不學仙冢纍纍。」歸來：吴本、毛本、續本作「來」。端的：委細實情。宋柳永《征部樂》：「憑誰去花衢覓，細説此中端的。」

〔一〇〕蓬壺：即蓬萊，傳説中海上三仙山之一，見晉王嘉《拾遺記》。此指水榭池閣之景。蕖浸：水上長著荷花。蕖：蓮荷。紫芝本、毛本、影鈔本、續本作「渠」。花院梨溶：化用晏殊《寓意》「梨花院落溶溶月」句意。

〔一一〕柯雲罷弈：寫恍如隔世之感。《述異記》載，晉王質入山砍柴，遇仙人對弈，觀至局終，斧柄已朽爛，歸家已過百年。柯：斧柄。弈：紫芝本作「奕」。

〔二〕櫻桃在：唐段成式《酉陽雜俎》載，某人夢見鄰女贈櫻桃兩顆，吃後醒來，看到枕邊有櫻桃核。

〔三〕乍可：寧可。唐高適《封丘作》：「乍可狂歌草澤中，寧堪作吏風塵下。」紅樓：紅色的樓房，泛指華麗的房舍，多指貴家女子所居。唐李白《侍從宜春苑奉詔賦》：「東風已綠瀛洲草，紫殿紅樓覺春好。」唐段成式《酉陽雜俎》續集五《寺塔記》上：「長樂坊安國寺紅樓，睿宗在藩時舞榭。」

〔四〕換譜伊涼：換了曲調，喻改朝換代。伊涼：指《伊州》、《涼州》，樂曲名。素娥：月色白，故稱月神嫦娥爲素娥。亦可代指月亮。南朝謝莊《月賦》：「引玄兔於帝臺，集素娥於後庭。」

【疏　解】

這是一首望月懷鄉之作，可以歸入鄉愁主題的範疇。鄉愁主題在表現模式上有登高思鄉、望月思鄉、佳節思鄉、聞聲思鄉、遠望當歸、秋風日暮起鄉愁等，此詞即屬望月思鄉一類；在母題内涵上，鄉愁與國愛打成一片，由故鄉情生發出故國情，也是鄉愁類作品思想内容上的一大特點，蔣捷這首詞亦不例外。詞從暮色漸濃、夜初人靜、寒意襲人寫起，交代望月的時令、氣氛等背景。歸雁的翅膀漸漸消失在暗紫色的暮靄中，夜幕降臨了，斷續的報時鐘鼓聲，更襯出了鄉城初夜的寂靜。詞人寄居的敗屋裏，風摇燈影於冷冷的牆壁之上。這時月亮升上來了，冰涼的月光透過破漏的縫隙，照在結滿蛛網的簾子上。開頭六句描寫，視覺、聽覺、觸覺並用，渲染出浪迹天涯、望月思鄉的詞人濃鬱的迷惘感、孤獨感、淒涼感。在這以我觀物的視野裏，詞人覺得冰涼的月亮在無聲地哭泣，那灑在敗屋蛛網上的慘白光綫，莫不是月魂泣出的淚水。接下來一個「念」字領起，由眼前景轉入思鄉情，在詞人的心理想像中，故鄉今夜冷月霜華滿地，無限冷落荒寒。所以詞人設想他自己在漫長的流浪之後，即使能像丁令威一樣「化鶴歸來」，恐怕也只見「城郭如故人民非」，往日游蹤已是淡忘模糊、難以追憶了。然而真正忘卻又談何容易！尤其是這記憶與故鄉歲月故國繁華緊緊聯繫在一起的時候。所以換頭四句，詞人還是情不自禁地在異鄉的月夜，墜入對往昔歡樂的記憶。那是在荷影照水的洲島、月映梨花的院落，「一醉連春夕」的宴游，「歡極」難忘啊！但「往事已成空，還如一夢中」。「柯雲罷弈」用《拾遺記》中晉朝王質「爛柯山」典故，寫「歡極」的昔游已恍如隔世；「櫻桃在」二句，用《酉陽雜俎》中某人夢鄰女贈櫻桃典故，寫往昔種種情事亦如好夢難覓。於是詞人從記憶中回到現實，規勸月亮還是與昔游的賞月人「幽窗相伴」，切不要去「照紅樓夜笛」，那是新朝新貴們的歡聚場所，「笛裏番腔」已非漢家歌聲了。詞人擔心「素娥」不知道塵世已換了人間，所以特地加以提醒。「換譜伊涼」，伊涼指《伊州》、《涼州》，皆大曲名，喻指改朝換代。結句是遺民詞人誓不與新朝合作的心聲的流露。至此，詞作完成了由望月思鄉進而感傷故國的主題表達。

【集　評】

卓人月《詞統》卷一四：語妙非詩，意濃如畫。櫻桃夢事，見《酉陽雜俎》。

世經堂康熙十七年殘本《詞綜》批語：「冰蜍」、「瓊魂」、「蕖浸」、「梨溶」，字法纖鄙。

先著《詞潔輯評》卷五：《瑞鶴仙》，蔣捷，「紺煙迷雁迹」。句意警拔，多由於拗峭，然須煉之精純始不失於生硬。竹山此詞云：「勸清光，乍可幽窗相照，休照紅樓夜笛。」夢窗云：「問閶門，自古送春多少？」玉田云：「能幾番遊，看花又是明年。」妙語獨立，各不相假借。正不必舉全詞，即此數語，可長留數公天地間。

又 壽東軒立冬前一日〔一〕

玉霜生穗也〔二〕。渺洲雲翠痕，雁繩低也〔三〕。層簾四垂也。錦堂寒早近，開鑪時也〔四〕。香風遞也〔五〕。是東籬、花深處也〔六〕。料此花、伴我仙翁，未肯放秋歸也〔七〕。嬉也。繒波穩舫，鏡月危樓，釃瓊酏也〔八〕。籠鶯睡也。紅妝旋、舞衣也〔九〕。待紗燈客散，紗窗日上，便是嚴凝序也〔一〇〕。换青氈、小帳圍春，又還醉也〔一一〕。

【校　注】

〔一〕東軒：作者友人，不詳。立冬：農曆二十四節氣之一，一般在農曆十月上中旬。

〔二〕玉霜：白霜，其色晶白如玉，故稱。梁蕭綱《與劉孝綽書》：「玉霜夜下，旅雁晨飛。」唐白居易

《宣州試射中正鵠賦》：「玉霜降而弓力調，金風勁而弦聲急。」穗：穀類作物結實曰穗。玉霜生穗，是説霜濃秋深，寒冬將臨。也：語助詞，全詞用作煞尾韻字，亦屬騷體變格。

〔三〕渺：遠，模糊。雁繩：雁飛隊列如繩狀。一般用雁字、雁行、雁陣等喻。

〔四〕錦堂：裝飾華麗的房舍。開鑪時：《東京夢華録》卷九：「十月一日，宰臣已下授衣著錦襖。……有司進暖爐炭。民間皆置酒作暖爐會也。」《夢粱録》卷六：「十月孟冬，……有司進暖鑪炭。太廟享新，以告冬朔。諸大刹寺院，設開鑪齋供貴家。新裝暖閣，低垂繡幕。老稚團圓，淺斟低唱，以應開鑪之序。」《武林舊事》卷三《開爐》：「是日御前供進夾羅御服，臣僚服錦襖子夾公服，『授衣』之意也。自此御爐日設火，至明年二月朔止。皇后殿開爐節排當。」據上引材料可知，兩宋時每年十月初一至立冬日之間，有一個朝野共度的開爐節。開：《康熙詞譜》、黄本作「天」，誤。

〔五〕遞：傳送。

〔六〕東籬花深：菊花茂盛。東籬：晉陶潛《飲酒詩》之五：「采菊東籬下，悠然見南山。」後因以「東籬」指代菊花或種菊之處。唐楊炯《庭菊賦》：「憑南軒以長嘯，坐東籬而盈把。」唐岑參《九日使君席奉餞衛中丞赴長水》：「爲報使君多泛菊，更將弦管醉東籬。」宋柳永《玉蝴蝶·重陽》：「西風吹帽，東籬攜酒，共結歡游。」

〔七〕仙翁：男性神仙，仙人。唐崔曙《九日登望仙臺呈劉明府》：「關門令尹誰能識，河上仙翁去不回。」宋何薳《春渚紀聞·鄭魁銘硯詩》：「仙翁種玉芝，耕得紫玻璃。」

〔八〕繒波：波平如繒。繒：絲織品的總稱。先秦謂之帛，漢謂之繒。舫：有艙室的船。唐白居易《白蓮池泛舟》：「白藕新花照水開，紅窗小舫信風回。」鏡月：月明如鏡。危樓：高樓。《文選》南朝梁徐敬業《古意酬到長史溉登琅邪城樓》：「修篁壯下屬，危樓峻上幹。」或謂繒波舫、鏡月樓乃舫、樓之名。釂：傾杯而飲。瓊酏：美酒，紫芝本作「酡」。酏：酒。《説文》：黍酒曰酏。

〔九〕籠鶯：《御選歷代詩餘》作「籠鸚」。妝：紫芝本、影鈔本作「催」，誤。

〔一〇〕日上：《康熙詞譜》作「月上」。嚴凝序：嚴寒節序，指立冬。立冬日在農曆十月。

〔一一〕换：黄本作「撫」，誤。青氈：亦作青氊，青色毛毯或氊帳、氊帽製品。唐白居易《偶眠》：「妻教卸烏帽，婢與展青氈。」南宋陸游《漢宫春·初自南鄭來成都作》：「吹笳暮歸，野帳雪壓青氊。」圍春：圍起春天般的温暖。《夢粱録》卷六：「十月孟冬，正小春之時。蓋因天氣融和，百花間有開一二朵者，似乎初春之意思，故曰『小春』。」這裏的「春」即指十月「小春」天氣。

【疏　解】

這是一首爲友人祝壽之詞，但無壽詞題面應酬之語，詞筆不俗。詞從深秋景物寫起：「玉霜生穗也。渺洲雲翠痕，雁繩低也」，深秋霜濃，草木枝葉上裹了一層厚厚的白霜，彷彿結出了白色的穗子。起句即通過寫景扣題中時令「立冬前」。嚴霜打黄了蒲葦的葉子，遠遠望去，水鄉洲渚上的植物翠色模糊，一行大雁從天邊低飛而來，正欲棲落。在寫了野外的景物之後，轉寫庭院室内：「層簾四垂也。錦堂寒早近，開鑪時也」，秋盡冬臨，霜寒氣肅，一層層的簾幕張掛起來，把房舍四周的門窗遮蓋得嚴嚴實實，取暖的爐子也適時燃著了紅紅的炭火。「香風遞也。是東籬、花深處也」三句，用吹送的香風連接起室裏和室外，華美的居室裏簾幕重重，炭火紅暖，香氣縷縷，原來是園子東籬邊的菊花開得正盛，菊香隨風飄送進來。前結「料此花、伴我仙翁，未肯放秋歸也」三句，菊爲傲霜耐寒之花，服食可以延年，又是隱逸高節的象徵，所以詞人讓菊花陪伴東軒，挽留秋天，花長好人長健，共駐秋光。「仙翁」指壽主東軒，寓長生不老之意，落實題面的「壽」字，是這首壽詞中唯一與祝壽直接相關的字眼。「未放秋歸」四字，也再一次照應題面中的「立冬前一日」這一特定的時間。换頭用「嬉也」二字，概寫生日祝壽的歡快熱鬧場面氣氛。「繒波穩舫，鏡月危樓，釂瓊酡也」三句，描寫泛舟、登樓，游賞宴飲，庭院池塘波平船穩，高樓憑欄明月朗照，賓客壽主興致勃勃，美酒盈觴，頻頻乾杯。月照高樓，表明祝壽游賞活動從白天一直持續到夜晚。「籠鶯睡也」一句，寫籠中黄鶯睡眠，時間已經入夜。「紅妝旋、舞衣也」，描寫入夜之後，家姬紅妝翩翩，歌舞祝壽的盛況。由「紗燈客散，紗窗日上」二句可知，歌舞娱樂持續了一夜，真是興高采烈。等賓客們盡興散去，天已黎明，日照紗窗，便是新的一天——立冬日了。結句「换青氈、小帳圍春，又還醉也」，寫趁著立冬日天氣晴好，把昨天祝壽的紅色帳幔换上青氈小帳，圍起暖融融的十月小陽春天氣，再做節慶宴飲，一醉方休。

此詞在表現上有兩點值得注意。一是應酬性的壽詞，而無門面應酬之語，「體取變，旨取遠，渾不似壽詞」，所以「妙工」（潘游龍《古今詩餘醉》）。這實際是寫作上避熟就生的匠心安排，給人的閲讀心理帶來與陳熟不同的「鮮香」之感（卓人月《詞統》卷一四）。二是形式上「通首用『也』字煞」的虚字韻腳使用（胡薇元《歲寒居詞話·竹山詞》），與他的《水龍吟·效稼軒體招落梅之魂》一樣「全仿騷體」（沈雄《古今詞話·詞辨》下卷），顯得新奇不俗。而且這十三個「也」字煞尾，在音節上形成一種唱歎不盡、紆徐從容的表現效果，也與祝壽游樂嬉戲流連的内容相適應。宋文有歐陽修的《醉翁亭記》連用二十一個「也」字，一氣貫穿，宋詞有蔣捷的這首《瑞鶴仙》連用十三個「也」字，收煞到底，俱爲宋代文學史上的奇觀。

【集　評】

潘游龍《古今詩餘醉》：體取變，旨取遠，渾不似壽詞，妙工。

卓人月《詞統》卷一四：山谷隱醉翁亭詞太熟，不如此之鮮香。一日之内，一室之中，而氣候不齊。「序」一作「聚」。

沈雄《古今詞話·詞辨》下卷：《瑞鶴仙》一調，六一、清真、伯可俱擅作手，而三家之長短句，各各不同，平仄聲亦不合。惟海璚子一詞，與六一無異。若蔣捷之壽東軒，全仿騷體，俱用也字，但高平調之曲律，漸不可問矣。

胡薇元《歲寒居詞話·竹山詞》：《竹山詞》，蔣捷撰。宜興人，德祐進士，宋亡遁跡不仕。詞煉字精深，音調諧暢，爲倚聲家之榘矱。《水龍吟·招落梅之魂》一闋，通首用「些」字、《瑞鶴仙·壽東軒》一闋，通首用「也」字煞，忽作騷體，亦自適其意，終非正格也。《詞統》譏之，甚當也。

又　友人買妾名雪香〔一〕

素肌元是雪〔二〕。向雪裏帶香，更添奇絶。梅花太孤潔。問梨花何似，風標難説〔三〕。長洲漾檝〔四〕。料鴛邊、嬌蓉乍折〔五〕。對珠櫳、自翦涼衣，愛把淡羅輕疊〔六〕。　清徹。螺心翠靨，龍吻瓊涎，總成虚設〔七〕。微微醉纈〔八〕。窗燈暈，弄明滅。算銀臺高處，芳菲仙佩，步徧纖雲萬葉〔九〕。覺來時、人在紅幬，半廊界月〔一〇〕。

【校　注】

〔一〕友人買妾名雪香：紫芝本、吴本、毛本、《御選歷代詩餘》、續本作「買妾名雪香」。

〔二〕素肌：古典詩詞常以此二字形容雪或梨花，宋喻良能《雪》：「密雪乘風逞素肌，穿窗透隙入簾帷。」宋周邦彦《水龍吟·梨花》：「素肌應怯餘寒，豔陽占立青蕪地。」元是：原是。宋蘇軾《浣溪沙》：「日暖桑麻光似潑，風來蒿艾氣如薰。使君元是此中人。」

〔三〕梨花何似：古代詩詞每以梨花喻雪或雪喻梨花。唐李白《宮中行樂詞》：「柳色黃金嫩，梨花白雪香。」唐岑參《白雪歌送武判官歸京》：「北風卷地白草折，胡天八月即飛雪。忽如一夜春風來，千樹萬樹梨花開。」唐杜牧《初冬夜飲》：「砌下梨花一堆雪，明年誰此凭闌干。」友人妾名雪香，故以梨花比擬。風標：風度、儀態。《世説新語·賞譽》注引虞預《晉書》：「戴儼字若思，廣陵人，才義辯濟，有風標鋒穎。」

〔四〕長洲：唐武后萬歲通天元年所置縣，以縣西南有長洲苑得名，明清爲江蘇蘇州府治，一九一二年併入吴縣。此處似泛指水邊較大的洲渚。漾檝：蕩槳，劃船。漾：影鈔本作「様」，誤。檝：同楫，船槳，短曰楫，長曰櫂。《易·繫辭》下：「刳木爲舟，剡木爲楫。」

〔五〕嬌蓉：嬌美的荷花。折：紫芝本作「析」，誤。

〔六〕櫳：窗上櫺木，窗户。吴本、毛本、《御選歷代詩餘》、續本作「籠」。珠櫳：珠飾的窗户。南朝鮑照《翫月城西門廨中詩》：「蛾眉蔽珠櫳，玉鈎隔瑣窗。」唐王勃《七夕賦》：「珠櫳綺檻北風臺，繡户雕窗南向開。」唐李商隱《李肱所遺畫松詩書兩紙得四十韻》：「報以漆鳴琴，懸之真珠櫳。」涼衣：貼身單衣。漢無名氏《古詩》：「連翩遊客子，于冬服涼衣。」《世説新語·簡傲》：「平子脱衣巾，徑上樹取鵲子。涼衣拘閡樹枝，便復脱去。」淡羅：淺色羅綃。這幾句寫雪香喜愛淡妝，一如其名，非濃豔粗俗之人，下片仍承此意。

〔七〕清徹：《御選歷代詩餘》作「清澈」。螺心：螺黛眉心。翠靨：貼翠面靨。龍吻瓊涎：即龍涎香，古代名貴香料。龍：紫芝本作「龖」。

〔八〕醉纈：醉眼發花。北周庾信《夜聽擣衣》詩：「花鬟醉眼纈，龍子細文紅。」

〔九〕銀臺：傳説中仙人所居之處。《文選》漢張衡《思玄賦》：「聘王母於銀臺兮，羞玉芝以療饑。」自注：「銀臺，王母所居。」芳菲：花草，也指花草的芳香。南朝齊謝朓《休沐重還丹陽道中》：「賴此盈樽酌，含景望芳菲。」南朝陳顧野王《陽春歌》：「春草正芳菲，重樓啟曙扉。」纖雲：微雲，輕雲。晉傅玄《雜詩》：「纖雲時髣髴，渥露霑我裳。」唐韓愈《八月十五夜贈張功曹》：「纖雲四卷天無河，清風吹空月舒波。」

〔一〇〕幬：床帳。戰國楚宋玉《神女賦》：「褰余幬而請御兮，願盡心之惓惓。」半廊界月：月界半廊，指月已斜，天將明。

【疏　解】

這是一首人物題詠詞，創作緣起如詞題所示，友人買妾，贈詞致賀助興，詞從友人妾名生發而出。這種朋友間的交際應酬之作，題材世俗，日常瑣碎，多帶即興游戲性質，古代詩詞中此類作品甚多，比如蘇軾《東坡樂府》中就有一首《雙荷葉·湖州賈耘老小妓名雙荷葉》：「雙溪月，清光偏照雙荷葉。雙荷葉，紅心未偶，緑衣偷結。　被風迎雨流珠滑，輕舟短櫂先秋折。先秋折。煙鬟未上，玉杯微缺」，詞作也是就小妓名字生發開來的。這類作品大多無甚思想意義，一時嘲戲，甚或墮入輕薄惡俗。即如上舉東坡之作亦不能免俗，其「煙鬟未上，玉杯微缺」諸句，暗示出的色情意味就很明顯。蔣捷此詞卻能俗中見雅，是爲難能可貴。起三句「素肌元是雪。向雪裏帶香，更添奇絶」，就友人妾名切入破題，説友人妾的肌膚本就瑩潔如雪，而且不僅像雪一樣潔白，還散發著沁人的香氣，更讓人覺得驚奇罕見。欲把她比作淩寒開放的白梅，但「梅花太孤潔」，不入世俗，高傲難諧，孤芳自賞，與友人妾的身份顯然不甚切合。詞人在這裏對題詠人物的分寸把握得好，既要俗中見雅，又不能任意比附，無限拔高。所以詞人想，友人妾既名雪香，還是以梨花作比更恰切吧：「問梨花何似，風標難説。」出以問句而不説死，色香風韻在疑似彷彿之間，見出詞人用筆之妙。這樣的活句更有理解彈性，更能刺激讀者的審美想像力。在完成了以雪和梨花的比喻切名解題之後，畢竟是友人納妾，一味瑩潔素淡似也不宜，所以接以「長洲漾檝。料鴛邊、嬌蓉乍折」三句，略爲著色，蕩槳長洲鴛鴦浦，一支嬌荷初折手，戲水采蓮的描寫中實有暗示的内涵，鴛鴦、嬌蓉的意象與折花的行爲，所包含的比喻暗示義不難領解。説到底，古時文人納妾乃風流韻事，這幾句詞自不免語涉香豔，但出以比擬，不直不露，豔而不俗，是爲當行本色。這樣微逗之後，前結「對珠櫳、自翦涼衣，愛把淡羅輕疊」三句，再寫雪香喜愛淡妝，一如其名，非濃豔粗俗之人。下片仍承此意，換頭「清徹」二字，是對友人妾的總體印象評價，意爲清新淡雅，不事浮華。「螺心翠靨，龍吻瓊涎，總成虚設」三句，寫友人妾既不去塗飾螺黛眉心、貼翠面靨的濃妝，也不用薰染龍涎名香，一如白雪梨花，素淡天然，花氣自芳。這三句是對「清徹」二字的落實。這樣寫既切題，又和上片「雪裏帶香」的描寫照應。「微微醉纈。

窗燈暈，弄明滅」三句，承接上片「長洲漾檝。料鴛邊、嬌蓉乍折」的暗示，直接描寫合巹之夕的歡愛情景，但實寫也只「微微醉纈」一句，然後用燈暈明滅加以烘染，使之模糊化。而後再用升仙的比擬進一步加以虛化：「算銀臺高處，芳菲仙佩，步徧纖雲萬葉。」模糊化、虛化也是對納妾俗事的雅化美化。在藝術表現上，有時「隔」一些是必要的，它能收到一種距離化的審美效果。結句「覺來時、人在紅幬，半廊界月」，從幻覺中的飄渺仙境回到現實中的洞房錦帳，這時斜月半廊，天色將亮，落月的餘輝爲一夕人間歡愛，灑上一層朦朧的詩意輝光。

【集　評】

清葉申鄉《天籟軒詞譜》卷七「本事詞」：蔣捷勝欲嘗買一妾，名之曰雪香，爲賦《瑞鶴仙》云。

木蘭花慢〔一〕　冰〔二〕

傍池闌倚徧，問山影、是誰偷〔三〕。但鷺斂瓊絲，鴛藏繡羽，礙浴妨浮〔四〕。寒流。暗衝片響，似犀椎、帶月靜敲秋〔五〕。因念涼荷院宇，粉丸曾泛金甌〔六〕。　妝樓。曉澀翠罌油〔七〕。倦鬟理還休。更有何意緒，憐他半夜，缾破梅愁〔八〕。紅裯〔九〕。淚乾萬點〔一〇〕。待穿來、寄與薄情收。只恐東風未轉，誤人日望歸舟〔一一〕。

【校　注】

〔一〕木蘭花慢：又名千秋歲。調見宋柳永《樂章集》，注南吕宫。《于湖詞》注高平調。

〔二〕冰：《御選歷代詩餘》作「詠冰二首」。

〔三〕池闌：池畔闌干。問山影句：意謂在一片冰雪中，彌望皆白，看不到池水映出的山影，似被誰偷去了。

〔四〕瓊絲：形容瑩潔的絲狀物，唐劉禹錫《和嚴給事聞唐昌觀玉蘂花下有游仙》：「雪蘂瓊絲滿園春，衣輕步步不生塵。」此指白鷺的羽毛。繡羽：鳥類美麗的羽毛，亦指毛色斑斕的禽鳥。南朝宋鮑照《芙蓉賦》：「戲錦鱗而夕映，曜繡羽而晨過。」唐許敬宗《奉和登陝州城樓應制》：「錦鱗文碧浪，繡羽絢青空。」

〔五〕衝：紫芝本作「衡」，誤。犀椎：犀牛角所製之椎，古代打擊樂器方響中有犀角製小椎。唐蘇鶚《杜陽雜編》卷中：「(阿翹)俄進白玉方響，云本吴元濟所與也，光明皎潔，可照數十步。言其犀椎，即響犀也，凡物有聲，乃響應其中焉。」宋梅堯臣《五倩篇》：「犀椎玉鈴鈴，龍撥雷輷輷。」犀椎敲秋，比喻冰聲清脆。

〔六〕泛：紫芝本作「帆」。影鈔本作「汎」，誤。甌：盆盂之類瓦器。金甌，金屬製成的名貴盆盂。東晉干寶《搜神記》卷四：「婦以金甌、麝香囊與婿别，涕泣而分。」

〔七〕曉澀翠罌油：意爲早晨天寒結冰，瓶中的面油也凝澀了。翠罌：翠管銀罌。罌：小口大腹的瓶類容器。唐杜甫《臘日》詩：「口脂面藥隨恩澤，翠管銀罌下九霄。」趙次公注：「臘日賜口脂面藥，翠管銀罌，所以盛之也。」油：婦女化妝用的一種油脂。

〔八〕餅破：花瓶凍裂。

〔九〕裯：單被，《詩經·召南·小星》：「肅肅宵征，抱衾與裯。」毛《傳》：「衾，被也。裯，單被也。」也可泛指衾被。南宋楊萬里《霜夜無睡聞畫角孤雁》詩之一：「擁裯起坐何人伴？只有殘燈半暈青。」

〔一〇〕淚乾：眼淚凍成冰珠。

〔一一〕只恐二句：意爲恐怕春風未起，水面冰封，無法航行，讓思婦空望歸舟。歸舟：返航的船。南朝齊謝朓《之宣城郡出新林浦向板橋》：「天際識歸舟，雲中辨江樹。」唐杜甫《曉望白帝城鹽山》：「春城見松雪，始擬進歸舟。」宋柳永《八聲甘州》：「想佳人妝樓顒望，誤幾回、天際識歸舟。」

【疏　解】

此詞上片賦冰，下片抒思婦怨情。起句「傍池闌倚徧，問山影，是誰偷」，寫憑眺時間之久，水池邊的欄杆已經倚遍，但還是看不見水中的山影，憑欄人於是疑惑地尋思：是誰偷偷藏起了往日映在水中的山影呢？這三句以憑欄人不見池中山影，側寫水面結冰，意思新巧。「但鷺斂瓊絲，鴛藏繡羽，凝浴妨浮」三句，繼續從側面寫冰，鷗鷺斂起了潔白的翅翼，鴛鴦也收起了美麗的毛羽，這些水禽們浴水鳧游受到了妨礙。原因當然是水面結冰，使它們無法在水上自由游動，這仍然是側面暗寫的手法。「寒流。暗衝片響，似犀椎、帶月靜敲秋」幾句，在側面描寫了池冰之後，再寫寒冷的水流捲裹衝撞著冰片，發出清脆的響聲，彷彿犀角小椎在寂靜的秋月之夜，敲擊一曲方響樂。以上側寫從視覺，這裏用比喻寫聽覺，季節也從寒冬轉換爲清秋。前結承接比喻聽覺裏由聯想帶來的季節轉換，繼續展開心理聯想，季節也再轉換爲盛夏：「因念涼荷院宇，粉丸曾泛金甌。」詞中人曾有過秋月之夜聽犀椎敲打方響樂的經歷，聽到流水衝冰聲，産生了相似聯想；接著又回想起夏天，在荷風送爽的庭院裏納涼消夏，金甌中所盛的冰鎮湯飲。古人冬季藏冰，用於夏季降温製冷，「粉丸」就是湯飲中所放的圓形小冰塊。這仍然是從回憶的角度寫冰。下片换頭轉移場景，從池畔、河邊轉到女性居所「妝樓」之上，點出上片中的人物是一位女性。「曉澀翠罌油」句，寫早晨天寒，女子理妝時發現瓶中的面油也凝澀結冰了。這更影響了她晨妝的興致，「倦鬟理還休」，本來就倦於理鬟梳妝，這面油也給凍住了，索性不化妝了。「倦鬟」二字暗藏著消息，「女爲悦己者容」，倦於妝扮，當是「悦己者」不在，那麼這女子當是一位怨别的思婦無疑。但詞人並不急於點明她的身份，而是接寫這位不理晨妝的女子「更有何意緒，憐他半夜，缾破梅愁」。詞人的目的是賦冰，寫女子也是爲了轉换角度繼續寫冰，半夜插梅「缾破」，當然是瓶水結冰凍裂了瓶子。「紅裯。淚乾萬點。待穿來、寄與薄情收」幾句，寫這女子的眼淚灑在被子上，結冰成爲「淚乾」，她准備把「萬點淚乾」穿成一串，寄給薄情之人，讓他知道自己是多麽思念和痛苦。至此，纔由「薄情人」三字，得知這無心妝扮、不管瓶破、傷心流淚的女子的思婦身份。結句「只恐東風未轉，誤人日望歸舟」，寫思婦盼歸心切，到江邊迎接歸船，只恐怕天氣寒冷，春風未起，江水結冰無法行船，誤教她天天佇立江岸、延頸而望，卻總也看不到歸船駛來。

此詞詠冰而通篇不出一「冰」字，但又不是用所謂的「代字」，讓人猜謎，而是通過景物、人物、生活畫面的具體描寫，不斷轉換，從不同的角度和側面層層刻畫，表現主題，然終無一字加以説破，所謂「狡獪」，此之謂乎？至於下片引入思婦，通過思婦面油滯澀、梅瓶破裂、眼淚成乾、不見歸舟來寫冰，則是婉約詞内容格調上的特殊性使然，宋沈義父《樂府指迷》中説：「作詞與詩不同，……須略用情意，或要入閨房之意。……不著些豔語，又不似詞家體例。」正是緣於這「與詩不同」的「詞家體例」，蔣捷才在下片通過思婦來賦冰，使詞語染上一定的香豔性，詞作也帶有了「閨房之意」，這樣就符合詞的本色當行的要求了。

【集　評】

卓人月《詞統》卷一三：按：此首有《詞統》評語十七字，漫漶無法辨識。

又　再賦〔一〕

渺琉璃萬頃，冷光射、夕陽洲〔二〕。見敗柳漂枝，殘蘆泛葉，欲去仍留。羅幬〔三〕。少年夢裏，正窺簾、月浸素肌柔。誰念衰翁自老，斷髭凍得成虯〔四〕。　凝眸〔五〕。一望絶飛鷗。宇宙正清幽。漫細敲紫硯，輕呵翠管，吟思難抽〔六〕。颼颼。晚風又起，但時聽、碎玉落檐頭〔七〕。多少梅花片腦，醉來誤整香篝〔八〕。

【校　注】

〔一〕再賦：毛本、續本作「再賦前題」。《御選歷代詩餘》無詞題。

〔二〕琉璃萬頃：廣闊的湖面冰凍如琉璃。琉璃：亦作瑠璃，各種顔色的天然、人造水晶。詩文中常以喻晶瑩碧透之物，唐杜甫《渼陂行》：「琉璃汗漫泛舟入，事殊興極憂思集。」

〔三〕羅幬：羅帳。《楚辭・招魂》：「蒻阿拂壁，羅幬張些。」晉潘岳《寡婦賦》：「易錦茵以苫席兮，代羅幬以素帷。」南朝梁庾肩吾《長安有狹邪行》：「大婦襞雲裘，中婦卷羅幬。」窺簾：偷偷地往簾裏看。唐李商隱《無題》：「賈氏窺簾韓掾少，宓妃留枕魏王才。」此擬月亮悄悄地照進簾裏，似在窺人。宋蘇軾《洞仙歌》：「繡簾開，一點明月窺人，人未寢，攲枕釵橫鬢亂。」

〔四〕斷髭句：斷髭：斷須。髭：脣上須。《釋名·釋形體》：「口上曰髭。」漢樂府《陌上桑》：「行者見羅敷，下擔捋髭鬚。」成虬：蟠曲如虬。

〔五〕凝眸：目不轉睛地看。唐李商隱《聞歌》：「斂笑凝眸意欲歌，高雲不動碧嵯峨。」

〔六〕紫硯：端硯中有以紫色石琢成者。唐劉禹錫《劉夢得集》四有《唐秀才贈端州紫石硯以詩答之》，李賀《李長吉歌詩》三有《楊生青花紫石硯歌》。輕呵：《御選歷代詩餘》作「輕呼」。翠管：毛筆的美稱。唐李遠《觀廉女真葬》：「玉窗抛翠管，輕袖掩銀鸞。」宋柳永《鳳銜杯》：「想初襞苔箋，旋揮翠管紅窗畔。」吟思：吟詩的情思。唐王貞白《江上吟曉》：「夜來吟思苦，江上月華秋。」南宋翁卷《送徐靈囦永州司理》：「從來吟思苦，歸賦若多篇。」難抽：言天寒冰凍，詩興凝滯不發。

〔七〕飀飀：形容風雨聲。漢趙壹《迅風賦》：「啾啾飀飀，吟嘯相求。」唐杜甫《秋雨歎》：「雨聲飀飀催早寒，胡雁翅溼高飛難。」南宋章麗貞《長相思》：「風飀飀，雨飀飀，萬里歸人空白頭。」碎玉：比喻墜落碎裂的冰雹。

〔八〕多少二句：意爲誤把碎冰當作香料，所以醉來整理熏籠。梅花片腦：即龍腦，香料名。據唐段成式《酉陽雜俎》、宋洪芻《香譜·香品》載，這種香料是以龍腦香樹幹中樹膏製成的結晶體，瑩白如冰，俗稱冰片，又曰梅片。産於閩、廣等地。其珍品謂之梅花腦子。香篝：熏籠。唐陸龜蒙《茶塢》詩：「遥盤雲髻慢，亂簇香篝小。」

【疏　解】

此首承接前首《木蘭花慢·冰》，用同一詞牌，寫同樣内容。這兩首詞寫作時間當相去不遠，大約是詞人寫罷前首，餘興未盡，同題再賦。這樣在創作上就有一定的難度，如何避免與前首重復，是創作成敗的關鍵。前首賦冰屬代言體，是通過思婦這一人物來完成的，詞人基本没有出場；與前首相比，這一首採用了詞人的視角，是詞人的觀察和體驗，這就從整體上有效地與前一首區隔開來。從女性視角變成男性視角，起三句「渺琉璃萬頃，冷光射、夕陽洲」，就與前一首「山影被偷」的巧思不同，顯出一種整體的視野，一種男性的大氣，萬頃水面冰封，眼前彷彿一派琉璃世界，在冬日殘陽下閃射著森森冷光。一個「渺」字，加强了視界的渺遠無邊之感。顯然，這冰封的琉璃世界原是煙波浩渺的滿地江湖，而非上片欄杆旁的庭院池塘。上片的女性視角關注的是鷺鷥、鴛鴦等毛羽可愛的禽鳥，這裏的男性視角則看到「敗柳漂枝，殘蘆泛葉，欲去仍留」，滿眼荒莽敗落的寒冬景象。枯枝殘葉漂流不去，當然是被冰面凍住了。在這荒寒枯寂的冬日，詞人回憶起年輕時的幸福快樂時光：「羅幬。少年夢裏，正窺簾、月浸素肌柔」，紅羅帳裏，少年夢酣，月光如水照進簾幕，静静地灑在夢中人柔嫩的肌膚上。這一段恍如夢境的回憶，温馨醉人，與現實的寒冬老境形成强烈的反差。「誰念衰翁自老，斷髭凍得成虯」兩句，是暮年詞人的自哀自憐，衰翁自老，髭鬚凍斷，呵氣凝冰，糾結如虯，景況雖不堪已極，但又與何人關情！與前首中女性的雲鬟一樣標識性别的，是男性的髭鬚，「斷髭凍得成虯」，在不堪之中仍有一種男人的剛性和風骨，讓我們想起唐代孟郊《秋懷》詩句「梧桐枯崢嶸」

來。與前首中女性情感上的煩惱不同，這裏抒發的是男性的身世感慨。下片換頭，詞人「凝眸」眺望，看不見鷗鳥飛翔的影子，茫茫宇宙，雪地冰天，給人一種深邃寥廓的清幽感。詞人借助浩闊清幽的嚴冬景象引發的詩興，力圖從上片結句的衰颯感中振作起來，但是天氣實在太冷了，「輕呵翠管，吟思難抽」，蘸墨的毛筆凍結無法寫字，輕輕呵氣把它暖化，詩興還是凝滯不發，這奇寒的天氣，連詩思都凍得結冰了。這和前首一樣，還是從側面寫冰，區別在於前首是通過女性的化妝品面油來寫，這裏是通過男性的筆墨和詩思來寫。「颼颼」。晚風又起，但時聽、碎玉落檐頭」幾句轉寫聽覺，「晚風」颼颼，吹斷檐間的冰柱，掉落地上發出碎玉般的響聲。「晚風」從時間上照應上片的「夕陽」。結句「多少梅花片腦，醉來誤整香篝」，寫喝酒御寒帶有醉意的詞人，誤把地上的碎冰當成珍貴的香料梅花腦子，於是整理起薰籠準備焚香之用。梅花腦子是名叫冰片的香料中的珍品，所以這裏仍然是側面寫冰。結句出以誤會，爲全詞增添情趣。此詞雖寫冰封嚴寒，詞人感時歎老，衰颯不堪，但琉璃世界、清幽宇宙、敲硯吟詩、醉酒焚香等景物描寫和人物行動，終不失文人的一份雅致和清興。

【集　評】

卓人月《詞統》卷一三：寒夜諷之，有清響淅瀝。幬音稠，單帳。黄昌貧無幬，□僨作蚊幬。○唐玄宗夜宴，以琉璃器盛龍腦數片賜群臣。

珍珠簾〔一〕　壽岳君選〔二〕

書樓四面筠簾捲〔三〕。微薰起，翠弄懸籤絲軟〔四〕。樓上讀書仙，對寶狻霏轉〔五〕。繡館釵行雲度影，灩壽觥、盈盈爭勸〔六〕。爭勸。奈芸邊事切，花中情淺〔七〕。金奏未響昏蜩，早傳言放卻，舞衫歌扇〔八〕。柳雨一窗涼，再展開湘卷〔九〕。萬顆蕖心瓊珠輥，細滴與、銀朱小硯〔一〇〕。深院。待月滿廊腰，玉笙又遠〔一一〕。

【校　注】

〔一〕珍珠簾：即真珠簾。調見南宋陸游《放翁詞》。南宋吴文英《夢窗詞》填詞調名珍珠簾，《竹山詞》同。

〔二〕岳君選：陽羨有岳飛後裔一支，岳君選或即岳飛後人。

〔三〕筠簾：竹簾。筠：竹子青色的皮。《禮·禮器》：「如竹箭之有筠也，如松柏之有心也。」《疏》：「筠是竹外青皮。」借爲竹子别稱。唐韋應物《閒居贈友》：「青苔已生路，緑筠始分籜。」捲：黄本作「卷」。微薰：微風。薰：和風，指初夏時的東南風。《吕氏春秋·有始》：「東南曰薰風。」唐白居易《太平樂》之二：「湛露浮堯酒，薰風起舜歌。」

〔四〕籤：同簽，竹片製成，上書不同顏色符號以示區别的書簽。《新唐書·藝文志》一：「兩都各聚書四部，……其本有正有副，軸帶帙籤，皆異色以别之。」

〔五〕寶狻：鑄有狻猊的爐鼎。狻，狻猊，即獅子。霏：雲氣。南朝宋謝靈運《石壁精舍還湖中》：「林壑斂暝色，雲霞收夕霏。」此指薰爐的煙氣。

〔六〕繡館：華美精緻的樓館。釵行：婦女輩。釵，兩股笄，女性首飾。三國魏曹植《美女篇》：「頭上金爵釵，腰佩翠琅玕。」此處指代女性。灩壽觥：壽酒滿杯。灩：瀲灩，水滿溢貌，泛指盈溢。吴本作「豔」，影鈔本作「艷」。唐白居易《對新家醖玩自種花》詩：「玲瓏五六樹，瀲灩兩三盃。」觥：角製酒器，後世也有木或銅製。吴本、毛本、續本作「觵」。《詩經·豳風·七月》：「稱彼兕觥，萬壽無疆。」盈盈：儀態美好貌。紫芝本作「盈」，少一字。漢無名氏《古詩十九首》：「盈盈樓上女，皎皎當窗牖。」

〔七〕芸邊事：讀書、著述之事。芸香可辟書蠹，書室常貯之，古時因稱藏書之處爲芸臺、芸閣。

〔八〕金奏：撞擊鍾鎛奏樂。本指廟堂音樂，《周禮·春官·鍾師》：「鍾師掌金奏。」鄭玄《注》：「金奏，擊金以爲奏樂之節。金謂鍾與鎛。」亦泛指樂聲。南朝宋顔延之《五君詠·阮咸》：「達音何用深，識微在金奏。」唐陳子昂《與東方左史虬修竹篇》：「哀響激金奏，密色滋玉英。」蜩：蟬。此指蟬噪，以喻壽宴飲酒作樂的嘈雜喧鬧之聲。《詩經·大雅·蕩》：「如蜩如螗，如沸如羹。」鄭箋：「飲酒號呼之聲如蜩螗之鳴，其笑語沓沓又如湯之沸，羹之方熟。」

〔九〕湘卷：湘帙中的書卷。湘帙：竹編的書套。

〔一〇〕蕖心瓊珠：芙蕖葉上晶瑩的露珠。輥：滾動。銀朱：礦物名，粉末狀，正赤色。此處指用銀朱製成的朱墨。

〔一一〕玉笙：飾玉的笙，用爲笙的美稱，亦指笙樂。南朝梁劉孝威《奉和簡文帝太子應令》：「園綺隨金輅，浮丘侍玉笙。」南唐李璟《攤破浣溪沙》：「細雨夢回雞塞遠，小樓吹徹玉笙寒。」南宋陸游《狂吟》：「秋風湘浦紉蘭佩，夜月緱山聽玉笙。」

【疏　解】

此首壽詞。突出壽主不貪聲色之樂、酷嗜讀書的性格特點。一起「書樓四面筠簾捲。微薰起，翠弄懸籤絲軟」三句，寫書樓的早晨，竹簾高捲，圖書滿架，初夏時節的微風吹進窗來，標示分類的翠色絲質書簽，在風中輕輕擺動。環境清雅，氣氛安謐，這是典型的學者日常起居處所，看不出絲毫生日祝壽的端倪。書樓飾以筠簾，書香清氣拂面，若换成羅幕錦簾，就顯得俗氣，與書樓的環境氛圍不相協調了。「樓上讀書仙，對寶狻霏轉」，寫酷嗜讀書的岳君選，生日也同往常一樣，坐在書樓上焚香誦讀。那嫋嫋繚繞的狻猊爐煙，的確爲書樓上陶醉書香的「讀書仙」，增添了幾分縹緲仙氣。「繡館釵行雲度影，灩壽觥、盈盈爭勸」三句，描寫繡閣裏的女子像雲影飄來，儀態輕盈美好，手捧滿斟的酒杯，爭相勸酒上壽。若是俗人生日慶壽，美酒盈觴，美女如雲，當會沉醉不已，這也是人之常情。可岳君選超出常情之外，他的心思全在讀書上，「芸邊事切，花中情淺」，對女色不甚在意。「芸邊」兩句寫岳君選嗜書用志不分，全神貫注，可以作爲人物性格的定評。下片承接上意，加以具體生發：「金奏未響昏蜩，早傳言放卻，舞衫歌扇」，若循禮俗，歌舞祝壽活動要熱鬧一整天，甚至夜以繼日，但岳君選只是照顧習慣，虛應故事，並未讓樂舞演奏一直進行下去，而是早早傳話，讓歌兒舞女收拾起表演道具，提前結束祝壽活動，以使他能夠不受擾亂，安靜地享受讀書的快樂。「柳雨一蝸涼，再展開湘卷」，其時雨溼柳絲，空氣清涼，正好再展書卷，繼續誦讀。從做壽的角度説，下雨可能是天公不作美，從讀書的角度説，柳雨送涼，天公作美，爲夏日讀書提供了宜人的好天氣。因爲生日一早就去讀書，祝壽活動提早結束後，又上書樓，所以説「再展湘卷」。「萬顆蕖心瓊珠輥」一句，承接上句中的「柳雨」，寫無數瓊玉般晶瑩的雨珠在荷葉上滾動。「柳雨」、「荷露」也間接寫出書樓環境，樓旁欄外植柳，樓前池塘種荷，柳色青青，蓮葉田田，荷花亭亭。「細滴與、銀朱小硯」承接上句「再展湘卷」，主人讀書有得，吩咐取來荷露注入小硯，研磨朱墨，揮毫題詩遣興。可見其雅人深致，興趣正自不淺。結句「深院。待月滿廊腰，玉笙又遠」，寫入夜雨過天晴，清亮的月光灑滿房廊，雖是壽誕之夕，非但金奏不響，就是笙簫細樂亦自不作，院深人靜，正宜樓上書仙夜讀，擁卷自樂。

這首《瑞鶴仙》雖是一首朋友之間酬酢的壽詞，但表現上很有特色，不落俗套。詞人準確地抓住了壽主嗜書的個性，一首壽詞，卻從壽主早晨登樓讀書寫起，已是別致不俗，中間雖也寫到釵行勸酒、宴樂歌舞，但顯然是禮俗習慣使然，禮成即止，壽主對聲色熱鬧並無興趣，及早遣散歌舞，再上書樓誦讀。這就充分地表現了壽主岳君選「芸邊事切，花中情淺」的性格本質。「筠簾」、「湘卷」的「筠」、「湘」均指竹子，竹乃花木中君子，是清高品節的象徵，與書樓環境和嗜書主人十分協調。柳雨、荷露、小硯、朱墨、夜月等自然和人世意象，也都共同强化了詞作和詞中人的清雅格調。詞中書香、竹香、爐香、柳香、荷香、墨香，氤氲一派清香，浸淫其間的主人「腹有詩書氣自華」，已不待言。一首應酬的壽詞，字裏行間透著書卷的清氣，給人以雅美的享受和品位的提升，可見的確是「不在寫什麽，而在怎樣寫」。

高陽臺〔一〕　芙蓉〔二〕

霞鑠簾珠，雲蒸篆玉，環樓婉婉飛鈴〔三〕。天上王郎，飆輪此地曾停〔四〕。秋香不斷臺隍遠，溢萬叢、錦豔鮮明〔五〕。事成塵，鸞鳳簫中，空度歌聲〔六〕。　臞翁一點清寒髓，慣飡英菊嶼，飲露蘭汀〔七〕。透屋高紅，新營小樣花城〔八〕。霜濃月淡三更夢，夢曼仙、來倚吟屏〔九〕。共襟期，不是瓊姬，不是芳卿〔一〇〕。

【校　注】

〔一〕高陽臺：又名慶春宫、慶春澤、慶春澤慢。調見《陽春白雪》卷二宋王觀詞。

〔二〕芙蓉：花名，又名木芙蓉、地芙蓉、木蓮，以與荷花之稱芙蓉相區別。毛本、續本作「芙容」。其花農曆八九月始開，耐寒不落，故亦名拒霜。南朝陳江總《南越木槿賦》：「千葉芙蓉詎相似，百枝燈花復羞燃。」宋蘇軾《和陳述古拒霜花》：「千株掃作一番黄，只有芙蓉獨自芳。」

〔三〕霞鑠三句：用芙蓉城典故，宋蘇軾《芙蓉城》詩有句「珠簾玉案翡翠屏，霞舒雲卷千娉婷……天書雲篆誰所銘，繞樓飛步高竛竮。仙風鏘然韻流鈴」等句，蔣捷此處加以檃括，用來描寫芙蓉城。

〔四〕天上王郎：指成仙的王迥。天上：紫芝本、影鈔本作「天壤」。宋蘇軾《芙蓉城・序》：「世傳王迥字子高，與仙人周瑶英游芙蓉城。元豐元年三月，余始識子高，問之信然，乃作此詩。」宋趙彦衛《雲麓漫鈔》卷一〇亦記王迥事。飆輪：即飆車，御風而行的車。唐陸龜蒙《和江南道中懷茅山廣文南陽博士》：「莫言洞府能招隱，會輾飆輪見玉皇。」

〔五〕臺隍：城池。唐王勃《滕王閣序》：「臺隍枕夷夏之交。」此指傳説中仙人所居之芙蓉城。臺：高而上平的建築物。隍：《説文解字》：「城池也。有水曰池，無水曰隍。」

〔六〕事成塵：指王迥游芙蓉城之事已成陳迹。

〔七〕臞：清瘦。《淮南子・修務》：「神農憔悴，堯瘦臞。」髓：毛本、續本作「性」。飡英二句：餐食島嶼上的菊花，啜飲汀洲上的蘭露。即屈原《離騷》「朝飲木蘭之墜露兮，夕餐秋菊之落英」之意。飡：紫芝本、吴本、毛本、續本作「飧」。

〔八〕高紅：枝頭的紅熟果實或紅色花朵。宋蘇軾《食荔枝二首》：「爛紫垂先熟，高紅掛遠揚。」此指芙蓉花。城：影鈔本作「成」。

〔九〕曼仙：石曼卿，北宋詩人。宋歐陽修《六一詩話》：「曼卿卒後，其故人有見之者云：恍惚如夢中，言我今爲鬼仙也，所主芙蓉城。」蘇軾《芙蓉城》：「芙蓉城中花冥冥，誰其主者石與丁。」相傳石曼卿、丁度、王迥死後爲芙蓉城主。吟屏：詩屏。

〔一〇〕襟期：同衿期，襟懷，抱負，志趣。唐李白《秋夜於安府送孟贊府兄還都序》：「道合而襟期暗親，志乖而肝膽楚越。」唐李毅《和皮日休悼鶴》：「才子襟期本上清，陸雲家鶴伴閑情。」瓊姬：周瓊姬，即周瑶英，傳説芙蓉城中仙女。芳卿：女子之昵稱。南宋陳造《江神子》：「歌筵當日小蓬瀛。晚妝明，識芳卿。挽袖新詞，曾博遏雲聲。」南宋梁棟《一萼紅·芙蓉》：「自前度，王郎去後，舊遊處，煙草接吴宫。惟有芳卿寄言，蹙損眉峰。」

【疏解】

詞詠芙蓉，用芙蓉城典事。芙蓉城爲傳説中神仙所居之地，相傳北宋王迥與仙女周瑶英曾同游此地，蘇軾作《芙蓉城》詩詠其事。此詞起三句「霞鑠簾珠，雲蒸篆玉，環樓婉婉飛鈴」，就是對蘇詩相關句子意象的重組，描寫芙蓉城中樓閣景觀，彩霞閃爍照耀珠簾，潔白的祥雲如同篆書的筆畫繚繞不散，城樓四周懸掛著一串造型婉美的風鈴。「霞鑠簾珠，雲蒸篆玉」八字，因字句琢煉，色澤絢麗，被馮煦《蒿庵論詞》指爲「字雕句琢，荒豔炫目」。「天上王郎，飆輪此地曾停」二句，即詠王迴游芙蓉城，因王迴是仙人，所以説「天上王郎」，他乘坐著御風而行的車子，曾到此停車一游。「秋香不斷臺隍遠，溢萬叢、錦豔鮮明」三句，寫芙蓉城中遍開芙蓉花，但見仙城高遠，城中萬叢芙蓉長勢茂盛，連成一片，花開錦繡，鮮豔明麗。「溢」字形容芙蓉花如水溢出，遍地皆是。「錦豔」形容芙蓉花色如明豔的錦緞。五代後蜀孟昶於成都宫苑城上，遍種芙蓉，花開似錦，成都因有錦城之稱。「錦豔」二字表明此詞所詠確爲木芙蓉，而非荷花。前結「事成塵，鸞鳳簫中，空度歌聲」，感歎王迴游芙蓉城之事已成陳迹，空餘歌曲詠唱其事。宋人詩詞多有詠王迴事者，或詠芙蓉花用爲故實，「歌聲」似指這些作品。換頭「臞翁一點清寒髓，慣飡英菊嶼，飲露蘭汀」三句，詞人自謂「臞翁」，生涯清寒入骨，經常像屈子那樣，餐食島嶼上的菊花，啜飲汀洲上的蘭露。「清寒」一方面指物質上的貧困，同時也有「清高」的含義，尤其是聯繫「飡英」、「飲露」來理解。晚年蔣捷正是憑借那一份天生的骨子裏的清高，來與黑暗庸俗的現實抗爭而不屈服的。詞人不僅愛楚辭裏的香草蘭菊，也愛耐寒不落的芙蓉花，既然仙人王迴與周瑶英偕游的芙蓉城已渺不可尋，詞人新近親自營造了一座小小的花城，栽植芙蓉，「透屋高紅」形容芙蓉花開繁盛，花光透屋。「霜濃月淡三更夢，夢曼仙、來倚吟屏」三句，寫夜夢芙蓉城主石曼卿過訪詞人，倚著題詩的屏風。相傳石曼卿、丁度、王迴俱爲芙蓉城主，可能是因爲詞人「新營小樣花城」裏芙蓉正盛，所以引得「曼仙」前來，「吟屏」顯示石曼卿原來的詩人身份，正與詞人氣味相投。「霜濃月淡」顯然是深秋夜晚，從時令的角度再次證明此詞題詠的「芙蓉」，確是秋冬之間開放的木芙蓉而非荷花，荷花夏秋開放，此時已經凋謝。結句「共襟期，不是瓊姬，不是芳卿」，意思是説自己與詩人身份的芙蓉城主石曼卿，有共同的志趣、襟懷，對芙蓉城的女仙許瑶英没有什麽興趣。這作品最後的表白，也是其「清寒」天性的又一證明。

【集　評】

卓人月《詞統》卷一三：用石曼卿事，與高賓王《菩薩蠻》芙蓉詞同。

馮煦《蒿庵論詞》：即其善者亦字雕句琢，荒豔炫目。如《高陽臺》云：「霞鑠簾珠，雲蒸篆玉。」

又　送翠英〔一〕

燕捲晴絲，蜂黏落絮，天教綰住閒愁〔二〕。閒裏清明，怱怱粉澀紅羞〔三〕。燈摇縹暈茸窗冷，語未闌、娥影分收〔四〕。好傷情，春也難留，人也難留。　芳塵滿目悠悠〔五〕。問縈雲佩響，還繞誰樓〔六〕。别酒纔斟，從前心事都休。飛鶯縱有風吹轉，奈舊家、苑已成秋〔七〕。莫思量，楊柳灣西，且櫂吟舟〔八〕。

【校　注】

〔一〕翠英：身份不詳，或是去妾，或是歌女。

〔二〕晴絲：昆蟲所吐之絲，晴日飄於空氣中，掛罥於花樹間。多稱游絲。唐杜甫《春日江村》之四：「燕外晴絲捲，鷗邊水葉開。」落絮：飄落的白色花絮，多指柳絮。南朝梁蕭子顯《春日貽劉孝綽》詩：「新禽爭弄響，落絮亂從風。」綰：挽，繫。閒愁：無端無謂的憂愁。唐張碧《惜花》之一：「一窖閒愁驅不去，殷勤對爾酌金杯。」宋賀鑄《青玉案》：「試問閒愁都幾許，一川煙草，滿城風絮，梅子黄時雨。」

〔三〕怱怱：毛本、續本作「囱囱」。粉澀紅羞：謂百花憔悴萎謝。澀：《康熙詞譜》作「滛」。

〔四〕燈摇縹暈：燈光摇曳清白色的燈暈。縹：青白色絲織品。暈，光影、顔色邊緣模糊部分。唐韓愈《宿龍宫灘》：「夢覺燈生暈，殘宵雨送涼。」茸窗：刺繡織物所飾之窗。茸，刺繡用的絲縷，同絨。或謂唾茸窗，古時婦女刺繡，停針换綫時常用口咬斷絲綫，口角所粘絨毛隨口吐出，謂唾茸。娥影：月光。因神話傳説月中有仙女嫦娥，故稱月亮爲娥月，月光爲娥影。唐鮑溶《上陽宫月》：「學織機邊娥影静，拜新衣上露華沾。」《詞林萬選》作「蛾影」。

〔五〕芳塵：塵的美稱。晉陸雲《喜霽賦》：「戢流波于桂水兮，起芳塵于沈泥。」南朝宋謝靈運《石門新營所住》：「芳塵凝瑶席，清醑滿金罇。」滿目悠悠：《詞林萬選》、吴本、毛本、《御選歷代詩餘》、影鈔本、續本作「滿目總悠悠」。

〔六〕問：《詞綜》、《康熙詞譜》作「爲問」。縈雲：《詞林萬選》作「縈縈」。佩響：指翠英所戴飾物發出的響聲。佩，古代結於衣帶上的飾物，如珠玉等。《詩經·鄭風·子衿》：「青青子佩，悠悠我思。」

〔七〕舊家：猶從前。宋周邦彦《瑞龍吟》：「惟有舊家秋娘，聲價如故。」宋楊萬里《答章漢直》：「老裹睡多吟裹少，舊家句熟近來生。」

〔八〕吟舟：詩人所坐的船。宋王禹偁《獻轉運副使太常李博士》：「飲席螺爲盞，吟舟葦作篷。」

【疏解】

此首送別之作。送別的翠英，或是去妾，或是與詞人相得的歌女。起三句「燕捲晴絲，蜂黏落絮，天教綰住閒愁」，賦別情先從「綰住」入筆，燕子忙於築巢，蜂兒忙於採蜜，不停地飛來飛去，把空氣中飄蕩的游絲落絮罥掛粘黏在身上。游絲落絮都是暮春景物，容易引起惜春的愁緒，被無知的燕子、蜜蜂罥掛粘黏於身，似是上天讓它們把這惹愁添恨之物繫住。一起無理而妙，用傷春的「閒愁」作別愁的陪襯鋪墊。「閒裹清明，怱怱粉澀紅羞」二句，點出「清明」暮春時節，百花凋謝枯萎，一春花事怱怱過去了。「粉澀紅羞」，比擬花朵凋殘不堪看，似女子羞於以憔悴枯槁的容顔示人。寫花事「怱怱」，爲下文人事怱怱伏筆。「燈摇縹暈茸窗冷，語未闌、娥影分收」三句，寫怱怱的别離之夜，燈焰摇曳清白色的光暈，詞人和翠英在繡窗前話别，感覺許多話還没有來得及説完，已是月落天亮，别離的時刻來到了。「燈摇」句渲染别夜的黯淡冷清氣氛，「語未闌」三字内涵豐富，昔日的歡樂，眼前的痛苦，未來的憂傷，都在其中，所以纔「語已多，情未了」，一夕未竟。「好傷情，春也難留，人也難留」三句，傷春復傷别，雪上又加霜，詞人感覺難以承受，直接呼出「好傷情」，是感情的噴薄爆發。然而「單情則露」（沈雄《古今词话》），這種直抒的寫法於婉約情詞有所不宜，下片换頭即轉成景語：「芳塵滿目悠悠」，字面描寫暮春落花染香了塵土，道路上車來人往，揚起滿眼塵頭。實際上寫詞人驛路送别翠英，芳塵悠悠，心事悠悠，恍惚悵惘。「問縈雲佩響，還繞誰樓」二句，預想别離之後，翠英身上清脆的玉佩聲，不知道又響在誰家的樓邊。詞人迫於客觀原因，無法留住翠英，所以特别縈記翠英今後的身世歸宿，「縈雲佩響，還繞誰樓」八字，實含有無可奈何的詞人不堪設想别後的那份錐心之痛。「别酒纔斟，從前心事都休」二句，回到眼前的餞别，雖是「别酒纔斟」，尚可與翠英延挨廝守一刻，但殘酷的别離很快就會成爲現實，從前的種種心事就全都落空了。「從前心事」，指從前對未來的種種美好設想，其核心不外乎長相守不分離，這也是普天下有情人的共同祈願。但現實的虐戾就在於它總是讓所有的美好願望落空。「飛鸞縱有風吹轉，奈舊家、苑已成秋」三句，再設想别後，「飛鸞」喻翠英，是説將來縱有一天翠英能夠回來，恐怕那時也早已物是人非了。這三句本欲寬解而情更不堪。結句「莫思量，楊柳灣西，且櫂吟舟」，再回到眼前，因一别之後，再見無望，未來種種不堪多想，詞人只好不再去想了，暫且在楊柳灣西劃船吟詩，聊作排解吧。

傷春傷别是唐宋詞抒情的主旋律，送别之作在唐宋詞中極多，這首《高陽臺》不過是無數同類之作中普通的一首，但情感内涵和表現手法仍值得注意。詞人雖未明言原因，但詞中送別是迫於現實則可以肯定，從上片通宵話別到下片反復設想，可知詞人對翠英感情至深，非常不舍，可是仍然被迫分離，詞中展示了終極意義上人的生存的被動性，人無法主宰自我的情感和命運的無奈和痛苦。表現上，「離而合之，合而離之」，從別時設想別後是「離」，是心理時間和心理空間的超前位移；從心理時空中的別後，再回到別時是「合」。如上分析，詞筆的反復離合，寫盡了別離中人痛苦複雜的別情，寫盡了一腔難言的隱痛。

【集　評】

世經堂康熙十七年殘本《詞綜》批語：大體好。造句處多幽澀。

賀裳《皺水軒詞筌》：詞之最醜者爲酸腐，爲怪誕，爲粗莽。然險麗貴矣，須泯其鏤劃之痕乃佳。如蔣捷「燈摇縹暈茸窗冷」，可謂工矣，覺斧痕猶在。

又　閏元宵〔一〕

橋尾星沈，街心塵斂，天公還把春饒〔二〕。桂月黄昏，金絲柳换星摇〔三〕。相逢小曲方嫌冷，便暖薰、珠絡香飄〔四〕。却憐他、隔歲芳期，枉費囊綃〔五〕。人情終似娥兒舞，到嚬翻宿粉，怎比初描〔六〕。認得游蹤，花驄不住嘶驕〔七〕。梅梢一寸殘紅炬，喜尚堪、移照櫻桃〔八〕。醉醺醺，不記元宵，只道花朝〔九〕。

【校　注】

〔一〕閏元宵：閏正月的元宵節。閏：農曆一年與地球公轉一周相比差十日有奇，每數年積所餘之時日爲閏，而置閏月。《尚書·堯典》：「以閏月定四時成歲。」《傳》：「一歲有餘十二日，未盈三歲足得一月，則置閏焉。」

〔二〕春饒：意爲該年閏出一個正月，多了一個元宵，春天也好象延長了。饒，盛多。

〔三〕桂月：神話傳説月中有桂樹，故稱月亮爲桂月。《樂府詩集》卷六八古辭《東飛伯勞歌》：「南窗北牖桂月光，羅帷綺帳脂粉香。」星搖：吴本作「筆搖」。

〔四〕小曲：曲巷。似指青樓一類游樂場所，古人有「曲巷之游」的説法。薰：黄本作「熏」。珠絡：串珠的髮網，一種頭飾。

〔五〕憐：紫芝本作「鄰」，誤。芳期：佳期。囊綃：囊中所盛之綃。綃，生絲織成的精美紗絹，古人用作贈品。此指贈送青樓女子的財帛。

〔六〕娥兒：紫芝本、影鈔本作「蛾兒」，即鬧蛾，古時女子元宵所戴的頭飾。嚬：皺眉。紫芝本、吴本、毛本、續本作「頻」，影鈔本作「顰」。《韓非子·内儲説》上：「吾聞明主之愛，一嚬一笑，嚬有爲嚬，而笑有爲笑。」宿粉：昨夜之妝粉。

〔七〕花驄：青白毛色的馬。二句化用宋晏幾道《木蘭花》「紫騮認得舊游蹤，嘶過畫橋東畔路」句意。

〔八〕梅：黄本作「柳」。炬：蠟燭。櫻桃：本果木名，以喻女子口唇。唐孟棨《本事詩·事感》二：「白尚書姬人樊素善歌，妓人小蠻善舞，嘗爲詩曰：『櫻桃樊素口，楊柳小蠻腰。』」唐韓偓《嫋娜》詩：「著詞但見櫻桃破，飛盞遥聞荳蔻香。」

〔九〕花朝：古時以農曆二月十五日爲百花生日，稱花朝節。宋吴自牧《夢粱録》卷一《二月望》：「仲春十五日爲花朝節，浙間風俗，以爲春序正中，百花爭放之時，最堪游賞。」閏元宵恰當常時花朝，故云「不記元宵，只道花朝」。

【疏解】

此首元宵節令詞。但重點不在觀燈，而是寫曲巷冶游。起三句「橋尾星沈，街心塵斂，天公還把春饒」，寫閏元宵的傍晚，天氣晴好，星星投影在橋邊的水裏，街道清潔塵土不起。天公有情，閏出一個正月，多了一個元宵，春天也好像因此而延長了。「桂月黄昏，金絲柳換星摇」二句，月柳黄昏的意象，與歐陽修《生查子·元夕》詞所寫「月上柳梢頭，人約黄昏後」情境相似。在此，閲讀經驗已提示讀者，下面可能出現的内容。接以「相逢小曲方嫌冷，便暖薰、珠絡香飄」三句，展開的果然是一場

「小曲相逢」的豔遇。上一次相遇是在一個月前的元宵節，那時天氣尚寒，轉眼便是一個月後的閏元宵，天暖風薰，正是良辰美景，宜有賞心樂事。「珠絡香飄」是説女子秀髮散出的香氣，從飾珠的髮網裏飄出來，這是近距離接觸纔能感知到的氣息。大概是在上次相遇時，約定下一個元宵重逢，天可憐見，恰逢閏元宵，這麽快就又得歡聚，男子不禁想：若是等到「隔歲芳期」——明年的元宵節再相會，那漫長的一年裏饋贈存問，該花費多少財帛。如今不用隔歲又是元宵，真是天公作美啊！換頭三句，感歎人情不永，反復無常，喜新厭舊。「娥兒舞」形容人情如鬧蛾撲飛翻覆不定，「嚬翻宿粉，怎比初描」，用女子的殘妝不如初妝招人喜愛，説明人的喜新厭舊心理。這是透破情場世故的閱歷人語。不過也不盡然，「衣不如新，人不如舊」，歡場裏也有念舊戀舊用情專摯的人。不惟是人，連花驄馬都還「認得游蹤」，爲故地重游而不停地嘶鳴。物尚有情，而況人乎！「梅梢一寸殘紅炬，喜尚堪、移照櫻桃」三句，寫良宵歡愛情景，殘燭的紅焰如梢頭的紅梅，還能拿來照映伊人的紅唇，「殘」字暗示歡愛的沈酣，「喜」字傳達心理氣氛，那種特定情境中難遏的欣悦興致。結句「醉醺醺，不記元宵，只道花朝」，古時以農曆二月十五日爲百花生日，稱花朝節。閏元宵恰當常時花朝，人又歡極如癡如醉，故云「不記元宵，只道花朝」。這種以誤會收結的寫法，蔣捷在詠冰的《木蘭花慢·再賦》一詞裏就使用過。

元宵節是容易引起宋人亡國之恨的節日，南北宋之交和宋元之交的詞人賦元宵，多融入家國身世之感，從李清照的《永遇樂》「落日熔金」起就是如此。這首《高陽臺·閏元宵》應是宋亡前的作品，因其中無故國之思，且在蔣捷現存的五首元宵詞中，此詞應是思想價值偏低的一首，按其内容，遺民蔣捷是不可能在亡國後寫出這種格調的元宵詞的。可查恭帝德祐二年（一二七六）之前數年的「閏正月」，以定此詞作年。

蔣捷詞校注卷二

春夏兩相期〔一〕　壽謝令人〔二〕

聽深深、謝家庭館。東風對語雙燕〔三〕。似説朝來，天上婺星光現〔四〕。金裁花誥紫泥香，繡裹藤輿紅茵軟〔五〕。散蠟宫輝，行鱗廚品，至今人羨〔六〕。　西湖萬柳如線。料月仙當此，小停飆輦〔七〕。付與長年，教見海心波淺〔八〕。縈雲玉佩五侯門，洗雪華桐三春苑〔九〕。慢拍調鶯，急鼓催鸞，翠陰生院〔一〇〕。

【校　注】

〔一〕春夏兩相期：調見《竹山詞》。《康熙詞譜》卷二八云：「此調只有此詞，無别首可校。」

〔二〕令人：命婦的封號。據《宋會要輯稿》五十《儀制》十：宋政和二年定命婦的等級，有孺人、安人、宜人、恭人、令人、碩人、淑人、夫人之號。太中大夫以上的妻子封令人。《御選歷代詩餘》無詞題。

〔三〕深深：紫芝本作「聲聲」。

〔四〕婺星：即女宿，北方玄武七星的第三宿，爲二十八宿之一，又稱須女、婺女，分野婺州。此處説謝令人上應星象，乃祝頌之詞。現：黄本作「見」。

〔五〕金裁句：裁燙金之紙書成誥命，封以芬芳的紫泥。誥，誥命，帝王任命或封贈的文書。毛本、《御選歷代詩餘》、續本作「結」，誤。此特指受封贈的婦人。紫泥，古人書信用泥封，泥上蓋印。皇帝詔書用紫泥封，故稱紫泥詔，簡稱紫泥。唐李白《玉壺吟》：「鳳凰初下紫泥詔，謁帝稱觴登御筵。」藤輿：藤轎。紅茵：紅墊。

〔六〕蠟：宫蠟。行鱗廚品：御廚珍饈。

〔七〕月仙：月中仙子嫦娥。飆輦：此指仙人所乘快如飆風的車子。

〔八〕長年：長壽。《管子·中匡》：「道氣血以求長年長心長德，此爲身也。」

〔九〕玉佩：《御選歷代詩餘》作「王珮」，誤。五侯：漢代同時封侯者五人，見《漢書·元后傳》、《後漢書·梁冀傳》，後世因以指代權貴。唐韓翃《寒食》詩：「日暮漢宫傳蠟燭，輕煙散入五侯家。」雪：紫芝本、毛本、《御選歷代詩餘》、影鈔本、續本作「雲」。華桐：吴本、毛本、《御選歷代詩餘》、續本作「華洞」。

〔一〇〕慢：毛本、續本作「謾」。

【疏 解】

此首壽詞。據《宋會要輯稿》五十《儀制》：太中大夫以上的妻子封令人，可知壽主是一位誥命夫人。上片即寫謝令人接受封贈的榮耀。起句聽覺切入，深深的「謝家庭館」裏，燕語呢喃，「似説朝來，天上婺星光現」，給人以某種神奇之感。婺星即二十八宿中的女宿，説謝令人上應星象，非同一般，所以纔有誥命封贈。「金裁」以下四句，追叙當年謝令人接受封贈的情形，皇帝親頒詔書，寫以燙金之紙，封以芳香紫泥，賜以紅茵藤轎，煌煌的宫蠟照著滿席的御廚珍饈，那種盛大和榮耀，至今還被人羨慕。下片描寫西湖春景，表達祝頌之意。换頭三句，意爲月中仙子嫦娥看到春水粼緑、柳絲如綫的西湖美景，也會停下快如飆風的車輦，欣賞流連，不忍遽去。而此時恰逢謝令人的生日，月仙於是賜予長壽，讓令人見證滄海變成桑田。「海心波淺」即滄海桑田，舊題晉葛洪《神仙傳》：「麻姑自説云：『接待以來，已見東海三爲桑田。』」詞人不取世事變化很大之意，只説時間長久，以爲祝頌之辭。「縈雲」當指寒食後傳燭飄散的蠟煙，其時桐花正開。「玉佩五侯門」，代指謝令人家府第，見其家豪貴親幸；「華桐三春苑」，寫其家園林風物之美。「慢拍」、「急鼓」寫祝壽樂舞的節拍鼓點，「鶯」、「鸞」喻指歌兒舞女，暗示其歌喉如鶯囀，舞姿如鸞翔，動聽美觀。結句「翠陰生院」，正是暮春初夏光景，壽主宅第滿院清蔭，十分宜人。由詞中相關描寫可知，謝令人生日大致在清明寒食前後、暮春初夏時節。因是爲女性祝壽，所以「深館、雙燕、婺星、花誥、香泥、紅茵、月仙、調鶯、催鸞」等語詞意象，女性化色彩明顯。張炎《詞源》卷下《雜論》云：「難莫難於壽詞。倘盡言富貴則塵俗，盡言神仙則迂闊虚誕」，此詞上片「金裁」五句言富貴，下片「料月仙」四句言神仙、長壽，二者兼寫，程度適當，略無俗忌。由詞中所寫情景，大致可以確定此詞當作於蔣捷舉進士前後居杭州時。

念奴嬌〔一〕　壽薛稼堂〔二〕

稼翁居士，有幾多抱負，幾多聲價〔三〕。玉立繡衣霄漢表，曾覽八州風化〔四〕。進退行藏，此時正要，一著高天下〔五〕。黄埃撲面，不成也控羸馬〔六〕。　人道雲出無心，纔離山後，豈是無心者〔七〕。自古達官酣富貴，往往遭人描畫〔八〕。只有青門，種瓜閒客，千載傳佳話〔九〕。稼翁一笑，吾今亦愛吾稼〔一〇〕。

【校　注】

〔一〕念奴嬌：又名千秋歲、大江西上曲、大江西去曲、大江東、大江東去、大江詞、大江乘、太平歡、古梅曲、白雪、白雪詞、百字令、百字歌、百字謡、百歲令、百歲篇、杏花天、赤壁詞、赤壁謡、長歌、乳燕飛、高指、淮甸春、湘月、無俗念、畫中天、壽南枝、酹月、酹江月、壺中天、壺中天慢、慶長春、賽天香、雙翠羽、續斷令。此調有平韻、仄韻兩體。平韻體見南宋葉夢得《石林詞》，仄韻體見宋蘇軾《東坡樂府》及宋沈唐詞。《片玉集・抄補》注大石，《于湖詞》注大石調。《碧雞漫志》卷五云：「元微之《連昌宮詞》自注云：『念奴，天寶中名倡，善歌。』《開元天寶遺事》云：『念奴有色善歌，宮伎中第一。帝嘗曰：『此女眼色媚人。』又云：『念奴每執板當席，聲出朝霞之上。』今大石調念奴嬌，世以爲天寶間所製曲，予固疑之。然唐中葉漸有今體慢曲子，而近世有填連昌詞入此曲者，後復轉此曲入道調宮，又轉入高宮大石調。」

〔二〕壽薛稼堂：爲薛稼堂祝壽。影鈔本作「薛稼堂」。薛稼堂，作者友人，生平不詳。《御選歷代詩餘》作「壽薛稼翁」。

〔三〕稼翁居士：即稼堂居士。翁：老年男子。聲價：聲名身份地位。唐牟融《司馬遷墓》：「英雄此日誰能薦？聲價當時衆所推。」

〔四〕玉立：喻人風姿秀美。唐杜甫《荆南兵馬使太常卿趙公大食刀歌》：「趙公玉立高歌起，攬環結佩相終始。」繡衣：繡花的衣服。《詩經・唐風・揚之水》：「素衣朱繡，從子于鵠。」霄漢：天空極高處。霄，雲。漢，天河。因以喻朝廷，唐杜甫《送陵州路使君赴任》：「霄漢瞻佳士，泥塗任此身。」八州：指全中國。《漢書・許皇后傳》：「殊俗慕義，八州懷德。」風化：風俗，教化。《漢書·薛宣傳》:「御史大夫内承本朝之風化,外佐丞相統理天下,任重職大,非庸材所能堪。」

〔五〕進退行藏:升遷或退廢,出仕或歸隱。《論語·述而》:「子謂顔淵曰:『用之則行,舍之則藏,惟我與爾有是夫!』」一著:一步或一招。圍棋謂下子曰著,行一子叫一著。唐貫休《棋詩》:「著高圖暗合,勢王氣彌驕。」宋王邁《沁園春·孟守美任》:「林泉好,卻輸公一著,先我歸休。」

〔六〕不成:加强反問語氣詞,難道,不行。南宋辛棄疾《鷓鴣天》:「些底事,誤人哪。不成真箇不思家。」羸馬:瘦馬。

〔七〕雲出無心:晉陶潛《歸去來兮辭》:「雲無心以出岫,鳥倦飛而知還。」

〔八〕描畫:描摹形容,含貶義,指摘批評。

〔九〕只有三句:漢代長安城東南門,本名霸城門,門色青,俗稱青門。秦亡後,秦東陵侯召平隱居青門外種瓜,世稱「青門瓜」或「東陵瓜」,後世傳爲佳話。

〔一〇〕「愛吾稼」熱愛我的田園生活。

【疏解】

作爲遺民詞人,蔣捷始終把民族氣節放在第一位,不論是對自己,還是對他人,都是如此。評價與之交往的人物，也是以這個人的品格氣節爲著眼點的。透過他對所摹寫人物的情感態度，我們看到的是詞人的人生選擇和價值取向。這首《念奴嬌》，是爲友人薛稼堂祝壽之詞，一般的壽詞，多是溢美奉承、裝潢門面的話，但蔣捷此詞並不蹈此故轍，而是借祝壽的机会提示、勸勉友人，处在易代之際的抉擇關頭，一定要要堅守民族大義、人生大節。詞中的壽主薛稼堂，並非流俗之輩，而是易代之際一位棄官學稼的隱士。起三句總寫稼翁的遠大抱負和崇高聲望，「玉立」二句，提起稼翁當年站立朝班、與聞國是的輝煌經歷，總覽天下風化，乃御史大夫、御史中丞之職責，稼翁在朝廷或曾任此要職。具有崇高地位和聲望的前朝人士，往往也是新朝以高官厚禄拉攏過來使之爲其服務的重點对象。當此故國淪亡新朝建立、每個士大夫都面臨著人生抉擇的緊要關頭，稼翁面對著比普通士子更多的誘惑，由他在前朝的地位和聲望所決定，他的「進退行藏」，具有表率士林的作用，其意義和影響更是非同一般。所以詞人特別提醒稼翁，在這「進退行藏」亟須慎重的時刻，一定要愛惜羽毛，站穩腳跟，定心靜氣，作出「一著高天下」的正確抉擇，爲天下士人樹立榜樣。詞人甚至不惜以「黄埃撲面，不成也控羸馬」的設問之詞試探稼翁，該不會去做奔走投機、再謀富貴的不堪之事吧。其情也殷殷，表現了詞人自愛愛人的仁者之心。換頭三句，用陶潛《歸去來兮辭》意繼續提醒稼翁：切莫做「離山出岫」之雲，一失足成千古恨，要經得住考驗。「自古」二句，進一步用歷史經驗教訓相警醒。這都是從反面立説。「只有」三句轉入正面，勉勵稼翁效法秦故侯召平隱居青門種瓜，不與新朝有染，千載流芳，傳爲佳話。結句寫稼翁對詞人提醒、勉勵的反應：「稼翁一笑，吾今亦愛吾稼」。詞人完全可以放心，稼翁歸隱田園的選擇發自内心，是生命的自覺，所以並不覺得爲難，词句流露出稼翁遂了心願的愉悦，是可以欣然踐履的。需要特別强調的是，稼翁於易代之際選擇避世歸隱，急流勇退，確是「一著高天下」。稼翁此著之所以高出凡俗，不僅僅因爲認識到「自古達官酣富貴，往往遭人描畫」，所以棄官歸隱；更因爲此刻的進退出處已不只是個人的清高行爲，而是關涉著民族大義的凜凜大節，非尋常时期的歸隱可以比擬。此詞借爲稼翁祝壽，通過對稼翁的提醒、勉勵和嘉許，表達了詞人的人生理想、氣節操守和價值判斷。蔣捷雖未種瓜學稼，但以隱士的身份蟄居太湖竹山或浪迹四方，對困頓的生活境遇甘之若飴，終其一生，在改朝換代的艱難時世中，圓滿地完成了自我。

絳都春〔一〕

春愁怎畫〔二〕。正鶯背帶雪，酴醾花謝〔三〕。細雨院深，淡月廊斜重簾挂〔四〕。歸時記約燒燈夜〔五〕。早拆盡、鞦韆紅架〔六〕。縱然歸近，風光又是，翠陰初夏。　婭姹〔七〕。嚬青泫白，恨玉佩罷舞，芳塵凝榭〔八〕。幾擬倩人，付與蘭香秋羅帕〔九〕。知他墮策斜攏馬〔一〇〕。在底處、垂楊樓下。無言暗擁嬌鬟，鳳釵溜也〔一一〕。

【校　注】

〔一〕絳都春：此調有平韻、仄韻兩體。平韻體見南宋陳允平《日湖漁唱》，仄韻體見宋丁仙現詞。《夢窗詞》注夷則羽，俗名仙吕調。毛本、續本有詞題「春愁」。

〔二〕怎：《御選歷代詩餘》作「乍」。　畫：紫芝本、影鈔本作「盡」。

〔三〕鶯背帶雪：鶯背上飄落酴醿花瓣。「雪」指白色的酴醿花，《清異録》云：「荼蘼曰白蔓郎，以開白花也。」酴醿又名瓊綬帶、雪梅墩，皆因色白得名。楊萬里《酴醿》詩亦云：「以酒爲名卻謗他，冰爲肌骨月爲家」。紫芝本無「雪」字。《花草粹編》、吴本、毛本、《詞綜》、《康熙詞譜》、《御選歷代詩餘》、影鈔本、續本「雪」作「緑」。酴醿花：張邦基《墨莊漫録》卷九：「酴醿花或作荼蘼，一名木香。有二品。一種花大而棘長條而紫心者爲酴醿。一品花小而繁，小枝而檀心者爲木香。」此花暮春開放，宋王琪《暮春游小園》：「開到酴醿花事了，絲絲天棘出黴牆。」宋蘇軾《杜沂游武昌以酴醿花菩薩泉見餉》：「酴醿不爭春，寂寞開最晚。」

〔四〕院深：紫芝本作「院」。淡月：紫芝本作「淡淡月」。

〔五〕燒燈夜：燃燈夜。即正月十五元宵夜。一説指二月十五夜。《舊唐書·玄宗紀》：「開元二十八年春正月，……以望日御勤政樓宴群臣，連夜燒燈，會大雪而罷。因命自今常以二月望日夜爲之。」唐王建《宫詞》：「院院燒燈如白日，沈香火底坐吹笙。」

〔六〕拆：紫芝本作「折」，《御選歷代詩餘》作「坼」。　鞦韆：《詞綜》作「千秋」。

〔七〕娅姹：明媚嬌美貌。唐黄滔《贈鄭明府》：「垂柳五株春娅姹，鳴琴一弄水潺湲。」南宋陸游《春愁曲》：「蜀姬雙鬟娅姹嬌，醉看恐是海棠妖。」

〔八〕嚬青泫白：皺眉流淚。嚬，同顰，皺眉。青，指眉黛。泫，水滴下垂，指流淚，《吕氏春秋·知士》：「靜郭君泫而曰：『不可，吾弗忍爲也。』」白，淚水，一説指粉面。

〔九〕蘭香秋羅帕：薰以蘭香的秋羅巾帕。蘭香：《花草萃編》作「香蘭」。秋羅：絲織物，質薄而輕，有條紋，産於吴江等地。唐温庭筠《張靜婉採蓮歌》：「秋羅拂水碎光動，露重花多香不銷。」

〔一〇〕墮策：落下馬鞭。策，鞭子。此處或用唐白行簡《李娃傳》鄭生遇李娃墮策事。墮：吴本作「隨」，誤。攏：吴本、毛本、續本作「櫳」，誤。

〔一一〕言：黄本作「語」。鳳釵：婦女首飾，釵頭作鳳形。五代後唐馬縞《中華古今注》卷中：「釵子，蓋古笄之遺象也。……始皇又(以)金銀做鳳頭，以玳瑁爲腳，號曰鳳釵。」溜：滑落。

【疏　解】

詞寫思婦傷春懷人的「春愁」。愁是人的主觀情緒，無色無形，很難具體地描畫出來，所謂「一片傷心畫不成」，正是説這種主觀心理情緒的難以捕捉把握。但詩詞言愁，總要爲這種主觀情緒尋找到契合的客觀對應物，把抽象的主觀情緒具象化，使人能夠感知。此詞一起就用問句「春愁怎畫」，帶動下面兩句暮春景物描寫：「正鶯背帶雪，酴醿花謝。」如雪的酴醿花瓣，飄落到花間穿飛的黄鶯翅膀上。這就把思婦的「春愁」以具體可感的景物意象、畫面表現了出來。「開到酴醿花事了」，酴醿花謝標志著一春花事的完結，思婦的「春愁」即緣此而起，「春愁」的内涵是感光陰流逝，青春虚度。「細雨院深，淡月廊斜重簾挂」二句，描寫思婦的居處環境和天氣，繼續以形象的畫面落實「春愁」，庭院深深，細雨霏霏，廊斜重簾，淡月朦朧，意象畫面給人以寂寞凄迷之感。「歸時記約燒燈夜」，寫思婦的心理活動，她清楚記得當初别時，約定歸期是「燒燈夜」，可而今春暮，「早拆盡、鞦韆紅架」，還不見歸人的蹤影。歸期已誤，思婦在期盼等待中虚度元宵佳節，虚度整個春天，她的心裏該是何等失望、寂寞、痛苦啊！思婦想「縱然歸近」，離人即使能夠在近日回來，但「風光又是，翠陰初夏」，大好的春天也已經過去了。换頭「婭姹」二字，形容思婦的明媚嬌美。「嚬青泫白，恨玉佩罷舞，芳塵凝榭」三句，寫原本「婭姹」的思婦皺眉流淚，憔悴鬱悶，没有心思去觀賞歌舞，游覽亭榭。「玉佩罷舞，芳塵凝榭」回應上片「深院斜廊重簾挂」，獨處的思婦深院緊掩，簾幕不揭，在這個春天裏已經提不起任何娱樂游賞的興致。她一遍又一遍地回憶和他一起賞燈節、蕩鞦韆、聽歌觀舞、亭榭游玩的種種快樂，無法遏止愈來愈强烈的思念熬煎。「幾擬倩人，付與蘭香秋羅帕」二句，寫强烈的思念使思婦幾乎不能自持，打算託人把「蘭香秋羅帕」寄與游子，那羅帕也許是游子送她的定情信物，也許上面有一首深情的題詩，甚至還有她睹物思人的淚痕，她想借此唤回游子舊日恩爱的記憶。「知他墮策斜攏馬。在底處、垂楊樓下」三句寫思婦的疑慮，約定元宵是歸期，可到了初夏游子都没有回來，她疑心游子他鄉豔遇，不知在何處尋歡作樂，淹留不歸。這是思婦最大的擔憂和最深的痛苦。當她意識到問題的嚴重性，她也從盼歸、從憶念、從皺眉流淚到沉默「無言」，她的心情一下子變得極爲沉重。「暗擁嬌鬟」寫思婦默默整理鬢髮的動作，透露出她自憐自傷的心理。「鳳釵溜也」是一個傳神的細節，思婦的一腔癡情遭受沉重打擊，心理極不平靜，以至於失手把頭上的「鳳釵」碰掉。

卓人月《詞統》卷一三評詞中思婦道：「婦人美而智者，拈酸時猶然爾。雅若一味兇狠，正坐愚黠耳。」這是一段相當典型的封建時代男權立場上的話語，所以他欣賞的是思婦「拈酸」時仍不「一味兇狠」的「美而智」。在兩性平等的視野下，我們看到的就不僅僅是思婦的怨而不怒，温柔敦厚，如上分析，我們對美麗癡情的思婦的不幸遭遇和痛苦，深表理解和同情，我們也由此再次具體地認識到男權社會中兩性的不平等，認識到男性享有的特權和女性的真實生存處境。

【集　評】

卓人月《詞統》卷一三：婦人美而智者，拈酸時猶然爾。雅若一味凶狠，正坐愚黠耳。《麗情集》：杜蘭香以秋雲羅帕裹丹五十粒與賈知微，曰：此羅是織女採玉繭織成。

世經堂康熙十七年殘本《詞綜》批語：飛動。

許昂霄《詞綜偶評》：「細雨深院」二句，景中有情。「早拆盡、秋千紅架」，情中有景。「縱然歸近」二句，曲折入情。「婭姹」，婭姹之婭，從無活用者，字書亦無別解。唯《字彙補》注云：婭姹，態也。婭音鴉，么加切，此又叶作去聲，俟攷。婭㛍，按《廣韻》作「㝞䆛」，注云「作姿態皃」。「無言暗擁嬌鬟，鳳釵溜也」，也字叶得妙。高青邱「回首暮山青，又離愁來也」，亦似從此得訣。

況周頤《蕙風詞話》續編卷一：竹山詞《絳都春》换頭云：「婭姹。嚬青泫白，恨玉佩罷舞，芳塵凝榭。」「姻婭」之「婭」，從無作活用者。字典亦無別解。唯《字彙補》注云：「婭㛍，態也。婭音鴉，么加切。」蔣詞又叶作去聲。（王幼安云：「《尊前集》載和凝詞，已有『婭姹含情妖不語』句。」）

吴世昌《詞林新話》：蕙風謂竹山《絳都春》换頭「婭姹」之「婭」，從無作活用者，字典亦無別解。按柳永詞已有「婭姹雙眼，畫也畫應難就。問伊可煞於人厚。」知此爲宋人習語，不必考之字典也。又遺山《清平樂》：「嬌鶯婭姹，解説三生話。」

聲聲慢[一] 秋聲

黄花深巷，紅葉低窗，淒涼一片秋聲。豆雨聲來，中間夾帶風聲[二]。疏疏二十五點，麗譙門、不鎖更聲[三]。故人遠，問誰摇玉佩，檐底鈴聲[四]。彩角聲吹月墮，漸連營馬動，四起笳聲[五]。閃爍鄰燈，燈前尚有砧聲[六]。知他訴愁到曉，碎噥噥、多少蛩聲[七]。訴未了，把一半、分與雁聲[八]。

【校　注】

〔一〕聲聲慢：又名人在樓上、神光燦、梧桐雨、勝勝慢、寒松歎、鳳求凰。此調有平韻、仄韻兩體。平韻體見宋晁補之《晁氏琴趣外篇》，仄韻體見宋李清照《漱玉詞》。

〔二〕豆雨句：《花草萃編》作「逗雨深聲來」。豆雨：即豆花雨，古時稱農曆八月雨爲豆花雨。見南朝梁宗懔《荆楚歲時記》。間：紫芝本作「聞」。

〔三〕二十五點：指更聲。古人分一夜爲五更，一更爲五點，五更共二十五點，更點以鼓聲報時。麗譙：壯美的高樓。此指更鼓樓。《莊子·徐無鬼》：「君亦必無盛鶴列於麗譙之間，無徒驥於錙壇之宫。」宋秦觀《阮郎歸》：「麗譙吹罷小單于，迢迢清夜徂。」

〔四〕故人遠三句：彷彿聽到老朋友身上響起玉佩聲，但路途遥遠，老朋友不可能來訪，原來是檐下風鈴晃動的響聲。玉佩：《花草萃編》作「珮」。

〔五〕彩角：即畫角，繪有彩色花紋裝飾的號角。連營：軍營相連。南宋辛棄疾《破陣子·爲陳同甫賦壯詞以寄之》：「醉裏挑燈看劍，夢回吹角連營。」墮：《花草萃編》作「望」，《御選歷代詩餘》作「墜」。

〔六〕砧聲：擣衣聲。宋米芾《水調歌頭》：「砧聲送風急，蟋蟀思高秋。」

〔七〕知他三句：化用宋楊萬里《促織》詩句：「一聲能遣一人愁，終夕聲聲曉未休。」噥噥：細語聲，此處狀蛩吟聲。蛩：蟋蟀，别名促織。紫芝本、影鈔本作「蛬」，《花草萃編》作「巷」，誤。唐白居易《禁中聞蛩》：「西窗獨闇坐，滿耳新蛩聲。」

〔八〕訴：紫芝本作「訢」。

【疏解】

惜春悲秋是唐宋詞的基本主題之一，抒寫秋思、秋懷的作品很多，但像蔣捷這樣集中寫「秋聲」的詞亦不多見。詞寫菊黄葉紅的深秋時節，詞人在深巷幽窗前聽到一片連綿不斷的秋聲。起三句交待了季節、環境，「凄涼」二字，爲「秋聲」定性，是全詞的抒情基調。接下來，詞人以賦體的鋪排手法，逐一描寫窗前耳畔響起的各種凄涼聲音。首先是秋雨灑然而至，秋風飄然而來，秋風吹雨，盈耳一片風雨蕭瑟之聲。風雨敲窗，長夜難眠之際，又傳來了斷續的報更聲：「疏疏二十五點，麗譙門、不鎖更聲」。古人分一夜爲五更，一更爲五點，五更共二十五點，更點以鼓聲報時。詞人不通説「五更」而分説「二十五點」，正見出秋夜難挨，徹夜不眠。那斷續重復的更點聲便成了對無眠者的持續不斷的折磨。所以詞人用「不鎖」表示自己的厭煩和責怪。風雨不僅吹送來更聲，而且摇響了檐底的鈴聲，引起了詞人的幻覺和誤判。詞人乍聞鈴聲丁東，以爲是哪位過訪老友身上的佩玉聲，轉思故人相隔遥遠，何以能來？細辨方知是檐間風鈴的聲音。描寫的詞句中曲折透漏了隱居不出的詞人，於風雨難眠的漫漫秋夜，懷人念遠的深深寂寞之感。唐李益《竹窗聞風寄苗發司空曙》有句：「開門復動竹，疑是故人來。」宋蘇軾《賀新郎》有句：「簾外誰來推繡户？枉教人、夢斷瑶臺曲。又卻是，風敲竹。」當是蔣詞所本。換頭三句，時間從夜晚推移向黎明，角吹月墮，連營馬動，笳聲四起，從聲音的角度寫出了南宋滅亡前後的時代特點，元軍入侵，兵連禍結，號角聲、馬嘶聲、胡笳聲比之風雨檐鈴聲，聽來不僅淒涼，直是刺耳驚心了！在這黎明時分，鄰舍燈光閃爍之處，又傳來了擣衣的砧聲，想那鄰婦是在爲征人趕製寒衣的吧。而讓失眠的詞人聽了一夜的「訴愁蛩聲」，也還在「碎噥噥」地叫個不停。「訴未了，把一半、分與雁聲。」蛩訴未了之際，早雁橫空，鳴聲嘹唳，又入詞人耳中。雁可傳書，以通故人音問，詞用雁聲收束，與前結由鈴聲想到遠方故人前後呼應，見出詞人結構意脈安排上之縝密匠心。

這首《聲聲慢》當受歐陽修《秋聲賦》的啟發，歐賦以「波濤夜驚」、「風雨驟至」、「赴敵之兵銜枚疾走」等聲音織成一片肅殺之秋聲，引發議論，表達人生哲理；蔣詞則以賦體鋪排秋夜聽到的風聲、雨聲、更聲、鈴聲、角聲、馬聲、笳聲、砧聲、蛩聲、雁聲等十種聲音，寄託了詞人由夕到曉、輾轉難眠之際的淒涼愁苦心聲。在表現上，全詞「以一字爲韻」，「疊用『聲』字鬥巧」（世經堂康熙十七年殘本《詞綜》批語），「用筆尤爲嶄新」（謝章鋌《賭棋山莊詞話》）。這種全詞押同一個字为韻腳的體式，稱爲福唐獨木橋體。「福唐」何義，迄無確解。至於「獨木橋」義，則可從一字通押的特點去領悟。其名最早見於宋黄庭堅《阮郎歸》詞題：「效福唐獨木橋體作茶詞」。與集句、回文、檃括諸體均屬因難見巧一類，故多筆墨游戲成分。但若不加區分，以「惡境」（張德瀛《詞徵》語）、「究同嚼蠟」（沈雄《古今詞話》語）一體視之，亦非允當。即如蔣捷此詞，十種秋聲，聲聲淒涼，迤邐寫來，一字通押，確能收到反復加强之效果，令讀者體會獨木橋體的特殊韻味。

【集評】

卓人月《詞統》卷一二：當合劉子之《秋聲賦》，陸子之《夜聲賦》誦之。（按：「劉子」似應作「歐子」。）八月雨爲豆花雨。

世經堂康熙十七年殘本《詞綜》批語：疊用「聲」字鬥巧。以一字爲韻。

許昂霄《詞綜偶評》：《聲聲慢》，福唐體，亦名獨木橋體。

謝章鋌《賭棋山莊詞話》卷四：蔣竹山《聲聲慢》「秋聲」、《虞美人》「聽雨」，歷數諸景，揮灑而出，比之稼軒《賀新涼》「緑樹聽啼鴂」闋，盡集許多恨事，同一機杼，而用筆尤爲嶄新。

陳廷焯《別調集》卷二：結得不盡，並能使通篇震動。

尾犯〔一〕　寒夜

夜倚讀書牀，敲碎唾壺，燈暈明滅〔二〕。多事西風，把齋鈴頻掣〔三〕。人共語、温温芋火，雁孤飛、蕭蕭檜雪〔四〕。偏闌干外，萬頃魚天，未了予愁絶。　雞邊長劍舞，念不到、此樣豪傑〔五〕。瘦骨稜稜，但凄其衾鐵〔六〕。是非夢、無痕堪記，似雙瞳、繽紛翠纈〔七〕。浩然心在，我逢著、梅花便説〔八〕。

【校注】

〔一〕尾犯：又名碧芙蓉。調見宋柳永《樂章集》，注正宫、林鐘商，《夢窗詞》注黄鐘宫。

〔二〕牀：坐卧之具。《釋名·釋牀帳》：「人所坐卧曰牀。牀，裝也。所以自裝載也。」此指坐具。敲碎唾壺：《世説新語·豪爽》：「王處仲（王敦）每酒後輒詠『老驥伏櫪，志在千里；烈士暮年，壯心不已。』以如意打唾壺，壺口盡缺。」後世常用此典，表達一種激賞或壯烈的情懷。燈暈：燈火的光暈。唐韓愈《宿龍宫灘》：「夢覺燈生暈，宵殘雨送涼。」

〔三〕齋鈴：書齋檐角的風鈴。

〔四〕共語：《康熙詞譜》作「笑語」。芋火：煨芋的爐火。《高僧傳》卷一九：唐李泌嘗讀書衡嶽寺，夜謁寺僧明瓚，明瓚撥火取芋以啗之曰：「愼勿多言，領取十年宰相。」後泌爲相，封鄴侯。檜：木名，常緑喬木。毛本、《詞律》、續本作「檢」，《康熙詞譜》作「稷」。

〔五〕雞邊三句：《晉書·祖逖傳》：「（逖）與司空劉琨俱爲司州主簿，情好綢繆，共被同寢。中夜聞荒雞鳴，蹴琨覺曰：『此非惡聲也。』因起舞。」後世以聞雞起舞喻志士發奮之情。時晉室大亂，逖率部曲百餘家渡江，中流擊楫而誓曰：「祖逖不能清中原而復濟者，有如大江！」晉元帝時爲豫州刺史，自募軍，收復黄河以南爲晉土。三句意爲現實中没有像祖逖那樣收復國土的豪傑。

〔六〕棱棱：木角曰棱，此處喻指瘦骨。淒其：寒涼。其，詞尾。《詩經・邶風・緑衣》：「絺兮綌兮，淒其以風。」衾鐵：衾被冷硬如鐵。唐杜甫《茅屋爲秋風所破歌》：「布衾多年冷似鐵，嬌兒惡臥踏裏裂。」

〔七〕是非夢、無痕堪記：夢中是非，醒來遺忘，不留痕迹。宋蘇軾《正月二十日與潘郭二生出郊尋春忽記去年是日同至女王城作詩乃和前韻》：「人似秋鴻來有信，事如春夢了無痕。」堪記：紫芝本作「記」。瞳：影鈔本作「曈」。繽紛翠纈：形容眼花時所見色彩斑駁之狀。纈，染有彩文的絲織物。宋蘇舜欽《奉酬公素學士見招之作》：「神迷耳熱眼生纈，嚼盡寶墨狂酲消。」

〔八〕浩然心：懷有浩然之氣的心。浩然，即浩然之氣，正大剛直之氣。《孟子・公孫丑上》：「我善養吾浩然之氣。」南宋文天祥《正氣歌》：「天地有正氣，雜然賦流形。下則爲河嶽，上則爲日星。於人曰浩然，沛乎塞蒼冥。」我逢著：紫芝本作「我便逢著」。

【疏　解】

詞寫與友人夜話亡國之痛，以抑遏之筆，抒激憤之氣。西風凜冽的寒夜裏，詞人在讀書牀上，和朋友傾談心事，説到憤激處，不禁「敲碎唾壺」，大有當年王敦酒後誦讀曹操《龜雖壽》詩句「老驥伏櫪，志在千里。烈士暮年，壯心不已」之風概。但「燈暈明滅」四字，黯淡的色調，似乎把這家國天下的感情淡化了。接以「多事西風，把齋鈴頻掣」，從室内轉寫室外，西風勁厲，檐間的鐵鈴發出頻頻的響聲。「西風」點出秋冬季節，爲下文「蕭蕭檜雪」伏筆。「人共語」四句，室内室外對寫，落實題目「寒夜」。室内朋友對牀夜語，點火取暖，烤芋充饑，見出抱節遺民生涯的清苦；室外失群孤雁夜飛，風聲蕭蕭，檜雪紛紛，天地之間一派嚴寒氣象。「偏闌干外，萬頃魚天，未了予愁絶」三句，承接上文「敲碎唾壺」而來，老友寒夜傾談，説得興起，披衣而起走出書齋，倚遍欄杆。此時夜色漸褪，天近拂曉，詞人放眼萬頃魚天，感覺這無邊的空闊也難以消除心中極度的愁恨。換頭「雞邊長劍舞，念不到、此樣豪傑」三句，寫聞聽黎明前報曉的雞鳴，想起晉代愛國志士劉琨、祖逖聞雞起舞的故事，心中湧動著救亡扶傾的豪情。但環顧天下，審視自身，現實中既看不到祖逖、劉琨那樣救國的英雄豪傑，自己也做不來祖逖、劉琨那份奮起抗擊侵略的英雄事業。詞情復歸低沉壓抑。這三句與辛棄疾《永遇樂》「千古江山，英雄無覓，孫仲謀處」意思略同，但竹山詞句明顯流露出文士的無力感，而缺少稼軒詞句中横溢的豪傑霸氣。也難怪，一個「瘦骨棱棱」的文弱之士，處在元初對漢人、南人鉗制、壓迫極其嚴酷的現實環境中，守節不變已是十分難能可貴了。詞人雖瘦但是棱棱硬骨，書齋四壁蕭然，惟餘舊被冷硬如鐵，生活條件極其惡劣，但仍此心不改，決不變節求榮。與友人追憶易代前後若干年來的人事是非，但覺恍惚如夢，空幻無憑；又覺紛紜繚亂，如眼前繽紛的纈花紋皺，理不出頭緒，看不出究竟：「是非夢、無痕堪記，似雙瞳、繽紛翠纈」。這是一種極度幻滅、無從説起的情緒。但有一點是明確的，那就是胸中永懷一顆「浩然心」，心中充盈着忠於故國、臨難不苟的正大剛直之氣。

這讓我們想起與詞人同時代的文天祥《正氣歌》中的詩句：「天地有正氣，雜然賦流形。下則爲河嶽，上則爲日星。於人曰浩然，沛乎塞蒼冥。」看來，殉國英雄與守節遺民的耿耿丹心是相同的。詞人的這顆浩然心只能向梅花訴説，詞情又轉爲低抑。梅花是堅守民族氣節、經受住一切嚴寒冰雪艱難困苦的折磨和考驗的志士的象徵，既指對牀夜語的友人，也是詞人自喻。《竹山詞》中經常寫到梅花，《水龍吟》、《翠羽吟》兩首皆詠梅，《梅花引》的「有梅花，似我愁」，《阮郎歸》的「瓊簫夜夜挾愁吹，梅花知不知」，也是以梅自擬或引梅花爲同調。

滿江紅〔一〕

一掬鄉心，付杳杳、露莎煙葦〔二〕。來相伴、淒然客影，謝他窮鬼〔三〕。新緑舊紅春又老，少玄老白人生幾〔四〕。況無情、世故盪摩中，凋英偉〔五〕。詞場筆，行群蟻〔六〕。戰場冑，藏群蟣〔七〕。問何如清晝，倚藤凭棐〔八〕。流水青山屋上下，束書壺酒船頭尾〔九〕。任垂涎、斗大印黄金，狂周顗〔一〇〕。

【校　注】

〔一〕滿江紅：又名上江虹、念良游、煙波玉、傷春曲、滿江紅慢。此調有平韻、仄韻兩體。仄韻體見南宋柳永《樂章集》注仙呂調，平韻體見南宋姜夔《白石道人歌曲》、《夢窗詞》注夷則宮，俗名仙呂宫。

〔二〕一掬：一捧。掬，雙手捧取。宋晏殊《漁家傲》：「一掬蕊黄霑雨潤，天人乞與金英嫩。」

〔三〕客影：客身之影。詞人自己的身影。窮鬼：傳説中使人貧困的鬼。《山海經·西山經》：「東望恒山四成，有窮鬼居之。」唐韓愈《送窮文》：「三揖窮鬼而告之曰：聞子行有日矣。」亦用來譏稱窮人或自嘲，南宋劉克莊《答婦兄林公遇》之二：「自笑如窮鬼，相從不記年。」

〔四〕新緑舊紅：緑葉繁茂，紅花凋謝。少玄老白：少年黑髮與老年白髮。玄，黑色。

〔五〕世故：世事，特指變故，魏嵇康《與山巨源絶交書》：「機務纏其心，世故煩其慮。」盪摩：即蕩磨，消磨變化。英偉：英俊奇偉。

〔六〕詞場筆二句：文人辭賦碎擾渺小如群蟻之不足道。或謂文人吟詩作賦，追名逐利，如群蟻之赴腥膻。唐李坦《與李渤書》：「大凡今之人，奔分寸之禄，走絲毫之利，如群蟻之附腥膻，聚蛾之投爝火。」

〔七〕戰場胄二句：三國魏曹操《蒿里行》：「鎧甲生蟣虱，萬姓以死亡。」蟣：紫芝本、吴本、毛本、影鈔本、續本作「蟻」。

〔八〕何如：吴本、毛本、續本作「如何」。倚藤凭棐：倚伏在藤椅几桌上。藤，藤製之牀椅。棐，香榧木所製之几桌。

〔九〕束書：一束書。

〔一〇〕垂涎：流口水，形容想吃的樣子。後用來比喻十分羡慕。宋趙鼎臣《猶子棄畫盤古圖戲書其後》詩：「欲買青山未有錢，每逢佳處但垂涎。」斗大二句：《晉書·周顗傳》：「顗不與言，顧左右曰：『今年殺諸賊奴，取金印如斗大，繫肘後。』」後以「金印如斗」形容官高位顯。印：紫芝本作「卻」，誤。南宋劉子翬《蓦山溪·寄寶學》：「一醉萬緣空，莫貪伊，金印如斗。」

【疏 解】

詞寫羈旅鄉愁，抒人生感慨，應作於詞人中年漂泊之時。以「一掬鄉心」領起全詞，可見鄉情之濃鬱，然而欲歸無計，也只能遠望可以當歸了。「付杳杳、露莎煙葦」二句，即是描寫眺望所見，皆是煙水迷離的莎草蘆葦，詞人望極天涯，不見鄉關。「來相伴、淒然客影，謝他窮鬼」三句，寫客中的寂寞和落魄，做客異鄉，形隻影單，唯有「窮鬼」肯來相伴，但爲詞人謝卻。句中含有詞人自我調侃的寬解意味。「新緑舊紅春又老，少玄老白人生幾」二句，從眼前之景感悟人生。緑葉滿枝，紅花凋謝，一番大好春色又在漂泊中老去了，光陰如流水啊，從滿頭青絲到兩鬢霜雪，短暫的人生歲月又有幾何！何況還有難以預測、無法避免的人生世事變故，對人的身心施以無情的折磨和摧殘，更是讓人的英偉之氣蕩然無存。上片寫鄉情客思，傷春歎老。下片寫詞人透破功名，追求閒適自放的逍遥人生。換頭「詞場筆，行群蟻」，是詞人對「名聲」的反省，他把詞場筆陣上吟詩作賦的文人，比作追逐腥膻的蟻群，對炫才揚己、追名逐利的文人伎倆加以否定。「戰場冑，藏群蟣」二句，是詞人對「功業」的反省，疆場戰陣上攻伐連年的武士，甲冑不解，蟣虱滿身，他們越是辛苦拼搏，後果也就越發慘重，「一將功成萬骨枯」，他們的「功業」是以無數生命死亡爲代價换來的。在這裏，詞人實際上也對以戰取功的武人行徑做了否定。在對世人向慕樂道的文武功名進行反思、加以否定之後，詞人用問句正面展示自己的人生理想：「問何如清晝，倚藤憑桌？」與其蟻逐膻腥一樣去追逐名聲，殺戮無數去博取功業，何如隨意地倚著藤牀、靠著几案，安享每一個清閒的日子。「流水青山屋上下，束書壺酒船頭尾」二句，描寫詞人理想中的生活，倚山面水結廬，屋後高處青山逶迤，廬外低處緑水護繞，詞人可以扶杖登覽看山看雲，可以攜書載酒行舟水上，何等逍遥自在。結句「任垂涎、斗大印黄金，狂周顗」，是説任隨别人去垂涎功名富貴，都與自己無干。這三句進一步表明詞人與世俗劃清界限的人生態度。

南宋滅亡的巨大變故，摧毁了詞人青年時代建功立業的理想願望，也瓦解了詞人原來的人生價值標準。在漫長的漂泊歲月裏，他對人生世事進行了痛苦的反思。他看清了文人舞文弄墨，徒博虚名，於事無補；而連年不斷的戰爭，更使黎民百姓死傷慘重。所以他否定了人世功名的追逐紛爭，肯定安定和平的日常生活。他從傳統的出世隱逸思想中借取資源，通過詞作，表達了自己對於世俗功名的蔑棄，對於回歸自然、逍遥自放的生存方式的嚮往。

【集　評】

卓人月《詞統》卷一二：瘦筆既勝肥腸，狂言復淩癡骨。蟻蟣俱上聲。

又〔一〕

秋本無愁，奈客裏、秋偏岑寂〔二〕。身老大、忺敲秦缶，懶移陶甓〔三〕。萬誤曾因疏處起，一閒且向貧中覓。笑新來、多事是征鴻，聲嘹嚦〔四〕。雙户掩，孤燈剔。書束架，琴懸壁〔五〕。笑人間無此，小窗幽闃〔六〕。浪遠微聽葭葉響，雨殘細數梧梢滴〔七〕。正依稀、夢到故人家，誰横笛〔八〕。

【校　注】

〔一〕毛本、續本「又」下有詞題「秋旅」。

〔二〕岑寂：冷清，寂寞。南朝宋鮑照《舞鶴賦》：「去帝鄉之岑寂，歸人寰之喧卑。」唐杜甫《樹間》：「岑寂雙柑樹，婆娑一院香。」

〔三〕忺敲秦缶：喜歡敲擊秦缶。忺：適意，高興。吴本、毛本、《御選歷代詩餘》、續本作「懽」。唐韋應物《寄二嚴》：「絲竹久已懶，今日遇君忺。」秦缶：一種産於秦地的瓦質樂器。秦李斯《諫逐客書》：「夫擊甕叩缶、彈箏搏髀而歌呼嗚嗚快耳者，真秦之聲也。」陶甓：陶侃所運之磚。《晉書·陶侃傳》：侃任廣州刺史時，「在州無事，輒朝運百甓於齋外，暮運於齋内。人問其故，答曰：『吾方致力中原，過爾優逸，恐不堪事。』其勵志勤力，皆此類也。」甓，磚。

〔四〕征鴻：遠飛的大雁。南朝梁江淹《赤亭渚》：「遠心何所類，雲邊有征鴻。」

〔五〕壁：紫芝本作「璧」，誤。

〔六〕笑：《御選歷代詩餘》作「算」。幽闃：寂靜。闃：吴本、毛本、續本作「闐」。

〔七〕微聽：《御選歷代詩餘》作「惟聽」。葭：蘆葦。《詩經·秦風·蒹葭》：「蒹葭蒼蒼，白露爲霜。」雨殘句：唐白居易《長恨歌》：「春風桃李花開日，秋雨梧桐葉落時。」唐温庭筠《更漏子》：「梧桐樹，三更雨，不道離情正苦。一葉葉，一聲聲，空階滴到明。」宋李清照《聲聲慢》：「梧桐更兼細雨，到黄昏，點點滴滴。這次第，怎一個愁字了得。」

〔八〕正依稀三句：用晉向秀《思舊賦》典故，魏晉之間，向秀與嵇康、吕安爲友，嵇、吕皆被司馬昭殺害，秀過其山陽故居，聞鄰人笛聲，感懷亡友而作此賦。後世因用聞笛爲悼念故人之典。南宋戴復古《舟行往弔故人》：「倚篷思往事，聞笛爲淒然。」故人家：《御選歷代詩餘》作「故人來」。

【疏　解】

詞寫秋日客居的清冷寂寞之感。起句「秋本無愁」高唱發端，一反悲秋的調子，表現竹山詞高朗俊邁的一面。「奈客裏、秋偏岑寂」承接「秋本無愁」，層折句法，點出客居異鄉是感覺「岑寂」的原因，與秋天的季節無關。以下圍繞「岑寂」展開。「身老大、忺敲秦缶，懶移陶甓」三句，寫客中人地生疏，無以爲歡，加之年歲老大，身心慵懶，喜歡敲擊秦缶取樂，來聊破「岑寂」。「萬誤曾因疏處起，一閒且向貧中覓」二句，是「閱歷語，而詞筆甚雋」（陳廷焯《白雨齋詞話》卷七），詞人於客居「岑寂」之時檢點世事，回首平生，認識到一切的錯誤皆因疏忽、疏懶、疏漏所致，小至個人家事，大至國事天下事，莫不如此，這是老年詞人閱歷滄桑之後的經驗之談。而閒適的生活須向貧寒中方可覓得，貧寒之人既無官場公事需要費心辦理，又無錢財田産需要算計經營，更無世俗交際需要用心應付，身心少牽繫，時間多寬裕，只要耐得住「岑寂」，實在是逍遥自在，無掛無礙。詞人此刻正在體驗這閒居「岑寂」的樂趣，所以笑那秋天遠飛的大雁多事，「嘹嚦」的叫聲打擾了客中的清静。換頭「雙户掩，孤燈剔。書束架，琴懸壁」四句，具體描寫客中岑寂和老來慵懶，詞人掩起雙扉，剔亮孤燈，似是要静夜讀書撫琴的樣子，可是書束在架上並未取出，琴掛在牆上亦未摘下，看來詞人既不打算讀書又不準備撫琴，那麽掩門燃燈做什麽呢？「笑人間無此，小窗幽闃」二句給出了答案，詞人原來是要好好享受這份人間難得的静夜「幽闃」。客居秋夜，小窗寂寂，詞人感到「人間無此」清静，可知他是多麽珍視這個客居中的静夜！一個「笑」字，形象地説明詞人不僅不討厭這份寂静，而且喜愛這份寂静，並進而享受這寂静中的快樂。這讓我們想起晚年的王維，他的「興來每獨往，勝事空自知」（《終南别業》），他的「獨坐幽篁裏，彈琴復長嘯。深林人不知，明月來相照」（《竹裏館》）等詩句，表現的也正是常人難以解會的寂寞中的快樂。寫出這些詩句的王維和寫出此詞的蔣捷，也都到了閱盡世事、心境空明的晚年。從詞的意脈上看，「幽闃」二字回應起句的「岑寂」。正是在岑寂幽闃之境，人的聽覺纔變得如此敏感細膩：「浪遠微聽葭葉響，雨殘細數梧梢滴」，浪遠波平，蘆葦葉子發出的微細響聲依約可聞，夜雨快停了，不眠的詞人無事可做，仔細地數著從梧桐樹梢落下的雨滴。這兩句通過聽覺表現秋裏「岑寂」和靜夜「幽闃」，詞境「極靜細，不是闃寂中如何辨得」（陳廷焯《放歌集》卷二）。但客裏「岑寂」的秋天和「幽闃」的靜夜，終究還是有些寂寞冷清，尤其是「梧桐夜雨」的意象上，更積澱了濃厚的憂傷情緒。所以結句轉寫夜夢故人：「正依稀、夢到故人家，誰橫笛」，夢是現實缺憾的補償，夢裏來到故人家，是因爲現實中缺乏友情，這求友的心理不是寂寞是什麽？「聞笛」的典故和上句「秋雨梧桐」意象，表明詞人所夢故人乃是已經作古的朋友，於此更見出深深的寂寞之意。

【集評】

卓人月《詞統》卷一二：踈貧二句，可銘座右。

陳廷焯《放歌集》卷二：閱歷語。浪遠二句，極靜細，不是闃寂中如何辨得。

陳廷焯《白雨齋詞話》卷六：「浪遠微聽葭葉響，雨殘細數梧梢滴。」竹山《滿江紅》語也。上有「小窗幽闃」之句，此二語不是闃寂中如何辨得。竹山詞多粗，惟此二語最細。

陳廷焯《白雨齋詞話》卷七：「萬誤曾因疏處起，閒且向貧中覓」，自是閱歷語，而詞筆甚雋。

探芳信[一]　菊

翠吟悄[二]。似有人黃裳，孤竚埃表[三]。漸老侵芳歲，識君恨不早[四]。料應陶令吟魂在，凝此秋香妙[五]。傲霜姿，尚想前身，倚窗餘傲[六]。

回首醉年少。控駿馬蓉邊，紅韓茸帽[七]。淡泊東籬，有誰肯、夢飛到[八]。正襟三誦悠然句，聊遣花微笑[九]。酒休賒，醒眼看花正好[一〇]。

【校　注】

〔一〕探芳信：又名玉人歌、西湖路、春游、探芳訊。調見南宋史達祖《梅溪詞》，《夢窗詞》注夾鍾羽。

〔二〕翠吟：清吟。或謂翠鳥鳴聲。吟：紫芝本、影鈔本作「岑」。悄：紫芝本、毛本、影鈔本、續本作「哨」。翠吟悄：《御選歷代詩餘》作「醉吟嘯」。

〔三〕黃裳：黃花，菊花。此處擬人，把菊花比擬爲身著黃裳的高士。竚：久立。同「佇」。戰國楚屈原《九歌·大司命》：「結桂枝兮延竚，羌愈思兮愁人。」埃表：塵外。《御選歷代詩餘》作「塵表」。

〔四〕芳歲：同「芳年」，美好的年歲，指青春盛年。南朝宋鮑照《代白紵曲》之二：「齊謳秦吹盧女弦，千金顧笑買芳年。」

〔五〕陶令：東晉大詩人陶潛，曾任彭澤令，故稱陶令。唐李白《口號贈楊徵君鴻》：「陶令辭彭澤，梁鴻入會稽。」吟魂：詩人之魂魄。唐齊己《經賈島舊居》：「若有吟魂在，應隨夜魄回。」此指陶潛之魂魄。在：紫芝本、吴本、影鈔本作「返」。秋香：秋花。唐李賀《金銅仙人辭漢歌》：「畫欄桂樹懸秋香，三十六宫土花碧。」此指菊花。

〔六〕前身：佛家語，即前生。唐白居易《昨日復今辰》：「所經多故處，卻想似前身。」此指陶潛爲菊花前身。倚窗餘傲：晉陶潛《歸去來兮辭》：「倚南窗以寄傲，審容膝之易安。」

〔七〕年少：《御選歷代詩餘》作「少年」。蓉邊：花邊，喻指風流場所。《御選歷代詩餘》作「花邊」。蓉，芙蓉。紅𩊱茸帽：下垂的紅色茸帽。𩊱，下垂。影鈔本作「𩊱」。

〔八〕東籬：見前《瑞鶴仙·壽東軒立冬前一日》注〔六〕。

〔九〕正襟：正襟危坐，理好衣服端正地坐著，表示嚴肅或尊敬。《史記·日者列傳》：「宋忠、賈誼瞿然而悟，獵纓正襟危坐。」悠然句：即陶潛《飲酒》之五「采菊東籬下，悠然見南山」詩句。

〔一〇〕賒：買物緩付錢款。唐許渾《郊居春日有懷府中諸公並柬王兵曹》詩：「僧舍覆棋消白日，市樓賒酒過青春。」正好：紫芝本作「更好」。

【疏解】

此詞詠菊，結合自己的身世經歷，表現上頗爲别致。起句「翠吟悄」從聲音切入，隨著清朗的吟詠聲漸漸低下來，恍惚之間，「似有人黄裳，孤竚埃表」，好像看到一位身著黄色衣裳的高士，佇立於塵埃之外。這兩句把菊花擬人化，比之爲超乎塵垢之外的黄衣高士，不僅形象恰切，而且刻畫出菊花深層的人格精神和文化内涵。「漸老侵芳歲，識君恨不早」二句，以悔恨的語氣，表達對菊花的仰慕和贊美。光陰荏苒，青春年華於不知不覺中過去了，直到年歲老大，纔認識到菊花的可貴，實在是相識恨晚，慚愧得很啊！「料應陶令吟魂在，凝此秋香妙」兩句，「竟把陶公做菊花前身，絶奇」（卓人月《詞統》卷一一）。這與菊花遲來的結識，果然不同一般，詞人感覺應是陶令的吟魂，凝成菊花這秋香妙品。這一比擬，人花合寫，不僅想像新奇，更爲重要的，是把「古今隱逸詩人之宗」陶潛的品格和個性，賦予菊花，以陶潛的人品之高，映襯秋菊的花品之高。而且回應了「似有人黄裳，孤竚埃表」的比擬，那位蟬蜕濁穢、超邁世塵的黄裳高士，不是别人，正是愛菊的東晉大詩人陶淵明。「傲霜姿，尚想前身，倚窗餘傲」三句，繼續因花及人，由菊花的淩寒傲霜之姿，憶及菊花的「前身」陶潛，菊花的「傲霜姿」，不正是當年不爲五斗米折腰掛冠歸隱的陶潛，歸去來兮，「倚南窗以寄傲」的身姿嗎？這前結三句，揭示出菊花和陶潛「傲」的可貴品格，花傲霜淩寒，人傲世獨立，菊花與詩人的高節，豈是凡花俗人可以企及！換頭轉入回憶：「回首醉年少」，寫少年時代，突出一「醉」字，其餘情態可以想見。「控駿馬蓉邊，紅鞾茸帽」二句，憶及當年頭戴形制時尚的「紅鞾茸帽」，騎著駿馬，流連花間的情形。這種情形就相當於今天時尚的年輕人，開著高級轎車，一身名牌衣裝，頻繁出入於交際娱樂場所。所謂「少年游」，古今一例，不外乎擺闊氣，要派頭，酒宴歌席，追歡逐樂。這樣浮躁的年紀和心境，與菊花和陶潛所代表的返璞歸真的「淡泊」境界，相去何啻天壤。所以詞人説那時對於「淡泊東籬，有誰肯、夢飛到」，忙於尋歡作樂的年輕人，連做夢都難以夢見東籬黄菊啊！這幾句頗含悔意的回顧省思，照應上片，解答了「識君恨不早」的原因。「正襟三誦悠然句，聊遣花微笑」二句回到現在，經歷巨大變故、進入老境晚歲的詞人，落盡豪華浮躁，歸於淡泊真淳，正襟端坐反復誦讀「采菊東籬下，悠然見南山」，終於認識到傲霜的菊花和傲世的陶潛的真正價值，「遣花微笑」是對菊花和陶潛的真精神有所會心的喜悦的流露。處身新朝高壓政策之下而忠於故國的詞人，需要從菊花和陶潛身上汲取精神的力量。結句「酒休賒，醒眼看花正好」，回應「醉年少」，與年輕時的孟浪渾噩不同，詞人表示賞菊不需賒酒醉飲。人皆醉眼看花，詞人要「醒眼看花」，秋花不與春花同，黄菊正宜醒眼看。一結道人所未道，顯得新警不俗。

【集　評】

卓人月《詞統》卷一一：竟把陶公做菊花前身，絶奇。

梅花引〔一〕　荆溪阻雪〔二〕

白鷗問我泊孤舟〔三〕。是身留。是心留。心若留時、何事鎖眉頭〔四〕。風拍小簾燈暈舞，對閒影，冷清清，憶舊游〔五〕。舊游舊游今在不〔六〕。花外樓。柳下舟。夢也夢也，夢不到、寒水空流。漠漠黄雲、溼透木緜裘〔七〕。都道無人愁似我，今夜雪，有梅花，似我愁。

【校注】

〔一〕梅花引：又名小梅花、行路難、將進酒、貧也樂。有見宋万俟詠詞、南宋向子諲《酒邊詞》兩體。《康熙詞譜》作「江城梅花引」。

〔二〕荆溪：水名，在蔣捷家鄉江蘇宜興南，以近荆南山得名。上承永陽江，流入太湖，爲游覽勝地。唐喻鳧《夏日因懷陽羨舊游寄裴書記》：「還應坐籌暇，時一夢荆溪。」毛本、續本詞題「荆溪阻雪」後注云：「或作江城梅花引」。《詞綜》無詞題「荆溪阻雪」。

〔三〕白鷗：水鳥名。李白《江上吟》：「仙人有待乘黄鶴，海客無心隨白鷗。」舟：影鈔本作「洲」。

〔四〕何事：爲何，何故。唐李白《春思》：「春風不相識，何事入羅幃。」紫芝本作「何時」。

〔五〕燈暈舞：燈焰在風中跳動。舊游：舊時游蹤及同游之人。唐孟浩然《宿桐廬江寄廣陵舊游》：「建德非吾土，維揚憶舊游。」唐李白《憶襄陽舊游贈馬少府巨》：「此地别夫子，今來思舊游。」

〔六〕舊游舊游：紫芝本、《康熙词谱》、《御選歷代詩餘》、影鈔本作「憶舊游舊游」。不：同「否」。紫芝本、吴本、毛本、《御選歷代詩餘》、影鈔本、續本作「否」。《史記·項羽本紀》：「不者，若屬皆且爲所虜。」

〔七〕漠漠：彌漫貌。唐韓愈《同水部張員外曲江春游寄白二十二舍人》：「漠漠輕陰晚自開，青天白日映樓臺。」黄雲：降雪時昏黄之雲色。唐高適《别董大》：「千里黄雲白日曛，北風吹雁雪紛紛。」木緜：植物名，亦作「木棉」、「木綿」。木緜裘：充以木棉絮的冬衣。木棉，落葉喬木，又名攀枝花、英雄樹。先葉開大朵紅花，結實長橢圓形，中有白棉，可絮茵褥。唐元稹《送嶺南崔侍御》：「火布垢塵須火浣，木綿温軟當綿衣。」裘，本指皮衣，《詩經·小雅·都人士》：「彼都人士，狐裘黄黄。」也可泛指冬服。

【疏　解】

宋亡後，蔣捷長期浪迹江湖，有時氣候惡劣，船行沖寒冒雨，逆風阻雪，十分惱人。但在困頓苦澀中詞人總是以特有的幽默機趣來應對和化解煩惱。即如此詞，一起並不直抒，而是借助江面船頭回翔的鷗鳥提問的方式，提出「身留」還是「心留」的矛盾問題，讓詞人來回答。想像彼時，詞人阻雪荆溪，無法前行，泊舟岸邊，守著篷窗，心裹十分焦慮。此時江上闃寂無人，只有鷗鳥在紛紛雪花中盤旋於船邊，似與詞人不舍，於是有了這番詞人與鷗鳥之間的晤對交流。詞人當然是迫不得已的「身留」而非留戀不舍的「心留」，然而，心雖不留無奈大雪滿江，人還是被困在江邊了，雖不願留可是又不得不留，鷗鳥的提問一下子就切中問題的實質，語氣則略帶調侃意味，而且不依不饒，追問愈加尖鋭：「心若留時、何事鎖眉頭」？這真有點讓詞人哭笑不得、招架不住的味道。黠慧的鷗鳥察言觀色，説出了詞人的難境，揭示了詞人的心理。既被看破，隱瞞不過，詞人亦非笨伯，也就無需作答了。於是詞筆一轉，用「風拍小簾燈暈舞」這一寫景名句，宕開鷗鳥的詰問，渲染背景氛圍：黄昏時分，風雪拍打小簾，燈影摇晃模糊，暗示了詞人心緒不寧，心境黯然。形影相弔的詞人，只有記憶相隨，詞人於是不可避免地要回憶往昔「舊游」聊作慰藉了，詞作自然轉入下片對「舊游」的追懷和牽念。「舊游」可作寬泛理解，包括往事和故人。由「花外樓，柳下舟」的處所，可知舊游的内容，當是故國尚在的升平時日，青春年少的詞人與情侣或詩友的歡聚游樂。「舊游舊游今在不」的疊詞叩問，「夢也夢也夢不到」的復沓嗟歎，在在顯示詞人對「舊游」的嚮往懷戀，也句句都在回答上片白鷗提問的「身留」「心留」的問題。詞人的心魂早已乘著夢的翅膀，飛回昔日的「花外樓」與「柳下舟」中去了。但往事轉頭空，故人已不見，即是入夢也難再現往昔，重温舊情。唯見眼前寒水空流，一切都已杳無蹤影了。無限思量的詞人只能徒留悵惘，心理上的空漠寒意和體膚上的棉裘溼冷，一起加重著詞人漂泊阻雪的愁苦。與開頭與白鷗晤談聊解寂寞相似，結拍再作跌宕，在「都道無人愁似我」的無依無助之時，詞人出人意表地説「有梅花，似我愁」，有梅花來分擔，詞人阻雪的愁苦可以减輕了；梅花孤寂地在風雪中淩寒開放，似與詞人惺惺相惜，詞人阻雪難行、憶念無著的愁苦由此得以淡化。值得注意的是，詞人選擇鷗鳥和梅花的意象，當非隨意而爲，實有深意存焉。在典故意象系列裏，白鷗和梅花承載的是忘機超然與傲雪孤潔的寓意。詞人與之晤談，以之比擬，寄託著詞人超邁與堅貞的品格。

《梅花引》詞牌從程垓詞句「睡也睡也睡不穩」起，即用疊句回環和頂針辭格，這種寫法到蔣捷詞裏被充分使用，影響下及清初蔣捷故鄉宜興的陽羨派詞人。《詞律》的著者萬樹就擅用此體格，形成一種通篇使用復沓和頂針句式的「堆絮體」，成爲詞藝風景綫上的獨特景觀。

【集評】

卓人月《詞統》卷一一：全學伯可（指程垓《江城梅花引》，誤作康與之），有出藍之色。起以鷗問，結以梅愁，花鳥情長，江湖氣短。

世經堂康熙十七年殘本《詞綜》批語：與向子諲異，並與小令句法不同，《詞律》不另載。以轉處妙。

謝元淮《填詞淺説》：詞禁諸條，亦需活看。如聲不許四用一條，查程垓《江城梅花引》詞「睡也睡也睡不穩」，……又蔣捷詞「夢也夢也夢不到」，均連用七仄字，乃此調定格，斷不可易。

洞仙歌〔一〕　對雨思友

世間何處，最難忘杯酒。惟是停雲想親友〔二〕。此時無一琖，千種離愁。西風外，長伴枯荷衰柳。　去年深夜語，傾倒書□，窗燭心懸小紅豆〔三〕。記得到門時，雨正蕭蕭，嗟今雨、此情非舊〔四〕。待與子、相期采黄花，又未卜重陽，果能晴否〔五〕。

【校　注】

〔一〕洞仙歌：又名羽仙歌、洞中仙、洞仙詞、洞仙歌令、洞仙歌慢、洞玄歌。唐教坊曲名。此調仄韻體見宋蘇軾《東坡樂府》。平仄韻互叶體見《敦煌歌辭總集》卷一《雲謡集雜曲子》唐無名氏詞，字句數與蘇軾詞不同。宋柳永《樂章集》填此調與唐無名氏詞、蘇軾詞並不同。

〔二〕停雲：晉陶潛《陶淵明集》有四言《停雲詩》四首，序云：「停雲，思親友也。罇湛新醪，園列初榮，願言不從，歎息彌襟。」詩中有「良朋悠邈，搔首延佇」、「願言懷人，舟車靡從」、「安得促席，説彼平生」、「豈無他人，念子實多」等句。

〔三〕深夜語：《御選歷代詩餘》作「深夜雨」。書□：紫芝本、《詞綜》、《御選歷代詩餘》、影鈔本作「書窓」，吴本、毛本、續本作「書窗」。窗燭：紫芝本、吴本、毛本、影鈔本、續本作「燭」。《御選歷代詩餘》作「短燭」。小紅豆：喻指燭芯結出的燈花。「紅豆」意象亦暗寓相思之意，唐王維《相思》：「紅豆生南國，春來發幾枝。勸君多採擷，此物最相思。」

〔四〕今雨：新交。唐杜甫《秋述》：「秋，杜子臥病長安旅次。多雨生魚，青苔及榻。常時車馬之客，舊雨來，今雨不來。」後以「舊雨」指舊交老友，「今雨」指新交朋友。

〔五〕子：對男子的尊稱。《穀梁傳》宣公十年：「其曰子，尊之也。」《注》：「子者，人之貴稱。」此指所思念的友人。相期：相邀約。唐李白《月下獨酌》：「永結無情游，相期邈雲漢。」黄花：見前《金琖子》「練月縈窗」注〔三〕。果能：《御選歷代詩餘》作「果然」。

【疏　解】

如題所示，詞抒雨中思友之情。以問句領起：「世間何處，最難忘杯酒？」然後作答：「惟是停雲想親友。」一問一答之間，把詞人濃烈的思親懷友之情凸現出來。這三句化用陶潛《停雲》詩意，表達了秋雨天裏，想與友人把盞敘舊、杯酒言歡的强烈願望。人世禮俗，大凡交往應酬的場合，都離不了酒，但很多時候也不過逢場作戲而已，並非心裏想喝，觥籌交錯，熱鬧一番，也留不下什麽深刻印象。只有思念親友不能相見之時，出自真心，最想喝酒，那澆愁的酒也讓人最難忘懷。「此時無一琖，千種離愁」二句，借主客觀的矛盾，寫思親懷友的痛苦。爲思親懷友之情所困的詞人，正是最想喝酒，亟需借酒澆愁的時候，然而「此時無一琖」，生活困窘的詞人連一杯酒都没有，主觀上最渴望最需要的，客觀上卻不能滿足，離愁别緒無法借酒緩解，也就越聚越多，「千種離愁」，極言離愁之多，這層層堆積的無數離愁，折磨得詞人該是何等不堪啊！在把思親懷友的離愁抒發到極致後，「西風外，長伴枯荷衰柳」二句轉爲寫景，然「一切景語皆情語也」（王國維《人間詞話》），西風、枯荷、衰柳的景物意象，蕭瑟淒涼，敗落不堪，與詞人無以慰藉的不堪心情正相對應。下片换頭切入回憶，心理時間倒流到「去年深夜」，書齋裏紅燭映窗，詞人與過訪的友人聯牀夜話。「傾倒」句，各版本「書」字後均缺一字，想其情景，這句所寫大約就是劉克莊《一翦梅》詞寫到過的「酒酣耳熱説文章，驚倒鄰牆，推倒胡牀」的文人狂興，這裏被「傾倒」的，應該是書齋裏的「書篋」、「書架」之類吧。由此可知，去年深夜與友人相談甚歡，詞人印象殊深，他清楚地記得友人「到門時，雨正蕭蕭」的天氣細節。

「千林風雨鶯求友」,「最難風雨故人來」,雨天困居閒暇,添人思緒,友人沖風冒雨過訪,情誼彌足珍貴啊!一年後的今天又是個雨天,可是故友未來,新交不至,寂寞無聊之際,詞人不禁生出「此情非舊」之歎,更加重了對友人的思念之情。這裏用杜甫《秋述》詩序中「舊雨」、「今雨」典故,似也含有對人情世態的感慨意味。「待與子、相期采黄花」是詞人的心理預期,對雨思友,友人不來,詞人先用回憶安慰自己,這裏再用期待加以寬解,回憶是心理時間的倒流,期待是心理時間的提前,不管倒流還是提前,承載的都是秋雨瀟瀟的日子裏,索居的詞人對友人的强烈思念。但與友人預約采菊,需要天氣晴好,看著眼前的霏霏陰雨,詞人不免有所憂慮:「又未卜重陽,果能晴否?」不知道這場秋雨下到登高賞菊的重陽節,能否雲開雨霽,天氣晴好。全詞也在思友之情無從真正慰藉中結束。

從《詩經》中的《鄭風·風雨》開始,風雨懷人就是中國詩歌中的一個原型和母題。風雨淒淒的時日,總是能唤起人們對親友的思念之情。杜甫《秋述》詩「舊雨」「今雨」的説法,被當作典故廣泛使用,更加强了「雨」與「友人」之間的聯繫。蔣捷這首《洞仙歌》沿襲了風雨懷人的詩歌母題,上片用陶潛《停雲》,下片用杜甫《秋述》,與詞題呼應,明確了「對雨思友」的主旨。此詞語言上没有蔣詞常見的刻煉尖新的特點,不管是抒情還是寫景,回憶還是預期,都顯得樸素真摯,得陶杜之真味。世經堂康熙十七年殘本《詞綜》批語評曰「難其真樸」,即是對此詞情感抒發和語言運用的稱賞。

【集　評】

世經堂康熙十七年殘本《詞綜》批語：難其真樸。

又　柳

枝枝葉葉，受東風調弄〔一〕。便是鶯穿也微動。自鵝黄千縷，數到飛緜，閒無事，誰管將春迎送〔二〕。　輕柔心性在，教得游人，酒舞花吟恣狂縱〔三〕。更誰家鸞鏡裏，貪學纖蛾，移來傍、妝樓新種〔四〕。總不道、江頭鎖清愁，正雨渺煙茫，翠陰如夢〔五〕。

【校　注】

〔一〕東風：春風。《禮記·月令》孟春之月：「東風解凍，蟄蟲始振。」調弄：擺布，戲弄。宋劉克莊《賀新郎·蒙恩主崇禧祠》：「被賀監、天隨調弄，做取散人千百歲。」

〔二〕鵝黄：幼鵝毛色黄嫩，以喻嬌嫩淡黄之柳條。王安石《南浦》：「含風鴨緑粼粼起，弄日鵝黄嫋嫋垂。」千縷：紫芝本、影鈔本作「千萬縷」。緜：柳綿，柳絮。

〔三〕恣：放縱，聽任。

〔四〕鸞鏡：飾有鸞鳥圖案之妝鏡。唐白居易《太行路》：「何況如今鸞鏡中，妾顔未改君心改。」貪學三句：意謂爲學畫細眉，而在妝樓前種柳，以便摹畫柳葉眉。纖蛾：纖細長曲之眉毛。

〔五〕不道：不管，不顧。宋万俟詠《長相思》：「夢難成，恨難平。不道愁人不喜聽，空階滴到明。」翠陰：青翠之柳蔭。

【疏 解】

如題所示，此詞詠柳。柳是古典詩詞中的通用意象，從《詩經·小雅·采薇》末章「昔我往矣，楊柳依依」起，使用柳意象或題柳詠柳的古典詩詞，多到不計其數。《詩經》中的母題原型加上後來灞橋折柳的風俗，使詩詞中多借助柳意象寄寓依依惜別之情。此外，後起的有關柳的典故也被廣泛使用，如用「江潭柳」歎歲月流逝，用「五柳樹」表隱逸情懷，用「詠絮才」喻女子高才。柳枝婀娜，柳芽黄嫩，柳葉纖長，給人以柔弱嫵媚的印象，所以古典詩詞中又常常以之比擬女性和豔情。蔣捷這首詞，就是抓住柳樹的女性化特點，來展開表現的。起句「枝枝葉葉，受東風調弄」，即已融入女性和豔情的意味。柳樹區别於其他樹木的地方，在於它那女性腰肢般婀娜柔軟的枝條，和女性眉毛般纖長翠緑的葉子，所以詞人一起用「枝枝葉葉」四字描摹形容柳樹，對柳樹的特點把握得十分準確恰切。柳樹枝葉纖長柔弱，尤其在春天初生之時，更是弱不禁風，「調弄」一詞即寫出柳絲受春風擺布的情形，弱柳從風，原是没有自主性可言的，一如女性在傳統社會裏的受擺布遭戲弄的被動生存狀態。接以「便是鶯穿也微動」，進一步形容柳樹的纖柔，即便小巧輕盈的黄鶯飛過，柳樹也會不由自主地微微擺動。「自鵝黄千縷，數到飛緜，閒無事，誰管將春迎送」四句，寫初春和暮春的柳樹。從枝條「嫩於金色軟於絲」的初春，到綿絮「濛濛亂撲行人面」的暮春，柳樹像一個悠閒無事、無感無思的女子，全不管迎春送春，也就是説，全不解惜春傷春，只無憂無慮地度過華年。換頭三句，寫柳的「輕柔心性」，引得游人醉酒歌舞、對花吟詩，恣縱狂蕩起來，花情柳思，在古人是放浪形骸的風流行爲。這幾句就不僅把柳女性化，而且豔情化了，是對起句「調弄」二字的回應。换頭幾句寫了路邊花柳之後，「更誰家鸞鏡裏，貪學纖蛾，移來傍、妝樓新種」四句，寫妝樓旁的柳樹，如果説誘使游人狂縱的路邊柳是風塵女子的話，那麽種在妝樓旁供主人比照畫眉的柳樹，就是良家女子了。這裏用了鸞鏡的典故和柳眉的比擬，也都是有關女性的服用或身體意象。結句「總不道、江頭鎖清愁，正雨渺煙茫，翠陰如夢」，寫江邊雨中的柳樹，不懂得鎖住江頭的清愁，渺茫煙雨之中，一派朦朧翠陰如縹緲的夢幻。景物畫面悵惘淒迷而又清麗優美，女性化的色彩仍很明顯。「江頭清愁」應是江上别離帶來的，這樣在詠柳的最後，總算關合了柳意象母題原型中包含的傷離恨别意藴。

卓人月《詞統》卷一一評此詞云：「人世風流罪過，都是此君教的。」是典型的男權話語，是男權社會養成的男性放縱、諉過、不負責任的行爲心態的表現。語氣未免輕浮，並不可取。不過作此評語，也不能説都是評者的問題，而與此詞完全無關，畢竟，卓氏是基於文本才説出這樣的話，那麽也就是説，蔣捷這首《洞仙歌》在詠柳之時，過於突出柳樹的女性化特徵，並夾帶了一些豔情輕浮的成分，如换頭三句所寫，詞人表現上的傾向性和選擇性，成了誘發卓氏此評的直接原因。

【集　評】

卓人月《詞統》卷一一：人世風流罪過，都是此君教的。妙妙。

世經堂康熙十七年殘本《詞綜》批語：「更誰家」句多一字。

沈雄《古今詞話·詞辨》上卷：《洞仙歌》，第二句是空頭五字句，李元膺云：「放曉晴庭院。」陳亮云：「夢高唐人困。」辛棄疾云：「算其間能幾。」蔣捷云：「受東風調弄。」是一法也。

最高樓〔一〕　催春

新春景，明媚在何時。宜早不宜遲。軟塵巷陌青油幰，重簾深院畫羅衣〔二〕。要些兒，晴日照，暖風吹〔三〕。　一片片、雪兒休要下。一點點、雨兒休要灑。饞僝地，越愆期〔四〕。悠悠不趁梅花到，忽忽枉帶柳花飛〔五〕。倩黄鶯，將我語，報春歸〔六〕。

【校　注】

〔一〕最高樓：又名最高春、醉亭樓、醉高樓。此調有平韻、仄韻、平仄韻間叶、三聲叶韻四體，分别見《全芳備祖》前集宋無名氏詞、《梅苑》卷二宋無名氏詞、南宋辛棄疾《稼軒詞》、南宋陳亮《龍川詞補》。吴訥《百家詞》本《竹山詞》至此首爲卷上，以下爲卷下。《御選歷代詩餘》調下無詞題。

〔二〕軟塵：軟紅塵，形容都市繁華景象。南宋陸游《仗錫平老自都城回見訪索怡雲堂詩》：「東華軟塵飛撲帽，黄金絡馬人看好。」青油幰：青油布車幔。此指青油幰車。幰，車的帷幔。影鈔本作「憶」。《隋書·禮儀志》：「三品以上油幰，施襈，兩箱畫龍，幰竿諸末垂六旒蘇。」重簾：紫芝本作「簾重」，《花草萃編》作「重檐」。畫羅衣：畫羅所製之衣。畫羅，有彩文的絲織品。五代顧夐《浣溪沙》：「粉黛暗愁金帶枕，鴛鴦空繞畫羅衣。」畫：紫芝本作「晝」，誤。

〔三〕要：求取。暖風吹：毛本、續本作「風吹暝」。

〔四〕恁地：如此，這般。宋晁端禮《金盞子》：「翻思繡閣舊時，無一事，只管愛爭閒氣。及至恁地單棲，卻千般追悔。」地：《花草萃編》作「他」。愆期：誤期，失期。《易·歸妹》：「歸妹愆期，遲歸有時。」《詩經·衛風·氓》：「匪我愆期，子無良媒。」

〔五〕怱怱：毛本、續本作「匆匆」。柳花：柳絮。唐李白《金陵酒肆留别》：「風吹柳花滿店香，吴姬壓酒唤客嘗。」

〔六〕倩：借助。請人替自己做事。南宋辛棄疾《水龍吟》：「倩何人，唤取紅巾翠袖，揾英雄淚。」將：攜帶。唐元結《將牛何處去》之一：「將牛何處去，耕彼故城東。」語：《御選歷代詩餘》、影鈔本作「話」。

【疏解】

詞題《催春》，催促春光早臨之意。「新春景，明媚在何時？」問句領起，提出問題：新春最明媚的風景是在什麼時候？籠統説春天都是好景致，仔細分，孟仲季三春景物，實有許多不同，古人春日行樂賞景，於此講究最細。「宜早不宜遲」是詞人的回答，也代表了人們對春天景物的一般看法。古人賞春，最重早春風物，如唐韓愈《早春呈水部張十八員外二首》之一：「天街小雨潤如酥，草色遥看近卻無。最是一年春好處，絕勝煙柳滿皇都。」宋李元膺《洞仙歌》：「一年春好處，不在濃芳，小豔疏香最嬌軟。到清明時候，百紫千紅花正亂，已失春風一半。」都認爲早春是「一年春好處」。何以如此？李元膺《洞仙歌》序云：「一年春物，惟梅柳間意味最深。至鶯花爛漫時，則春已衰遲，使人無復新意。」這段話可爲詮釋。早春從殘冬乍然掙出，天地爲之一新，是人們對春天的心理期待最爲飽滿、對季節變換的感覺最爲敏鋭的時候。草色微緑，梅蕊初綻，柳眼乍開，給人以極爲清新的感受和無限美好的希望。等到仲春季春，鶯花爛漫，楊柳堆煙，人們對春景領略已盡，難以發現什麼新意，對春天也就失去了興趣。而且隨著春天的過往，到了惜春、傷春、送春、留春的地步，人們對春天的心理感覺，與早春的充滿欣喜期待自不可同日而語。這就是賞春「宜早不宜遲」的原因。邵雍《安樂窩中吟》詩句：「美酒飲教微醉後，好花看到半開時」，説的也是這個意思。「軟塵巷陌青油幰，重簾深院畫羅衣」兩句，寫被寒冷圍困了一個漫長的冬天的人們，早春時節紛紛走出嚴實的房屋，換下厚實的棉服。巷陌上，游春的人乘坐著青油幰車，絡繹不斷，鬧嚷起一片紅塵；深院裏，女孩子們穿起畫羅春衣，折梅插柳，掩不住冬去春來的喜悦。於是詞人發出「要些兒，晴日照，暖風吹」的請求，因爲只有天晴氣暖，纔宜於草木萌生，纔宜於陌上游賞，纔宜於穿起薄薄的春衫啊。換頭「一片片、雪兒休要下。一點點、雨兒休要灑」，承接前結而來，詞人催請春天不要下雪下雨，以免妨礙人們早春換衣出游的興致。前結是正面要求「晴日照，暖風吹」，這兩句變換角度，從不要下雪下雨落筆，表達的是同樣的心願。語言上的復沓和口語化，更見絮絮不停的殷切祈求之意。「纔恁地，越恁期」二句，是説早春短暫，天氣纔剛晴好，轉眼就已過去了。可見人催春，春也催人，爲樂當及時，如不抓緊就要失期。在詞人的感覺裏，春天來時遲遲，去也忽忽：「悠悠不趁梅花到，忽忽枉帶柳花飛」，梅花開了天氣尚未回暖，可是很快的就柳絮飄飛，春已遲暮了。那麼賞春的人若不趁早，所見也只能是忽忽歸去的殘春之景了。柳花飛時春去也，詞人不無遺憾地「倩黄鶯」代爲傳語，告知人們：美好而短暫的春天已經過去。

【集評】

卓人月《詞統》卷一一：王方平所云狡獪變化。

祝英臺〔一〕　次韻〔二〕

柳邊樓，花下館。低捲繡簾半。簾外天絲，擾擾似情亂〔三〕。知他蛾緑纖眉，鵝黄小袖，在何處、閒游閒玩〔四〕。

最堪歎。箏面一寸塵深，玉柱網斜雁〔五〕。譜字紅蔫，翦燭記同看〔六〕。幾回傳語東風，將愁吹去，怎奈向、東風不管〔七〕。

【校注】

〔一〕祝英臺：又名祝英臺近、英臺近、祝英臺令、月底修簫譜、揉碎花箋、寒食詞、燕鶯語、寶釵分、憐薄命。調見宋曹勳《松隱樂府》。調名起於梁山伯與祝英臺故事。《花草粹編》、《御選歷代詩餘》作「祝英臺近」。

〔二〕次韻：見前《沁園春·次强雲卿韻》注〔二〕。《詞綜》作「次韻惜别」、《御選歷代詩餘》無詞題。按：此首以下爲吴本《竹山詞》卷下。

〔三〕天絲：蜘蛛等昆蟲所吐飄蕩在空氣中的游絲。北周庾信《行雨山銘》：「天絲劇藕，蝶粉生塵。」擾擾：紛亂貌。《國語·晉語》：「唯有諸侯，故擾擾焉，凡諸侯難之本也。」

〔四〕蛾緑：婦女畫眉用的青黑顔料。即螺子黛，又叫螺黛。唐顔師古《隋遺録》：「（殿腳女）吴絳仙善畫長蛾眉，司宫吏日給螺子黛五斛，號爲蛾緑。」宋蘇軾《次韻答舒教授觀余所藏墨》：「時聞五斛賜蛾緑，不惜千金求獺髓。」借指女子的眉。南宋姜夔《疏影》：「猶記深宫舊事，那人正睡裏，飛近蛾緑。」

〔五〕玉柱句：斜列的弦鈕上結滿蛛網。玉柱：箏瑟類樂器，其鈕柱或以玉爲之。南朝梁沈約《詠箏》：「秦箏吐絶調，玉柱揚清曲。」網：蛛網。斜雁：斜列的雁行，喻指弦鈕。

〔六〕譜字紅蔫：樂譜紅字的字迹已模糊。譜：樂曲以符號表示聲音節拍之高低、長短者。唐白居易《霓裳羽衣歌和微之》：「由來能事皆有主，楊氏創聲君造譜。」蔫：花葉萎縮，顔色黯淡。宋蘇軾《雪後便欲與同僚尋春》：「淺紫從爭發，浮紅任蚤蔫。」此指樂譜陳舊譜字模糊。紅蔫：毛本、續本作「紅鸞蔫」，《花草萃編》、《御選歷代詩餘》作「紅鸞」。翦燭：翦去燼餘的燭心。唐李商隱《夜雨寄北》：「何當共翦西窗燭，卻話巴山夜雨時。」

〔七〕怎奈向：無奈，奈何。向，語尾助詞。宋周邦彦《感皇恩》：「酒空歌斷，又被江濤催去。怎奈向，言不盡，愁無數。」

【疏　解】

詞寫怨女春愁。起句先總體描寫女子的居處環境，是栽花植柳、風景優美的樓館。柳緑花紅，正是春光大好的季節。接著具體描寫樓館的門簾：「低捲繡簾半」，繡花門簾低低地捲起，説明是在白天，樓上居住的女子已經起身。這樣就由居處環境描寫過渡到寫人物。繡簾半捲，符合女子的身份心理，也襯出她的低迷壓抑的心情。若是繡簾高捲，樓門大開，則顯得居者太過豪放，興致高昂，與女子的性别不符，也與她的心情不相協調。以上是「低捲繡簾」的描寫給讀者的暗示，「簾外天絲，擾擾似情亂」兩句，則通過寫簾外空氣中擾擾亂飄的游絲，用比喻修辭點明了簾内女子的「情亂」。如此美好的季節和環境，女子爲什麽心煩意亂、情緒不佳呢？「知他蛾緑纖眉，鵝黄小袖，在何處、閒游閒玩」幾句説出了原因。這幾句是女子的心理活動,「蛾緑纖眉,鵝黄小袖」是借代手法,指代閨中女伴,女伴們都趁著好季節出去「閒游閒玩」了,撇下她一個人,她也許是不想去,但閨中無友,又覺冷清沉悶,於是禁不住去想出游的女伴們,也不知道她們跑到哪裏玩鬧取樂去了。這樣想著,她的心情更加煩亂不安。然則她爲何不一起去結伴游玩呢?下片「最堪歎。箏面一寸塵深,玉柱網斜雁。譜字紅蔫,翦燭記同看」五句,交待了更深層的原委。「最堪歎」,最可歎息,最受不了,這是與上片「閨中無友」相比較而言的。「箏面」兩句,通過描寫樂器上厚積的灰塵,箏柱上結纏的蛛網,顯示女子久矣不復彈箏理曲了。時光之塵可以封了「箏面」,但塵封不了女子的記憶,盡管箏譜上的紅字樂符都已模糊不清,可她仍然清楚地記得與他「翦燭同看」的情形。那「相對坐調箏」的歡樂往事,應該是在很久以前的某個夜晚了。自從那人走後,她就再也提不起理譜調箏的興致,甚至打不起精神推簾下樓,女伴們都興沖沖地出去了,只她一個人困守空閨,又一次陷入了和他相守時的回憶。可知他的離家出走,經春不歸,纔是她心情煩悶的更深層的原因。春天是一個容易唤醒人的生命意識和愛情意識的季節,「春女善懷」,樓頭的柳色花光,讓她空前强烈地感受到青春時光的美好,她因此格外思念那遠游在外的人。由怨别而怨春,由别愁而春愁,怨别怨春,别愁春愁,澒洞一片,快要把她淹没了。煩悶得窒息的她,只得一次次「傳語東風,將愁吹去」,無奈「東風不管」,造化弄人,無法解脱的她,看來還得在别怨春愁的折磨之中,繼續痛苦下去。

丁紹儀《聽秋聲館詞話》指蔣捷這首《祝英臺近》,「與德祐太學生《百字令》詞『真箇恨煞東風』,

同一意旨」，是「託興遥深」之作。這是以比興寄託説詞得出的結論。德祐太學生《百字令》詞，在《解佩令·春》的疏解中引録，此處不贅。若以比興寄託的視野來讀解蔣捷此詞，詞中的女子就成爲詞人的化身，女子的别怨春愁乃是詞人憂國傷時之怨愁。這樣一來，一首女子怨别傷春的小詞，就變成一首志士憂國傷時之作，詞的思想意義就顯得重大起來，藝術手法也變得複雜起來。這種假託閨怨來抒發詞人隱憂的寫法，在南宋詞中亦屬常見，如辛棄疾的《摸魚兒》「更能消幾番風雨」、《祝英臺近》「寶釵分」等，都是同類名作。蔣捷此詞的結句，就是對辛棄疾《祝英臺近》結句「是他春帶愁來，春歸何處？卻不解、帶將愁去」的仿效。黄蓼園《蓼園詞選》認爲辛棄疾的《祝英臺近》「必有所託，而借閨怨以抒其志」，與丁紹儀《聽秋聲館詞話》指蔣捷此詞「託興遥深」，運用的都是相同的解讀理論，遵循的也是同樣的解讀思路。這裏順便説及，丁紹儀《聽秋聲館詞話》中提到的德祐太學生，也有一首《祝英臺近·德祐己亥》，後結「是何人惹愁來，那人何處？怎知道、愁來不去」，也能看出在構句命意上受辛棄疾那首《祝英臺近》結句的影響痕迹。而在《重刊湖海新聞夷堅續志·後集》一書裏，對德祐太學生《祝英臺近》所作的詳盡注釋，如指詞中「稚柳」爲幼君，「嬌黄」爲謝太后，「扁舟飛渡」爲北軍至，「何人」指賈似道等，亦是遵循比興寄託説詞的路數。如果丁紹儀的説法成立，可據以定蔣捷這首《祝英臺》爲南宋亡前的作品。

【集評】

丁紹儀《聽秋聲館詞話》卷二〇：南宋末季，士多憫世遺俗，託興遥深，如蔣竹山……《祝英臺近》……與德祐太學生《百字令》詞「真箇恨煞東風」，同一意旨。

風入松〔一〕 戲人去妾

東風方到舊桃枝〔二〕。仙夢已雲迷。畫闌紅子摴蒱處，依然是、春晝簾垂〔三〕。恨殺河東獅子，驚回海底鷗兒〔四〕。 尋芳小步莫嫌遲〔五〕。此去卻慵移〔六〕。斷腸不在分襟後，元來在、襟未分時〔七〕。柳岸猶攜素手，蘭房早掩朱扉〔八〕。

【校 注】

〔一〕風入松：又名松風慢、風入松慢、遠山横、銷夏。調見宋晏幾道《小山詞》。《宋史·樂志》屬林鍾商。《填詞名解》卷二云：「風入松，古琴曲。又李白詩『風入松下清，露出草間白。』詞取以名。按《詞譜》云：『漢吴叔文善琴，隱居石壁山，山多松樹，嘗盛夏時，撫琴松下，遂作此操。』」唐皎然有《風入松歌》，見《樂府詩集》。《御選歷代詩餘》調下無詞題。

〔二〕東風二句：用劉晨、阮肇入天台山採藥迷路，桃源遇仙事。見《太平御覽》卷四一引南朝宋劉義慶《幽明録》。後多以此典形容男女戀愛之事。因是「去妾」，男女情愛不再，故云「仙夢已迷」。方到：《詞林萬選》作「舊日」。舊桃枝：《詞林萬選》作「小桃枝」。

〔三〕畫闌：彩繪的闌干。南宋史達祖《雙雙燕》「愁損翠黛雙蛾，日日畫闌獨凭。」紅子：賭博時所擲染紅點之骰子。吴本作「紅了」。摴蒱：亦作「樗蒱」，博戲名，以擲骰決勝負。漢馬融有《樗蒱賦》。後來泛稱賭博曰摴蒱。

〔四〕河東獅子：宋陳季常妻柳氏，性悍妒，蘇軾嘗以詩戲季常：「忽聞河東獅子吼，拄杖落手心茫然。」河東爲柳氏郡望；獅子吼，佛家以喻威嚴；季常好談佛，故軾借佛家語爲戲。後遂稱悍妒之婦爲河東獅子，婦怒爲獅子吼。典出宋洪邁《容齋隨筆》三筆。詞人用此典，可知「妾」之「去」因是主婦悍妒，不能相容。海底鷗兒：即海鷗兒，同「海猴兒」，宋代市井語，意爲「好孩兒」，是對心上人的昵稱。此指「去妾」。宋蘇軾《減字木蘭花·贈勝之》：「今來十四，海裏猴兒奴子是。」底，襯字。

〔五〕尋芳：尋花賞春。唐杜牧《歎花》：「自恨尋芳到已遲，往年曾見未開時。」《御選歷代詩餘》作「群芳」。小步：吴本、毛本、續本作「少步」，影鈔本作「步」。

〔六〕慵：懶。唐白居易《詠慵》：「有琴慵不彈，亦與無弦同。」

〔七〕分襟：别離。唐駱賓王《秋日送侯四》：「歧路分襟易，風雲促膝難。」元來：原來。

〔八〕蘭房：蘭香氤氳的房舍。三國魏曹植《離友》：「迄魏都兮息蘭房，展宴好兮惟樂康。」後特指婦女所居之室。晉潘岳《哀永逝文》：「委蘭房兮繁華，襲窮泉兮朽壤。」此指「去妾」居室。

【疏　解】

此詞游戲筆墨，但觸及的是傳統社會的一個普遍問題。封建家庭倫理倡導妻妾愛敬，和睦相處，但共侍一夫的現實，使同爲女性的她們幾乎本能地成爲彼此的「天敵」，尤其是妾對妻而言。在一夫多妻制的傳統家庭裏，妾年輕美貌，更得丈夫愛憐；妻年長色衰，但又位尊權重。傳統社會雖是男權至上，但具體到家庭，主婦總攬家政，男人又往往懼内。所以夫妻妾三者的關係常常是，妾越色貌出衆，得夫鍾愛，越容易遭妻嫉妒排斥，而男主外女主内的角色分工，使縱横捭闔於官場社會的男人，於此等閨閫之事似也無良策。更有悍妒之妻迫夫逐妾，甚至將妾折磨致死者。此詞所寫即屬悍婦迫夫逐妾的情事。「去妾」，被遺棄之妾，不是夫要遺棄妾，而是「妻酷」而「夫懦」（卓人月《詞統》卷一二），迫于悍妒之妻的淫威，夫不得不爾，所以詞中夫妾别離的感情十分痛苦，讀時自不能以尋常游戲筆墨等閒視之。詞的起句用劉晨、阮肇入天台山採藥迷路，桃源遇仙事。因是「去妾」，男女情愛不再，故云「仙夢已迷」。「東風」喻夫，「桃枝」喻妾，「仙夢」喻夫妾歡愛。「方到」與「已」照應，説明此妾得夫垂愛未幾，就已遭妒婦棒打鴛鴦，被迫離去。「畫闌紅子摴蒱處，依然是、春晝簾垂」三句，寫彩繪欄杆的亭閣裏，是夫妾摴蒱博戲的地方，那裏和往常一樣，依然「春晝簾垂」，雅致安謐，好像什麼變故都没有發生，但實際上已經物是人非了。「恨殺河東獅子，驚回海底鷗兒」二句寫妻妾矛盾，用「河東獅吼」典，交代此「妾」之「去」因，是主婦悍妒，不能相容。「恨殺」寫妻之妒恨已極，「驚回」狀妾之驚嚇被驅，妻挾强勢泰山壓頂，妾處弱勢危若累卵，强弱異勢，對比鮮明，這場衝突的結局已不言而喻。下片寫夫妾别離。换頭「尋芳小步莫嫌遲。此去卻慵移」二句，通過去妾脚步遲緩的動作，表現其依依難舍的心理。「尋芳小步」形容其步態身段的婀娜風韻，上片「桃枝」之喻見其有容，此處「尋芳小步」寫其有態，有容有態，是妾得夫垂愛的資本，也是招妻妒恨的禍根。「斷腸不在分襟後，元來在、襟未分時」三句，寫妾夫别離的斷腸之痛。層深折進的句法，跌宕有力地表現了訣别之時非比尋常的痛苦，見出妾夫之間感情的深厚，妾不願離去卻不得不離去，夫不想驅逼卻不得不驅逼，尚未最後分手，肝腸已然痛斷，一旦送别之後，又當痛何如哉！「斷腸」三句抒情之後，結句「柳岸猶攜素手，蘭房早掩朱扉」，轉回描寫，去妾大約是要乘舟離開的，柳岸乃妾夫最後訣别之地，當夫執妾素手、猶自不舍之際，詞人把鏡頭切回去妾居住的「蘭房」，那裏已無昔日的歡愛，門扉緊掩，冷冷清清。柳岸攜手和蘭房掩門的畫面鏡頭，無言地訴説著妾夫永訣的悲傷，令人讀之心神黯然。

對此詞處理的題材，似不必以缺乏重大的思想意義或庸俗無聊加以貶低。其實，生活的豐富複雜、斑斕多姿，生活的諸般滋味和誘人魅力，很多時候就在這些俗世男女、凡夫庸婦的日常瑣事、悲歡離合中展現出來。作爲世俗社會的普通男女，他們没有也不可能有更重大崇高的人生事業追求，家國天下的大事也輪不到他們去操心費力。在個體生命的過程中，在傳統家庭的範圍内，妾能得夫垂愛留下就是她最大的事，夫能留下愛妾而又不至于夫妻失和就是他最大的事，妻驅走奪愛之妾鞏固自己的地位就是她最大的事，三方的矛盾衝突是不可避免的。相互緊張激烈角力的結果，夫爲家庭利益而對妻妥協，於是地位最低、最没有自我保護能力的妾，就必然地成了犧牲品，從而上演了又一幕封建制度下家庭倫理感情矛盾衝突的悲劇。這個看似孤立實際上經常發生的封建家庭悲劇事件，足以觸動我們對制度倫理與人的關係、對人的性别角色、感情命運的沉重思考。

【集　評】

卓人月《詞統》卷一一：此夫視短轅犢車長柄麈尾者更懦，此婦視擲刀前抱我見猶憐者更酷。

解佩令〔一〕　春

春晴也好。春陰也好。著些兒、春雨越好〔二〕。春雨如絲，繡出花枝紅裊〔三〕。怎禁他、孟婆合皁〔四〕。　梅花風小。杏花風小。海棠風、驀地寒峭〔五〕。歲歲春光，被二十四風吹老〔六〕。楝花風、爾且慢到〔七〕。

【校　注】

〔一〕解佩令：又名解冤結。調見宋晏幾道《小山詞》。《太平御覽》卷八〇三引《列仙傳》云：「鄭交甫將往楚，道至漢皋臺下，見二女佩二珠，大如荆雞卵。交甫與之言曰：『欲予之佩』，二女解與之。既行，反顧二女不見，佩亦失矣。」《詞綜》、《御選歷代詩餘》調下無詞題。

〔二〕著些兒：添些兒，加些兒。《御選歷代詩餘》無「兒」字。越好：《御選歷代詩餘》作「也好」。

〔三〕繡出句：宋辛棄疾《粉蝶兒》：「昨日春，如十三女兒學繡。一枝枝，不教花瘦。」裊：裊娜。

〔四〕怎禁：黄本作「怎奈」。孟婆：宋時俗語，稱風曰孟婆。宋趙彦衛《雲麓漫鈔》卷四：宋徽宗「嘗作小詞名《月上海棠》，末句云：孟婆且與我做些方便。」合皁：吵鬧，煩躁。皁：啅。影鈔本作「早」。

〔五〕梅花風、杏花風、海棠風：均爲二十四番花信風之一。梅花風時當小寒時節；杏花風時當雨水時節；海棠風時當春分時節。梅花風小：《詞律》、《詞綜》、《康熙詞譜》作「梅花風悄」。驀地寒峭：忽然春寒料峭。驀地：忽然。宋晁補之《滿庭芳・憶廬山》：「若問他年歸去，驀地也雙槳來還。」《花草萃編》作「驀的」。

〔六〕二十四風：即二十四番花信風。古人認爲應花期而來的風，簡稱花信風。由小寒到穀雨共八個節氣，一百二十日，每五日爲一候，計二十四候，每候應一種花信。即小寒節三信：梅花、山茶、水仙；大寒節三信：瑞香、蘭花、山礬；立春節三信：迎春、櫻桃、望春；雨水節三信：菜花、杏花、李花；驚蟄節三信：桃花、棠棣、薔薇；春分節三信：海棠、梨花、木蘭；清明節三信：桐花、麥花、柳花；穀雨節三信：牡丹、荼蘼、楝花。見宋程大昌《演繁露》卷一《花信風》、王逵《蠡海集・氣候》。《御選歷代詩餘》作「二十四番風」。

〔七〕楝花風：列二十四番花信風末。穀雨時節，楝花風起，春去夏來。楝，落葉喬木，春夏間開花，色淡紫。

【疏　解】

丁紹儀《聽秋聲館詞話》卷二〇云：「因思南宋末季，士多憫世遺俗，託興遥深，如蔣竹山《解佩令》……《祝英臺近》……與德祐太學生《百字令》詞『真箇恨煞東風』，同一意旨。」這首詞題「春」，是詠春、惜春之作。舊有「二十四番花信風」之説，一番春風吹，一番春花開，二十四節氣中，從小寒到穀雨的八個節氣一百二十天裏，每隔五天一番花開，每節有三番花開，從「梅花」初綻到「楝花」收尾，共有二十四番花信風吹二十四番花開。詞的結句「楝花風，爾且慢到」，便是惜春留春之意。因爲「楝花風」是二十四番花信風的末尾，楝花風一吹，春天也就落花流水一去不返了。所以詞人祈求楝花風慢些來到，以便使春天再延長一些時日。陶爾夫、劉敬圻《南宋詞史》認爲：「這首詞就是在呼唤元軍進攻慢些，讓南宋的滅亡再延遲一些。」則把丁紹儀指出的此詞「託興遥深」的特點落到實處。丁紹儀提到的與此詞「同一意旨」的德祐太學生《百字令》如下：「半堤花雨。對芳辰消遣，無奈情緒。春色尚堪描畫在，萬紫千紅塵土。鵑促歸期，鶯收佞舌，燕作留人語。繞欄紅藥，韶華留此孤主。真個恨殺東風，幾番過了，不似今番苦。樂事賞心磨滅盡，忽見飛書傳羽。湖水湖煙，峰南峰北，總是堪傷處。新塘楊柳，小腰猶自歌舞。」表現南宋即將滅亡時的焦慮心情。「真個恨殺東風，幾番過了，不似今番苦」幾句，可與蔣捷詞句「歲歲春光，被二十四風吹老」參看。「東風」、「二十四風」均是作爲摧殘、斷送大好春光的反面力量出現在詞中，成爲滅亡南宋的元蒙野蠻軍事進攻的託喻。宋恭帝德祐元年（一二七五），距元軍攻破南宋都城臨安已不足一年，此時江淮一帶皆被元軍佔領，臨安危在旦夕。若把蔣捷此詞與德祐太學生《百字令》等同視之，則可知詞人在南宋滅亡前已覺察到覆亡在即的危機，詞中流露出對祖國命運的深切憂慮之情。這也就是丁紹儀所説的「南宋末季，士多憫世遺俗，託興遥深」。據此，可以把此詞定爲蔣捷前期作品。

【集評】

楊慎《詞品》卷五：俗謂風曰孟婆，蔣捷詞云：「春雨如絲，繡出花枝紅裊。怎禁他、孟婆合早。」宋徽宗詞云：「孟婆好做些方便。吹個船兒倒轉。」江南七月間有大風，甚於舶趠，野人相傳以爲孟婆發怒。按北齊李騊駼聘陳，問陸士秀，江南有孟婆，是何神也？士秀曰：「《山海經》，帝之二女游于江中，出入必以風雨自隨，以帝女故曰孟婆，猶《郊祀志》以地神爲泰媼。」此言雖鄙俚，亦自有來矣。

卓人月《詞統》卷一〇：放逸邁俗，雨與風功過始分。江南七月間有大風，野人相傳爲孟婆發怒。按《山海經》，帝之二女游于江中，出入必以風雨自隨，以帝女故曰孟婆，猶《郊祀志》以地神爲泰媪。

世經堂康熙十七年殘本《詞綜》批語：六十五字體。清空一氣，如話。

丁紹儀《聽秋聲館詞話》卷二〇：因思南宋末季，士多憫世遺俗，託興遥深，如蔣竹山《解佩令》云：「春晴也好。春陰也好。著些兒、春雨越好。春雨如絲，剛繡出花枝紅裊。怎禁他、孟婆合皁。梅花風小。杏花風悄。海棠風、驀地寒峭。歲歲春光，被二十四風吹老。楝花風、爾且慢到。」《祝英臺近》云：「柳邊樓，花下館。低捲繡簾半。簾外游絲，擾擾似情亂。知他蛾緑纖眉，鵝黄小袖，在何處、閒游閒玩。最堪歎。箏面一寸塵深，玉柱網斜雁。譜字紅蔫，翦燭記同看。幾回傳語東風，將愁吹去，怎奈向、東風不管。」與德祐太學生《百字令》詞「真箇恨煞東風」，同一意旨。

一翦梅〔一〕 宿龍游朱氏樓〔二〕

小巧樓臺眼界寬〔三〕。朝捲簾看。暮捲簾看。故鄉一望一心酸。雲又迷漫。水又迷漫。天不教人客夢安。昨夜春寒。今夜春寒。梨花月底兩眉攢〔四〕。敲徧闌干。拍徧闌干〔五〕。

【校　注】

〔一〕一翦梅：又名一枝花、玉簟秋、醉中、臘前梅、臘梅香、臘梅春。調見宋周邦彦《片玉詞》，詞有「一翦梅花萬樣嬌」句，故名。

〔二〕龍游：縣名。春秋時越姑蔑地。秦漢時爲大末縣。隋併入金華縣。唐貞觀中分信安、金華二縣地置龍丘縣，吴越改名龍游縣。明、清屬浙江衢州府。公元一九六〇年撤銷，並入衢縣、金華縣。《御選歷代詩餘》無詞題。

〔三〕眼界：謂視力所能及的範圍。唐王維《青龍寺曇壁上人兄院集》：「眼界今無染，心空安可迷。」

〔四〕梨花月：春分時節的月夜，梨花當春分前後開放。宋晏殊《寓意》：「梨花院落溶溶月，柳絮池塘淡淡風。」攢：聚集。眉攢即攢眉，蹙眉，皺眉，憂慮不快的神態。東漢蔡琰《胡笳十八拍》之五：「攢眉向月兮撫雅琴，五拍泠泠兮意彌深。」

〔五〕敲：《御選歷代詩餘》作「倚」。拍徧闌干：南宋辛棄疾《水龍吟》：「把吴鈎看了，闌干拍遍，無人會，登臨意。」

【疏　解】

詞寫客中鄉思。應作於南宋亡後，詞人漂泊流浪於浙江金華一帶時。上片寫朝暮捲簾望鄉。起句中的「小巧樓臺」，即指詞題裏的「龍游朱氏樓」，是詞人客中借宿的地方。故國破亡，異鄉漂泊，詞人的心情是壓抑沈重的。所幸借宿之地樓臺雖小，而眼界開闊，視野很好，宜於憑眺，或可聊解憂思。詞人果然不曾辜負這一客觀便利條件，「朝捲簾看。暮捲簾看」，朝暮不停地捲起樓臺的簾子，眺望遠方的家鄉。朝暮捲簾的動作中，透出的是詞人一腔濃摯的懷鄉思親之情。雖説「遠望可以當歸」，樓臺也提供了遠眺的方便，詞人本想借助眺望緩解一下心中的鄉愁，但「故鄉一望一心酸」，不承想每一番捲簾望鄉，反都更深地觸起了詞人有家難歸的「心酸」之感。「雲又迷漫。水又迷漫」兩句，是詞人望中所見，煙水雲霧彌漫一片，阻斷了詞人望鄉的視綫。這兩句所寫，正是江南水鄉澤國朝暮物候的特點。這朝暮之時彌漫一片的茫茫雲水，客觀上抵消了小巧樓臺上的寬闊眼界，使詞人無法望見鄉關，從而加重了思鄉的酸楚；在主觀上，詞人「以我觀物，故物皆著我之色彩」，眼前一望無際的煙水雲霧，不正是詞人心中無盡的思鄉愁緒的外化表現嗎？下片寫夜寒客夢難安。有家歸不得，鄉關望不見，鄉愁無以緩解，詞人轉而託之於夢，希望夜裏能夠做一個還鄉的夢。但天不作美，「昨夜春寒。今夜春寒」，料峭的春夜寒氣，教人客夢難安，夜不成眠。這裏歸怨於天，見出詞人已是遣愁無計，莫可奈何。在此需要指出的是，天氣寒冷固然是詞人夜夜失眠的原因，更重要的，恐怕還是鄉思的折磨和客中的不適，讓他無法成眠入夢。於是輾轉反側的詞人披衣起來，踟躕在梨花掩映的樓頭，攢眉望月，聊寄鄉情。溶溶的月色，使他的鄉情更爲濃烈，心緒更加繚亂。至此，客中思鄉無依無訴的詞人，只好借「敲徧闌干。拍徧闌干」的動作，宣洩鄉愁。從上片的「朝捲簾看。暮捲簾看」，到結句的夜半「敲徧闌干。拍徧闌干」，全詞緊扣詞題中的「宿」字和「樓」字表現鄉愁。從「捲簾」到「憑闌」，從「看」到「敲」、「拍」，動作幅度的加大，動作頻率的加劇，傳達出的是詞人愈排遣愈强烈的思鄉心理情緒。陳廷焯《別調集》卷二，從《一翦梅》結句復沓的形式角度著眼，强調

「『敲』與『拍』無甚分別」的「工妙」，自有見地。但細繹則可發現，「敲」與「拍」兩個動詞，在程度上還是存在由輕到重的差别的，復沓的句式，近義詞的重復使用，皆服務於表現愈趨急切的心理情感發展的需要。

如上分析，這是一首抒寫鄉愁之詞。鄉愁主題詩詞在持久、大量的寫作過程中，形成了幾種歷時性的沿續使用的藝術表現模式。如登高思鄉、望月思鄉、佳節思鄉、遠望當歸、夢憶還鄉、秋風日暮起鄉愁等。每一種表現模式的形成，都由古代詩論所説的「詩胎」、「詩祖」奠基，作爲初始創作的「詩胎」、「詩祖」性質的作品，均能恰切地表現相似情境中的人們共有的行爲、心理，所以爲後世處於相似境況中的作者每每加以仿效，在後世作者一次次仿寫的過程中，一種表現模式漸次凝定。古代詩論所説的「詩胎」、「詩祖」，近似西方文論中的「母題」、「原型」，同一詩胎詩祖即母題原型孳蘖衍生出的作品，具有基本相同的主題和手法。比如歷代鄉愁主題詩詞，在藝術表現上基本不外乎上述的幾種模式，不過有的作品可以納入單一模式，有的則是多種模式的交叉和復合。蔣捷這首《一翦梅》，雖是小令短製，但卻綜合運用了鄉愁主題詩詞的登高思鄉、遠望當歸、夢憶還鄉、望月思鄉等多種表現模式，其情感内涵和藝術技巧還是相當繁復和講究的。

【集　評】

陳廷焯《别調集》卷二：竹山《一翦梅》，「敲」與「拍」無甚分别，然妙正在無甚分别，乃見愁人情況。必如此乃可以不分别爲工，否則差以毫釐，謬以千里。

又　舟過吴江〔一〕

一片春愁待酒澆〔二〕。江上舟摇。樓上帘招〔三〕。秋娘度與泰娘嬌〔四〕。風又飄飄，雨又蕭蕭。　何日歸家洗客袍〔五〕。銀字笙調〔六〕。心字香燒〔七〕。流光容易把人拋〔八〕。紅了櫻桃，緑了芭蕉。

【校　注】

〔一〕吴江：原江蘇縣名，在蘇州南，太湖東。五代吴越王錢鏐置。即今江蘇吴江市。

〔二〕待：《詞律》作「帶」。

〔三〕樓上帘招：酒樓上的旗子在招引著。帘招本指酒家的招子，即酒旗，此處「招」字用如動詞，含有招展和招呼的意思。

〔四〕秋娘度與泰娘嬌：據蔣捷《行香子》「過窈娘堤，秋娘渡，泰娘橋」幾句，當作「秋娘渡與泰娘橋」，都是吴江地名。胡適《詞選》此句注云：「渡，黄蕘圃藏鈔本作度，注『度一作容』。橋，各本皆作嬌。適按，此皆後人所改。本集有『舟宿蘭灣』的《行香子》詞，引此詞的句子甚多。末句云：『過窈娘堤、秋娘渡、泰娘橋。』渡與橋皆是吴江地名。妄人先改下半闋首句爲『何日雲帆卸浦橋。』故改上文橋字爲嬌字，又改『渡與』爲『容與』，今改正。」《御選歷代詩餘》作「秋娘渡與泰娘橋」。秋娘：即杜秋娘，爲唐德宗時鎮海軍節度使李錡侍妾。唐杜牧作有《杜秋娘詩並序》記其事。詩中有句云：「卻喚吴江渡，舟人哪得知。」據此，秋娘渡當是因秋娘喚渡而得名。泰娘：人名，唐劉禹錫作有《泰娘詩並引》記其事。詩前四句云：「泰娘家本閶門西，門前緑水環金堤。有時妝成好天氣，走上臯橋折花戲。」可知泰娘橋當指其家門前之臯橋。宋蘇軾《蘇州閭丘江君二家雨中飲酒》其二：「喚船渡口迎秋女，駐馬橋邊問泰娘。」度與：《詞律》、影鈔本作「容與」。

〔五〕何日歸家洗客袍：《詞律》作「何日雲帆卸浦橋」。影鈔本詞末注云：一本作何日雲帆卸浦橋。底本於句下小字注云：一本作「何日雲帆卸浦橋」。客袍：外出穿的衣服。宋黄裳《永遇樂》：「朝靄藏暉，客袍驚暖，天巧無意。」

〔六〕銀字笙：樂器名。清沈雄《古今詞話·詞品》：「銀字，製笙以銀作字，飾其音節。」笙：《詞律》作「箏」。調：調弄樂器。宋周邦彦《少年游》：「錦幄初温，獸香不斷，相對坐調笙。」

〔七〕心字香：楊慎《詞品》卷二：「所謂『心字香』者，以香末縈篆成心字也。」褚人獲《堅瓠集》云：「蔣捷《一翦梅》詞云『銀字笙調，心字香燒』，按心字香，外國以花釀香，作心字焚之。」

〔八〕流光：時光如水流逝，故稱光陰爲流光。唐李白《古風》之一一：「逝川與流光，飄忽不相待。」

【疏　解】

此詞作於南宋滅亡之後，詞人在吴江、太湖一帶漂泊時。詞寫倦游思歸之情。身遭亂離的詞人，不知何日纔能結束流亡的生涯，重過安居的日子。清麗的詞句、瀏亮的音韻中流露出濃重的哀愁。詞人的「一片春愁」，是國破家亡者的漂泊之愁，於江邊酒家醉飲，應略有緩解。然後繼續小舟上的顛簸，駛過蘇州吴江一帶的「秋娘渡與泰娘橋」，這時又遭冷風吹面，寒雨灑衣。前結「風又飄飄，雨又蕭蕭」的複疊句式音節之間，滿溢著詞人的旅途苦況，流離酸辛。所以詞人更加懷念往昔安定舒適的家居生活，焦灼渴望「歸家洗客袍」，好與「軟語燈邊，笑渦紅透」的家人，重續焚香調笙的美滿温馨。但「何日」兩字，正透出歸期的遥遥無定。結句「流光容易把人抛，紅了櫻桃，緑了芭蕉」，是「久膾炙人口」（李佳《左庵詞話》）的名句，所抒發的時光易逝、人生易老的感喟，在古典詩詞中本是司空見慣的熟套，難能可貴的是，詞人用常得奇，匠心獨運，以麗景寫愁情，别是一副手腕。時光的流逝，本是看不見的抽象，詞人在這裏化抽象爲具象，抓住春末夏初櫻桃由青漸紅、蕉葉回黄轉緑的顔色變换，把春光的流逝轉化爲鮮明的視覺形象，加以生動的表現。王夫之《薑齋詩話》云：「以樂景寫哀，以哀景寫樂，一倍增其哀樂。」後結「紅了櫻桃，緑了芭蕉」兩句，用穠豔的色彩點染明麗的景物，以之反襯春愁鄉思，正是以樂景寫哀倍增其哀的手法。吟誦這清新自然、明白流暢的詞句，使人在心靈深處感受到一種莫可名狀的情緒摇曳，所謂「有許多悠悠忽忽意」（潘游龍《古今詩餘醉》），形容的就是這種微妙的閱讀心理體驗。詞句唤醒的是對青春、生命和美好事物的分外珍惜之情。

此詞語句節奏明快，情感内涵苦澀，藝術表現上具有「似流實留」的特點。「流」是流麗滑順，「留」是頓挫滯澀。品讀此詞，應透過語言文字的表層，把握其内在的情感實質。

【集 評】

卓人月《詞統》卷一〇：兩「了」字摹盡悠悠忽忽之況。

潘游龍《古今詩餘醉》卷一一：末句用兩「了」字，有許多悠悠忽忽意。

沈雄《古今詞話・詞品》下卷：銀字，製笙以銀作字，飾其音節。「銀字笙調」，蔣捷句也。「銀字吹笙」，毛滂句也。

李調元《雨村詞話》卷一：和凝《山花子》云：「銀字笙寒調正長。」按《唐書・禮樂志》，備四本屬清樂，形類雅音，有銀字之名，中管之格，音皆前代應律之器也。《宋史・樂志》，太平興國中，選東西班習樂者，樂器獨用銀字觱栗，小笛，小笙。白樂天詩「高調管色吹銀字」，徐鉉「檀的慢調銀字管」，吴融詩「管纖銀字密，梭密錦書匀」，故詞中多用之。蔣竹山詞「銀字笙調」、「雁字箏調」，所由來也。

李佳《左庵詞話》卷上：蔣竹山《一翦梅》詞，有云：「銀字笙調，心字香燒。流光容易把人拋，紅了櫻桃，緑了芭蕉。」久膾炙人口。

糖多令〔一〕　壽東軒

秋碧瀉晴灣。樓臺雲影閒。記仙家、元在蓬山〔二〕。飛到雁峰塵更少，三萬頃、玉無邊〔三〕。金琖倒垂蓮〔四〕。歌摇香霧鬟〔五〕。任芙蓉、月轉朱闌〔六〕。天氣已涼猶未冷，重九後，小春前〔七〕。

【校注】

〔一〕糖多令：又名唐多令、南樓令、箜篌曲。調見南宋劉過《龍洲詞》。《填詞名解》卷二云：「唐多令，仙宫曲也。」糖：吴本作「唐」。

〔二〕蓬山：蓬萊山，古代方士傳説爲仙人所居。《山海經·海内北經》：「蓬萊山在海中。」

〔三〕雁峰：回雁峰，在湖南衡陽市南，爲衡山七十二峰之一。相傳秋雁南飛至此而止，遇春而回。此指太湖馬迹山雁峰，爲東軒所居之處。三萬頃、玉無邊：形容太湖湖面遼闊，水碧如玉。宋張孝祥《念奴嬌·過洞庭》：「洞庭青草，近中秋、更無一點風色。玉鑒瓊田三萬頃，著我扁舟一葉。」

〔四〕金琖倒垂蓮：指開懷暢飲，傾倒金荷酒杯。古有酒杯名金荷，宋楊萬里《仲秋前兩日别劉彦純彭仲莊於白馬山下》：「長亭更放金荷淺，後夜誰同璧月圓。」或謂此句指一種舞蹈，金盞倒垂，形容舞女蓮步。《南史》卷五《齊廢帝東昏侯紀》：「又鑿金爲蓮華以帖地，令潘妃行其上，曰：『此步步生蓮華也。』」琖：《御選歷代詩餘》作「醆」。

〔五〕香霧鬟：唐杜甫《月夜》：「香霧雲鬟溼，清輝玉臂寒。」

〔六〕芙蓉：毛本、續本作「芙容」。

〔七〕天氣已涼猶未冷：唐韓偓《已涼》：「八尺龍須方錦褥，已涼天氣未寒時。」重九：農曆九月九日，亦稱重陽。晉陶潛《九日閒居》詩《序》：「余閒居愛重九之名，秋菊盈園，而持醪靡由。」小春：農曆十月，亦稱小陽春。謂十月不寒，有如初春。宋歐陽修《漁家傲》：「十月小春梅蕊綻，紅爐畫閣新裝遍。」

【疏　解】

《竹山詞》中有四首爲東軒祝壽之詞，此首列第二。起句寫景，晴朗的秋日，一碧如洗的天光，水一般瀉入太湖澄澈的湖灣裏，「秋碧瀉晴灣」五字，寫出了天氣的晴朗，湖水的澄澈，碧藍的天色映入清澈的水色，秋水共長天一色的壯闊爽朗秋景。據《摸魚子・壽東軒》詞句「遥汀近浦」、《玉漏遲・壽東軒》詞句「隔水神仙洞府」、《瑞鶴仙・壽東軒立冬前一日》詞句「渺洲雲翠痕」，可知東軒家在湖邊，與詞人家隔水相望。所以這首《糖多令》壽詞，也以即目所見的秋日水景領起全詞。「樓臺雲影間。記仙家、元在蓬山」二句，接寫東軒築於水濱山間的樓臺亭榭，隱現於雲影之中，彷彿神人居住的蓬萊仙境。《玉漏遲》有「柳側雙樓」，《瑞鶴仙》有「鏡月危樓」，可知「樓」乃東軒家的標志性建築。湖濱風景優美，又是祝壽之詞，所以用「仙家」、「蓬山」來形容東軒家的環境居處。既比居所爲「仙家」，那麼主人自然是神仙中人了。在其他幾首爲東軒祝壽的詞中，也有「長壽仙府」、「伴我仙翁」、「神仙洞府」等類似的祝願長生不老的頌美之辭。「飛到雁峰塵更少」句，寫東軒家居的太湖之濱馬迹山雁峰，那裏更加高爽，更少世俗紅塵。「三萬頃、玉無邊」兩句寫登臨所見太湖水景，回應起句「秋碧瀉晴灣」，形容太湖三萬頃秋水，如一方遼闊無邊的碧玉，在眼前鋪展開來。上片著重描寫秋景和東軒的居處環境，含祝壽之意。下片轉寫祝壽場面。「金琖倒垂蓮」描寫祝壽宴席，形容賓主傾倒金荷酒杯，開懷暢飲的情景。「歌摇香霧鬟」描寫壽筵上歌兒舞女獻技呈藝，歌聲嬌顫，舞影迴旋，雲鬟擾擾，香霧霏霏，十分動人。「任芙蓉、月轉朱闌」句，通過照著芙蓉花的月亮轉過朱欄的描寫，表現時間的推移，見出賓主興致高漲，歌舞夜深未闌。芙蓉秋花，東軒生日前後正當令開放，所以在幾首壽東軒的詞裏，都寫到了芙蓉，如《摸魚子》中的「笑萬朵香紅，賸染秋光素」，《玉漏遲》中的「醉傍芙蓉自語，願來此，年年簪帽」，以之烘托生日氣氛。結句「天氣已涼猶未冷，重九後，小春前」，承上壽筵歌舞夜深未闌的描寫，從時令天氣的角度，强調其時酷暑早盡，寒冬未至，正是對酒當歌及時行樂的最佳時光這一層意思。「重九後，小春前」六字，也在篇終點出了東軒的生日，據《瑞鶴仙》詞題，知東軒生日在「立冬前一日」，正與此處所寫吻合。

柳梢青〔一〕　有談舊娼潘氏

小飲微吟，殘燈斷雨，靜户幽窗〔二〕。幾度花開，幾番花謝，又到昏黃〔三〕。　潘娘不是潘郎〔四〕。料應也、霜黏鬢旁。鸚鵡闌空，鴛鴦壺破，煙渺雲茫〔五〕。

【校　注】

〔一〕柳梢青：又名玉水明沙、早春怨、雨洗元宵、雲淡秋空、隴頭月。此調有平韻、仄韻、平仄韻互叶三體，分別見宋仲殊詞、宋蔡伸《友古詞》、南宋張孝祥《于湖詞》。《于湖詞》注中吕宫。

〔二〕小飲句：小飲：小酌，與「暢飲」相對。微吟：低吟。三國魏曹丕《燕歌行》其一：「援琴鳴弦發清商，短歌微吟不能長。」

〔三〕昏黃：光綫朦朧暗淡。唐韓偓《曲江晚思》：「水冷鷺鷥立，煙月愁昏黃。」

〔四〕潘娘三句：用潘岳典故。潘娘，即舊娼潘氏。三句意爲潘娘雖然不是潘郎，但花開花謝，歲月流逝，想來也應鬢生白髮了。潘郎，指西晉詩人潘岳，岳美姿容，有擲果盈車的故事，是古代著名的美男子。潘岳《秋興賦序》云：「余春秋三十有二，始見二毛。」賦中云：「斑鬢髟以承弁兮，素髮颯以垂領。」後因以潘鬢爲中年鬢髮初白的代詞。旁：《御選歷代詩餘》、影钞本作

「傍」。

〔五〕鴛鴦壺：飾有鴛鴦圖案的壺。

【疏　解】

如題所示，因人談及舊娼潘氏，而賦此詞。起三句寫燈殘雨歇的深夜，潘氏在「靜户幽窗」内小酌低吟，消磨時光。殘燈明滅，夜雨敲窗，亦足添人愁思。夜深不寐，酌酒吟詩，當爲自寬遣愁。「小」與「微」，見出情緒之低抑。「靜户幽窗」的居住環境，説明潘氏尚不十分潦倒，但「靜」與「幽」，已是門庭冷落，非復「五陵年少爭纏頭」之光景。「幾度」三句，寫花開花謝，時光流逝，暗示其人「暮去朝來顔色故」。「最難消遣是昏黄」，黄昏這個時段容易觸人愁緒，與起句裏的雨夜，共同渲染出淒迷憂傷的氛圍。黄昏明説一天裏的一個時段，實指其人的老大遲暮。下片「潘娘」三句，用西晉潘岳典故，意爲潘娘雖然不是潘郎，但春往秋來，歲月不居，想來也應鬢生白髮了。潘氏是一個被社會損害的女子，年長色衰，人老珠黄，是其淪落的原因。「鸚鵡闌空，鴛鴦壺破」兩句，用禽鳥飛走、器用破碎，比喻潘氏生涯寂寞、歡情難續。結句用「煙渺雲茫」形容潘氏往昔種種，終歸虚幻，言外有無限空落惆悵之意。

此詞處理的題材較特别，這類題材在一些人的筆下，容易流於無聊和輕薄。所幸詞人的態度傾向於同情體貼，使此詞不致墮入惡趣。從構句的角度看，像「潘娘不是潘郎。料應也、霜黏鬢旁」，顯示出蔣捷式的語言機智。

【集評】

清葉申薌《天籟軒詞譜》卷七「本事詞」：客有談舊娼潘姬者，因賦《柳梢青》云。

阮郎歸〔一〕　客中思馬迹山〔二〕

雪飛燈背雁聲低。寒生紅被池〔三〕。小屏風畔立多時。閒看番馬兒〔四〕。　新揾淚，舊題詩〔五〕。一般羅帶垂。瓊簫夜夜挾愁吹〔六〕。梅花知不知〔七〕。

【校注】

〔一〕阮郎歸：又名好溪山、宴桃源、宴桃園、道成歸、碧桃春、碧雲春、醉桃源、濯纓曲、鶴沖天、攤破訴衷情。調見《南唐二主詞》五代李煜詞。

〔二〕馬迹山：有多處，此應指江蘇武進東南七十里太湖中之馬迹山，距詞人家鄉陽羨甚近。《輿地紀勝》：「在州東太湖中。岩壁間有馬迹隱然。世傳秦皇巡幸馬所踐。」山西麓石壁峭立，多石窟，圓如馬蹄印迹，故名。迹，亦作跡。

〔三〕被池：被的緣飾。俗稱被頭。

〔四〕番馬兒：指屏風所畫騎番馬之少年。番馬，産於西部少數民族地區的馬。

〔五〕搵：揩拭。南宋辛棄疾《水龍吟·登建康賞心亭》：「倩何人，唤取紅巾翠袖，搵英雄淚。」

〔六〕一般：一樣。唐王建《宫詞》之三十五：「雲駮花驄各試行，一般毛色一般纓。」

〔七〕瓊簫：玉簫。唐王翰《飛燕篇》：「朝弄瓊簫下彩雲，夜踏金梯上明月。」簫：毛本、影鈔本、續本作「蕭」，誤。梅花：連上句，既指梅花，又雙關樂府横吹曲《梅花落》笛曲。

【疏　解】

詞寫客思鄉愁。詞題中的馬迹山，指江蘇武進東南七十里太湖中之馬迹山，距詞人家鄉陽羨甚近。此山西麓石壁峭立，多石窟，圓如馬蹄印迹，傳爲秦始皇巡幸乘馬所践，是詞人家鄉附近的一處名勝，此處用作詞人家鄉的代指。上片寫冬夜不眠。起句「雪飛燈背雁聲低」，交代季節、天氣和時間，這是客中的一個冬雪之夜，透過燈光映出室外的暈影，可以看到空中紛飛的雪花。風雪中傳來低低的雁聲，大概是天氣惡劣飛行困難，遷徙的大雁盤旋低飛，要找一處可以遮蔽風雪的葦叢棲宿吧。風雪冬夜，客居異鄉的詞人本想擁被禦寒，卻感覺「寒生紅被池」，連被邊都生出襲人的寒氣，凍得他無法入睡。於是詞人索性起來，久久地站在臥室的屏風旁邊，看著屏風畫上的番馬少年出起神來。「立多時」和「閒看」，寫出了異鄉風雪寒夜裏，無法入眠的詞人時光難挨的寂寞無聊之感。「番馬兒」三字，暗扣題面裏的「馬迹山」，同時也是對宋元易代的社會現實的暗示。那時元蒙鐵騎已踏平南宋，「番馬兒」隨處皆是，詞人漂泊異鄉，就是爲了躲避戰亂，他原本平靜温暖的家居生活，就是被入侵的「番馬兒」破壞了的。客中雪夜，被酷寒折磨得不能成眠的詞人，看著屏風上畫的「番馬兒」，自是別有一番感慨在心頭。換頭「新搵淚，舊題詩。一般羅帶垂」三句，是詞人的心理活動。思鄉之情的核心是思親懷人，「羅帶題詩」和「搵淚」，是詞人回憶、想像中的細節，顯示詞人所懷念的人，是家鄉的某位女子，詞人曾經在她的羅帶上題寫詩句。詞人想，此刻的她也應該是爲離情所苦，在寒夜裏思念自己而默默流淚吧。一樣衣袂飄垂的羅帶，當初是他們詩意的歡愛生活的見證，今夜充當了她搵拭相思淚水的巾帕。宋詞中時見描寫「羅帶題詩」的作品，如晁補之《行香子》下片所寫：「花前燭下，微顰淺笑。要題詩，盞畔低聲。……也不辭寫，雙羅帶，恐牽情。」可以和蔣捷此詞參看。這個異鄉的冬天，寒冷驅使詞人像渴望擁爐向火一樣，渴望重過温暖安定的家居生活，詞人就是被「羅帶題詩」的美好回憶牽動著情懷，而「夜夜」不眠的。結句「瓊簫夜夜挾愁吹。梅花知不知」，由今夜而「夜夜」，表現了詞人客思鄉愁的深長難解。詞人夜夜吹簫遣愁，家鄉的梅花知也未知？疑問語氣含蓄地透出詞人情感心理的急切焦灼。「梅花」是《竹山詞》中和「竹」、「菊」一樣使用頻率很高的意象，此詞末句的「梅花」，既回應起句的「雪」，又雙關笛曲《梅花落》，亦是鄉情和所懷之人的代指，同時，也隱約象徵著風雪冬夜不辭漂泊苦寒的詞人堅貞不屈的氣節。

金蕉葉〔一〕　秋夜不寐

雲褰翠幕〔二〕。滿天星碎珠迸索〔三〕。孤蟾闌外，照我看看過轉角〔四〕。　酒醒寒砧正作〔五〕。待眠來、夢魂怕惡〔六〕。枕屏那更，畫了平沙斷雁落〔七〕。

【校　注】

〔一〕金蕉葉：又名定風波令。調見宋柳永《樂章集》，詞有「金蕉葉泛金波齊」句，故名。《樂章集》注大石調。《词律》、《康熙词谱》此调断句为：「雲褰翠幕。滿天星、碎珠迸索。孤蟾闌外照我，看看過轉角。　酒醒寒砧正作。待眠來、夢魂怕惡。枕屏那更畫了，平沙斷雁落。」黄本依此斷句。

〔二〕褰：撩起。《詩經·邶風·褰裳》：「子惠思我，褰裳涉溱。」

〔三〕滿天句：形容滿天星斗散落如斷綫之珠。迸，迸落。索，繩索，指串珠之綫繩。

〔四〕孤蟾：孤月。古代神話傳説月中有蟾蜍，故稱月爲蟾。宋司馬光《佇月亭》：「孤蟾久未上，五馬不成歸。」看看：眼看著，漸漸。有即將之意。唐劉禹錫《和楊侍郎憑見寄》詩之二：「看看瓜時欲到，故侯也好歸來。」轉角：指闌干的拐角。

〔五〕寒砧：寒秋時的砧聲。砧，搗衣石。古典詩詞中常以之描寫秋景的冷落、蕭索。唐沈佺期《古意》：「九月寒砧催木葉，十年征戍憶遼陽。」作：響起。

〔六〕夢魂：古人認爲，人的靈魂在睡夢中可以離開肉體，故稱「夢魂」。唐李白《長相思》：「天長路遠魂飛苦，夢魂不到關山難。」惡：惱。意謂怕被砧聲擾夢，令人煩惱。

〔七〕枕屏：枕前屏風。那更：況兼，更兼。宋蘇軾《虞美人》：「冰肌自是生來瘦，那更分飛後。日長簾幕望黄昏，及至黄昏時節轉銷魂。」平沙斷雁落：古有《平沙落雁》琴曲，見於《古琴正宗》。又有取材於瀟湘八景之一的《平沙落雁圖》。此指後者。斷雁，即斷鴻，失群之孤雁。唐李嶠《送光禄劉主簿之洛》：「背櫪嘶班馬，分洲叫斷鴻。」

【疏　解】

如題所示，詞寫「秋夜不寐」。進入老境的詞人，夜晚常常失眠，《竹山詞》中對此多有寫及，如《尾犯・寒夜》、《阮郎歸・客中思馬迹山》、《一翦梅・宿龍游朱氏樓》等。這一方面是年齡的原因，更爲重要的，恐怕還是遺民詞人那揮不去、解不開的漂泊之愁、故國之思，時時撩亂心緒所致。這首《金蕉葉》所寫，就是詞人熬過的無數不眠之夜中的又一夜。此詞一起奇警，「雲褰翠幕，滿天星碎珠迸索」二句，描寫雲散天開，夜空晴朗。而比擬新奇，境界不凡。天上的晚雲撩起了翠色的幕布，一串巨大無比的珠鏈嘩然斷綫，無數的珍珠迸散開來，化作滿天閃烁的星子。詞人筆下的夜空，彷彿一面浩瀚的舞臺，展現出一幕人世罕見的壯美神奇的景觀。在寫過秋夜的晚雲、星空之後，「孤蟾闌外，照我看看過轉角」二句，寫秋夜的月亮。不眠的詞人深夜憑欄，欄干外一輪孤月，照著欄干旁一個孤零零的身影。上句寫星形容的是繽紛衆多，此句寫月突出的是「孤」，孤零、孤寂，一種索寞淒清之感，這也正是深夜憑欄的詞人的內心感受。「看看」，漸漸之意，月亮從升起高懸到漸漸西斜，轉過欄干的拐角，需要一個很長的時間過程，暗示出詞人獨自憑欄時間之久，可見他心中有多少難遣的愁緒！上片寫憑欄所見秋夜之景，下片補寫酒醒不眠。換頭「酒醒寒砧正作」，説明詞人傍晚時分心緒不佳，曾經醉酒，酒醒之後，聽到夜色裏傳響的搗衣聲，不絶於耳。詞人本來打算睡覺，可是又怕砧聲驚擾夢魂，所以放棄了睡覺的打算，獨自憑欄仰天，看雲開夜幕，星斗滿空，孤月一輪，伴我有情。結句「枕屏那更，畫了平沙斷雁落」，承接上句砧聲擾夢的擔憂，寫更深一層的憂慮，詞人擔心擾夢的不只是砧聲，他感覺枕畔屏風上那幅「平沙落雁圖」中的失群之雁，不也在發出尋伴的嘹嚦叫聲嗎？這樣寫符合詞人酒醉初醒的恍惚狀態，這種頗有幾分神經質的心理活動，有力地表現了詞人常常爲失眠所苦，害怕又被驚擾的煩惱心情。

【集評】

卓人月《詞統》卷五：瀟湘八景，其一平沙落雁。

憶秦娥〔一〕　闔閭〔二〕

山無限。登山試望吳宮殿〔三〕。吳宮殿。是藏深塢，是臨清淺〔四〕。下闋

【校注】

〔一〕憶秦娥：又名子夜歌、玉交枝、曲江花、花深深、秦樓月、庾樓月、華溪仄、楚臺風、碧雲深、蓬萊閣、憶秦郎、雙荷葉、中秋月、灞橋雪。《康熙詞譜》卷五云：「按此詞昉自李白，自唐迄元，體各不一，要其源皆從李詞出也。因詞有『秦娥夢斷秦樓月』句，故名。」此調有仄韻、平韻、平仄韻互叶三體，仄韻體見唐李白詞，平韻體見宋賀鑄《東山詞》，平仄互叶體見宋毛滂《東堂詞》。彊村本、底本、黄本收此首上片，並注明「下闕」。吳本收此首上片，不注「下闕」二字。毛本、續本無此首。

〔二〕闔閭：？——前四九六年，即春秋吳公子光。光使專諸刺殺吳王僚而自立，是爲吳王闔閭。用楚亡臣伍子胥，屢敗楚兵，九年吳兵入楚都郢。十五年與越王勾踐戰，兵敗傷指而死。見《史記·吳太伯世家》。

〔三〕試：吳本作「誠」，誤。吳宮殿：吳國宮殿遺迹。相傳吳王闔閭曾建吳城，城週四十七里，有陸

門八，水門八。也稱闔閭城。在今江蘇吴縣。見《吴越春秋·闔閭内傳》。

〔四〕塢：山坳，四面高中間低的谷地。影鈔本作「塢」。唐羊士諤《山閣聞笛》：「臨風玉管吹參差，山塢春深日又遲。」清淺：清淺之水。漢無名氏《古詩十九首》：「河漢清且淺，相去復幾許。」

【疏解】

此詞題詠春秋時吴王闔閭，是一首登臨懷古之作。下片已佚，僅存上片。起句「山無限」，概寫吴宫地理形勢，爲下句登臨憑眺鋪墊。群山逶迤綿亘，也能喚起一種蒼茫之感，與詞的懷古情調相吻合，言外含有昔日霸業已成遺迹，唯有青山不改之意。接以「登山試望吴宫殿」，正面寫登臨憑眺吴王闔閭宫殿。據《吴越春秋》記載，吴王闔閭曾建吴城，城週四十七里，有陸門八，水門八，規模宏大，也稱闔閭城，在今江蘇吴縣。因吴王宫殿是經歷悠久的時間風雨剥蝕的歷史遺迹，已非當初完好的模樣，需要游目山間找尋一番方可辨識，所以用「試望」一詞。第三句「吴宫殿」頂針複疊，是《憶秦娥》詞牌定式，具有貫通前後、反復唱歎的作用。「是藏深塢，是臨清淺」二句，寫登臨所見吴王宫殿遺址，有的藏在深幽的山坳，有的臨近清淺的水涯。可知當初吴王宫殿倚山面水的坐落格局和跨山連水的磅礴氣勢。兩個「是」字，强調了經過仔細辨認方纔確定這層意思。此詞上片描寫登山眺望吴王宫殿的情形，下片雖佚，但參照雙調詞上片寫景、下片抒情的分工規律，可以推測出此詞下片的内容，當是慨歎吴王闔閭成敗、吴國霸業已空，借憑眺歷史遺迹抒興亡盛衰之感。蔣捷吴人，家鄉宜興距闔閭城所在的吴縣很近，春秋時的吴國和吴王闔閭，可以説是他的祖國和先王。吴王闔閭和其子夫差，都曾稱霸一時，但都霸業不終，身死國亡。對吴國和闔閭的歷史，他應該是諳熟的。古代文人心憂天下，歷史感本來就重，喜歡登臨憑眺，懷古傷今。蔣捷生活在南宋衰亡之世，他的興亡之感、故國之思更爲濃厚，登臨憑眺，興感填詞，這首題詠吴王闔閭的《憶秦娥》，當也寄託了詞人的現實感慨。

謁金門 三首全闕

菩薩蠻 二首全闕

卜算子 二首全闕

霜天曉角 五首全闕

點絳唇 二首全闕〔一〕

【校注】

〔一〕吴本、毛本、影鈔本、續本並無「謁金門三首全闕、菩薩蠻二首全闕、卜算子二首全闕、霜天曉角五首全闕、點絳唇二首全闕」。

昭君怨〔一〕 賣花人

擔子挑春雖小。白白紅紅都好〔二〕。賣過巷東家。巷西家。　簾外一聲聲叫。簾裏鴉鬟入報〔三〕。問道買梅花。買桃花。

【校注】

〔一〕昭君怨：又名一痕沙、一葉舟、明妃怨、洛妃怨、宴西園、道無情、德報怨、添字昭君怨。調見宋蘇軾《東坡樂府》。《填詞名解》卷一云：「昭君怨，漢王昭君作怨詩，入琴操。樂府吟歎曲有王昭君，蓋晉石崇擬其意作之，以教緑珠。陳隋相沿有此曲，一名王昭君、一名明君詞、一名昭君歎。填詞嵩名昭君怨，又名一痕沙。」底本此首後注云：「題及上半首原缺，據永樂大典卷三千零零六人字韻補。」吴本、毛本、續本無此首。彊村本、影鈔本無詞題及上片，彊村本於詞牌下空一行注「上缺」二字。

〔二〕白白紅紅：以花色借代，形容各種白色、紅色花朵。

〔三〕鴉鬟：即丫鬟，婢女。宋洪邁《夷堅志》三志《徐五秀才》：「聞剥啄扣户者，啟而視之，一青衣丫鬟，音韻楚楚。」

【疏解】

詞題《賣花人》，擷取日常生活中的小鏡頭，表現春天的色彩生機和人們對美的熱愛。上片扣題寫賣花人。起句「擔子挑春雖小」，寫賣花人小小的擔子上，挑著春天。揆以常情，可能會生出以下疑問：一副小小的擔子怎麽可能挑起一個春天呢？再説春天是一個時間季節概念，怎麽能夠放到擔子上去挑呢？接以「白白紅紅都好」，我們便看明白了，原來是賣花人的擔子上，挑著各色各樣的花，真色生香，都很鮮豔好看，不就像是把春天的美麗色彩都放到擔子上了嗎？「擔子挑春」是化抽象爲具象的寫法。以世俗的眼光看，賣花人不過一小販，賣花也不過謀生手段而已。在詩詞的審美視野中，春天就在賣花人的擔子上，賣花人就是春的使者，隨著他走街串巷，「賣過巷東家。巷西家」，把春天的生機和美麗送遍了千家萬户。下片寫少女買花，與上片的賣花呼應，具體到「東家」「西家」中的某一家。賣花人在簾外「一聲聲叫」賣，吸引了丫鬟的注意，她興沖沖地把消息報與簾裏小姐，她們都正當如花年紀，豈有不愛花之理，送花上門，豈能不買？她問小姐是「買梅花」，還是「買桃花」？意思是梅花、桃花俱各豔美，宜插宜簪，不好取捨。這句提問回應上片「白白紅紅都好」，寫出了少女們對大好春光的熱愛和青春生命的喜悦之情。

古典詩詞寫及賣花買花者多有，但多簡略含蓄，追求風調和意境，如陸游的「小樓一夜聽春雨，深巷明朝賣杏花」，俞國寶的「一春長費買花錢」等。蔣捷此詞則是白描手法叙事，語言淺近明白，情節人物，色彩聲音，具體生動，頗似一隻散曲中的小令。

如夢令〔一〕

夜月溪篁鸞影〔二〕。曉露巖花鶴頂〔三〕。半世踏紅塵，到底輸他村景〔四〕。村景。村景。樵斧耕蓑漁艇〔五〕。

【校　注】

〔一〕如夢令：又名不見、比梅、古記、如意令、玩華胥、宴桃源、無夢令、憶仙姿。宋蘇軾《如夢令》詞序云：「此曲本唐莊宗製，名憶仙姿，嫌其名不雅，故改爲如夢令。蓋莊宗作此詞，卒章云：『如夢。如夢。和淚出門相送。』因取以爲名云。」此調有平韻、仄韻兩體，仄韻體見宋蘇軾《東坡樂府》，平韻體見南宋吴文英《夢窗詞》。吴本此首列下卷末。毛本、續本此首列卷末，有詞題「村景」二字。

〔二〕夜月句：月夜溪邊篁竹摇曳影如鸞鳳翔舞。

〔三〕曉露句：曉露沾溼的巖際花叢紅如鶴頂。鶴頂：即鶴頂紅。因鶴頂紅色，以之稱圓而色紅的花果珍玩。山茶花之一種即稱鶴頂紅。宋蘇軾《王伯敭所藏趙昌花四首・山茶》：「掌中調丹砂，染此鶴頂紅。」

〔四〕紅塵：飛揚的塵土，形容繁華熱鬧。漢班固《西都賦》：「闐城溢郭，旁流百廛；紅塵四合，煙雲相連。」佛道等家稱人世爲紅塵。南宋陸游《鷓鴣天》：「插腳紅塵已是顛，更求平地上青天。」到底：畢竟，到頭。宋張詠《寄郝太沖》：「新編到底將何用，舊好如今更有誰。」輸：比不上，不如。宋舒亶《滿庭芳・重陽前席上次元直韻》：「豐年，時節好。玉香田舍，酒滿漁家。算浮世勞生，事事輸他。」

〔五〕耕：毛本、續本作「畊」。蓑：雨具，即蓑衣。毛本、影鈔本、續本作「簑」。《詩經・小雅・無羊》：「爾牧來思，何蓑何笠。」《傳》：「蓑所以備雨，笠所以禦暑。」艇：輕便小船。《淮南子·俶真訓》：「越舲蜀艇，不能無水而浮。」《注》：「蜀艇，一版之舟。」

【疏　解】

詞詠村景，表現詞人熱愛自然、返璞歸真的人生理想。其思想資源顯然來自道家哲學的影響。起句「夜月溪篁鸞影」，先寫山村夜景。月亮照著清澈的溪流，水光月華，輝映出一川潺潺流淌的碧玉琉璃，溪岸上長著一叢叢茂密的篁竹，月光下，枝梢搖曳修長的影子，像展翅翔舞的鸞鳳。接以「曉露巖花鶴頂」，寫山村的早晨，空氣清新溼潤，山巖上幾枝野花舒紅，花瓣上沾滿晶瑩的露珠。夜有溪月竹影，晨有雨露鮮花，山村的晨昏朝暮，都有宜人的景色。「夜月溪篁鸞影。曉露巖花鶴頂」兩句，雖然只寫山村的晨昏景物，但一日和四時的風景之美，可由此而概見。在選取晨昏景物表現山村優美風景之後，是兩句對比性的判斷：「半世踏紅塵，到底輸他村景」，深刻而警策。詞人以大半生的親身閱歷，認識到混迹鬧市紅塵，追逐名利欲望的享樂滿足，終究不如歸隱山村，從容欣賞朝暮四時的自然風景，來得暢快愜意。詞人現身說法，將自然的山水田園與世俗的官場社會加以對比，村野中清新優美的景物、淳厚親切的人情和自食其力的簡樸生活，得到了詞人的肯定；紅塵鬧市汙濁喧囂的環境，虛僞巧詐的人情，浮華靡費的生活，則被否定。在對比之中，詞人做出了自己的價值判斷與選擇。「村景。村景」，疊句詠歎，幾許感慨，以半生的迷途換得的徹悟，著實來之不易！

結句「樵斧耕蓑漁艇」，則是變换角度對「村景」作進一步的描寫。頭兩句所寫晨昏之景，側重自然風光，結句又並置三個意象，展示三組畫面：砍柴的斧頭，耕田的蓑衣，捕魚的艇子，都是村人的勞動用具，這一句實際上是在描寫村人的勞動場景，樵夫在持斧砍柴，農夫在披蓑耕種，漁夫在撑船垂釣。村人們辛勤而又悠然的淳樸勞作生活，合乎人的自然天性，富有詩情畫意，是詞人欣賞、嚮往的理想生存方式。

小重山〔一〕

晴浦溶溶明斷霞〔二〕。樓臺摇影處，是誰家。銀紅裙襉皺宫紗〔三〕。風前坐，閒鬬鬱金芽〔四〕。　人散樹啼鴉。粉團黏不住，舊繁華〔五〕。雙龍尾上月痕斜〔六〕。而今照，冷淡白菱花〔七〕。

【校　注】

〔一〕小重山：又名小沖山、小重山令、玉京山、柳色新、枕屏風、群玉軒、感皇恩、璧月堂。調見《花間集》五代和凝詞、薛昭藴詞。

〔二〕浦：水濱。《詩經·大雅·常武》：「率彼淮浦，省此徐土。」《傳》：「浦，涯也。」溶溶：水面寬闊而流動。漢劉向《九歎・逢紛》：「揚流波之潢潢兮，體溶溶而東回。」斷霞：殘霞。宋蘇軾《游金山寺》：「微風萬頃靴紋細，斷霞半空魚尾赤。」

〔三〕銀紅：粉紅加銀朱調和的顏色。襇：裙幅上的褶子。宫紗：一種輕薄透明的平紋絲織品，多染成紅色，産於杭州、紹興，經用生絲，緯用熟絲，常作夏服。因用以供奉内廷，故稱宫紗。影鈔本作「紗」。

〔四〕鬬：鬬草。古代民俗，五月初五有鬬草之戲。見南朝梁宗懔《荆楚歲時記》。唐司空圖《燈花》：「明朝鬬草多應喜，翦得燈花自掃眉。」鬱金芽：鬱金香之芽。鬱金，即鬱金香，香草名。

〔五〕粉團：粉團花。初夏開花，花蕊叢集成毬。或謂用糯米製成的黏性團狀食品。團：吴本、毛本、續本作「糰」。

〔六〕雙龍尾：屋脊上的雙龍塑飾，龍尾翹出檐外。或指龍尾宿，星宿名，因其居東方蒼龍七宿之末，故名。

〔七〕白菱花：白色菱花。《御選歷代詩餘》「白」作「向」。菱，一年水生草本植物，果實有硬殼，四角或兩角，俗稱菱角。

【疏解】

詞寫今昔之感。上片寫昔日承平時光。起句「晴浦溶溶明斷霞」，辭藻色彩明亮温暖，晴日水濱，寬闊的江水緩緩流動，清澈的水流映射著天上明麗的霞彩。「樓臺摇影處，是誰家」二句，在暖亮的背景色調中，推出映霞照水的樓臺人家，既曰「樓臺」，粉牆黛瓦，雕欄玉砌，建築的精緻考究可以想見。「摇影」二字，既以虚寫實，爲樓臺亭榭增添美感和韻致；又照應了起句中的「溶溶」，正是水面的輕緩波動，纔使樓臺的倒影摇曳生姿；同時，「摇影」又和「明」字一起，顯示出水流的清澈。「是誰家」的疑問語氣裏，有詞人的猜測想像在，不予坐實更有表現力，靈動而不板滯，更能引起人的注意和好奇。在描寫了明霞照水、樓臺摇影的美好天氣、環境之後，「銀紅裙襇皺宫紗。風前坐，鬭鬱金芽」三句，推出人物活動。「銀紅」句可視爲人物特寫，但只聚焦人物的服飾，借代修辭，那銀紅色的宫紗裙褶，豔麗華美，給人留下很大的想像空間。「風前」二句，描寫女子的鬭草游戲，古代民俗，春夏間鬭百草，是女子喜愛的活動。夏日初長，風前閒坐，折來鬱金香，鬭草娱樂，消遣時光。「閒」字正見出承平氣象。「風」字回應前面的「溶溶」和「摇影」，見出詞人用筆之細。下片轉寫現在。换頭「人散樹啼鴉」，冷落荒涼，「啼鴉」的意象在古典詩詞裏，總是和淒涼敗落不祥的氣氛聯繫在一起。粉團花又開了，可是那團團攢聚的花蕊，卻「黏不住，舊繁華」。風流雲散，人去樓空，承平時日的繁華已水逝電掣。啼鴉聲中，黄昏又臨，樓臺檐角翹起的雙龍尾脊上，一痕斜月發出淡黄的微光，照著水中的白色菱花。「冷淡」不僅形容花色淺白，更寫出繁華已逝所觸起的詞人心中的淒涼感。詞的上下片辭藻色彩、環境氣氛對比鮮明，上片以暖色調的意象爲主，時間在白天，緑水明霞，暖日和風，紅裙麗人，鬭草娱樂，景物畫面美妍生動；下片以冷色調的意象爲主，時間在黄昏，晚樹啼鴉，斜月朦朧，菱花淡白，由於缺少了人的活動，景物畫面頓感闃寂。一方面是時光的流逝，天地萬物在時間過程中，必然劃出一道由繁盛而衰敗的運行軌迹；另一方面，是宋元易代天翻地覆的巨變，無情地粉碎了宋人安定和平的生活。上下片的今昔盛衰變化對比之中，透出了詞人的興亡之感和故國之思。

又

曾伴芳卿鏘佩環〔一〕。西風吹夢斷，墮人寰〔二〕。假饒無分入雕闌〔三〕。窺妝鏡，也合小溪灣〔四〕。　此地有誰憐。斜陽牛臥處，牧童攀〔五〕。勸花休苦恨天天〔六〕。從來道，薄命是朱顏〔七〕。

【校　注】

〔一〕芳卿：對女子之敬稱。也可用爲對人之敬稱。鏘：金、玉撞擊聲。《禮·玉藻》：「古之君子必佩玉，……進則揖之，退則揚之，然後玉鏘鳴也。」佩環：珮環，玉佩。唐常建《古意》之三：「瘖寐見神女，金紗鳴珮環。」

〔二〕夢斷：夢醒。宋柳永《夢還京》：「酒力全輕，醉魂易醒，風揭簾櫳，夢斷披衣重起。」

〔三〕假饒：即使。宋黄庭堅《好女兒》：「假饒來後，教人見了，卻去何妨。」無分：没有緣分。雕闌：雕繪的欄杆。五代南唐李煜《虞美人》：「雕闌玉砌應猶在，只是朱顔改。」

〔四〕合：該當，應當。毛本、續本作「令」，誤。南宋沈端節《探春令》：「算静中，唯有窗間梅影，合是幽人伴。」

〔五〕牛：吴本、毛本、續本作「半」。

〔六〕天天：詞曲裏用來表示問天、呼天、怨天，或傷感、祈求、憤慨等感情之詞。宋張先《夢仙鄉》：「花月好，可能長見？離聚此生緣，無計問天天。」

〔七〕薄命：天命短促，命運不好。《列子·力命》：「大北宫子厚於德，薄於命。」宋蘇軾《薄命佳人》：「自古佳人多命薄，閉門春盡楊花落。」朱顔：紅潤的面容。《楚辭·招魂》：「美人既醉，朱顔酡些。」

【疏解】

此詞詠花，寄託人世寓意。起句「曾伴芳卿鏘佩環」，從回憶切入，交待花的過去，曾經被環佩鏗鏘的女子所愛賞。花「伴」芳卿，可包含被芳卿種植護養、折枝插瓶、鬢邊簪戴等幾層意思。稱「芳卿」而戴「佩環」，見出女子的高雅美麗。這番際遇是花的美好記憶。「西風吹夢斷，墮人寰」二句，寫花所遭遇的天上人間的巨大變故，曰「西風」，所詠或爲秋花？曰「墮人寰」，所詠或爲禁苑宫花？

難以確定。「假饒無分入雕闌。窺妝鏡，也合小溪灣」三句，寫此花畢竟是天上仙品，經歷從天上墮入塵寰的落差極大的變故後，即使沒有緣分生長在彩繪闌干圍起的庭園裏，最起碼也應該長在小溪清澈的水灣。「窺鏡」擬人，擬花爲女子，溪水清亮如鏡，映出花的影子，彷彿女子在臨鏡梳妝。上片寫花的過去、花遭遇的變故，和花應該生長的環境，可知此花「不是凡花數」。下片寫花的現實處境。換頭「此地有誰憐」，詰問感歎語氣，表現詞人對花無人惜護的不幸遭遇，深懷同情，深感不平。句中雖未明言「此地」究系何地，但歎惋的語氣表明，顯然不是「芳卿」身邊，不是與「人寰」相對的「天上」，也不是畫闌庭園與小溪水灣，而是與此非凡花品甚不相宜的不堪之地。然則「此地」何地？「斜陽牛臥處，牧童攀」二句作出回答。果然如此，「此地」乃是荒野草萊，花開無主，横遭牲畜啃齧，牧豎攀折。「花下臥牛」可能比「花下曬褌」更煞風景吧，況是「斜陽」黄昏，時已遲暮。可知花的現實生存處境不堪已極。「勸花休苦恨天天。從來道，薄命是朱顏」三句，是詞人的勸慰之詞，現狀既然如此，實亦無可奈何，因此，詞人勸花不要再去呼地怨天折磨自己了，認命吧，豈不聞從來都説紅顏薄命啊！

此詞或有寄託，恐非單純詠花。「墮人寰」三字，已讓我們産生所詠或爲「宫花」的猜測。循此思路，則「宫花」可能爲「宫人」之喻，那麽詞中墮入塵世、飽受摧折的花，莫非就是臨安陷落後被擄掠折辱的南宋宫女的化身？或者，詞人以薄命的紅花比淪落的士子，所謂「何世無奇才，遺之在草澤」（左思《詠史詩》）。蔣捷年輕時曾高中進士，遭逢亡國後漂泊流浪，落魄到替人抄寫牛經糊口的地步，詞人的經歷與詞中所詠之花的遭遇，何其相似，感歎花的遭遇命運，未嘗不帶有自歎的成分。

白苧〔一〕

正春晴，又春冷，雲低欲落。瓊苞未剖，早是東風作惡〔二〕。旋安排、一雙銀蒜鎮羅幕〔三〕。幽壑。水生漪，皺嫩緑、潛鱗初躍〔四〕。愔愔門巷，桃樹紅纔約略〔五〕。知甚時，霽華烘破青萼〔六〕。　憶昨。□□□□，引蝶花邊，近來重見，身學垂楊瘦削〔七〕。問小翠眉山，爲誰攢卻〔八〕。斜陽院宇，任蛛絲罥徧，玉箏絃索〔九〕。户外惟聞，放翦刀聲，深在妝閣。料想裁縫，白苧春衫薄〔一〇〕。

【校　注】

〔一〕白苧：又名白紵歌。調見《草堂詩餘》卷上宋柳永詞。《康熙詞譜》卷三六云：「此調只有蔣捷詞可校。」《碧雞漫志》卷二云：「正宮白紵曲賦雪者，世傳紫姑神作。」《康熙詞譜》卷三六云：「按古樂府有白紵曲，宋人蓋借舊曲名，别倚新聲也。王灼《頤堂集》云：『白苧詞，傳者至少，其正宮一闋，世傳爲紫姑神作，今從《花草粹編》爲柳永詞。』」《填詞名解》卷三云：「白苧，晉宋以來，舞曲俱有白紵辭。蔣捷作春情詞云：『料想裁縫，白苧春衫薄。』遂名白苧。一作白紵歌。」

〔二〕瓊苞：花苞。

〔三〕銀蒜：鑄爲蒜形的銀質簾押。北周庾信《夢入堂内》：「幔繩金麥穗，簾鈎銀蒜條。」鎮：壓。羅幕：輕羅製成的簾幕。唐岑參《白雪歌送武判官歸京》：「散入珠簾溼羅幕，狐裘不暖錦衾薄。」

〔四〕水：《花草萃編》作「冰」。潛鱗：藏於水底的魚。潛，隱藏。或謂魚止息處曰潛，《詩經・周頌・潛》：「猗與漆沮，潛有多魚。」

〔五〕愔愔：閒靜。南宋陸游《十一月四日夜半枕上口占》：「小室愔愔夜向分，幽人殘睡帶殘醺。」門巷：《康熙詞譜》作「門卷」，影鈔本作「巷門」。約略：大概。唐白居易《答客問杭州》：「爲我踟躕停酒盞，與君約略説杭州。」此指桃花剛剛含苞欲紅。

〔六〕霽華：晴暖的日光。烘破：烘開。烘，烤，唐齊己《謝人惠紙》：「烘焙幾工成曉雪，輕明百幅疊春水。」此處形容晴日暖如火烘。

〔七〕□□□□：《詞林萬選》、《花草萃編》、吴本、毛本、《詞律》、《詞綜》、《康熙詞譜》、《御選歷代詩餘》、影鈔本、續本並無。黄本校云：「一作聽鶯柳畔。」

〔八〕眉山：形容女子眉如遠山。舊題漢劉歆《西京雜記》：「（卓）文君姣好，眉色如望遠山。」宋歐陽修《踏莎行》：「驀然舊事上心來，無言斂皺眉山翠。」卻：著，動詞後語助。

〔九〕院宇：毛本、續本作「宇」。罥：掛，纏繞。唐杜甫《茅屋爲秋風所破歌》：「高者掛罥長林梢，下者飄轉沈塘坳。」

〔一〇〕白苧春衫薄：白色苧麻布裁成的薄薄的春衫。白苧，細而潔白的夏布。《樂府詩集》卷五五晉《白苧舞歌詩序》：「其譽白苧曰：質如輕雲色如銀。」五代孫光憲《謁金門》：「白苧春衫如雪色，揚州初去日。」五代韋莊《菩薩蠻》：「如今卻憶江南樂，當時年少春衫薄。」

【疏　解】

詞賦春思。上片描寫早春之景，先從乍暖還寒、陰晴不定的早春天氣切入。「雲低欲落」見出天氣陰沈。冬去春來，季節轉换，風向從北風變成東風，但風頭依然冷冽，花苞尚未綻開。「安排銀蒜鎮羅幕」説明風力很大，掀簾揭幕，坐實「作惡」二字。「幽壑。水生漪，皺嫩緑、潛鱗初躍」幾句，就風及水，描寫風吹溝壑溪澗，嫩緑的水面皺起漣漪，所謂「風乍起，吹皺一池春水」是也。然後由水及魚，潛隱了一冬的水族也開始躍動。寫過自然界的雲、風、水之後，鏡頭切换到人家幽閒清静的「門巷」。從意脈上説，「門巷」既承上接住「簾幕」的逗引，又啟下爲人物出場活動預設環境。「門巷」種植的「桃樹」，雖説「紅纔約略」，然已見出春意。「知甚時，霽華烘破青青萼」，則是一種開花的强烈渴望，一種按捺不住的心理期待。這兩句雖然只寫「門巷桃樹」，但文字背後隱然加入了人的因素。

「其秀甚隱，其豔正幽」，是之謂乎？ 上片所寫天氣多變、東風吹寒、瓊苞未剖、潛鱗初躍、桃紅約略、青萼未破，的是早春光景，下筆確切，不可移易。下片人物出場，而先「憶昨」，與「近來」對比。闕文四字，當是過去的模樣。及至「近來重見」，人已變得像柳絲一樣瘦削了。「小翠眉山攢卻」，一副悶悶不樂的樣子。「問」、「爲誰」是相識者、或者説是詞人在探究原因，但只提出疑問，究竟爲誰消得人憔悴，則引而不發。斜陽庭院，寂寂無聲，箏絃之上，掛滿蛛絲，足見其人的慵懶與萎靡。「院宇」回應上片的「門巷」，是詞中人物的居所。「玉箏絃索」暗寫詞中人物的身份。「斜陽」黄昏是一個時間臨界點，對人的心理極富刺激作用，「最難消遣是昏黄」，「斷送一生憔悴，只消幾個黄昏」，都是寫黄昏銷魂的名句，詞中人物的感受當與之彷彿。消瘦憔悴、愁眉不展、絃索慵理、玉箏罷彈的詞中人，守在深深的「妝閣」裏，這更引起相識者的關切，「户外惟聞」、「料想裁縫」，通過相識者的聽覺、猜測，來寫詞中人妝閣内的活動，「翦刀聲」表明她在翦裁縫紉，「白苧春衫」是她爲意中人縫製的春衣，以此寄託思念，消磨時光。這四字極有韻致，讓人想像翦裁者與服用者的風采。至此，「始點出本意」，但也只在疑似之間，並未明言，充分體現出「隱秀」「幽豔」的特點。

【集評】

楊慎《詞品》卷二：歐陽六一仿玉臺體詩：「銀蒜鈎簾宛地垂。」東坡《哨遍》詞：「睡畫堂，銀蒜押簾，珠幕雲垂地。」蔣捷《白苧》詞：「早是東風作惡。旋安排，一雙銀蒜鎮羅幕。」銀蒜，蓋鑄銀爲蒜形，以押簾也。宋元親王納妃，公主下降，皆有銀蒜簾押幾百雙。

卓人月《詞統》卷一六：秀矣，然其秀甚隱；豔矣，然其豔甚幽。柳耆卿作，於後半「憶昨」之下，多「平平仄仄」四字句，用韻。疑此詞有缺文。

世經堂康熙十七年殘本《詞綜》批語：一百二十一字體。字字匀切，結始點出本意。

蝶戀花〔一〕　風蓮〔二〕

我愛荷花花最軟。錦拶雲挨，朵朵嬌如顫〔三〕。一陣微風來自遠。紅低欲蘸涼波淺。莫是羊家張靜婉〔四〕。抱月飄煙，舞得腰肢倦〔五〕。偷把翠羅香被展〔六〕。無眠卻又頻翻轉〔七〕。

【校　注】

〔一〕蝶戀花：唐教坊曲名。又名一籮金、玉籮金、江如練、西笑吟、卷珠簾、明月生南浦、桃源行、桐花鳳、望長安、細雨吹池沼、細雨鳴春沼、魚水同歡、黄金縷、鳳棲梧、鵲踏枝、轉調蝶戀花。《康熙詞譜》卷一三云：「本名《鵲踏枝》，宋晏殊詞改今名。」此調有仄韻、平仄韻互叶兩體。仄韻體見《南唐二主詞》五代李煜詞，平仄韻互叶體見南宋石孝友《金谷遺音》。《樂章集》注小石調，《張子野詞》注林鍾商，《片玉詞》、《于湖詞》注商調。

〔二〕風蓮：風中之荷花。

〔三〕錦拶雲挨：形容荷花盛開如錦雲挨擠一片。拶：逼迫，擠壓。唐韓愈《辛卯年雪》：「崩騰相排拶，龍鳳交横飛。」

〔四〕羊家張靜婉：即羊侃家伎張淨琬。羊侃，初仕北魏，後歸南朝梁。《南史》卷六三《羊侃傳》：「（侃）性豪侈，善音律，自造《采蓮》、《櫂歌》兩曲，甚有新致。姬妾列侍，窮極奢靡。」羊侃家儛人張淨琬，「腰圍一尺六寸，時人咸推能掌上儛。」

〔五〕抱月飄煙：極言舞姿輕盈妙曼。唐温庭筠《張靜婉采蓮歌》：「抱月飄煙一尺腰，麝臍龍髓憐嬌嬈。」

〔六〕翠羅香被：喻荷葉。翠羅，緑色絲織品。南宋辛棄疾《卜算子》：「修竹翠羅寒，遲日江山暮。」

〔七〕無眠句：承上擬人，風荷不停翻動如人輾轉難眠。

【疏　解】

詞詠風蓮，與另一首名作《燕歸梁》同題。但《燕歸梁·風蓮》借詠物寄託故國之思，題旨重大，内涵深隱，與之相比，此首《蝶戀花·風蓮》純粹詠物，内容單一，無比興寄託之意。起句「我愛荷花花最軟」，開門見山，亮明觀點，爲全詞定調，「花最軟」的「軟」字已暗點題面的「風」字，以下全在「軟」字上做文章，而處處扣「風」，惟其「軟」，方見出所詠的是「風蓮」。「錦拶雲挨，朵朵嬌如顫」二句，形容荷花盛開如錦雲挨擠一片，亭亭的花朵嬌柔地顫動著。「嬌如顫」自是荷花風中之嬌態，爲下句「一陣微風來自遠」伏筆，「微風」點明題面的「風」字。微風吹送，香遠益清，爲荷花增添幾許神韻。「紅低欲蘸涼波淺」承接上句，正面描寫風蓮，七字之中濃縮多重意思：「紅」字以顔色指代，表明所詠爲紅蓮；「低」字狀紅蓮風中「嬌軟」之態，「欲蘸」寫「低」的程度，接近水面而又未觸水；「涼波」見出是風中荷塘之水，「淺」字不僅寫水的深淺，也寫出了水的清澈。這一句七個字，若換成散文語言，描寫刻畫形容，不知要怎樣辭費呢。用散文語言可能會寫得具體明白許多，但微妙傳神的程度肯定會大打折扣，反而限制了讀者的審美想像力。下片擬人，用「羊家張靜婉」的舞姿睡態，進一步形容風蓮的「嬌軟」可愛。换頭「莫是羊家張靜婉」，寫觀賞風蓮時産生的審美聯想和幻覺。「莫是」，莫非是，疑似彷彿之詞，筆致靈動傳神。南朝梁代羊侃家伎張靜婉，以善舞著稱。「抱月飄煙」句，極言其舞姿輕盈妙曼。舞蹈是肢體語言藝術，而以腰肢最有表現力，史載張靜婉「腰圍一尺六寸，時人咸推能掌上儛」。可知張靜婉體輕腰細，這是其舞藝出衆的基本條件。如此細腰「舞得倦」時，其嬌軟可知矣。「偷把翠羅香被展」承接「倦」字，寫舞倦的張靜婉鋪展翠羅香被，就寢休息。詞人既把荷花比作張靜婉，荷葉就好像是她的「翠羅香被」了。「展」字明説展被，實寫荷葉被風吹展的樣子。結句「無眠卻又頻翻轉」，字面説鋪展翠被的張靜婉輾轉不眠，實際上寫荷花在風中不停地翻動轉側，再次扣緊詞題「風蓮」，形容其「嬌軟」之姿態。此詞似是蔣捷早期作品，雖無寄託深意，但運思之巧，用筆之細，亦有足多之處。

蔣捷詞校注卷三

虞美人〔一〕 梳樓〔二〕

絲絲楊柳絲絲雨。春在溟濛處〔三〕。樓兒忒小不藏愁〔四〕。幾度和雲飛去、覓歸舟〔五〕。

天憐客子鄉關遠〔六〕。借與花消遣。海棠紅近緑闌干。纔捲朱簾卻又、晚風寒〔七〕。

【校　注】

〔一〕虞美人：又名一江春水、玉壺冰、巫山十二峰、宣州竹、楚王妃、虞美人令、虞美人影、虞姬、憶柳曲。唐教坊曲名，調見《敦煌歌辭總集》卷三唐無名氏詞，調名原作《魚美人》，單片。雙片有平韻、平仄互叶兩體，分别見《花間集》顧敻詞和《尊前集》李煜詞。《碧雞漫志》卷四云：「《虞美人》，《脞説》稱起於項籍虞兮之歌。予謂後世以此命名可也，曲起於當時，非也。」

〔二〕梳樓：女子梳妝樓，即閨樓。《花草萃編》作「杭樓」，《御選歷代詩餘》無詞題。

〔三〕溟濛：視綫模糊不清。亦作溟蒙。《御選歷代詩餘》作「冥濛」。宋歐陽修《西湖泛舟呈運使學士張炎》：「波光柳色碧溟蒙，曲渚斜橋畫舸通。」

〔四〕忒小：太小。忒，太，過於。宋楊無咎《瑞鶴仙》：「一樽赴誰約？甚不知早暮，忒貪歡樂。」

〔五〕和雲：隨著雲。

〔六〕客子：旅居異地的人。三國魏曹丕《雜詩》之二：「棄置勿復陳，客子常畏人。」

〔七〕朱簾：《詞律》、《御選歷代詩餘》作「珠簾」。

【疏　解】

詞題「梳樓」，爲詞人客居寄宿之所，但詞非題詠性質，抒發的是客中憑欄、思歸懷鄉的心情。起句寫憑欄即目所見之景，近處楊柳絲絲，細雨霏霏，遠望柳煙雨霧，一派迷蒙。近景工筆綫條清晰，遠景暈染光色朦朧，宛然一幅江南春柳煙雨圖。「樓兒忒小不藏愁」，由寫景轉入抒情，楊柳在古典詩詞中，本來就是一個牽惹離别思念情懷的意象，楊柳又如絲，小樓春雨時，柳絲的嫋嫋依依，雨絲的淅淅瀝瀝，怎能不觸動客居異鄉的詞人的春思鄉愁呢！愁是一種難以捉摸的抽象情緒，古典詩詞言愁，總是要用生動形象的比擬爲這抽象的情感尋找具象的客觀對應物，詞人説「樓兒忒小」藏不下自己的滿腹鄉愁，化抽象爲具象，與李清照《武陵春》名句「只恐雙溪舴艋舟，載不動，許多愁」，有異曲同工之妙。因樓兒忒小，而鄉愁太多，所以藏不下的鄉愁便溢出小樓，「幾度和雲飛去覓歸舟」了。「幾度」，一番番，表現詞人歸意的執著濃摯。況周頤《蕙風詞話》續編卷一认为「『樓兒忒小不藏愁。幾度和雲飛去、覓歸舟』，較『天際識歸舟』更進一層。」然而主觀願望畢竟改變不了羈旅淹留的現實，歸舟難覓，鄉愁難消，天可憐見，借與一叢豔麗的雨中花，供詞人賞玩消遣，這實際上是欲歸無計的詞人，倚遍欄杆之際，自憐自寬的心理活動。「海棠紅近緑闌干」，承上「借與花消遣」，寫與小樓欄杆紅緑相映的雨中海棠花色。唐鄭谷詠海棠詩云「穠麗最宜新著雨」，宋范純仁詠海棠詩亦云「濯雨正疑宫錦爛」，可知海棠宜雨，花色豔麗非凡，詞人正可借花遣愁。可是「纔捲朱簾卻又、晚風寒」，天色已暮，晚風吹寒，讓詞人無法細細觀賞，詞人的愁緒最終也是無法消遣了。結三句以敘寫代抒情，含蓄藴藉，耐人尋味。

此詞當是蔣捷早年作品，文本内證有二：一是詞的題目所透漏的消息，梳樓乃女子閨房，一般人家的閨房妝樓，恐非詞人客中登覽所宜，則此梳樓當與詞人《虞美人·聽雨》詞中的「歌樓」相當，大約是詞人早年旅居臨安的棲身場所。蔣捷出身宜興望族，早年中第，才子詞人，自有一番風流，所謂「少年聽雨歌樓上，紅燭昏羅帳」，正是「當時年少春衫薄」的詞人，浪漫沉酣的冶游生活的真實寫照。惟此詞乃看雨而非聽雨，所寫乃倦游思歸之愁而非客中追歡之樂，是與《虞美人·聽雨》的不同之處，但兩首詞中均出現的「樓」、「雨」意象，則並無二致。二是詞中所寫鄉愁較爲單純，不像蔣捷後期詞作中抒寫的江湖漂泊之愁，總是和國破家亡的身世之感緊緊地糾結一起，情緒内涵複雜而沉重，相比之下，此詞的情緒抒發則顯得單一輕淡些。

【集評】

卓人月《詞統》卷八：「心兒小，難著許多愁」，不如「樓兒」句更奇。

李佳《左庵詞話》卷下：蔣竹山《虞美人》云：「絲絲楊柳絲絲雨。春在溟濛處。樓兒忒小不藏愁。幾度和雲飛去、覓歸舟。　天憐客子鄉關遠。借與花消遣。海棠紅近緑闌干。纔捲朱簾卻又、晚風寒。」亦工整，亦圓脆。

況周頤《蕙風詞話》續編卷一：「樓兒忒小不藏愁。幾度和雲飛去、覓歸舟。」較「天際識歸舟」更進一層。

吴世昌《詞林新話》：蕙風贊竹山《虞美人·梳樓》：「樓兒忒小不藏愁。幾度和雲飛去覓歸舟。」「樓兒忒小不藏愁」，此纖巧淺露之句，殊不足稱道。

又　聽雨

少年聽雨歌樓上。紅燭昏羅帳。壯年聽雨客舟中。江闊雲低、斷雁叫西風〔一〕。　而今聽雨僧廬下〔二〕。鬢已星星也〔三〕。悲歡離合總無情〔四〕。一任階前、點滴到天明〔五〕。

【校　注】

〔一〕斷雁：同「斷鴻」，失群孤雁。唐李商隱《淮陽路》：「斷雁高仍急，寒溪曉更清。」

〔二〕僧廬：僧舍。廬，房屋。《詩經・小雅・信南山》：「中田有廬。」

〔三〕星星：形容頭髮斑白。《藝文類聚》卷一七晉左思《白髮賦》：「星星白髮，生於鬢垂。」因以星星指代華髮。《宋書・謝靈運傳》何長瑜《與何勖書》：「青青不解久，星星行復出。」

〔四〕悲歡離合：指人世間悲與歡、聚與散的遭遇。宋蘇軾《水調歌頭》：「人有悲歡離合，月有陰晴圓缺，此事古難全。」無情：無知覺。北齊劉晝《劉子・去情》：「綱無心而鳥有情，劍無情而人有心也。」此句意爲遇到悲歡離合之事全都無動於衷。

〔五〕一任階前、點滴到天明：唐温庭筠《更漏子》：「梧桐樹，三更雨，不道離情正苦。一葉葉，一聲聲，空階滴到明。」宋万俟詠《長相思・雨》：「一聲聲。一更更。窗外芭蕉窗裏燈。此時無限情。　夢難成。恨難平。不道愁人不喜聽。空階滴到明。」宋聶勝瓊《鷓鴣天》：「枕前淚共階前雨，隔個窗兒滴到明。」蔣捷此處用意正相反。

【疏　解】

此詞是蔣捷晚年作品。運用時空轉換的藝術手法，截取「少年聽雨」、「壯年聽雨」和「而今聽雨」三個具有典型意義的生活片段，高度概括地表現了詞人不同年齡階段的生活經歷和内心情懷，縮漫長人生過程於尺幅小幀之内，容量極大，充分顯示出被譽爲「長短句長城」（劉熙載《藝概・詞概》）的詞人的卓越藝術功力。起句「少年聽雨歌樓上」，風流浪漫，沈醉於醇酒佳人；接以「壯年聽雨客舟中」，江湖漂泊，痛感於國破家亡；過片寫「而今聽雨僧廬下」，兩鬢霜華，閱盡了人世滄桑；總收以「悲歡離合總無情」一句議論，表達詞人對自己的親身閱歷也是對人生、世事的認識與看法。「一切「世事一場大夢，人生幾度秋涼」（蘇軾《西江月》），悲歡離合，聚散苦樂，盛衰興亡，總歸過往。一切都看過了，一切都看慣了，一切都看穿了，感覺也似乎變得遲鈍麻木了。僧舍空門，聊寄此身；此身誰何？四大皆空。這的確是對人生世事透破後方能達到的境界。那少年助人歡樂、壯年添人愁思的雨聲，此時聽來，已難再引起進入老境的詞人的什麽反應。任其點滴淅瀝，直到天明；詞人耳邊心頭，兩無所動。詞的結句有力地表現了經受過亡國破家的深創巨痛、經受過長期漂泊的諸般苦況之後，詞人心灰意懶、淡漠蕭索的暮年情懷。其情境與白居易《聽夜箏有感》詩「江州去日聽箏夜，白髮新生不願聞。如今格是頭成雪，彈到天明亦任君」所寫相似。當然，轉换角度來解讀這首詞，暮年蔣捷依然徹夜不眠地聽雨，並且顛之倒之、反芻咀嚼少年聽雨、壯年聽雨的況味，從中體認出「悲歡離合總無情」的人生感悟，這一切都足證詞人並未能真正忘情。許昂霄《詞綜偶評》云「《虞美人》，『悲歡離合總無情』，此種襟懷，固不易到，然亦不願到也」。潘游龍《古今詩餘醉》卷三云：「看到『悲歡離合總無情』，難道不冷冷？」都準確地把握了詞句淡漠蕭索中潛隱的沉痛錐心、冷冽徹骨的底藴。畢竟，寓居僧廬的是鋭感深心的詞人，而非槁木死灰的老僧。

【集　評】

潘游龍《古今詩餘醉》卷三：看到「悲歡離合總無情」，難道不冷冷。

卓人月《詞統》卷八：全學東坡持杯篇。

許昂霄《詞綜偶評》：《虞美人》，「悲歡離合總無情」，此種襟懷，固不易到，然亦不願到也。

謝章鋌《賭棋山莊詞話》卷四：蔣竹山……《虞美人・聽雨》，歷數諸景，揮灑而出，比之稼軒《賀新涼》「緑樹聽鵜鴂」闋，盡集許多恨事，同一機杼，而用筆尤爲嶄新。

王闓運《湘綺樓選絶妙好詞》：此是小曲。「情」亦作「憑」，較勝。

胡雲翼《宋詞選》：這首詞概括了作者少年的浪漫生活、中年的漂泊生活，以及亡國以後晚年悲苦淒涼的生活。

南鄉子〔一〕

泊雁小汀洲〔二〕。冷淡湔裙水漫秋〔三〕。裙上唾花無覓處，重游〔四〕。隔柳惟存月半鉤。

準擬架層樓〔五〕。望得伊家見始休〔六〕。還怕粉雲天末起，悠悠〔七〕。化作相思一片愁。

【校注】

〔一〕南鄉子：又名仙鄉子、好離鄉、莫思鄉、減字南鄉子、蕉葉怨、畫舸、鷓鴣啼、撥燕巢。唐教坊曲名。《康熙詞譜》卷一云：「此詞有單調、雙調。單調者始自歐陽炯詞，雙調者始自馮延巳詞。」底本此首後注云：「案此首別誤作陸游詞，見《詞的》卷二。」

〔二〕小：吴本、毛本、續本作「水」，誤。《御選歷代詩餘》作「下」。

〔三〕湔：濺灑。湔裙：宋賀鑄《蝶戀花》：「天際小山桃葉步。白蘋花滿湔裙處。」秋：《御選歷代詩餘》作「流」。

〔四〕唾花：唾痕。無覓處：《花草粹編》作「無處覓」。

〔五〕準擬：準備，打算。南宋郭應祥《減字木蘭花》：「緩歌一曲，野鶩紛紛都退縮。不用多杯，準擬花時日日來。」架：搭建。《詩經·召南·鵲巢》：「維鵲有巢」，漢鄭玄箋：「鵲之作巢，冬至架之，至春乃成。」層樓：重樓，高樓。層，重疊，《楚辭·招魂》：「層臺累榭，臨高山些。」

〔六〕伊家：第二人稱或第三人稱代詞，妳、您、他。家，語尾助詞。宋花仲胤《南鄉子》：「不寫伊川題尹字，無心。料想伊家不要人。」宋歐陽修《怨春郎》：「爲伊家，終日悶，受盡恓惶誰問？」始休：方才停止。唐白居易《長相思》：「思悠悠，恨悠悠。恨到歸時方始休。」

〔七〕粉雲：白雲。天末：天邊，極遠的地方。唐杜甫《天末懷李白》：「涼風起天末，君子意如何？」《花草粹編》作「天畔」。

【疏　解】

詞寫故地重游觸起的懷人之情。起句「泊雁小汀洲」，寫重游之地，是水邊的汀洲，那裏有鴻雁棲落，暗示時間是秋日黄昏。這重游之地，即是昔日同游之處。那應該是在春天裏吧，他們曾經來這裏蕩舟戲水，他清晰地記得，水花濺溼了她的裙裾。如今重來，當日「湔裙」的融融春水，已經變成「冷淡」的秋水，彌漫一片。「湔裙」是記憶中難忘的一個細節，承載著當日聯袂同游戲水的歡樂。「冷淡」寫秋水寒凉，折射出的是重游者的心理感覺。他努力地在汀洲上搜尋同游的痕迹，但「裙上唾花無覓處」，那水浪打溼的裙子，裙子上的唾痕，都已經消失得無影無蹤了。「裙」是伊人的代指，裙上唾花無處尋覓，意爲重游故地，當日同游的伊人已無處尋覓。「唾花」的意象，透漏了當日他們汀洲游樂、放浪形骸的情狀。他在汀洲上踟躕徘徊，尋尋覓覓，直到入夜，什麽也没有找到，「隔柳惟存月半鉤」，只有柳梢的半鈎斜月，還像舊時一樣照臨，讓他癡癡地隔柳望月，感舊懷人，思念不已。下片寫他在强烈的思念心理支配下，作出的一個驚人決定：「準擬架層樓。望得伊家見始休。」苦於尋覓不果的他，打算專門建起一座高樓，登樓眺望，視野開闊，方便繼續尋找伊人，直到看見她方才罷休。即此可見他的非同一般的癡迷程度。即便這樣做了，他仍然擔心「粉雲天末起」，隨風飄來樓前，遮擋了他高樓眺望的視綫。那悠悠飄浮的團團白雲，又變成一片相思的愁緒。此詞寫汀洲同游戲水湔裙的歡樂，寫裙上唾痕的親密和不拘形迹，寫重游故地憶舊懷人的執著尋覓，寫爲尋找伊人準備搭建高樓的驚人決定，寫害怕白雲遮擋尋人視綫的憂慮擔心，既一往情深執著不倦，心理層次又顯得十分豐富曲折，尤其是下片的人物心理活動，以内心獨白的方式傾訴出來，婉轉纏綿而又大膽放恣，「柔情狠語」（卓人月《詞統》卷八），是之謂乎？

【集評】

卓人月《詞統》卷八：一刻陸游。柔情狠語。

又　塘門元宵〔一〕

翠幰夜游車〔二〕。不到山邊與水涯〔三〕。隨分紙燈三四琖，鄰家〔四〕。便做元宵好景誇。

誰解倚梅花〔五〕。思想燈毬墜絳紗〔六〕。舊説夢華猶未了，堪嗟〔七〕。纔百餘年又夢華〔八〕。

【校注】

〔一〕塘門元宵：《御選歷代詩餘》作「元夕」。

〔二〕幰：車前的帷幔。晉潘岳《藉田賦》：「微風生於輕幰，纖埃起於朱輪。」唐盧照鄰《長安古意》：「隱隱朱城臨玉道，遥遥翠幰没金堤。」

〔三〕水涯：水邊。《後漢書·光武紀》：「又有赤草生於水涯，郡國頻上甘露。」南宋陸游《蔬圃》：

「蔬圃依山角，漁扉竝水涯。」

〔四〕隨分：隨意，不經意。宋李清照《鷓鴣天》：「不如隨分尊前醉，莫負東籬菊蕊黄。」

〔五〕解：懂得，知道。唐李頎《聽安萬善吹觱篥歌》：「世人解聽不解賞，長飆風中自來往。」

〔六〕思想：思量，想念。三國魏曹植《盤石篇》：「仰天長太息，思想懷故邦。」燈毬：紮成球狀的燈。宋孟元老《東京夢華録》卷六《元宵》：「宣德樓上皆垂黄緣，簾中一位乃御座。……兩朵樓各掛燈毬一枚，約方圓丈餘，内燃椽竹。」宋楊萬里《郡中上元燈減舊例三之二而又迎送使客》：「市上人家重時節，典釵賣劍買燈毬。」毬：黄本作「毯」，誤。絳紗：深紅色的紗。唐韋應物《萼緑華歌》：「仙容矯矯兮雜瑶珮，輕衣重重兮蒙絳紗。」

〔七〕舊説夢華：宋人孟元老南渡後，追憶北宋東京汴梁繁華，作《東京夢華録》，序云：「古人有夢游華胥之國，其樂無涯者。僕今追念，回首悵然，豈非華胥之夢覺哉？」《列子·黄帝》篇説，黄帝曾夢游華胥氏之國。書名《夢華》，取義於此。堪嗟：可歎。唐寒山《詩三百三首》之一七七：「世間何事最堪嗟，盡是三途造罪楂。」

〔八〕纔百餘年又夢華：孟元老作《夢華録》追憶北宋故都汴梁繁華舊事，纔過一百餘年，南宋又亡，南宋都城臨安的繁華，又如夢境般消逝了。

【疏解】

詞詠元宵，作於宋亡之後。詞題中的「塘門」，即南宋都城臨安的錢塘門。上片寫元軍占領下的臨安元宵節冷清光景。起句「翠幰夜游車，不到山邊與水涯」，與李清照《永遇樂》詞寫元宵夜「香車寶馬」、辛棄疾《青玉案・元夕》寫「寶馬雕車香滿路」的車馬塞途盛況迥異，而今的湖山勝地，元宵佳節也不見游賞的車馬，一派冷清蕭條。不僅湖山游人稀少，元宵燈節的燈盞亦少得可憐，「鄰家」掛出的「三四琖」普通「紙燈」，便成了如今元宵節「誇説」的「好景」。可見元軍入侵給南宋社會生活造成的嚴重破壞，以及生活在野蠻的軍事佔領和民族歧視政策下的南宋遺民，沉重壓抑的心情。宋人最重元宵節，據《東京夢華録》、《夢粱録》、《武林舊事》等書的記載，和宋人元宵詩詞的相關描寫，我們知道宋代有三夜元宵、五夜元宵的節俗，北宋汴京於年前冬至就開始結紮燈山，南宋臨安更早至前一年九月賞菊燈之後，就開始「迤邐試燈，謂之預賞」，「一入新正，燈火日盛。燈之品極多，皆五色琉璃所成，山水人物，花竹翎毛，種種奇妙」，「山燈凡數千百種，極其新巧，怪怪奇奇，無所不有」（《武林舊事》卷二）。與昔日人山燈海車馬如雲的游樂盛況相比，詞人不勝今昔盛衰之感。下片即從上片描寫塘門元宵的冷落轉入回憶，抒發感慨。「誰解倚梅花。思想燈毬墜絳紗」二句，寫詞人目睹眼前節日的冷落，情不自禁地陷入往事的回憶。孤寂時刻，他總是與竹梅相守，在這個既少燈盞又少游人的元宵夜，他倚著一樹梅花，出神地回想昔日元宵的絳紗燈毬，聊爲慰藉。這裏雖只寫「燈毬墜絳紗」，但指代的是昔日元宵盛況的全部記憶。「舊説夢華猶未了，堪嗟。纔百餘年又夢華」三句，由元宵及於國運，北宋滅亡後，孟元老曾作《夢華録》追憶北宋故都汴梁繁華舊事，抒「悵然」、「悵恨」之情（《夢華録序》）。然而纔過一百餘年，南宋又亡，南宋都城臨安的繁華，又如夢境般消逝了。孟元老作《夢華録》時，尚餘半壁江山，此刻宋室已徹底亡於異族，詞人傷悼故國的心情，當比孟元老的「悵然」、「悵恨」更爲沉痛！此詞題詠元宵，但上半片全用來寫元蒙野蠻統治下的臨安元宵節的冷落景況，下片回憶也僅一句，點到爲止，宋代元宵節的歡樂氣氛蕩然無存，在蔣捷現存的五首元宵詞中，此首情調最爲冷寂憂傷。

【集評】

吴熊和《唐宋詞彙評·兩宋卷》：據《天機餘錦》卷四，題作「錢塘門元宵」。《淳祐臨安志》卷五《城府》：「城西門：錢湖門、清波門、豐豫門、錢塘門。」

步蟾宫〔一〕 木犀〔二〕

緑華翦碎嬌雲瘦〔三〕。臙妝點、菊前蓉後〔四〕。娟娟月也染成香，又何況、纖羅襟袖〔五〕。

秋窗一夜西風驟。翠匳鎖、瓊珠花鏤〔六〕。人間富貴總腥膻，且和露、攀花三嗅〔七〕。

【校注】

〔一〕步蟾宫：又名折丹桂、折月桂、釣臺詞。調見宋黄庭堅《山谷詞》。《古今詞話·詞辨》卷上云：「步蟾宫系平調。」

〔二〕木犀：即木樨，桂花的别稱。又稱丹桂、菌桂、巖桂、九里香。以木材紋理如犀而得名。爲常緑灌木或小喬木，葉橢圓形，花簇生於葉腋，有濃香，可作香料。花白者稱銀桂，黄者稱金桂，紅者稱丹桂。宋范成大《巖桂》：「病著幽窗知幾日，瓶花兩見木犀開。」毛本、續本詞題後有「或刻玉樓春」五字。

〔三〕緑華句：謂黄白色的細碎花瓣，好像翦碎的雲彩顯得很瘦。

〔四〕賸：盡。宋晏幾道《鷓鴣天》：「今宵賸把銀釭照，猶恐相逢是夢中。」妝點：修飾點綴。南朝陳後主《三婦豔詞》之二：「小婦初妝點，回眉對月鈎。」菊前蓉後：木犀八月開放，時在菊花開前，荷花開後。

〔五〕娟娟：明媚美好的樣子。吴本、影鈔本作「捐捐」，誤。南朝宋鮑照《翫月城西門廨中》：「末映東北墀，娟娟似蛾眉。」

〔六〕翠匲鎖：木犀花生於葉腋，四周爲緑葉包圍，好像被鎖住一樣。翠匲，翠色妝奩，喻緑葉。匲，同奩，鏡匣，放梳妝品的器具。盛放東西的箱盒之類也稱匲。瓊珠花鏤：用珠玉雕刻的花。喻木犀。鏤：影鈔本作「縷」。

〔七〕腥膻：腥臊，喻不潔。晉葛洪《抱朴子·明本》：「山林之中非有道也，而爲道者必入山林，誠欲遠彼腥膻，而即此清淨也。」南朝梁沈約《需雅》詩之三：「終朝采之不盈掬，用拂腥膻和九穀。」或謂此處除指一般「人間富貴」不潔外，兼喻對「元胡」的蔑視。南宋陳亮《水調歌頭·送章德茂大卿使虜》：「堯之都，舜之壤，禹之封。於中應有，一個半個恥臣戎。萬里腥膻如許，千古英靈安在，磅礴幾時通。」和露：帶著露水。唐高蟾《下第後上永崇高侍郎》：「天上碧桃和露種，日邊紅杏倚雲栽。」嗅：聞，用鼻子辨别氣味，本字作「齅」。《論語·鄉黨》：「三嗅而作。」唐杜甫《秋雨歎》：「堂上書生空白頭，臨風三嗅馨香泣。」

【疏　解】

此首花卉詞。宋詞詠物多詠花卉，據統計，《全宋詞》、《全宋詞補輯》中專詠花卉五十餘種，題詠最多的依次是梅、荷、桂、海棠、牡丹、菊、酴醿、臘梅、水仙、芍藥，位居前十，計有詞作二千餘首。桂花列第三，也是宋人最喜吟詠的品類，有詞一七〇多首。蔣捷《竹山詞》詠花之作計十一首，詠荷三首、詠梅二首、詠牡丹一首、詠菊一首、詠芙蓉一首、詠黄葵一首、不明所詠一首，此首《步蟾宫》詠桂花，詞牌與題詠對象契合，當是詞人有意擇調的結果。上片突出桂花的芳香。起句「緑華翦碎嬌雲瘦」，形容桂花黄白色的細碎花瓣，好像翦碎的雲彩顯得細瘦嬌弱。「賸妝點、菊前蓉後」，説桂花八月開放，妝點了菊花開前、荷花開後的一段秋色。詠桂不可無月，傳説月中有桂，月稱桂月，月光稱桂華，「娟娟月也染成香」，即寫馥鬱的桂花連月光都染香了，「又何況」月下花間的「纖羅襟袖」呢。花香染月，花香沁人，如此正面寫足桂香之後，下片變换角度，「秋窗一夜西風驟」，對前結是宕開一筆，對起句是前後呼應，嬌瘦清寒，是古人推尊的花品。蕭瑟的西風中，生於葉腋的桂花，四周爲緑葉包圍，好像被「翠奩」鎖住一樣。「瓊珠花鏤」喻其珍貴。「人間富貴總腥膻」一句，反襯桂花的芳香，於詠花中寄託詞人高潔的人格精神。「腥膻」除指一般意義上的「人間富貴」不潔外，兼喻對「元胡」的蔑視。結句「且和露、攀花三嗅」，用行動和細節描寫，表達詞人對桂花非同一般的喜愛和認同。

【集　評】

卓人月《詞統》卷八：劉叔安詞：「黄昏人静，暖香吹月，一簾花碎。」「吹」字不如「染」字。

又　春景〔一〕

玉窗掣鎖香雲漲〔二〕。唤緑袖、低敲方響〔三〕。流蘇拂處字微訛，但斜倚、紅梅一餉〔四〕。濛濛月在簾衣上〔五〕。做池館、春陰模樣〔六〕。春陰模樣不如晴，這催雪、曲兒休唱〔七〕。

【校　注】

〔一〕又·春景：《康熙詞譜》卷一三云：「此調以此詞爲正體。」「此調昉自山谷，但宋元詞俱宗蔣捷體。」吳本、影鈔本詞牌下無詞題「春景」二字。

〔二〕玉窗：窗的美稱。南朝梁蕭綱《春閨情又三韻》：「何時玉窗裏，夜夜更縫衣。」掣鎖：開鎖。掣，抽取。香雲：雲的美稱。唐李白《尋山僧不遇作》：「香雲徧山起，花雨從天來。」宋范成大《南柯子》：「香雲低處有高樓，可惜高樓不近木蘭舟。」

〔三〕緑袖：翠袖，指代女性。方響：古代磬類打擊樂器，創始於南朝梁。由十六枚上圓下方、大小相同、厚薄不一的鐵片組成，分兩排懸於一架，以小銅錘擊打，其聲清濁不等。爲隋唐燕樂中常用樂器。南宋猶盛行，後失傳。唐白居易《偶飲》：「千聲方響敲相續，一曲雲和戛未終。」

〔四〕流蘇：以五彩羽毛或絲綫製成的穗子，常用作車馬、帷帳的垂飾。五代韋莊《菩薩蠻》：「紅樓別夜堪惆悵，香燈半捲流蘇帳。」字微訛：字跡微有脱誤。訛：《御選歷代詩餘》作「譌」。但：影鈔本作「且」。一餉：即一晌，一會兒。《詞律》、《康熙詞譜》、《御選歷代詩餘》作「晌」。唐韓愈《劉生》：「瞥然一餉成十秋，昔鬚未生今白頭。」

〔五〕簾衣：簾子，簾幕。《南史·夏侯亶傳》：「亶晚年頗好音樂，有妓妾十數人，並無被服姿容，每有客，常隔簾奏之，時謂簾爲夏侯妓衣。」後因謂簾幕爲簾衣。

〔六〕做：使。南宋鄭薰初《一萼紅》：「這一點相思情淚，做心下、煩惱幾時灰。」

〔七〕晴：《康熙詞譜》作「春」。催雪：詞調名。此調始自姜夔，本催雪詞也，即以爲名。吳文英、王沂孫俱有作。

【疏解】

如題所示，詞詠春景。上片寫傍晚。起句「玉窗掣鎖香雲漲」，寫詞人打開窗子，看到窗外起雲了。「香雲漲」三字爲下片「濛濛月」、「春陰」張本。「綠袖」應是家姬輩，詞人喚她來「低敲方響」，以相娱樂。「方響」創始於南朝梁代，屬磬類打擊樂器，南宋時猶盛行，詞人很喜歡這種樂器，他的《念奴嬌》「夜深清夢」一詞即寫夜夢方響演奏。「流蘇」句寫帳幃的穗飾把字迹遮掩得有些模糊。「拂」字暗寫風，呼應起句的開窗，風吹進窗子，拂動流蘇。「字」指代書籍，可知傍晚時分，詞人坐在窗前，聽著方響樂曲，在漫不經心地看書。室内光綫漸暗，加之流蘇拂動遮掩書頁字迹，詞人索性不看書了，來到窗前，「斜倚紅梅一餉」，出神地賞起梅來。詞人愛梅，這又是一處文本内證。下片寫入夜。霧濛濛的月光灑在簾幕上，使「池館」顯出「春陰模樣」。這時候，敲打方響的「綠袖」，又唱起了「催雪曲兒」，喜晴的詞人，嗔怪她的不解事，叫她「休唱」，免得真正下起雪來，陰冷泥濘，影響花事也不便游賞啊！

詞題《春景》，詞中寫了香雲、紅梅、霧月、春陰、玉窗、池館等天氣景物，透過寫景，表現詞人聽樂、讀書、賞梅、看月的清雅日常生活，情調悠閒輕松，或是詞人早期作品。

【集評】

卓人月《詞統》卷八：長調中有名「催雪」者。

玉樓春〔一〕　桃花灣馬迹〔二〕

秦人占得桃源地〔三〕。説道花深堪避世。桃花灣内豈無花，吕政馬來攔不住〔四〕。明朝與子穿花去〔五〕。去看霜蹄剜石處〔六〕。茫茫秦事是耶非，萬一問花花解語〔七〕。

【校　注】

〔一〕玉樓春：又名上樓春、木蘭花、木蘭花令、玉堂春、玉樓春令、江南弄、西湖曲、呈纖手、東鄰妙、春曉曲、惜春容、夢相親、歸風便、歸朝歡令、轉調木蘭花、續漁歌。此調有仄韻、仄韻換韻兩體，分别見《花間集》五代顧敻詞、牛嶠詞。另有調見《翰墨大全》丙集卷三宋無名氏詞，字句數並不同。《康熙詞譜》云：「《花間集》顧敻詞起句有『月照玉樓春漏促』句，又有『柳映玉樓春日晚』句，《尊前集》歐陽炯詞起句有『春早玉樓煙雨夜』句，又有『日照玉樓花似錦，樓上醉和春色寢』句，取爲調名。」《尊前集》注大石調、雙調，《樂章集》注大石調、林鍾商，《片玉詞》注仙吕、大石，《古今詞話·詞辨》引《古今詞譜》注大石調，引《詞統》注林鍾商。

〔二〕桃花灣馬迹：桃花灣，當指江蘇武進馬迹山所在的太湖湖灣。可參《阮郎歸·客中思馬迹山》注〔二〕。

〔三〕秦人二句：用晉陶潛《桃花源記并詩》典故。秦人，指秦始皇時之避世者。宋謝枋得《慶全庵桃花》：「尋得桃源好避秦，桃紅又是一年春。」

〔四〕吕政：即秦始皇。始皇姓嬴名政，因傳其爲吕不韋之子，故有此嘲諷性稱呼。詳見《史記·吕不韋傳》。

〔五〕穿花去：吴本、毛本、續本作「穿不去」，誤。

〔六〕霜蹄剜石處：馬蹄踏石留下的痕迹。霜蹄，馬蹄。《莊子·馬蹄》：「馬，蹄可以踐霜雪。」剜，刻，挖。

〔七〕問花花解語：歐陽修《蝶戀花》詞有句：「淚眼問花花不語，亂紅飛過秋千去。」此反其意。花解語，典出五代王仁裕《開元天寶遺事》卷下：「明皇秋八月，太液池有千葉白蓮數枝盛開，帝與貴戚宴賞焉。左右皆歎羨久之。帝指貴妃示於左右曰：『爭如我解語花？』」南宋陳允平《垂絲釣》：「雲隔陽臺雨。花解語，舊夢還記否。」

【疏解】

如題所示，詞詠桃花灣馬迹。桃花灣，當指江蘇武進馬迹山所在的太湖湖灣。馬迹山瀕湖崖壁上，有石坑圓如馬蹄，相傳爲秦始皇巡幸乘騎所踐而成。起句「秦人占得桃源地」，用陶淵明《桃花源記并詩》典故，關於桃花源所在究係何地，古今衆説紛紜，因馬迹山的傳説與秦始皇有關，山下湖灣又名桃花灣，所以詞人在這裏也就順勢拈來「桃花源」的典故，衍爲詞句，爲我所用。當年的「秦人」來到桃花源内，是爲了「避世」，也就是陶潛《桃花源記》中所説的「避秦時亂」。「花深」二字，濃縮《桃花源記》「忽逢桃花林，夾岸數百步，中無雜樹，芳草鮮美，落英繽紛」數句内容，突出桃源占地隱僻與世隔絶的地形特點，宜於避世的秦人隱居於此。然後點題，從傳説中的桃花源説及眼前的桃花灣，「桃花灣内豈無花」，與桃源花深一樣，桃花灣内也是花樹一片，花開繁盛，是堪供避世的好去處。然而「吕政馬來攔不住」，當秦皇挾「席捲天下，并吞八荒」之勢而來，桃花灣内縱使花樹深深，也無法阻攔他的進入。言外有秦政暴虐、無處逃避之意。下片寫準備攜友前往觀看桃花灣馬迹：「明朝與子穿花去。去看霜蹄剜石處」。因上片所寫桃花源和桃花灣的傳説，詞人起了游賞的興致，雖然「桃源望斷無尋處」了，但桃花灣就在詞人的家鄉太湖之濱，往游還是很方便的。詞人於是打算明天就和友人一起前往桃花灣，穿花而入，實地察看秦始皇巡幸馬蹄在石壁上留下的痕迹。「茫茫秦事是耶非」一句，是詞人面對悠遠的歷史和疑似的傳説的迷惘困惑之感，那些關於桃花源的傳説，關於馬迹山的傳説，到底是真的還是假的？詞人想把它們弄清楚，他想追尋、叩問歷史和傳説的根底。但他也知道茫茫秦事，真相難明，所以纔抱有「萬一問花花解語」的僥幸心理。秦人避世入桃源，秦皇巡幸入桃林，桃花都是見證，倘若桃花萬一真的解語，就能道出人世難詳的真相來。蔣捷詞往往有出人意表之筆，面對無人能夠回答的終極迷茫，此詞一結假設，想入非非，顯得機智而多趣。

此詞借詠桃花灣馬迹，寄寓現實的生存感慨。元初民族歧視壓迫的暴政，彷彿當年的暴秦虐政，詞人隱居太湖竹山，本身就是一個如同桃源秦人的避世者。反抗既不可能，黑暗時代是需要避難場所的，詞人大概神往於桃源避秦的傳説，因桃花灣馬迹，而有此作。詞人身歷元蒙鐵騎的野蠻侵略，亡國破家之後，深知暴力無敵，避世無地，「吕政馬來攔不住」，但這並不能徹底湮滅他心中追求美好生活的理想。「吕政」的稱呼也值得玩味，隱含著對不可一世的秦皇，也就是對暴力、暴政的譏刺與蔑視，於不動聲色之中，表現了遺民詞人的凛凛風骨。

戀繡衾〔一〕

蒨金小袖花下行〔二〕。過橋亭、倚樹聽鶯。被柳線、低縈鬢，紺雲垂、釵鳳半横〔三〕。紅薇影轉晴窗晝，漾蘭心、未到繡絣〔四〕。奈一點、春來恨，在青蛾、彎處又生〔五〕。

【校注】

〔一〕戀繡衾：又名淚珠彈。調見宋朱敦儒《樵歌》。

〔二〕蒨金：即茜金，本牡丹品名，南宋陸游《新晴賞牡丹》：「自揣明年猶健在，東廂更覓茜金栽。」自注：「茜金，近出牡丹名。」此指金紅色。蒨，同茜，即茜草，根可做大紅色染料，因借指大紅色。

〔三〕柳線：柳條。因其細長如線，故稱。南朝梁范雲《送别詩》：「東風柳線長，送郎上河梁。」紺雲：喻女子鬢髮。紺，天青色。宋吴文英《夜游宫》：「紺雲敧，玉搔斜，酒初醒。」

〔四〕紅薇：紅色薔薇花。唐李咸用有《紅薇》詩。畫：吴本、毛本、續本作「盡」，《御選歷代詩餘》作「畫」。漾蘭心二句：滉漾之蘭心未能繡到絣上。漾：毛本、續本作「樣」，誤。蘭心，蘭花之心，雙關女子芳潔之心。絣，雜色綫所織之布。《御選歷代詩餘》作「屏」。

〔五〕春來恨：毛本、《御選歷代詩餘》、續本作「春恨」。青蛾：婦女用青黛畫的長眉。蛾：吴本、毛本、影鈔本、續本作「娥」。唐杜甫《一百五日夜對月》：「仳離放紅蘂，想像顰青蛾。」彎：吴本、毛本、續本作「鸞」。

【疏　解】

詞寫女子春恨。上片取境室外，寫女子游園。起句「蒨金小袖花下行」，已將如花的人與盛開的花並置一處，人花相映，煞是好看。「蒨金小袖」借代修辭，鮮豔的衣飾顯示這是一位年輕女子。她大約是被滿園春色召唤而走出閨房，穿花過橋，倚樹聽鶯，欣賞並陶醉於大好春光的。你可以想見花色與她的面色競豔的情景，可以想見她走過橋亭時的婀娜步態，可以想見她倚樹聽鶯時的出神模樣。也許是走得有些累了，也許是「嚦嚦鶯聲溜的圓」，著實好聽，也許是滿園春色讓她心有所感，她從「花下行」、「過橋亭」的動態中停下來，變成「倚樹」的静態。「倚樹」的她完全沉浸在美妙的鶯聲裏，一不留意，竟被低拂的「柳線」縈住了鬢髮，「紺雲垂、釵鳳半横」兩句，描寫柳線把她如雲的鬢髮弄得散垂下來，簪髮的鳳釵也快給弄掉了。「被柳線」幾句，寫的是女子游園過程中的一個意外事件，這可能是一個真實的細節，但也是一個象徵和隱喻，慣於牽愁惹恨的柳絲，不僅弄亂了她茂密的頭髮，也弄亂了她那顆年輕的心。下片寫園林游賞後，女子回到閨房裏，在光綫明亮的窗前拈綫繡花。窗外紅薇影轉，窗内芳心滉漾，大半餉過去了，綃布上什麽也没有繡出來。蘭心明指蘭花蕊芯，雙關女子芳心。芳心滉漾，當然是游園所致。春女善懷。青春大好的季節，最容易觸動年輕女性的生命意識和愛情意識。上片所寫女子穿花過橋、倚樹聽鶯的情形，彷彿明代湯顯祖《牡丹亭》的《游園》一齣所寫杜麗娘游園的光景，「不到園林，怎知春色如許」，杜麗娘的生命意識和愛情意識，就是被「姹紫嫣紅開遍」的「韶光」唤醒的。詞中女子心神恍惚，也是園林春色撩撥的結果。「漾蘭心」略似湯顯祖《牡丹亭·尋夢》中杜麗娘的心理狀態。「未到繡綃」就是《詩經·周南·卷耳》的「不盈頃筐」、東漢無名氏《迢迢牽牛星》的「終日不成章」、南朝樂府《拔蒲》的「竟日不盈把」、宋柳永《定风波》的「針綫慵拈」。結句描寫女子眉彎蹙結的「一點春來恨」。詞中女子的春恨，不外以下内容：她若是位少女，則是游園觸起了她「盛年處房室」的懷春之情；若是位少婦，則是游園加重了她空閨獨守、傷離怨别之感。

詞婉而曲直，詞在表情上更含蓄藴藉。即如此詞，只在結句點出女子眉心的「一點春恨」，至於「恨」的具體内容，全留給讀者去會意；不像戲曲如《牡丹亭》中「花花草草由人戀，生生死死隨人願」的唱詞那樣熱烈，更不會像「不得早成佳偶，誠爲虚度青春」的道白那樣發露。除了文體不同的原因，還有時代的差别，蔣捷生活的宋元之際，社會環境和人文思潮還没有給人們提供如晚明那樣自由表達的浪漫激情，所以，詞中的女子只能把「春恨」蹙結於蛾眉，不敢也不會像游園驚夢後的杜麗娘那樣行動起來，爲青春生命的幸福展開一番生生死死、死死生生的不懈追求。

浪淘沙〔一〕

人愛曉妝鮮。我愛妝殘。翠釵扶住欲敧鬟〔二〕。印了夜香無事也，月上涼天〔三〕。新譜學箏難。愁湧蛾彎〔四〕。一牀衾浪未紅翻〔五〕。聽得人催佯不睬，去洗珠鈿〔六〕。

【校　注】

〔一〕浪淘沙：又名曲入冥、浪淘沙令、浪淘沙近、過龍門、煉丹砂、賣花聲、過龍門令、西入宴、增字浪淘沙。此調有平韻、仄韻兩體，分别見《南唐二主詞》李煜詞、宋杜安世《壽域詞》。《康熙詞譜》卷一一云：「按唐人浪淘沙，本七言絶句，至南唐李煜，始製兩段令詞，雖每段尚存七言詩兩句，其實因舊曲名，另創新聲也。」

〔二〕翠釵：翡翠釵。唐温庭筠《菩薩蠻》：「翠釵金作股，釵上蝶雙舞。」敧：傾斜。

〔三〕印了：燒了，點著。

〔四〕蛾彎：細長彎曲的蛾眉。彎：吴本、毛本、續本作「灣」。

〔五〕衾浪未紅翻：宋柳永《鳳棲梧》：「鴛鴦繡被翻紅浪。」宋李清照《鳳凰臺上憶吹簫》：「香冷金猊，被翻紅浪，起來慵自梳頭。」翻紅浪，謂睡起紅錦被未疊好，在牀上亂攤著。未紅翻，紅錦被疊得很整齊，説明人未入睡。

〔六〕睬：吴本、毛本、續本作「采」，誤。洗珠鈿：除去首飾，卸妝。珠鈿，珠寶首飾。鈿，金花，婦人首飾，南朝梁劉孝威《採蓮曲》：「露花時溼釧，風莖乍拂鈿。」

【疏解】

詞詠歌女。一起二句，從詞人的視角切入，鮮明的對比，揭出詞人不同衆人的别致審美趣味。「妝殘」二字，暗含夜晚的時間信息，與「曉妝」相對，爲卜文伏筆。「翠釵扶住欲攲鬟」一句落實「妝殘」，具體描寫，鬟鬢傾側，被「翠釵扶住」，的是「殘妝」模樣。雖不像「曉妝」嚴整鮮亮，但卻别有一番韻度，所以惹得詞人心生愛憐。「印了夜香無事也，月上涼天」二句寫夜晚，暗承「妝殘」，燒夜香是古時女子習俗，對月禱拜，祈平安，許心願，然後入睡。詞中女子燒罷夜香，許罷心願，一日之事至此完結，可以入睡。月上東天，夜涼如水，正宜入睡。但「一牀衾浪未紅翻」，女子卻並没有入睡，而是「愁湧蛾彎」，心事重重。原因是「新譜學箏難」，白天新學的箏譜有難度，還没能熟練掌握，以致無心睡眠。「新譜」句透出詞中女子的歌女身份。「人催」的「人」應是詞人，愁悶不眠的歌女被詞人催促，佯裝未聞，不予理睬，但「去洗珠鈿」的行動，卻回應了詞人的催促。除去首飾加以清洗，正是爲入睡做準備。結句「洗珠鈿」三字，呼應起句「妝殘」，首尾貫通，筆法縝密。

此詞有幾點值得注意：一是詞人的審美心理，一般人能欣賞新鮮美，但不一定能欣賞殘缺美，人愛新妝我愛殘妝，説明詞人對美的感知解悟是多向度的，豐富的，因而顯得手眼自出，新警不俗。二是對歌女的描寫，燒夜香許心願，一般是少女所爲；因新譜難學而煩惱不眠，亦見其稚嫩；「聽得人催佯不睬」的使性子，更是嬌憨之狀可掬；「佯不睬」而又去「洗珠鈿」，則是慧黠和善解人意。詞人筆下妙齡歌女的情態心理行爲，微妙生動。三是詞的内容和情調，顯是詞人「聽雨歌樓」的「少年」時代的一夕經歷，一時興致，此詞應是蔣捷的早期作品。

又　重九〔一〕

明露浴疏桐〔二〕。秋滿簾櫳〔三〕。掩琴無語意忡忡〔四〕。掐破東窗窺皓月，早上芙蓉〔五〕。

前事渺茫中。煙水孤鴻〔六〕。一尊重九又成空〔七〕。不解吹愁吹帽落，恨殺西風〔八〕。

【校　注】

〔一〕重九：農曆九月九日，亦稱重陽。宋蘇軾《丙子重九》：「登山作重九，蠻菊秋未花。」

〔二〕明露：閃亮的露珠。疏桐：枝葉稀疏的梧桐。宋蘇軾《卜算子·黄州定慧院寓居作》：「缺月挂疏桐，漏斷人初静。」

〔三〕簾櫳：掛著簾子的窗户。櫳，窗子。五代李煜《擣練子令》：「無奈夜長人不寐，數聲和月到簾櫳。」

〔四〕掩琴：把琴收藏起來，停止演奏。忡忡：憂愁貌。《詩經·召南·草蟲》：「未見君子，憂心忡忡。」

〔五〕掐：吴本、毛本、影鈔本、續本作「搯」。芙蓉：芙蓉花。或曰指芙蓉湖，在江蘇武進東，無錫西北，江陰南，又稱上湖，南北相距八十里，虞翻、酈道元皆列之五湖。宋元祐中堰湖爲田，後漸涸。毛本、續本做「芙容」。

〔六〕煙水：霧靄茫茫的水面。宋秦觀《點絳唇》：「煙水茫茫，千里斜陽暮。」孤鴻：孤飛的大雁。宋蘇軾《卜算子·黄州定慧院寓居作》：「誰見幽人獨往來，縹緲孤鴻影。」

〔七〕一尊：一尊酒，指重陽節之菊花酒。宋晏殊《破陣子》：「重把一尊尋舊徑，所惜光陰去似飛。風飄露冷時。」

〔八〕吹帽落：即吹落帽。《晉書·孟嘉傳》：「（嘉）後爲征西桓温參軍，温甚重之。九月九日，温燕龍山，寮佐畢集。時佐吏並著戎服，有風至，吹嘉帽墮落，嘉不之覺。温使左右勿言，欲觀其舉止。嘉良久如廁，温令取還之，命孫盛作文嘲嘉，著嘉坐處。嘉還見，即答之，其文甚美，四坐嗟歎。」後因以落帽爲重九登高之典故。唐李白《九日》詩：「落帽醉山月，空歌懷友生。」殺：《御選歷代詩餘》作「煞」。

【疏　解】

如題所示，此首重九節令詞。重九本是一個高爽的日子，但此詞抒情調性低沉掩抑。起句「明露浴疏桐」，描寫之中已透出秋意的深濃。秋深露重，纔會有如水洗「浴」的感覺，「桐」而曰「疏」，也是深秋梧桐葉子枯黄摇落所致。「秋滿簾櫳」的「滿」字，見出窗簾之外，觸目皆是秋色。秋士易感，這個重陽佳節的黄昏，詞人大概意有所觸，本想借撫琴排遣一番，但竟「掩琴無語意忡忡」，情緒低落得連彈琴的精神都打不起來。「掩琴無語」，應是高山流水，恨無知音解賞的緣故。「忡忡」一詞，出自《詩經・召南・草蟲》詩句「未見君子，憂心忡忡。」可知「掩琴」句的深層意藴是懷人思友。詞人孤寂得甚至有些焦躁了，他舉手「掐破東窗」，把糊窗紙弄開一個口子，透過窗紙縫隙窺見皎潔的月亮已「早上芙蓉」。芙蓉一名拒霜，深秋開放，與重九時令相應。詞人隔窗看著芙蓉花梢的月亮，展開了往事的回憶。下片即寫「前事渺茫」如「煙水孤鴻」，回憶中的人事，如煙霧茫茫的水面上隱去的孤雁翅影，遥遠縹緲，模糊不清。這些「前事」，應該是往昔與友人重九登高、飲酒賞菊、賦詩填詞的舊事吧，它讓詞人特别懷念。「一尊重九又成空」句回應上片「掩琴無語意忡忡」，今又重陽，友人不來，無人相與登高飲酒，致使詞人心情格外抑鬱。「又成空」的

「又」字，説明已經不止一個重陽節就這樣虚度了。所以在詞的結句，詞人情緒激烈地責怨西風「不解吹愁吹帽落」，真個恨殺人也！這裏使用《晉書·孟嘉傳》「龍山落帽」典故，詞人本想讓秋風吹去滿懷愁緒，但是不解人意的秋風只是吹掉了頭上的帽子，引起了詞人對「西風」的强烈不滿。潘游龍認爲，此詞即使「不翻落帽事，亦復情摯」(《古今詩餘醉》卷一二)，所言甚是。詞人佳節懷友憶舊，恨無知音的忡忡心事，無人共飲、鬱鬱寡歡的孤寂情懷，真摯感人，用不用重九登高之典故，都不影響此詞的表現力。

【集　評】

潘游龍《古今詩餘醉》卷一二：不翻落帽事，亦復情摯。

燕歸梁〔一〕　風蓮

我夢唐宫春晝遲〔二〕。正舞到、曳裾時〔三〕。翠雲隊仗絳霞衣〔四〕。慢騰騰、手雙垂〔五〕。

忽然急鼓催將起，似綵鳳、亂鸞飛〔六〕。夢回不見萬瓊妃〔七〕。見荷花、被風吹。

【校　注】

〔一〕燕歸梁：又名悟黄粱、醉紅妝。調見宋柳永《樂章集》續添曲子，注平調、中吕調。《張子野詞》注高平調。《片玉集·抄補》注高平。《于湖先生長短句·拾遺》注高平調。又，即《喜遷鶯》，見宋晏幾道《小山詞》。《歷代詩餘》卷一六《喜遷鶯》調注云：「一名燕歸梁。」

〔二〕唐宫：此是本篇主句。「唐宫」詠古傷今，俞平伯《唐宋詞選釋》認爲：以下所寫舞容，殆即「霓裳羽衣舞」。

〔三〕曳裾時：指霓裳舞拍序以後之舞態。曳裾：拖引衣襟。裾，衣之前後襟皆可稱裾。唐李白《行路難》之二：「彈劍作歌奏苦聲，曳裾王門不稱情。」

〔四〕翠雲、絳霞：指舞衣，又分别關涉荷葉、荷花。

〔五〕手雙垂：指「霓裳羽衣舞」中的「大垂手」、「小垂手」等名目。白居易《霓裳羽衣舞歌》：「中序擘騞初入拍，……小垂手後柳無力，斜曳裾時雲欲生。」自注：「霓裳舞之初態。」

〔六〕急鼓催將起：俞平伯《唐宋詞選釋》注云：似用「羯鼓催花」事，而意卻無關。此指「霓裳」舞至入破以後，節拍轉急。即白居易《霓裳羽衣舞歌》所謂「繁音急節十二遍」，自注：「霓裳曲十二遍而終。」似彩鳳，亂鸞飛：已大有《長恨歌》中所云「漁陽鼙鼓動地來，驚破霓裳羽衣曲」的氣象。

〔七〕萬瓊妃：指無數風蓮般的舞者。瓊妃，猶言玉妃，韓愈《辛卯年雪》：「從以萬玉妃」，爲詞句所本，韓以之喻雪，蔣以之喻荷花，而暗指嬪嬙之屬，應上「唐宫」。妃：影鈔本作「姬」。

【疏　解】

詞詠風蓮，而寄託深隱，構思新奇。詞人借助夢境把「風蓮」的動態與「霓裳羽衣舞」的姿態聯繫起來，在詠物中不著痕迹地寓託了詞人的弔古傷今之情。詞用「風蓮」比喻舞蹈動作，但不予點明，入筆直寫夢中所見唐宫舞者的妙曼舞姿。按諸有關文獻，上片所寫「正舞到，曳裾時」，乃是「霓裳舞之初態」；「慢騰騰，手雙垂」，指「霓裳羽衣舞」中的「大垂手」、「小垂手」等名目；換頭「忽然急鼓催將起，似綵鳳、亂鷩飛」三句，形容的是「霓裳」舞至入破以後，節拍轉急的景況。此詞在表現上有兩個特點：一是巧用比擬，結構不主故常，妙能於虚處傳神。這裏的虚，指的是夢境的巧妙設置。起首寫詞人夢到唐宫，正值春日遲遲之際，宫内笙管疊奏，歌舞沈酣。翠雲隊仗鱗次櫛比，絳霞舞衣飄霧曳煙。聲色之娱，承平之樂，令人陶醉。突然，舞衣驚散，恰似彩鳳亂飛。詞人也從夢中遽然驚醒，唐宫、瓊妃俱已化爲煙雲，眼前只見萬頃風荷，一一飄舉。夢中所見之翠雲隊仗、絳霞舞衣等等，不過是荷花的幻影而已。確如俞平伯所言：「若見荷花而連想美人原平常。今云『春晝夢唐宫』，初未説見有『風蓮』也，若夢境之構成，非緣聯想；如何夢中美女的姿態和實境荷花的光景，處處相合呢？然則『見荷花被風吹』者，原爲起興閒筆，這裏倒裝在後，改爲以景結情，並非真的題目。詞以風蓮喻舞態，非以舞態喻風蓮也。文雖明快，意頗深隱，結構亦新。」二是寄託深隱。此詞不但詠風蓮堪稱絶唱，更别有深意在焉。表面上以荷花喻舞女，以風荷喻舞姿，但因擬寫的是「唐宫」的「霓裳羽衣舞」，人們自然會生發聯想。尤其是换頭三句，大有《長恨歌》中所云「漁陽鼙鼓動地來，驚破霓裳羽衣曲」的氣象。這樣就把唐玄宗重色誤國導致安史之亂的歷史，與宋王朝耽於娛樂導致家國敗亡的現實結合起來。唐宮歌舞與湖上荷花都曾盛極一時，但鼓起風吹之日，也就是舞散花殘之時。聯繫到蔣捷所處的南宋末年的衰微國運，其比興寄託的弦外之音，不正給人以無窮的回味嗎？

【集評】

俞平伯《唐宋詞選釋》：題曰「風蓮」，借舞態作形容，比喻雖切當，卻不點破，直到結句方將「謎底」揭出。這樣似乎纖巧。然全篇託之於夢，夢見美人，醒見荷花，便繞了一個大彎。若見荷花而連想美人原平常。今云「春晝夢唐宮」，初未説見有「風蓮」也，若夢境之構成，非緣聯想；如何夢中美女的姿態和實境荷花的光景，處處相合呢？然則「見荷花被風吹」者，原爲起興閒筆，這裏倒裝在後，改爲以景結情，並非真的題目。詞以風蓮喻舞態，非以舞態喻風蓮也。文雖明快，意頗深隱，結構亦新。

步蟾宮　中秋

去年雲掩冰輪皎〔一〕。喜今歲、微陰俱掃〔二〕。乾坤一片玉琉璃，怎算得、清光多少〔三〕。

無歌無酒癡頑老〔四〕。對愁影、翻嫌分曉〔五〕。天公元不負中秋，我自把、中秋誤了〔六〕。

【校注】

〔一〕雲掩冰輪皎：雲遮掩了皎潔的月亮。冰輪：明月。唐朱慶餘《十六夜月》：「昨夜忽已過，冰輪始覺虧。」宋蘇軾《宿九仙山》：「半夜老僧呼客起，雲峰缺處湧冰輪。」

〔二〕微陰：《御選歷代詩餘》作「微雲」。

〔三〕玉琉璃：白色琉璃，喻月色皎潔。琉璃：天然有光寶石，唐代稱玻璃，宋元以來稱寶石。清光：清亮的光輝。此指月光。唐杜甫《一百五日夜對月》：「斫卻月中桂，清光應更多。」《花草萃編》作「秋光」。

〔四〕癡頑老：詞人自謂。癡頑：愚頑無知。常用作自謙之詞。唐王建《昭應官舍》：「癡頑終日羨人閒，卻喜因官得近山。」

〔五〕對愁影二句：月光皎潔使愁影分明，反不如月光朦朧些好。翻：反而。毛本、影鈔本、續本作「番」。北周庾信《臥疾窮愁》：「有菊翻無酒，無絃則有琴。」南宋張炎《甘州·賦衆芳所在》：「依約誰教鸚鵡，列屋帶垂楊。方喜閒居好，翻爲詩忙。」分曉：清晰，明白。宋陳文尉《答徐子融書》：「文蔚雖以來教次第求之，終見名義不曾分曉。」

〔六〕天公：見前《女冠子·元夕》注〔八〕。元：《花草萃編》、《御選歷代詩餘》作「原」。誤：《御選歷代詩餘》作「負」。

【疏　解】

此首中秋節令詞。上片喜中秋月明，而以「去年雲掩冰輪皎」起句，反襯手法，爲寫今年中秋鋪墊。去年中秋陰雲遮月，曾是多麽惱人。「喜今歲、微陰俱掃」二句，轉寫今年中秋，天氣格外晴朗，即使輕微的雲翳也一掃而光，詞人因之倍覺欣喜。因爲中秋節實際上就是「月亮節」，節日活動的主要内容就是賞月，而賞月的前提就是需要有個好天氣。「乾坤一片玉琉璃，怎算得、清光多少」三句，正面描寫中秋皓月，把乾坤輝映成一片皎潔晶瑩的琉璃世界，這遍地清幽的月光，是根本無法用數量多少來計算的！句中洋溢著喜晴的詞人掩飾不住的贊歎陶醉之情。在上片喜中秋月明之後，下片嫌中秋月明，造成詞情的跌宕。「無歌無酒癡頑老」一句是前喜後嫌的轉折。中秋佳節，皓月當空，正是對酒當歌、開宴賞月的最佳時間，但老年詞人已窘困到「無歌無酒」的地步，喜悦翻成惆悵，所以纔會「對愁影、翻嫌分曉」。他感覺皎潔的月光照得自己的「愁影」太過分明了，反不如月光朦朧些好，那樣也許會減輕些心中的愁緒。詩歌史上無數中秋詠月詩詞，從没有嫌月光明亮的，傷心人别有懷抱，蔣捷這樣寫，就成了一個特例。「天公元不負中秋，我自把，中秋誤了」三句，以自責作結。今夜月華如練，天公不負中秋，可暮年詞人落魄潦倒，無歌酒以酬佳節，心情落寞，轉嫌月明，好天良夜被詞人自己耽誤、虚度了。歸罪於己的爽然自失之中，自有一份生存困境也無法壓垮的灑脱。

前已言及，中秋節就是月亮節，賦中秋必然詠月亮，而月亮意象又是中國詩歌史上的一個通用意象，從《詩經·陳風·月出》開始，月亮就成爲引發歷代詩人濃鬱詩興的母題和原型，「無限新詩月下吟」（劉禹錫《酬淮南劉參謀秋夕見遇》），產生了無數詠月的名篇佳製，中秋節令詩詞就是其中的一個組成部分。月亮是女性柔美和家園安謐的象徵，它蘊著思念故鄉、思念親人、思念遠方的感情，它的陰晴圓缺，又成爲人間聚散離合的喻指，詠月亮賦中秋，切題的需要，多是在上述積澱深厚的構思意蘊框架下做文章，因此很難再出新意。蔣捷此詞突破定勢，避開中秋節令詩詞常寫的團圓聚散、懷鄉思親方面的内容，由喜晴轉嫌晴，進而有「人負時多」之感悟，因此在無數重復寫作中，給人耳目一新之感。

【集評】

潘游龍《古今詩餘醉》卷一：讀「天公」二句，看來人負時多。

南鄉子　黄葵〔一〕

冷淡是秋花〔二〕。更比秋花冷淡些。到處芙蓉供醉賞，從他〔三〕。自有幽人處士誇〔四〕。寂寞兩三葩〔五〕。晝日無風也帶斜〔六〕。一片西窗殘照裏，誰家〔七〕。捲卻湘裙薄薄紗〔八〕。

【校注】

〔一〕黄葵：又名黄蜀葵、側金盞。葉如人掌，深杈五尖，夏秋間開花，蕊紫，花鵝黄色，朝開午收暮落。

〔二〕秋花：秋日開放的花朵。一般多指菊花。

〔三〕從他：隨他。從：聽從。

〔四〕幽人處士：隱逸之士。幽人：隱士。《易·履》：「履道坦坦，幽人貞吉。」南齊孔稚圭《北山移文》：「或歎幽人長往，或怨王孫不遊。」處士：未仕或不仕的士人。《孟子·滕文公》下：「聖王不作，諸侯放恣，處士横議，楊朱、墨翟之言盈天下。」

〔五〕葩：草木的花。漢張衡《思玄賦》：「天地烟煴，百卉含葩。」

〔六〕晝：影鈔本作「盡」。無風也帶斜：謂黄葵向日，雖然無風花朵也傾斜。

〔七〕殘照：夕照，落日。唐孟浩然《同獨孤使君東齋作》：「竹間殘照入，池上夕陽浮。」

〔八〕湘裙：應作「緗裙」。漢樂府《陌上桑》：「緗綺爲下裙，紫綺爲上襦。」唐李商隱《燕臺四首·夏》：「安得薄霧起緗裙，手接雲軿呼太君。」緗：淺黄色。此以淺黄色之裙喻黄葵花。

【疏解】

詞詠黄葵，寄託不媚世俗、自甘寂寞的人格理想。上片以菊花和芙蓉爲襯，表現黄葵的幽獨品格。起句「冷淡是秋花」，詠葵而先寫菊，「秋花」指菊花，菊花深秋開放，天氣已冷，百花在春夏間已次第開過，此時獨有菊花傲霜凌寒，故曰「冷淡」。「冷淡」的内涵，除指天氣季節的寒冷蕭條外，更指菊花不趕春夏花時、不湊熱鬧的個性。但黄葵「更比秋花冷淡些」，轉折句法，在與菊花的比較中，突出黄葵更爲「冷淡」的個性特點。菊花作爲正面形象襯托黄葵，是爲正襯。「到處芙蓉供醉賞，從他」二句，再以到處盛開、供人醉賞的芙蓉花作爲黄葵的反襯。「從他」，隨他，語氣中有不屑之意。芙蓉一名拒霜，秋日開放，亦非俗花，但芙蓉花色豔麗，花朵繁盛，爲大衆喜愛，所以在此被花朵疏落、花色淺淡的黄葵目爲俗花，不屑與之爲伍。芙蓉作爲反面形象出現在這裏，也不過是詞人一時表現上的需要，不可據爲定論。「自有幽人處士誇」是黄葵的矜持自傲之詞，與「到處醉賞」的世俗化大衆化相比，「幽人處士」當然是少數人，但卻是品格高尚的隱逸之人，得到他們的誇讚，正見出黄葵的花品不俗，黄葵爲此感到欣慰。在以菊花芙蓉正反襯托對比之後，下片描寫黄葵。「寂寞兩三葩」，呼應上片的「冷淡」和「到處醉賞」，黄葵只有稀疏的幾朵在寂寞地開放，與到處招人的芙蓉花很不一樣。「晝日無風也帶斜」，謂黄葵向日，白天雖然無風，花朵也隨著太陽的光照角度而傾斜。這是抓準題詠對象特點的不可移易之句。「一片西窗殘照裏，誰家。卷卻湘裙薄薄紗」三句，描寫落日餘暉之中，人家西窗前的兩三棵黄葵，捲起了淺黄色的花瓣。黄葵向日而開，隨著太陽落下，張開的花瓣也收攏起來，就像是一位穿著緗裙的女子，在黄昏裏靜靜地捲起了自己的裙幅。這三句描寫日暮花斂，透出一片冷淡、寂寞之感。

蔣捷的雙調詞，往往打破上片描寫叙述、下片抒情議論的結構程式。即如此詞，上片襯托對比，含有議論抒情意味，下片正面描寫題詠對象，與常規的雙調詞結構安排恰好相反。可見詞無定法，運用之妙，存乎一心而已。

行香子〔一〕 舟宿蘭灣〔二〕

紅了櫻桃，緑了芭蕉。送春歸、客尚蓬飄〔三〕。昨宵穀水，今夜蘭皋〔四〕。奈雲溶溶，風淡淡，雨瀟瀟〔五〕。　銀字笙調。心字香燒〔六〕。料芳悰、乍整還凋〔七〕。待將春恨，都付春潮〔八〕。過窈娘隄，秋娘渡，泰娘橋〔九〕。

【校　注】

〔一〕行香子：又名熱心香、讀書引。調見宋歐陽修《六一詞》。《西溪叢話》卷下云：「行香起於後魏及江左齊梁間，每燃香燻手，或以香末散引，謂之行香。」唐張籍《送令狐尚書赴東都留守》詩：「行香暫出天橋上，巡禮常過禁殿中。」

〔二〕蘭灣：或謂蘭溪之灣。毛本、續本作「蔄灣」，《詞綜》作「間灣」。蘭溪，水名，即今浙江之蘭江，江岸多生蘭芝，故名。但從結句「秋娘渡，泰娘橋」等地名看，似是吴江上泊舟處。《花草萃編》無詞題，《御選歷代詩餘》詞題作「舟泊蔄灣」。

〔三〕蓬飄：即飄蓬，謂客子行蹤如蓬草之漂泊無定。唐杜甫《鐵堂峽》：「飄蓬踰三年，回首肝肺熱。」蓬，草名，即蓬蒿。秋枯根拔，風捲而飛，故名飛蓬。在古代詩詞中常作客子漂泊之象喻。

〔四〕穀水：非指河南洛陽或安徽碭山之穀水，與下句「蘭皋」對用，似當解作生長穀物之水邊近是。蘭皋：生長蘭草之涯岸。戰國楚屈原《離騷》：「步余馬於蘭皋兮，馳椒丘且焉止息。」此即指題中「蘭灣」。

〔五〕奈：吴本、毛本、影鈔本、續本作「奈何」。溶溶：雲盛貌。唐盧照鄰《懷仙引》：「回首望群峰，白雲正溶溶。」

〔六〕銀字二句：見前《一翦梅·舟過吴江》注〔六〕、注〔七〕。

〔七〕悰：歡樂的心情。吴本、毛本、續本、黄本作「蹤」，《詞律》作「縱」，《花草萃編》、《詞綜》、《御選歷代詩餘》作「踪」。

〔八〕春恨：《御選歷代詩餘》作「春憾」。

〔九〕窈娘隄：地名，始見於晚唐羅虬《比紅兒》詩：「花落塵中玉墮泥，香魂應上窈娘堤。」但堤在何處，不詳。與「秋娘渡、泰娘橋」連用，當在吴江上某處。窈娘，唐喬知之婢女，美姿容，善歌舞，爲武承嗣所奪。知之怨惜，作《緑珠篇》寄情，窈娘見詩後感憤自殺。事見唐孟棨《本事詩·情感》。秋娘渡，泰娘橋：見前《一翦梅·舟過吴江》注〔四〕。

【疏解】

此詞作於漂泊旅途，抒思鄉思親之情。上片寫旅途艱辛。起句「紅了櫻桃，緑了芭蕉」，描寫春末夏初特色鮮明的景物，暗示季節變化，流光抛人。「送春歸、客尚蓬飄」兩句承上轉折，感慨春歸人未歸。「昨宵穀水，今夜蘭皋」具體落實「蓬飄」二字，「昨宵」、「今夜」在時間上連續，「穀水」、「蘭皋」在地點上變換，時間上的連續與地點上的變換，正見出詞人漂泊旅途的輾轉流離，居無定所。「奈」字領起「雲溶溶，風淡淡，雨瀟瀟」三組疊字排句，蟬聯而下，慨歎陰晴不定、風雨蕭瑟的天氣，更增添旅途漂泊的困頓艱辛。下片抒旅途鄉思。「銀字」二句，是關於往昔的回憶也是關於未來的想像，風中飄蓬般流徙的詞人，對焚香調笙的恬適家居生活，有著超乎尋常的强烈心理期待。他知道，這種期待也是家人共有的。「料芳悰、乍整還凋」，即以客代主，透過一層，想像家人盼歸乍喜還悲的複雜心情。這樣翻來覆去地想著，心中的離愁别恨越釀越濃、越聚越多了，水上漂泊的詞人，準備把這滿腹的「春恨」，一股腦兒「都付春潮」，借一江春水把「春恨」沖淡、流走，這是無奈之際觸景生情的消解辦法。結句連用三個水上地名，回應上片的「客尚蓬飄」，形象地展示詞人的不停漂泊和歸心似箭。女性化的地名，也透漏了思鄉的詞人某種特定的心理訴求。

這首詞和《一翦梅·舟過吴江》所寫的内容基本相同，「紅了櫻桃，緑了芭蕉」、「銀字笙調，心字香燒」、「秋娘渡，泰娘橋」等，都是《一翦梅·舟過吴江》中的句子意象，拿到這裏再次使用，但表現效果似有不同。尤其是「紅了櫻桃，緑了芭蕉」兩句，用爲《一翦梅·舟過吴江》的結句，是整首詞情的凝聚，給人的印象飽滿而鮮明；放在這首《行香子》起句的位置上，感覺並不特別醒目。可見名句一旦和原作剥離，藝術魅力也會稍打折扣。這就像北宋晏殊《浣溪沙》名句「無可奈何花落去，似曾相識燕歸來」的情況一樣，「無可奈何」兩句，也曾被晏殊再次用爲七律《示張寺丞王校勘》的腹聯，在原作中本是「音調諧婉，情致纏綿」的千古名句，寫入七律則被認爲「氣格纖弱」，並不見佳（張宗橚《詞林紀事》）。

【集評】

世經堂康熙十七年殘本《詞綜》批語：一片迷離恨。「料芳蹤」一語不亮。

粉蝶兒〔一〕　殘春

啼鴂聲中，春光化成春夢〔二〕。問東君、仗誰詩送〔三〕。燕憐晴，鶯愛暖，一窗芳哄〔四〕。奈忽忽、催他柳緜狂縱〔五〕。　輕羅扇小，桐花又飛么鳳〔六〕。記寒吟、沁梅霜凍。古今□，人易老，莫閒雙鞚〔七〕。尚堪游、荼蘼粉雲香洞〔八〕。

【校　注】

〔一〕粉蝶兒：調見宋毛滂《東堂詞》，詞有「粉蝶兒，這回共花同活」句，故名。《御選歷代詩餘》調下無詞題。

〔二〕鴂：鶗鴂，即杜鵑。洪興祖《楚辭補注》引漢服虔《離騷》注，説鶗鴂是伯勞。戰國楚屈原《離騷》：「恐鶗鴂之先鳴兮，使夫百草爲之不芳。」化成：《御選歷代詩餘》作「釀成」。

〔三〕東君：神仙名。戰國楚屈原《九歌・東君》爲祭祀日神之歌。三國魏曹操《陌上桑》「濟天漢，至崑崙，見西王母謁東君」的「東君」，指東王公。此指司春之神。五代南唐成彦雄《柳枝詞》之三：「東君愛惜與先春，草澤無人處也新。」《御選歷代詩餘》作「東風」。詩：吴本、毛本、《詞律》、續本作「時」，《御選歷代詩餘》作「持」。

〔四〕芳哄：指鶯聲燕語。哄，衆聲，《御選歷代詩餘》作「蕻」。

〔五〕忽忽：毛本、續本作「囪囪」。柳緜狂縱：柳絮亂飛。

〔六〕扇小：吴本、毛本、彊村本、續本、黄本作「小扇」。么鳳：鳥名，羽毛五色，像傳説中的鳳鳥而體型較小，故名。又因其常於暮春桐花開時來集桐上，也稱桐花鳳。唐李德裕《畫桐花鳳扇賦序》：「成都夾岷江，磯岸多植紫桐。每至春暮，有靈禽五色，小於玄鳥，來集桐花，以飲朝露。」宋蘇軾《異鵲》：「家有五畝園，么鳳集桐花。」

〔七〕古今□，人易老：毛本、《御選歷代詩餘》、影鈔本、續本作「古今人易老」，《詞律》作「古今人□

易老」。鞚：馬絡頭。《隋書·陳茂傳》：「高祖將挑戰，茂固止不得，因捉馬鞚。」

〔八〕香洞：香氣彌布的洞室。義同香窟。

【疏　解】

詞詠殘春，抒及時行樂之情。上片寫殘春之景。起句感傷春歸，啼鴂暮春始鳴，屈子《離騷》云：「恐鶗鴂之先鳴兮，使夫百草爲之不芳。」啼鴂鳴叫標志著春天的消逝，大好春光變成了依稀春夢。「東君」司春之神，是他帶來了明媚的春天，現在要走了，靠誰寫首詩來送別呢？句中含有牽掛不舍之意。「燕憐晴，鶯愛暖，一窗芳哄」三句，再現燕語鶯歌、聲喧晴窗的熱鬧春景。無奈時光忽忽，轉眼春盡，又是柳絮濛濛亂飛的暮春時節。下片抒及時行樂之情。初春霜雪冰凍中賞梅吟詩的記憶猶新，已是羅扇輕搖、鳳集桐花的初夏天氣。「輕羅」四句，從眼前轉入回憶，突出光陰如流之感，爲下面抒情鋪墊。緣此，詞人不禁感慨人生易老，古今同悲，詞情順勢轉入及時行樂上來，勸人「莫閒雙鞚」，縱情游樂，不負春光。即使春去夏來，尚有荼蘼花開如雲，香溢園林洞室，堪供游賞怡情。

此詞表現的内容，可歸入中國詩歌時間生命主題的範疇。時間生命主題在中國詩歌中展開爲及時有爲與及時行樂兩個側面。中國人的時間生命意識覺醒很早，《詩經》中的《蟋蟀》、《蜉蝣》等詩就是明證。此後，表現時間生命主題的作品多到難以數計。在評價上，歷代論者衆口一詞肯定及時有爲之作，否定及時行樂之作。其實，及時行樂思想源於人在時間生命意識覺醒後，對人生的短暫、虚無一面的痛切感受及自救的努力，在最深的層次上，它是人類熱愛生命、厭棄死亡的情感態度和價值觀念的反映，是渺小的人類抗衡時間和自然規律的一種可憫的努力。並非完全出於享樂的欲望本能。因此，我們對此類作品也需辯證看待。

翠羽吟〔一〕

響林王君本示予越調小梅花引，俾以飛仙步虚之意爲其辭〔二〕。予謂泛泛言仙，似乎寡味，越調之曲與梅花宜，羅浮梅花，真仙事也〔三〕。演而成章，名翠羽吟

紺露濃〔四〕。映素空。樓觀峭玲瓏〔五〕。粉凍霽英，冷光摇蕩古青松〔六〕。半規黄昏淡月，梅氣山影溟濛〔七〕。有麗人、步依修竹，蕭然態若游龍〔八〕。綃袂微皺水溶溶〔九〕。仙莖清瀣，淨洗斜紅〔一〇〕。勸我浮香桂酒，環佩暗解，聲飛芳靄中〔一一〕。弄春弱柳垂絲，慢按翠舞嬌童〔一二〕。醉不知何處，驚翦翦、淒緊霜風〔一三〕。夢醒尋痕訪蹤。但留殘星挂穹。〔一四〕梅花未老，翠羽雙吟，一片曉峰〔一五〕。

【校　注】

〔一〕翠羽吟：蔣捷自度曲，見《竹山詞》。《康熙詞譜》卷三七云：「此調祇有此詞，無別首宋詞可

校。」毛本、續本詞牌後並無序。

〔二〕響林：地名，不詳。王君本：作者友人，生平不詳。影鈔本作「王君本」。越調：燕樂二十八調的商聲七調之一，其主音高合於唐燕樂律黄鍾律，又名黄鍾商，因是燕樂無射均的商調式，故又名無射商。小梅花引：詞調名，已佚。俾：使。飛仙步虚：道教傳説中的會飛的仙人凌空而行。飛仙：會飛的仙人。《海内十洲記·方丈洲》：「（蓬萊山）周回五千里，外别有圓海繞山，圓海水正黑，而謂之冥海也。無風而洪波百丈，不可得往來……惟飛仙有能到其處耳。」步虚：神仙淩空步行。據《樂府詩集》，道教樂曲有《步虚詞》「備言衆仙縹緲輕舉之美」。其辭：吴本作「干亂」，誤。

〔三〕泛泛：吴本作「泛」。羅浮：山名，在廣東增城、博羅、河源之間，綿亘百餘公里，峰巒四百餘，風景秀麗，爲粤中名山。相傳晉葛洪於此得仙術。山上有洞，道教列爲第七洞天。羅浮梅花事，見唐柳宗元《龍城録》：「隋開皇中，趙師雄遣羅浮。一日天寒日暮，在醉醒間，因憩僕車於松林間酒肆。旁舍見一女人，淡妝素服，出迓師雄。時已昏黑，殘雪未消，月夜微明，師雄喜之，與之語。但覺芳香襲人，語言極清麗。因與之叩酒家門，得數杯相與共飲。少頃有一緑衣童子來，笑歌戲舞，亦自可觀。師雄醉寐，但覺風寒相襲。久之，東方已白，師雄起視，乃在大梅花樹下，上有翠羽啾嘈相顧。月落參横，但惆悵而已。」後以此典詠梅或詠遇仙事。

〔四〕紺露：深青透紅之露。

〔五〕峭：《康熙詞譜》作「悄」。

〔六〕霽英：雪晴後的梅花。

〔七〕半規：半圓形。南朝宋謝靈運《游南亭》：「密林含餘清，遠峰隱半規。」溟濛：模糊不清。

〔八〕麗人：指梅花所化之佳人。步依修竹：唐杜甫《佳人》：「天寒翠袖薄，日暮倚修竹。」蕭然：超然脱俗貌。蕭：吴本、毛本、《詞律》、續本作「瀟」，《康熙詞譜》作「翩」。游龍：喻體態婀娜婉美。戰國楚宋玉《神女賦》：「忽兮改容，婉若游龍乘雲翔。」三國魏曹植《洛神賦》：「翩若驚鴻，婉若游龍。」

〔九〕綃袂句：薄絹衣袖上的皺褶像流動的波紋。溶溶：水流貌。唐李商隱《裴明府居止》：「愛君茅屋下，向晚水溶溶。」

〔一〇〕仙莖清瀣：仙人承露盤上的清露。仙莖，漢武帝所立金銅仙人承露盤之銅莖。清瀣，清露。瀣，夜半之水氣。斜紅：殘餘的脂粉。

〔一一〕桂酒：用桂花浸製的酒。戰國楚屈原《九歌·東皇太一》：「蕙肴蒸兮蘭藉，奠桂酒兮椒漿。」

〔一二〕環佩暗解：漢劉向《列仙傳》上《江妃二女》：「江妃二女者，不知何許人也，出游於江漢之湄，逢鄭交甫。見而悦之，不知其神人也，謂其僕曰：『我欲下請其佩。』……遂手解佩與交甫。」後以此典喻男女贈物傳情。

〔一三〕慢按：慢擊節拍。按，擊，打拍子。嬌童：美少年。唐儲光羲《夜觀妓》：「嬌童攜錦薦，侍女整羅衣。」

〔一三〕翦翦：形容風寒削面。唐韓偓《寒食夜》：「測測輕寒翦翦風，杏花飄雪小桃紅。」淒緊：寒風疾厲逼人。晉殷仲文《南州桓公九井》詩：「景氣多明遠，風物自淒緊。」宋柳永《八聲甘州》：「漸霜風淒緊，關河冷落，殘照當樓。」

〔一四〕殘星：毛本、《詞律》、續本作「殘」，《康熙詞譜》作「殘月」。挂穹：《康熙詞譜》作「掛遥穹」。穹：天空。

〔一五〕翠羽：翠色的鳥羽，此指毛羽翠色的鳥。

【疏　解】

據詞前題序，此詞系應友人王君本所請而作，敷演柳宗元《龍城録》所記隋人趙師雄羅浮遇仙事，亦可歸入櫽括一類。上片寫山中黄昏遇仙，可與《龍城録》中所記對讀：「隋開皇中，趙師雄遣羅浮。一日天寒日暮，在醉醒間，因憩僕車於松林間酒肆。旁舍見一女人，淡妝素服，出迓師雄。時已昏黑，殘雪未消，月夜微明。」詞中環境、氣候、時間、人物均與《龍城録》所記相同，「松」、「月」意象也爲原作所有。詞人添加了「紺露、素空、霽英、梅氣、山影、修竹」等意象，渲染了山中月夜清寒、朦朧的氛圍，「半規黄昏淡月，梅氣山影溟濛」，大有「暗香浮動月黄昏」之韻味，與「梅仙」身份更爲協調吻合。「麗人」即爲梅花所化，儀態婉美，超凡脱俗，以松竹爲襯，松竹梅歲寒三友齊集。比起《龍城録》的散文語言，蔣捷的改寫點染設色，更有詞采和意境。下片寫遇仙的經過情形，也就是《龍城録》中的如下記述：「師雄喜之，與之語。但覺芳香襲人，語言極清麗。因與之叩酒家門，得數杯相與共飲。少頃有一緑衣童子來，笑歌戲舞，亦自可觀。師雄醉寐，但覺風寒相襲。久之，東方已白，師雄起視，乃在大梅花樹下，上有翠羽啾嘈相顧。月落參横，但惆悵而已。」換頭寫梅花幻化的麗人，衣袂微皺如水波流動，她用仙掌承接的清露，淨洗脂粉。「勸我」五句，寫與梅仙共飲，梅仙殷勤勸酒，解珮暗贈，更有嬌童獻舞，拍節輕按，芳靄聲飛，柳絲飄拂，春意融融。「醉不知」三句，寫既醉之後，梅仙別去，但覺霜風凄緊，寒氣逼人。於是蘧然「夢醒」，惟見殘星在天，已尋不到梅仙蹤影。「梅花」三句以景結情，曉峰歷歷，翠鳥啁啾，令人倍感惆悵。

蔣捷喜梅，這首「步虛飛仙之詞」，檃括柳宗元《龍城録》所記趙師雄遇仙事，意格清冷幽奇，得梅花神韻，實可作一首變相的詠梅詞來讀。

賀新郎　鄉士以狂得罪，賦此餞行〔一〕

甚矣君狂矣。想胸中、些兒磊磈，酒澆不去〔二〕。據我看來何所似，一似韓家五鬼〔三〕。又一似、楊家風子〔四〕。怪鳥啾啾鳴未了，被天公、捉在樊籠裏〔五〕。這一錯，鐵難鑄〔六〕。

濯溪雨漲荊溪水〔七〕。送君歸、斬蛟橋外，水光清處〔八〕。世上恨無樓百尺，裝著許多俊氣〔九〕。做弄得、栖栖如此〔一〇〕。臨别贈言朋友事，有殷勤、六字君聽取。節飲食，慎言語〔一一〕。

【校注】

〔一〕鄉士：周代官名，見《周禮·秋官·鄉士》。此指同鄉文士。

〔二〕些兒磊磈：一點抑鬱不平之氣。些兒：一點兒。南宋張榘《水龍吟》：「看殘梅飛盡，枝頭微認，青青子，些兒大。」磊磈，衆石累積貌，喻心中不平之氣。同壘塊。《世説新語·任誕》：「阮籍胸中壘塊，故須酒澆之。」

〔三〕據：毛本、續本作「攄」。韓家五鬼：唐韓愈《送窮文》中將「智窮、學窮、文窮、命窮、交窮」稱爲五種「窮鬼」，説：「凡此五鬼，爲吾五患。」後以此典比喻境遇不順利。

〔四〕楊家風子：五代楊凝式，字景度，號虚白，唐昭宗時進士。善草書、隸書，尤長顛草，筆法端勁，有韭花帖、夏熱帖等傳世。歷仕梁、唐、晉、漢、周五朝，官至少師，皆以心疾罷職。佯狂自放，人謂之楊風子。《舊五代史》卷一二八有傳。風子即瘋子，此指佯作癲狂者。

〔五〕怪鳥：奇異罕見之鳥。《山海經·南山經》：「又東四百里，至於旄山之尾，其南有谷曰育遺，多怪鳥，凱風自是出。」《晉書·孫盛傳》：「盛與温牋，而辭旨放蕩，稱州遺從事觀采風聲，進無威鳳來儀之美，退無鷹鸇搏擊之用，徘徊湘川，將爲怪鳥。」後譏孤僻之人爲怪鳥，本此。啾啾：象聲詞。所指隨文而異。漢樂府《隴西行》：「鳳凰鳴啾啾」，指鳥鳴聲。此指怪鳥叫聲。樊籠：關鳥獸的籠子，比喻受拘束、不自由的境地。晉陶潛《歸園田居》其一：「久在樊籠裏，復得返自然。」

〔六〕鐵難鑄：宋孫光憲《北夢瑣言》卷一四《神告羅宏信》：唐魏博節度使羅紹威以本府牙軍骄横不可制，因引入朱全忠兵盡殺牙軍，然自是魏博衰弱不振。紹威悔之，謂親信曰：「聚六州四十三縣鐵，打一個錯，不能成也。」後因稱失誤爲鑄錯。

〔七〕濯溪、荆溪：均爲詞人家鄉宜興九溪中之河流名。濯溪爲荆溪支流。

〔八〕斬蛟橋：原名長橋，在宜興城。斬：毛本、續本作「軟」，誤。斬蛟：吴本作「蛟」。據《晉書·周處傳》載，義興陽羡人周處曾在橋下斬蛟除害。唐劉禹錫《壯士行》：「明日長橋上，傾城看斬蛟。」

〔九〕樓百尺：即百尺樓，猶言高樓。《三國志·魏·陳登傳》：漢末陳登字元龍，在廣陵有威名。卒後，劉備在劉表座論天下人物，座中許汜曰：「昔見元龍，元龍自上大牀卧，使客卧下牀。」備曰：「君求田問舍，言無可采，如小人欲卧百尺樓上，卧君於地，何但上下牀之間耶？」俊氣：俊傑超邁之氣。

〔一〇〕做弄：故意播弄。宋盧祖皋《謁金門·春思》：「做弄清明時序，料理春酲情緒。」栖栖：忙碌不安貌。《論語·憲問》：「微生畝謂孔子曰：『丘何爲是栖栖者與？』」

〔一一〕贈言：用正言相勸勉。多指臨別時贈語。《荀子・非相》：「故贈人以言，重於金石珠玉。」節飲食，慎言語：即俗語所謂「病從口入，禍從口出」之意。

【疏　解】

此詞作於蔣捷中進士之後，南宋都城臨安被元軍攻占之前。詞人所餞行的這位「以狂得罪」的同鄉文士，所得罪的當是腐敗無能而又鉗制輿論的南宋小朝廷當權者。南宋滅亡前夕，皇帝昏庸，權臣誤國，南宋王朝兵虚財匱，已瀕臨崩潰局面。憂國之士痛心疾首，或慷慨獻策，或賦詩填詞，對朝政和權貴建言諷諭。蔣捷的這位鄉士，大約就是基於對大局的憂憤，發表了情辭激烈的言論得罪當道，因而被趕出都城，遣送回籍的。詞的上片寫鄉士「以狂得罪」，起句即以慨歎語氣點明同鄉的性格特點：狂，且不是一般的狂，而是狂甚！接著用《世説新語・任誕》中阮籍的典故，表明這位同鄉的「狂甚」，實在是因爲胸中種種無法排遣的鬱積，所謂激於義憤，乃是「狂」的深層原因。以下又連用兩個典故以爲比擬，一是以韓愈《送窮文》中的「五鬼」爲喻，贊美同鄉的正直磊落、多才善良；一是用五代楊凝式行爲縱誕被目爲「瘋子」的故事，形容同鄉的不合時宜、不識時務、不爲圓滑。「怪鳥啾啾」句寫才志之士處身昏昧的末世，竟被世俗目爲「怪鳥」，並且以其「啾啾」之鳴，招致了「被天公、捉在樊籠裏」的災難性結局。語氣略帶幽默調侃。這是專制體制下顢頇的權貴與清議的士流衝突的必然結果。「這一錯，鐵難鑄」，抒發了詞人對「以狂得罪」的同鄉的遭遇的憤憤不平和深深惋惜！下片轉寫題中「餞行」，换頭三句交待鄉士的去處，即被遣送回原籍宜興。詞人與鄉士的家鄉宜興，有澀溪、荆溪等九溪，不僅山清水秀，而且出過周處這樣爲民除害的忠勇英才。相傳横跨荆溪上的長橋，就是晉代周處斬蛟的地方。詞人點出斬蛟橋，意在讓家鄉歷史上的英才與現實中的非凡之士相互印證、映照。但現實汙濁黑暗，已無英傑之士的容身之所，詞人用《三國志》典故，揭露執政當局無惜才之心容人之量，導致奇偉不俗之士恓惶不安的現狀，表現了詞人對時局的清醒認識，流露了對同鄉生不逢時、觸犯時忌的深切同情。結句是詞人的臨别贈言：既然時世如此，那就「節飲食，慎言語」，獨善其身吧！詞人已知天下事無可爲，所以勸同鄉今後須明哲保身，善自珍攝。其中正有著幾多憤懣與無奈之意！

這首餞别詞在表現上也很有特點。一是散文化的句法與頓挫憤激而又略帶詼諧幽默的語氣，可説是一篇詞中送别的贈序文。蔣捷之前，宋人用《賀新郎》詞牌寫出過送别名篇，如張元幹的《賀新郎·送胡邦衡赴新州》、辛棄疾的《賀新郎·别茂嘉十二弟》等，蔣捷這首《賀新郎》對前人名作當有所承沿。在語氣句法上則與辛棄疾的《賀新郎》「細把君詩説」、「甚矣吾衰矣」彷佛，而更多贈序文、書信體的風味。其影響下及清人，如顧貞觀的兩首膾炙人口的《金縷曲》「季子平安否」、「我亦飄零久」。二是大量運用典故，或翻用，或化用，或借用，無不妥帖愜當，對豐富情感内涵、刻畫人物性格起到了重要作用。

【集評】

卓人月《詞統》卷一六：經語用得恁趣。劉蕡，楊相嗣復門生也，對策，忤中官仇士良，謂楊曰：奈何放此風漢及第耶？楊曰：嗣復昔與蕡及第時，猶未風耳。

胡雲翼《宋詞選》：題材内容不限於一隅，是《竹山詞》的特徵之一。例如《賀新郎》（鄉士以狂得罪賦此餞行）一首，别的作家是不大會考慮把這種材料組織起來寫詞的。馮煦在《蒿庵論詞》裏指斥這首詞説：「詞旨鄙俚，匪惟李、晏、周、姜所不屑爲，即屬稼軒亦下乘也。」其實這是一首好詞，寫的是一闋悲劇，一闋人民受到統治階級迫害、喪失自由的悲劇。

詞中以鄉士比阮籍、楊凝式，並以韓愈的「五鬼」爲喻，可見他是一個有才氣而與時俗乖違的人物。「怪鳥啾啾」的言論，顯然是對當時的專制統治表示不滿，所以受到罪罰。最後六字「節飲食，慎言語」不同於一般的應酬語，含有難以言宣的憤懣與感慨。

又　彈琵琶者〔一〕

妾有琵琶譜〔二〕。抱金槽、慢撚輕拋，柳梢鶯妒〔三〕。羽調六么彈徧了，花底靈犀暗度〔四〕。奈敲斷、玉釵纖股。低畫屏深朱户掩，捲西風、滿地吹塵土。芳事往，蝶空訴〔五〕。天天把妾芳心誤〔六〕。小樓東、隱約誰家，鳳簫鼉鼓〔七〕。淚點染衫雙袖翠，修竹凄其又暮。

背燈影、蕭條情互〔八〕。捐佩洲前裙步步，渺無邊、一片相思苦〔九〕。春去也，亂紅舞。

【校　注】

〔一〕彈琵琶者：吴本、毛本、續本作「贈彈琵琶者」。彊村本、黄本作「贈琵琶者」。《御選歷代詩餘》無詞題。

〔二〕琵琶譜：琵琶曲譜。

〔三〕金槽：飾金的琵琶槽，代指琵琶。槽：琵琶上架弦的格子。唐李賀《秦王飲酒》：「龍頭瀉酒邀酒星，金槽琵琶夜棖棖。」撚、拋：彈琵琶的指法。鶯妒：《御選歷代詩餘》作「鶯語」。妒：吴本、毛本、續本作「柘」，誤。

〔四〕羽調六么：羽調，燕樂二十八調的調類名。六么：即緑腰，唐琵琶曲名。貞元時樂工進曲，德宗命録出要者，因名《録要》。轉寫爲緑腰、六么。唐白居易《琵琶行》：「輕攏慢撚抹復挑，初爲霓裳後六么。」靈犀暗度：心意借樂曲暗傳。靈犀，舊説以犀爲神獸，犀角有白紋，感應靈敏。以之喻兩心相通。唐李商隱《無題》：「身無彩鳳雙飛翼，心有靈犀一點通。」

〔五〕芳事：花事。喻借琵琶傳遞的一段美好情事。五代馮延巳《鵲踏枝》：「風蕩春雲羅衫薄。難得輕陰，芳事休閒卻。」

〔六〕天天：見前《小重山》「曾伴芳卿鏘佩環」注〔六〕。

〔七〕鳳簫：即排簫，比竹爲之，參差如鳳尾，故稱。南宋辛棄疾《青玉案》：「鳳簫聲動，玉壺光轉，一夜魚龍舞。」鼉鼓：鼉皮蒙的鼓。又鼓聲逢逢然如鼉鳴，故曰鼉鼓。《詩經·大雅·靈臺》：「鼉鼓逢逢，矇瞍奏公。」鼉，即揚子鱷。《釋文》：「皮堅厚，宜冒鼓。」

〔八〕情互：情思交錯紛亂。

〔九〕捐佩：抛棄佩飾。戰國楚屈原《九歌·湘君》：「捐余玦兮江中，遺余佩兮醴浦。」

【疏　解】

如題所示，此詞題詠「彈琵琶者」。上片寫琵琶女借曲傳情。起句「妾有琵琶譜」，第一人稱自述，顯出學有根底。「抱金槽、慢撚輕抛，柳梢鶯妒」三句，誇説自己琵琶演奏技藝出衆，音聲美妙，連柳梢上宛轉啼鳴的黄鶯都要嫉妒了。「羽調六么彈徧了，花底靈犀暗度」二句，形容彈者傾心，聽者動情，一曲《六么》彈遍，已是靈犀暗通。「奈敲斷、玉釵纖股」二句，刻畫聽者按拍、敲斷釵股的忘情之狀。「低畫屏深朱户掩，捲西風、滿地吹塵土」三句，説彼此款曲已通，互相心儀，然交接無由，演奏結束，當即隔絶。琵琶女回到畫屏幽室，朱户緊掩，陷入相思煩惱之中。室外西風吹起滿地塵土，一春花事已盡，徒剩蝴蝶泣訴著對春天的不舍之情。「芳事」明寫花事，暗指自己借演奏樂曲花底傳情的一段美好往事，「蝶空訴」句，借蝴蝶泣訴寫自己的無奈和哀傷。下片寫琵琶女的相思之苦。换頭怨天，是痛極之詞。「小樓東、隱約誰家，鳳簫鼉鼓」三句，寫掩門困居的琵琶女，聽到小樓東邊隱約傳來的簫鼓聲。這三句以樂襯哀，借人家的熱鬧反襯琵琶女的孤寂。「淚點染衫雙袖翠，修竹淒其又暮」二句，化用杜甫《佳人》「天寒翠袖薄，日暮倚修竹」詩意，見出琵琶女雖爲樂伎，亦自有品，這樣寫實際上是詞人審美品格和人格操守的折射。由這兩句回看「小樓東」三句，以樂寫哀的比襯手法中，似隱隱含有「但見新人笑，那聞舊人哭」之意。果真如此，那麽琵琶女的痛苦當是聽樂男子負情欺心、另結新歡所致。但琵琶女癡情依舊，空房獨守，背對燈影，心緒撩亂。「捐佩洲前」用《九歌·湘君》「捐余玦兮江中，遺余佩兮醴浦」句意，可知琵琶女與那聽樂男子相約水邊，男子不至，等待無果。「裙步步」形象地表現了琵琶女踟躕徘徊、焦慮不安的情形，眼前空茫的水面，化作一片無邊的相思。「春去也，亂紅舞」仍是以景結情的寫法，回應前結「芳事往，蝶空訴」，無可奈何花落去，春天連同那段美好的情緣，都如亂落的飛紅般無可挽回地消逝了。

竹山詞遣詞用語間有不可解處，此詞展開的季節背景是春天，上片卻出現了「西風」字樣，即與全詞所寫季節不符，當是一時疏漏，大醇小疵，不計可也。

【集評】

葉申薌《本事詞》卷下：名姬有善琵琶者，勝欲爲賦《賀新郎》云。

又　題後院畫像

綠墮雲垂領〔一〕。背琵琶、盈盈袖手，粉閒紅靚〔二〕。依約春游歸來倦，又似春眠未醒〔三〕。灩寒沘、低迷蓉影〔四〕。鶯帶鬆聲飛過也，柳窗深、尚記停針聽〔五〕。魂浩蕩，孤芳景〔六〕。金釵斷股瓶沈井〔七〕。問蘇城、香銷卷子，倩誰題詠〔八〕。燈暈青紅殘醉在，小院屏昏帳暝。誤瞋怪、眉心慵整。人道真真招得下，任千呼萬喚無言應〔九〕。空對此，淚花冷。

【校注】

〔一〕綠墮雲垂領：描寫畫像上的女子烏髮如雲，披落到頸項上。綠雲，形容女子秀髮多而黑。唐白居易《和春深》之七：「宋家宮樣髻，一片綠雲斜。」唐杜牧《阿房宮賦》：「綠雲擾擾，妝曉鬟也。」

〔二〕盈盈：美好貌，多指人的風姿、儀態。《古詩十九首》之二：「盈盈樓上女，皎皎當窗牖。」袖手：藏手衣袖中。袖：毛本、影鈔本、續本作「褎」，《御選歷代詩餘》作「褏」。宋蘇軾《沁園春·赴密州早行馬上寄子由》：「用舍由時，行藏在我，袖手何妨閒處看。」粉閒紅靚：容貌嬌美，氣質淑靜。閒：安靜。吴本、毛本、續本作「間」。靚：妝飾豔麗。《後漢書·南匈奴傳》：

「昭君豐容靚飾，光明漢宮。」

〔三〕依約：隱約，彷佛。唐白居易《答蘇庶子》：「蓬山閒氣味，依約似龍樓。」倦：吳本作「卷」，誤。

〔四〕灩寒泚：波光閃爍之寒水。灩：水波漾動貌。泚：清澈鮮明貌。影鈔本作「波」。《詩經·邶風·新臺》：「新臺有泚，河水瀰瀰。」低迷蓉影：映入水中的荷影模糊不清。低迷，模糊不清。晉嵇康《養生論》：「夜分而坐，則低迷思寢。」

〔五〕鬆聲：鬆脆的鳴聲。

〔六〕浩蕩：心思無主貌。戰國楚屈原《離騷》：「怨靈修之浩蕩兮，終不察夫民心。」孤芳景：可有兩解。一：孤芳，獨秀之香花，喻人品高潔脱俗。南朝梁沈約《謝齊竟陵王教撰高士傳啟》：「貞操與日月俱懸，孤芳隨山壑共遠。」指人；宋朱熹《賦水仙花》：「隆冬凋百卉，江梅厲孤芳。」指花。後人合此二義，有「孤芳自賞」一語。景，同影，影像，指所詠佳人圖像。二：孤，辜負，有負。《後漢書·朱儁傳》：「國家西遷，必孤天下之望。」芳景，美好的光景。

〔七〕金釵斷股瓶沈井：喻男女仳離，恩愛斷絶。唐白居易《長恨歌》：「釵留一股合一扇，釵擘黄金合分鈿。」《井底引銀瓶》：「瓶沈簪折知奈何，似妾今朝與君别。」南宋吴潛《水調歌頭》：「分玉鏡，斷金釵。」

〔八〕蘇城：姑蘇城，即蘇州。卷子：本指試卷、書卷，此指女子畫像。題詠：品題吟詠。

〔九〕人道二句：唐杜荀鶴《松窗雜記》：「唐進士趙顏於畫工處得一軟障，圖一婦人甚麗。顏謂畫工曰：『世無其人也。如可令生，余願納爲妻。』畫工曰：『余神畫也。此亦有名，曰真真，呼其名百日，晝夜不歇，即必應之。應則以百家灰酒灌之，必活。』顏如其言，遂呼之百日，果活，步下言笑如常。」

【疏　解】

此詞題詠「後院畫像」。上片描寫畫中女子的容貌情態。起句「綠墮雲垂領」，形容畫像上的女子烏髮如雲，披落到頸項上。這種用顏色字放在句首，然後用一個動詞引入實物的句法，來自杜甫「綠垂風折笋，紅綻雨肥梅」一類句子。「背琵琶、盈盈袖手，粉閒紅靚」三句，寫畫像中女子背對琵琶，藏手衣袖，儀態美好，容飾靚麗，氣質淑靜。「依約」二句，寫她看上去有些許慵倦嬌懶，好像是春游歸來累了，又像是春眠未醒的樣子。「灩寒沚、低迷蓉影」是描寫中插入的一個比喻，形容畫像中女子的情態，彷彿波光瀲灩的寒水裏映出的朦朧荷影。「鶯帶鬆聲飛過也，柳窗深、尚記停針聽」三句，在描寫了畫中人的容貌情態之後，由眼前切入回憶，黄鶯帶著一串清脆的叫聲飛過窗外，窗前縫紉的她，也曾停下手中的針綫，出神諦聽鶯聲。但現在不知她的魂魄飄游何處，只剩下畫上的影像，如一枝獨秀的香花，寂寞地開放。

下片寫詞人爲畫像題詩招魂。换頭「金釵斷股瓶沈井」，用白居易詩意，喻指男女被迫分離，恩愛斷絶。這也是畫中女子香消玉隕的原因，其中必然包含著一段淒美哀傷的愛情故事。「問蘇城、香銷卷子，倩誰題詠」三句，斯人已去，空留畫卷，偌大的姑蘇城，還有誰記得她，來爲她的寫真影像題一首詩，詠其生平，記其事蹟，不使湮滅，撫慰情殤呢？詞人的主觀感情色彩漸濃。「燈暈青紅殘醉在，小院屏昏帳瞑」二句，寫詞人夜宿小院，借酒澆愁，燈影屏帳，模糊一片，無復當初之整飭鮮潔。「誤瞋怪、眉心慵整」二句，再寫畫中女子，由於光綫昏暗，醉眼迷離，詞人誤以爲畫中人在蹙眉嗔怪自己。「人道真真招得下，任千呼萬唤無言應」二句，用唐杜荀鶴《松窗雜記》典事，把畫中人當做「真真」，千呼萬唤，爲她招魂，但畫像不語，無言應答。於是急切渴念的詞人也只能空對畫像，泫然泣下，「空對此，淚花冷」六字，含有無限的哀戚與絶望。

此詞當非泛泛題詠的應景之作。上片的畫中人物容貌情態描寫裏，已染有詞人的感情色彩，下片「問蘇城」三句，詞人的主觀感情色彩漸濃，「燈暈」二句情已不堪，借酒澆愁，至千呼萬唤急切招魂，招魂不果淒然落淚，詞人對畫中女子的强烈感情猶如潰堤洪水，無法抑遏。若是畫中女子不與詞人相關，何以至此？然與詞人究竟是何關係，亦無法貿然猜測。若能對此加以破解，對深入認識蔣捷其人其詞，都有裨益。

摸魚子〔一〕　壽東軒〔二〕

鞸吟鞭、雁峰高處〔三〕。曾游長壽仙府。年年長見瑶簪會，霞杪蓋芝輕度〔四〕。開繡户。笑萬朵香紅，牋染秋光素〔五〕。清簫麗鼓〔六〕。任灩玉杯深，鸞酣鳳醉，猶未洞天暮〔七〕。塵緣誤。迷卻桃源舊步〔八〕。飛瓊芳夢同賦〔九〕。朝來聞道仙童宴，翹首翠房玄圃〔一〇〕。雲又霧。身恍到微茫，認得胎禽舞〔一一〕。遥汀近浦。便一葦漁航，撐煙載雨，歸去伴寒鷺〔一二〕。

【校　注】

〔一〕摸魚子：即摸魚兒，又名摸魚子、買陂塘、陂塘柳、邁陂塘、安慶摸、山鬼謠、雙蕖怨、雙蓮。唐教坊曲名。

〔二〕壽東軒：影鈔本無此三字。

〔三〕嚲：下垂的樣子。吟鞭：詩人的馬鞭。南宋石孝友《更漏子》：「嚲吟鞭，欹醉帽。行盡關山古道。」南宋陳亮《七娘子·三衢道中作》：「賣花聲斷藍橋暮，記吟鞭醉帽曾經處。」雁峰：指太湖馬迹山雁峰。

〔四〕瑶簪：玉簪。唐杜牧《黄州准敕祭百神文》：「瑶簪繡裾，千萬侍女。酬以觥斝，助之歌舞。」宋柳永《瑞鷓鴣》：「寶髻瑶簪。嚴妝巧，天然緑媚紅深。」霞杪蓋芝：天邊的仙人車蓋。杪：影鈔本作「抄」，誤。蓋芝：即芝蓋，本指仙家之車。北周庾信《馬射賦》：「落花與芝蓋齊飛，楊柳共春旗一色。」

〔五〕笑：吴本、《御選歷代詩餘》、影鈔本作「芙蓉」，毛本、續本作「芙容」。香紅：芬芳的紅花。據東軒生日和其他幾首壽詞所寫，「香紅」應指芙蓉花。臢染：盡染。臢，盡。

〔六〕麗鼓：吴本作「麗麗鼓」，毛本、《御選歷代詩餘》、續本作「麗」。

〔七〕灩玉：彩玉。灩，光彩貌。晉張協《七命》：「流琦星連，浮彩灩發。」鸞酣鳳醉：仙人們都喝醉了。洞天：洞中別有天地之意。道家以此稱仙人所居之處。有王屋山等十大洞天、泰山等三十六洞天之説。見《事林廣記》前集卷六《仙境》。

〔八〕迷卻句：迷失了通往桃花源的舊路。用晉陶潛《桃花源記》中漁人「尋向所志，遂迷不復得路」句意。桃源：晉陶潛《桃花源記并詩》中虛構的世外樂土。唐杜甫《北征》：「勉思桃源内，益歎身世拙。」舊步：舊路。

〔九〕飛瓊：許飛瓊，仙女名。舊題漢班固《漢武帝内傳》：「（王母）又命侍女董雙成吹雲和之笙，石公子擊昆庭之金，許飛瓊鼓震靈之簧。」

〔一〇〕仙童：指道士未成年的徒弟、道童。唐杜甫《寄司馬山人十二韻》：「有時騎猛虎，虛室使仙童。」宴：毛本、續本作「晏」。翠房玄圃：仙府園囿樓閣。翠，華美。玄圃，又作懸圃。相傳崑崙山頂，有金臺五所，玉樓十二，爲仙人所居，是爲玄圃。漢王褒《九懷·通路》：「微觀兮玄圃，覽察兮瑶光。」《水經注·河水》：「崑崙之山三級：下曰樊桐，一名板桐；二曰玄圃，一名閬風；上曰層城，一名天庭，是爲太帝仙居。」又六朝宫中亦有園名玄圃。

〔一一〕微茫：隱約模糊。唐陳子昂《感遇》之二七：「巫山綵雲没，高丘正微茫。」胎禽：鳥名，鶴的別稱。南朝梁陶弘景《瘞鶴銘》：「相此胎禽，浮丘著經。」

〔三〕一葦：捆葦草當筏。後用作小船的代稱。《詩經·衛風·河廣》：「誰謂河廣，一葦杭之。」杭，通「航」。《疏》：「言一葦者，謂一束也。可以浮之水上而渡，若桴栰然，非一根葦也。」

【疏　解】

如題所示，此詞爲東軒祝壽而作。上片寫往年祝壽情形。詞人曾停下「吟鞭」，來到了「長壽仙府」——東軒在「雁峰高處」的府第。既比東軒家爲「仙府」，年年的壽宴當然就是神仙聚會，前來賀壽的客人當然就是各路神仙了。「霞杪蓋芝輕度」，就是寫天邊神仙的車蓋輕捷地駛過，紛紛來爲東軒祝壽的情形。壽主出門迎接，「繡户」開處，但見「仙府」内萬朵芙蓉綻放，把素淡的秋光染成紅香一片，烘托出生日的喜慶氣氛。「清簫麗鼓」寫樂作宴開，歌舞侑酒，「灩玉杯深」寫神仙們開懷暢飲，直喝到「鸞酣鳳醉」，神仙洞府裏天色猶早。

下片寫今年未能親往雁峰仙府祝壽。换頭「塵緣誤」，説自己爲俗事所誤，因而「迷卻桃源舊步」，找不到進入桃花源的舊路。此處以桃源仙境比東軒府第。這是對今年未能前往祝壽原因的巧妙解釋。「飛瓊芳夢同賦」一句，意爲雖未能趕赴雁峰的祝壽仙會，但昨夜還是在美好的夢境中，與仙人許飛瓊一同爲東軒賦詞祝壽。「朝來」一句，寫詞人早晨聽説東軒府上今日要開「仙童宴」，於是翹首遥望仙府的園囿樓閣，悠然神往。因上句的許飛瓊是崑崙山西王母身邊的女仙，所以這句又把東軒府第比作崑崙山上的仙苑「玄圃」。這裏不説「仙翁」而曰「仙童」，則是祝東軒不僅長壽，而且還要返老還童，越活越年輕的意思。「雲又霧。身恍到微茫，認得胎禽舞」三句，形容仙山上的園囿樓閣雲霧繚繞，詞人恍惚之間好像來到崑崙高丘，看到仙鶴正舒翅起舞爲東軒獻壽。於此足見詞人雖身不能至，然心嚮往之。「遥汀近浦」是詞人望中所見水景。「便一葦漁航，撑煙載雨，歸去伴寒鷺」三句，詞人表示縱使乘一葉扁舟，冒著煙雨，也要盡速歸去與寒鷺爲伴。由「歸去」二字可知，詞人此時身在他鄉，這才是不能前往祝壽的真正原因。這三句從全詞的飄渺仙氣中回到現實，但一首壽詞結穴於詞人歸鄉的心願，似與題旨不合。前人曾批評竹山詞有「不接」之病，大概就是指此等處。

沁園春　壽岳君舉

昔裴晉公，生甲辰歲，秉唐相鈞〔一〕。向東都治第，纔娱老眼，北門建節，又絆閒身〔二〕。燠館花濃，涼臺月淡，不記弓刀千騎塵〔三〕。誰堪羨，羨南塘居士，做散仙人〔四〕。南塘水向晴雲〔五〕。三百樹鳳洲楊柳春。有緑衣奏曲，金斜小雁，綵衣勸酒，玉跪雙麟〔六〕。前後同年，逸勞異趣，中立翻成雌甲辰〔七〕。斯言也，是梅花説與，竹裏山民〔八〕。

【校　注】

〔一〕裴晉公：裴度，字中立，唐河東聞喜人。貞元初擢進士第。憲宗時，授門下侍郎平章事，以平蔡州功封晉國公。文宗時徙東都留守，建緑野堂别墅，與白居易、劉禹錫等名士宴樂酬唱。新舊《唐書》皆有傳。生甲辰歲：甲辰爲唐代宗廣德二年（公元七六四）。秉唐相鈞：做唐朝宰相，執掌國政。鈞，衡石，秉鈞猶言持衡，謂國輕重，皆出其手。指宰相的職位。晉干寶《晉紀總論》：「選者爲人擇官，官者爲身擇利，而秉鈞當軸之士，身兼官以十數。」

〔二〕向東都治第：裴度立朝持正，不爲朝廷所喜，數起數罷。文宗時宦官擅權，縉紳道喪，裴度不復有經世意，留守東都，治第洛陽，築緑野堂别墅，宴樂其間以娱老。北門建節：唐禁軍在皇宫内北面，羽林諸將稱北門。建節，秉持符節。裴度曾以門下侍郎平章事督諸軍。

〔三〕燠：暖。

〔四〕羡南塘居士：影鈔本作「南塘居士」。南塘居士：指岳君舉。散仙人：道教稱未授職務的仙人爲散仙。唐韓愈《奉酬盧給事曲江荷花行》：「上界真人足官府，豈如散仙鞭笞鸞鳳終日相追陪。」用以比喻閒散放曠之人。唐白居易《雪夜小飲贈夢得》：「久將時背成遺老，多被人呼作散仙。」

〔五〕向：對著，接近。

〔六〕緑衣：指侍女歌姬。金斜小雁：箏琶樂器的鈕柱如雁行斜列。金斜：毛本、續本作「金□」。

唐温庭筠《贈彈箏人》：「鈿蟬金鴈皆零落，一曲伊州淚萬行。」金雁，即金鴈，箏柱。綵衣：用老萊子綵衣娱親典故，贊君舉兒孫輩事親至孝。《藝文類聚》卷二〇《列女傳》：春秋時有老萊子事父母孝，年七十，常著五色斑斕之衣，作嬰兒戲，上堂故意仆地，以博父母一笑。玉跪雙麟：玉質麟形酒杯。或謂用麒麟兒贊君舉家跪地勸酒的兒孫輩聰明。雙：影鈔本作「霙」。麒麟兒，南朝陳徐陵早慧，數歲時，寶誌上人手摩其頂，稱爲「天上石麒麟」。見《陳書·徐陵傳》。後因以「麒麟兒」爲稱人子孫聰穎的頌美之辭。

〔七〕前後同年三句：指君舉與裴度均生於甲辰年，但一爲相勞碌，一隱居閒散，相比之下，裴度不如君舉適意。同年，同歲，指前後同生於甲辰年。中立，裴度字中立。翻，反而。吴本、毛本、續本作「番」。北周庾信《卧疾窮愁》詩：「有菊翻無酒，無弦則有琴。」雌：弱，次。

〔八〕竹裏山民：詞人自指。

【疏解】

此首壽詞，突出一個「逸」字，而襯以勞。壽主岳君舉，與岳君選皆爲宜興岳氏同輩族人，因君舉與唐代名相裴度「同年」，所以上片即以裴度爲襯，壽主身價頓高。起三句叙晉國公裴度，生於甲辰歲，做過執掌國政的唐朝宰相。「向東都」四句，寫裴度剛剛在東都洛陽經營好别墅緑野堂，宴樂其間以娱老，很快就被朝廷調回督北門諸軍，繁忙的事物又絆住了本想悠閒的他。這四句説裴度雖貴爲宰相，但人在官場，也是身不由己，欲求清閒而不得。他哪裏能夠忘記軍國征戰之事，去自在享受「煥館花濃，涼臺月淡」的朝暮四時之佳景呢？裴度曾削平藩鎮，督北門羽林禁軍，「弓刀千騎塵」即指此。言外是説裴度雖然位高權重，但俗務纏身，日理萬機，親歷戎行，身踐險地，並不安逸舒適，所以並不值得羨慕。然則「誰堪羨」呢？詞人認爲「南塘居士」岳君舉值得羨慕，因爲他無官一身輕，像個没有職司的「散仙人」那般自由自在。下片即寫君舉「堪羨」的「散仙」日子。换頭兩句寫居處環境，南塘水映晴雲，洲渚遍植楊柳，時和氣暖，春色無邊，宜賞宜居。「有緑衣奏曲，金斜小雁，綵衣勸酒，玉跪雙麟」四句，寫君舉的日常生活，侍女姬人宴樂歌舞，孝順兒孫承歡膝下，聲色之娱，天倫之樂，真是樂哉猗歟，雖南面王不與易也！上片寫裴度的勞，這裏寫君舉的逸，「前後同年，逸勞異趣」，兩相比較，「中立翻成雌甲辰」，裴度的爲相勞碌，終輸君舉的隱居閒散一籌。這樣就把壽主擡舉到高出裴度的地步，拋開詞人不羨富貴、但愛悠閑的價值取向不談，僅從寫作策略著眼，這樣的表現手法也是值得稱道的。結句更見巧妙，「斯言」指前句裴度不如君舉的話，這話非出俗子之口，是梅花説與詞人聽到的。梅花高潔，竹山高士，相與稱説君舉，君舉的身份之高已不待言。宋沈義父《樂府指迷》認爲：「壽詞最難做。切宜誡壽酒、壽香、老人星、千春百歲之類」俗語，清江昱疏《山中白雲詞》時曾指出：「宋人壽詞，雖出名手，亦必粘帶俗氣」，蔣捷此詞避開祝壽套語，突出富貴不如悠閒之意，結末又有梅竹出場，評騭揄揚，「頓覺習語一空」，可稱免俗。

【集　評】

卓人月《詞統》卷一五：中立，裴晉公字。或以槐瘿遺晉公，郎中庾威在座，曰：此是雌樹生者。公偶及年甲，對曰：與公同是甲辰。公笑曰：郎中是雌甲辰。

吴熊和主編《唐宋詞彙評·兩宋卷》編年：詞言「生甲辰歲」，甲辰即淳祐四年（一二四四），又言「中立翻成雌甲辰」，是作於岳君舉六十歲時，即大德八年（一三〇四）。

喜遷鶯

金村阻風〔一〕

風濤如此，被閒鷗誚我，君行良苦〔二〕。槲葉深灣，蘆窠窄港，小憩倦篙慵艣〔三〕。壯年夜吹笛去，驚得魚龍嗥舞〔四〕。悵今老，但篷窗緊掩，荒涼愁愫〔五〕。　別浦〔六〕。雲斷處。低雁一繩，攔斷家山路〔七〕。佩玉無詩，飛霞乏序，滿席快飆誰付〔八〕。醉中幾番重九，今度芳尊孤負〔九〕。便晴否。怕明朝蝶冷，黄花秋圃〔一〇〕。

【校　注】

〔一〕金村：地名，《浙江通志》卷五五：湖州府長興縣有金村港，從詞中「蘆窠窄港」看，阻風的金村或即此地。《御選歷代詩餘》作「金港」。

〔二〕如此：《御選歷代詩餘》作「如許」。誚：譏誚，責備。《尚書・金縢》：「公乃爲詩以貽王，名之曰《鴟鴞》，王亦未敢誚公。」《御選歷代詩餘》作「笑」。

〔三〕槲葉：柞櫟之葉。唐温庭筠《商山早行》：「槲葉落山路，枳花明驛牆。」槲：影鈔本作「槲」。倦篙慵艣：江湖飄泊，倦於舟行。艣：同櫓，劃船的工具。大曰艣，小曰楫。吴本、《御選歷代詩餘》、影鈔本、續本作「櫓」。宋王安石《題朱郎中白都莊》詩：「藜杖聽鳴艣，籃輿看種田。」

〔四〕嗥：獸叫。《左傳・襄公十四年》：「狐狸所居，豺狼所嗥。」

〔五〕篷窗：船窗。南宋汪元量《湖州歌》之十：「靠著篷窗垂兩目，船頭船尾爛弓刀。」愁愫：吴本作「秋愫」。

〔六〕別浦：江河的支流入水口或汊口。宋賀鑄《踏莎行》：「楊柳回塘，鴛鴦別浦，緑萍漲斷蓮舟路。」

〔七〕低雁一繩：低飛之雁行呈一綫形。繩：影鈔本作「聲」。攔斷：影鈔本作「繩欄斷」。家山：家鄉。唐錢起《送李棲桐道舉擢第還鄉省侍》：「蓮舟同宿浦，柳岸向家山。」

〔八〕佩玉三句：用唐王勃《滕王閣序》故實。唐高宗上元二年（六七五）九月，王勃往南海省親，途經洪州，逢都督閻公在滕王閣大宴賓客，遂即席揮毫寫就《滕王閣序》。佩玉無詩：《滕王閣詩》：「滕王高閣臨江渚，佩玉鳴鸞罷歌舞。」佩玉：古人佩玉爲飾，以玉比德。飛霞乏序：《滕王閣序》：「落霞與孤鶩齊飛，秋水共長天一色。」序：文體名。唐宋以來，送別贈言之文也稱序。滿席快颿誰付：據説都督閻公九月九日宴客滕王閣，欲誇其婿才華，令宿構序。時王勃省父，次馬當，去南昌七百里。夢水神告曰：助風一帆。達旦，遂抵南昌與宴作序。席：席帆。一種船帆。唐孟浩然《晚泊尋陽望廬山》：「掛席幾千里，名山都未逢。」付：給予。快颿：疾風，暴風。詞人急於回鄉度重九，爲風所阻，遂感歎家鄉重九登高飲酒，尚無人賦詩題序，可是卻没有江神相助滿帆順風，送自己回到家鄉。

〔九〕今：吴本、毛本、《御選歷代詩餘》、影鈔本、續本作「合」，誤。芳尊：美酒。孤負：虧負。舊題漢李陵《答蘇武書》：「功大罪小，不蒙明察，孤負陵心，區區之意。」後來多作辜負。孤：影鈔本作「辜」。元李治《敬齋古今黈》：「世俗有孤負之説，孤謂無以酬對，負謂有所虧欠。而俚俗變孤爲辜，辜自訓罪，乃以同孤負之孤，大無義理。」

〔一〇〕冷：毛本、續本作「吟」，誤。黄花：菊花。宋黄庭堅《鷓鴣天》：「黄花白髮相牽挽，付與時人冷眼看。」

【疏　解】

詞作於暮年漂泊旅途。上片寫水行阻風。起句感歎風高浪大，無法行船，借鷗鳥的譏誚，表現旅途的艱辛。詞人在《荆溪阻雪》中曾被鷗鳥詰問，這裏又被鷗鳥譏誚，都屬自我調侃，於苦澀中添加些許幽默，以減輕心理上的壓力和焦慮。「槲葉深灣，蘆窠窄港，小憩倦篙慵艣」三句，寫被迫泊舟港灣，暫避風濤。篙倦艤慵，都是移情手法，見出詞人老於漂泊的厭苦情緒。「壯年夜吹笛去，驚得魚龍嗥舞」二句，插入回憶，那時家國新破，壯年漂泊，悲憤滿腔，心緒難平，寄託於穿雲裂石之夜笛，寫來壯懷激烈，奇恣無比。彼時豪情反襯而今的慵倦。今非昔比，長年的漂泊，早已讓垂老的詞人對旅途的困頓變得遲鈍麻木，「但篷窗緊掩」，困守艙中，躲避風浪而已。「荒涼愁悰」是説而今連排遣的心力也無，「愁悰」無以宣洩寄託，老境淒涼，益覺不堪。下片抒佳節思鄉之情。「別浦」即上片的「槲葉深灣，蘆窠窄港」，是詞人泊舟避風之處。「雲斷處。低雁一繩」是詞人眼前所見之景，感覺那低飛的雁行像一道繩索，攔斷了他的歸鄉之路。「攔斷」句點明鄉思。「佩玉無詩，飛霞乏序，滿席快飆誰付」三句，用唐王勃《滕王閣序》典事，詞人急於回鄉度重陽佳節，爲風所阻，遂感歎家鄉重九登高飲酒，尚無人賦詩題序，可是卻没有江神相助滿帆順風，送自己快些回到家鄉。「醉中幾番重九，今度芳尊孤負」二句，交待阻風的日子恰巧是重陽，漂泊異鄉，旅途遇阻，又值佳節，思鄉思親之情格外濃重，辜負芳尊的歎息中含有無限懊惱。「便晴否」回應「雲斷」，因雲斷天開而預測明日也許放晴。但即使明天果真放晴了，重九登高飲酒、吟詩題序的機緣也已錯過。連「黄花秋圃」裏的蝴蝶都嫌寒涼，詞人的心緒索寞則可知矣！提前預測明日天氣，也是爲加强今日阻風的感覺。

又〔一〕

晴天寥廓。被孤雲畫出，離愁消索〔二〕。玉局彈棋，金釵翦燭，芳思可勝摇落〔三〕。鏡妝爲慵遲晚，笙曲緣愁差錯〔四〕。倒纖指，□從頭細數，年時同樂〔五〕。寂寞。花院悄，昨夜醉眠，夢也難憑託。車角生時，馬蹄方後，纔始斷伊漂泊〔六〕。悶無半分消遣，春又一番擔閣〔七〕。倚闌久，奈東風忒冷，紅綃單薄〔八〕。

【校　注】

〔一〕又：毛本、續本「又」字下有詞題「青晴」二字。按：「青」似爲「春」之誤。

〔二〕寥廓：《御選歷代詩餘》作「遼廓」。孤雲：一片雲。晉陶潛《詠貧士》：「萬族皆有託，孤雲獨無依。」消索：即蕭索，抑鬱，寂寞。唐杜甫《西閣》之二：「經過凋碧柳，蕭索倚朱樓。」

〔三〕玉局：棋局的美稱。唐李商隱《燈》：「錦囊名畫掩，玉局敗棋收。」彈棋：古時博戲，起於漢成帝時，《後漢書·梁冀傳》注引《藝經》：「彈棋，兩人對局，白黑棋各六枚，先列棋相當，更先彈也。其局以石爲之。」至魏改用十六棋，唐又增爲二十四棋。可勝：怎勝，不勝。勝，力能擔任，經得起。《詩經·商頌·玄鳥》：「武王靡不勝。」摇落：本指秋天草木凋謝、零落，戰國楚宋玉《九辯》：「悲哉秋之爲氣也，蕭瑟兮草木摇落而變衰。」此處作落空解。

〔四〕晚：吴本作「曉」。

〔五〕□：《御選歷代詩餘》作「更」，影鈔本作「指」。年時：當年，那時。宋謝逸《江神子》：「夕陽樓外晚煙籠。粉香溶，淡眉峰。記得年時，相見畫屏中。」時：毛本、續本作「旹」。

〔六〕車角：唐陸龜蒙《古意》：「君心莫淡薄，妾意正栖託。願得雙車輪，一夜生四角。」後以此典形容人不再外出遠行，棲止一處。蹄：吴本、毛本、影鈔本、續本作「足」。漂泊：隨水漂流或停泊，比喻居無定所。北周庾信《哀江南賦序》：「下亭漂泊，高橋羈旅。」

〔七〕一番：《御選歷代詩餘》作「幾番」。擔閣：遲延，耽誤。也作擔閤、擔擱。南宋朱熹《答蔡季通書》：「近年此説流行，後生好資質者，皆爲所擔閣壞了，甚可歎也。」

〔八〕紅綃：紅色薄綢。常用做手帕、頭巾、衣服等。唐元稹《寄吴士矩端公五十韻》：「箏弦玉指調，粉汗紅綃拭。」

【疏解】

詞抒傷離怨别之情。上片寫女子爲離愁所苦的情景。起句以「晴天」的無邊寥廓作爲大背景，形出「孤雲」的孤獨無依，「孤雲」以喻索寞的「離愁」，揭出題旨，爲全詞定下抒情基調。「玉局彈棋」是快樂的游戲，「金釵翦燭」是閨房的燕昵，是回憶也是期待，都是「芳思」的具體内容。但這美好的心情無法變成現實，使她不勝失落之感。「鏡妝爲慵遲晚」見其情緒委靡，「筌曲緣愁差錯」見其心煩意亂。梳妝無心、彈曲不成的她，於是扳著「纖指」，一件一件、一遍一遍地「從頭細數」去年「同樂」的情事，聊作慰藉。「倒纖指」三句，是一個典型的細節，傳神地表現了女子困於離愁、孤寂無聊的情形。「年時同樂」回應上文，具體所指就是「玉局」二句所寫的内容。

下片寫女子强烈的盼歸願望。換頭「寂寞」二字，與上片「離愁消索」呼應，明寫「花院」無人的居處環境，實寫女子獨處無侶的心情。女子因寂寞而醉酒，希望在「醉眠」時做一個好夢，可是竟然和夢也無。無以排遣的她，心中的怨情格外强烈，「車角生時，馬蹄方後，纔始斷伊漂泊」三句，怨情達到高潮。她責怪「伊」的離家出走，漂泊不歸，她想也許得等到車輪生出四角、馬蹄變成方形時，他纔不再外出遠行，與自己棲止一處。「車角」三句，想像奇特，造語尖新，以不可能之假設，寫女子苦於等待、閨中絶望的心理。「悶無半分消遣」總上「消索」、「寂寞」之意，再加説明强調；「春又一番擔閣」感歎良辰美景而無賞心樂事，一番大好春光又將虚度了。結句回應起句，至此方纔點明寥廓晴空一片孤雲之景，是女子「倚闌」所見，傷離的她不禁觸景生情，生出身世有如孤雲之歎。而詞中所寫種種，皆是女子倚闌盼歸時的心理和行爲，有回憶，有期望，有獨白，有插叙，有細節，都在「倚闌久」的過程中錯落展開。惟其時「久」，方見出急切、癡迷。「東風」送暖，而感「忒冷」，「紅綃」春衫，而覺「單薄」，皆是倚闌太久之故。當然，膚覺的寒意還是心理感覺孤寂所致。

此詞處理的雖是傳統婉約詞傷離恨别的題材，但風格上並不一味含蓄藴藉。一起就點明「離愁消索」，換頭再直説「寂寞」，再加上篇中「慵」、「悶」字樣，表現相當直白，女子怨别盼歸感情抒發的强烈程度，非一般同類之作可比。

齊天樂〔一〕 元夜閲夢華録〔二〕

銀蟾飛到觚棱外〔三〕。娟娟下窺龍尾〔四〕。電紫鞘輕，雲紅笪曲，雕玉輿穿燈底〔五〕。峰繒岫綺〔六〕。沸一簇人聲，道隨竿媚〔七〕。侍女迎鑾，燕嬌鶯姹炫珠翠〔八〕。　華胥仙夢未了，被天公頮洞，吹换塵世〔九〕。淡柳湖山，濃花巷陌，惟説錢塘而已〔一〇〕。回頭汴水〔一一〕。望當日宸遊，萬□□□〔一二〕。但有寒蕪，夜深青燐起。〔一三〕

【校　注】

〔一〕齊天樂：又名五福降中天、五福麗中天、如此江山、臺城路。調見宋周邦彦《片玉集》，注正宫，《夢窗詞》注黄鍾宫，俗名正宫。

〔二〕元夜：上元之夜，即元夕、元宵。宋歐陽修《生查子·元夕》：「去年元夜時，花市燈如晝。」夢華録：即《東京夢華録》，宋孟元老撰，十卷。爲作者南渡後追憶北宋汴京繁盛景況而作。《列子·黄帝》篇説黄帝夢游華胥氏之國，其國自然而治，其民安樂無窮。書名夢華，以此取義。所記有汴梁坊市、商肆、節序、風土、習俗以及典禮、儀制等。保存了許多有關當時社會生活、經濟文化、文學藝術等方面的資料。

〔三〕銀蟾：古代神話稱月中有蟾，後因稱月爲銀蟾。唐白居易《中秋月》：「照他幾許人斷腸，玉兔銀蟾遠不知。」蟾：影鈔本作「蜍」。觚棱：同觚棱。殿堂屋角的瓦脊，呈方角棱瓣之形，故名。毛本、影鈔本、續本作「觚棱」。漢班固《西都賦》：「設璧門之鳳闕，上觚棱而棲金爵。」

〔四〕娟娟：明媚美好的樣子。南朝宋鮑照《翫月城西門廨中》：「末映東北墀，娟娟似蛾眉。」龍尾：星宿名，居東方蒼龍七宿之末，故稱龍尾。此處似指宮殿飛檐。

〔五〕電紫：即紫電，寶劍名。吳大帝孫權有寶劍六，其二曰紫電。此泛指寶劍。唐王勃《滕王閣序》：「紫電青霜，王將軍之武庫。」鞘：刀劍套。《詞林萬選》作「綃」。雲紅：傘蓋顏色。《東京夢華録》卷六《十四日車駕幸五嶽觀》：「駕近，則列横門十餘人擊鞭，駕後有曲柄小紅繡傘，亦殿侍執之於馬上。」筤：皇帝儀仗中的曲柄傘。宋沈括《夢溪筆談》卷一《故事》：「輦後曲蓋謂之筤，兩扇夾心，通謂之扇筤，皆繡，亦有銷金者，即古之華蓋也。」雕玉輿：精美的車駕。

〔六〕峰繒岫綺：指元宵節前燈山飾以各種彩緞錦綺。《東京夢華録》卷六《元宵》：「至正月七日，人使朝辭出門，燈山上彩，金碧相射，錦繡交輝。面北悉以彩結山沓，上皆畫神仙故事。」峰岫，指元宵燈山。繒，絲織物的總稱，古謂帛，漢謂繒。綺，素底織紋起花的絲織物。織采爲文曰錦，織素爲文曰綺。

〔七〕沸一簇二句：《東京夢華録》卷六《十四日車駕幸五嶽觀》：「駕入燈山，御輦院人員輦前喝『隨竿媚來』，御輦團轉一遭，倒行觀燈山，謂之『鵓鴿旋』，又謂之『踏五花兒』。」簇：影鈔本作

「族」。竿：吳本作「竽」。

〔八〕迎鑾：迎接皇帝。鑾：鑾駕，皇帝的車駕，指代皇帝。《舊五代史》唐《莊宗紀》：「武皇（李克用）起義雲中，部下皆北邊勁兵，及破賊迎鑾，功居第一。」姹：吳本、毛本、影鈔本、續本作「詫」。珠翠：《詞林萬選》作「翠」。

〔九〕華胥：《詞林萬選》作「夢胥」。被天公二句：喻指北宋滅亡，改换朝代。澒洞，相連不斷，彌漫無際。漢賈誼《旱雲賦》：「運混濁之澒洞兮，正重沓而並起。」塵世，猶言人間。唐王維《愚公谷》：「寄言塵世客，何處欲歸臨。」

〔一〇〕惟：吳本、毛本、續本作「誰」，誤。錢塘：指臨安。北宋亡，宋室遷都臨安。

〔一一〕汴水：即汴河，又稱汴渠。源出滎陽，東流經大梁（開封）城北，東南流入淮河，唐宋漕運東南糧粟入京師，皆由此道。後淤塞。此處指代汴京。

〔一二〕當日宸遊：即上片描寫《夢華録》所記汴京元宵徽宗車駕出游盛況。宸遊：帝王的巡游。唐蘇頲《侍宴安樂公主莊應制》：「簫鼓宸遊陪宴日，和鳴雙鳳喜來儀。」宸：毛本、續本作「辰」。萬□□□：吳本作「□□萬里」，《詞林萬選》、毛本、影鈔本、續本作「萬里發處」。

〔一三〕寒蕪：寒煙衰草。蕪，田地荒廢，長滿野草。青燐：墓地或沼澤出現的青色燐光，俗稱鬼火。

【疏解】

詞寫元夜讀《夢華録》的感慨，抒發追懷北宋故國之思，當作於南宋滅亡之前。上片以皇帝出游爲中心，描寫北宋都城汴京元宵盛況。起句「銀蟾飛到觚稜外」，寫月上城闕，句勢飛動，生機蓬勃，接以「娟娟下窺龍尾」，形容皎潔的月光灑落在宫殿飛檐之上，給人以明媚美好之感。一輪圓月朗照之下的京城元宵之夜，普天同慶盛世太平，皇帝也乘坐車駕出宫與民同樂。「電紫鞘輕，雲紅簉曲，雕玉輿穿燈底」三句，描寫皇帝出游的儀仗：御林衛士身佩寶劍，大内近侍撑開曲柄紅羅傘蓋，精美的車騎燈底穿行。元宵燈節，詞人在這裏雖没有特意形容燈火之盛，但「穿燈底」三字還是不經意間寫出了京城街巷燈盞遍佈、一片燈海的景象。據《夢華録》記載，元宵節前，汴京城裏紮起燈山，飾以各種彩緞錦綺，「金碧相射，錦繡交輝」，數萬盞燈裝成雙龍飛走之狀，山門上大書「宣和與民同樂」，十分壯觀。當皇帝的車駕來到燈山前時，宫中管理車駕的内侍們，一起高喊「道隨竿媚」，一時人聲鼎沸，熱鬧異常，更有「宫嬪嬉笑之聲，下聞於外」。「峰繒岫綺。沸一簇人聲，道隨竿媚。侍女迎鑾，燕嬌鶯姹炫珠翠」幾句所寫，就是上述《夢華録》所記汴京元宵的情景。下片寫北宋滅亡後的元宵荒涼境況。孟元老著《東京夢華録》，取「古人有夢游華胥之國，其樂無涯」之義名書，作者追念「當時之盛，回首悵然」，深感「如華胥之夢覺」。换頭「華胥仙夢未了」句本此。正當北宋汴京君臣官民上下縱情享樂之時，發生了金人南侵的靖康之變，徽欽二帝被俘，國破家亡。「被天公澒洞，吹换塵世」二句，即寫此天崩地裂之變局。「淡柳湖山，濃花巷陌，惟説錢塘而已」，寫北宋滅亡，宋室遷都臨安，那裏花柳湖山風景優美，歌舞沈醉的人們，已不再稱説汴京。然而詞人猶自無法忘卻，所以元夜讀《夢華録》，「回頭汴水，望當日宸遊」。但故國破亡，寒煙衰草，一片廢墟，當年君民同樂、人山燈海的都城元宵，夜深時竟有鬼火出没飄忽，真正不堪回首！結句的荒凉恐怖與上片的游樂盛況對比鮮明，詞人於不勝今昔之感中，寓有無法言説的現實隱憂。

【集評】

卓人月《詞統》卷一四：使小朝廷上愧汗與悲淚並出。

念奴嬌　夢有奏方響而舞者〔一〕

夜深清夢，到叢花深處，滿襟冰雪〔二〕。人在瓊雲方響樂，杳杳衝牙清絶〔三〕。翠簨翔龍，金樅躍鳳，不是蕤賓鐵〔四〕。凄鏘仙調，風敲珠樹新折〔五〕。　中有五色光開，參差帔影，對舞山香徹〔六〕。霧閣雲窗歸去也，笑擁靈君旌節〔七〕。六曲闌干，一聲鸚鵡，霍地空花滅〔八〕。夢回孤館，秋笳霜外嗚咽〔九〕。

【校注】

〔一〕方響：見前《步蟾宫·春景》注〔三〕。

〔二〕叢花：吴本、《御選歷代詩餘》作「叢華」，毛本、續本作「䕺華」。冰雪：比喻高潔清明。南朝陳江總《入攝山棲霞寺》：「静心抱冰雪，暮齒逼桑榆。」南宋張孝祥《念奴嬌·過洞庭》：「應念嶺表經年，孤光自照，肝膽皆冰雪。」

〔三〕瓊：毛本、《御選歷代詩餘》、續本作「璚」。影鈔本作「璚」。衝牙：古代佩飾部件之一種。《禮記·玉藻》：「佩玉有衝牙。」孔穎達《疏》：「凡佩玉必上繫於衡，下垂三道，穿以蠙珠，下端前後以縣於璜，中央下端縣以衝牙，動則衝牙前後觸璜而爲聲。所觸之玉其形似牙，故曰衝牙。」比喻方響樂聲如衝牙觸璜發聲之清脆。清絶：形容方響聲清美至極。唐李山甫《山中覽劉書記新詩》：「記室新詩相寄我，藹然清絶更無過。」清：影鈔本作「音」。

〔四〕翠簨二句：方響美妙的樂音，使龍鳳在翠簨、金樅上翔舞。翠簨：懸掛鐘磬一類樂器的飾翠横杆。金樅：飾金崇牙。樅，崇牙，懸掛鐘磬的木架上端所刻之鋸齒狀物。蕤賓鐵：唐段安節《樂府雜録·琵琶》：「武宗初，朱崖李太尉有樂吏廉郊者，……嘗宿平泉别墅，值風清月朗，攜琵琶於池上，彈《蕤賓》調，……忽有一物鏘然躍出池岸之上，視之，乃一片方響，蓋蕤賓鐵也。」蕤賓，古樂十二律之一。

〔五〕仙調：神妙的音調。風敲句：形容方響樂聲像風剛剛吹斷珠樹一樣清脆。珠樹，神話傳説中結珠之樹。《淮南子·地形訓》：「掘崑崙墟以下地，中有增城九重，……上有木禾，其修五尋，珠樹、玉樹、琁樹在其西。」

〔六〕帔影：舞影。帔，披肩。吴本、毛本、《御選歷代詩餘》、續本作「披」。《釋名・釋衣服》：「帔，披也。披之肩背，不及下也。」

〔七〕霧閣雲窗：雲霧縹緲的樓閣門窗，仙人所居。靈君：仙君，神仙之尊者。旌節：旌旗與節杖。唐代命節度使，給雙旌雙節。唐韓愈《除官赴闕至江州寄鄂岳李大夫》：「故人辭禮闈，旌節鎮江圻。」旌，用犛牛尾和彩色鳥羽飾竿的旗。《周禮・春官》：「析羽爲旌。」節，節杖，以竹爲之，飾以犛牛尾。此指靈君出行的儀仗。

〔八〕霍地：忽然，很快地。南宋胡翼龍《霓裳中序第一》：「歲華休省閲，早霍地小園花發。」空花：即空華，虚幻之花。佛家語，指主觀意念。吴本、毛本、《御選歷代詩餘》、續本作「花空」。《圓覺經》：「如夢中人，夢時非無，及至於醒，了無所得，如衆空華，滅於虚空。」此指詞人夢中光景。

〔九〕孤館：孤寂的旅舍。宋秦觀《踏莎行》：「可堪孤館閉春寒，杜鵑聲裏斜陽暮。」秋笳：秋日笳聲。笳爲北方少數民族樂器，稱胡笳。外：毛本、續本作「孤」，誤。《御選歷代詩餘》作「下」。

【疏解】

此首記夢之作，夢的内容如詞題所示。上片寫夢中聽到方響樂聲。詞人在「夜深清夢」中，來到「叢花深處」，感覺環境雅潔，神爽氣清。「人在瓊雲方響樂，杳杳銜牙清絶」二句，寫入夢的詞人恍惚聽到有人在空際白雲之上，奏起了方響，那遠遠傳送的樂聲，如衝牙碰觸玉璜那般清脆美妙。「翠簨翔龍，金樅躍鳳，不是蕤賓鐵」三句，承接「清絶」，形容方響美妙的樂音，竟使龍鳳在翠簨、金樅上不停地翔舞起來，可見這方響樂器，不是尋常的材料製作而成，否則何以美妙至此！「凄鏘仙調，風敲珠樹新折」二句，用比喻修辭來表現方響樂曲的聽覺感受，因被風吹斷的是珠樹，其聲鏘然脆響；因是寶樹被風摧折，又覺其聲凄然可惜。「凄鏘」復調，給人的聽覺感受不是單一的，而是清脆鏗鏘伴著某種凄涼的韻味。方響是打擊樂，故曰「鏘」；方響樂曲美妙得讓人感傷，故曰「凄」；「凄鏘」的奇特組合，給人一種難以言喻的複雜美感。下片寫方響樂曲聲中的舞蹈場面。換頭描寫傳來樂聲的空際白雲，忽然「五色光開」，一片祥雲寶光之中，花香馥鬱，巾帔參差，舞影成雙。「山香」回應上片「叢花」。「霧閣雲窗歸去也，笑擁靈君旌節」二句，寫旌旗節仗簇擁著笑意盈盈的仙人，賞罷樂舞，回到「霧閣雲窗」的神仙府邸。那裏有構造巧妙的「六曲闌干」，闌干上架著供仙人珍玩的「鸚鵡」。這幾句展示的境界十分神奇，詞人正夢到酣暢處，隨著鸚鵡一聲鳴叫，夢中的光景一下子全不見了。「霍地空花滅」一句，詞情陡然轉折，原來「叢花」不過是「空花」，是詞人的心造幻影而已。結句寫夢醒之後，客館獨宿的詞人，聽到霜天外嗚咽吹奏的胡笳聲。起句寫入夢，結句寫「夢回」，全詞首尾呼應，結構完整。

理解此詞意旨的關鍵，是結句的「笳」聲。如果詞尾没有出現笳聲，那麽寫夢中聽樂觀舞的此詞，也不過一首普通的記夢之作罷了。有了詞末的笳聲，詞旨大爲不同。方響乃華夏之正聲，只能於夢中聽到，夢醒之後，盈耳是異族的胡樂聲。這裏有遺民詞人的現實感慨，記述孤館旅夜夢聽方響，是在曲折表達詞人的故國之思。明乎此，也就懂得了夢中方響爲何那般美妙，夢中光景爲何那般神奇。

應天長〔一〕　次清真韻〔二〕

柳湖載酒，梅墅賒棋，東風袖裏寒色〔三〕。轉眼翠籠池閣，含櫻薦鶯食〔四〕。怱怱過、春是客〔五〕。弄細雨、晝陰生寂。似瓊花、謫下紅裳，再返仙籍〔六〕。無限倚闌愁，夢斷雲簫，鵑叫度青壁〔七〕。漫有戲龍盤□，盈盈住花宅〔八〕。驕驄馬、嘶巷陌〔九〕。户半掩、墮鞭無迹〔一〇〕。但追想，白苧裁縫，燈下初識〔一一〕。

【校　注】

〔一〕應天長：又名秋夜別思、應天長令、應天長慢、應天歌、駐馬聽。《康熙詞譜》卷八云：「此調有令詞、慢詞。令詞始於韋莊。慢詞始於柳永。」《金奩集》注雙調，《樂章集》注林鍾商，《片玉集》注商調，《夢窗詞》注夷則商。

〔二〕清真：北宋詞人周邦彦（一〇五六—一一二一），字美成，號清真居士，其詞集《清真詞》，又名

《片玉詞》，中有《應天長》一首：「條風布暖，霏霧弄晴，池塘偏滿春色。正是夜堂無月，沈沈暗寒食。梁間燕，前社客。似笑我，閉門愁寂。亂花過，隔院芸香，滿地狼籍。　長記那回時，邂逅相逢，郊外駐油壁。又見漢宮傳燭，飛煙五侯宅。青青草，迷路陌。强載酒、細尋前迹。市橋遠，柳下人家，猶自相識。」即爲蔣捷所次韻者。

〔三〕載酒：酒在尊中曰載。《詩經·大雅·旱麓》：「清酒既載，騂牡既備。」賒棋：欠下棋約。賒，購物緩償其價曰賒。袖裏寒色：袖中手尚有寒意。寒色，感到寒冷時的神色。漢賈誼《諭誠》：「楚昭王當房而立，愀然有寒色。」

〔四〕轉眼：吴本作「轉□」，毛本、續本作「轉」。籠：影鈔本作「龍」，誤。含櫻：即櫻桃，也作鶯桃，又名含桃。《吕氏春秋·仲夏紀》：「羞以含桃，以薦寢廟。」漢高誘注：「含桃，鶯桃。鶯鳥所含食，故言含桃。是月而熟。」薦：數，屢次。薦食：屢次吞吃。《左傳·定公四年》：「吴爲封豚長蛇，以薦食上國，虐始於楚。」

〔五〕忽忽過、春是客：春天轉眼即逝，是忽忽過客。忽忽：毛本、續本作「囪囪」。

〔六〕似瓊花三句：以仙境瓊花謫下人間再回天上，喻春花凋謝。瓊花：亦作瓊華，仙境中的瓊樹之花。漢司馬相如《大人賦》：「呼吸沆瀣兮餐朝霞，咀噍芝英兮嘰瓊華。」謫：吴本、毛本、影鈔本、續本作「滴」，誤。仙籍：仙人的名籍。唐李商隱《重過聖女祠》：「玉郎會此通仙籍，憶向天階問紫芝。」

〔七〕簫：影鈔本作「蕭」。度青壁：度越青色的山壁。

〔八〕戲龍：游龍。盤□：吴本、毛本、影鈔本、續本作「盤」。花宅：栽植花卉的宅院。花：彊村本、黄本作「宛」。

〔九〕驄馬：青白色的馬。

〔一〇〕户半掩句：唐白行簡《李娃傳》記滎陽公子「嘗游東市還……見一宅，門庭不甚廣，而室宇嚴邃。闔一扉，有娃憑一雙鬟青衣立，妖姿要妙，絶代未有。生忽見之，不覺停驂久之，徘徊不能去。乃詐墮鞭於地，候其從者，敕取之。累眄於娃，娃回眸凝睇，情甚相慕。」南宋陸游《閬中作》：「俱是邯鄲枕中夢，墮鞭不用憶京華。」

〔一一〕白苧：見前《白苧》注〔一〇〕。

【疏　解】

詞抒春愁。上片言春色忽忽。起三句寫早春，載酒柳湖，賒棋梅墅，衣袖尚覺風寒。但「轉眼」之間已是暮春，「池閣」已被一片緑蔭籠罩，枝頭櫻桃熟了，黄鶯飛去飛來不停地啄食。「籠」字狀樹葉茂密，把池閣遮蓋起來。鶯食櫻桃，也是暮春初夏特有之景。「忽忽過、春是客」六字，語意新奇，説春天就像一位忽忽過客，轉瞬即逝。當是從李白《春夜宴桃李園序》中「天地者萬物之逆旅，光陰者百代之過客」借鑒而來。詞人方感慨於春天短暫，又值「細雨晝陰」的天氣，頗覺寂寞。「寂」字爲下片言愁張本。「似瓊花、謫下紅裳，再返仙籍」三句，以仙境瓊花謫下人間再回天上，喻春花凋謝，春天過往，同時暗示昔時所遇妙如天仙之人，已渺不可尋。下片感舊懷人。换頭「無限倚闌愁」承上「寂」字而來。夢中的詞人被雲外簫聲驚醒，起來憑欄，聽著度越山壁傳來的杜鵑啼聲，心中無限惆悵。「夢」爲寂寞感舊，夢醒憑欄，追懷往事，「漫有」以下即寫詞人的回憶。「戲龍」即游龍，形容當日「花宅」女子的盈盈儀態。嗟歎「漫有」，説明昔人已去，往事成空。「驕驄馬、嘶巷陌」化用晏幾道《木蘭花》「紫騮認得舊遊蹤，嘶過畫橋東畔路」句意，寫故地重游。「户半掩、墮鞭無迹」，用唐白行簡《李娃傳》中滎陽公子遇娃墮鞭典事，寫當日乍然相逢，一見鍾情的難忘印象。「無迹」説明往事昔人皆已無從尋覓。無可奈何的詞人，只能「追想燈下初識」的情景，以爲慰藉。「白苧裁縫」四字，襯出其人勤於女紅、儀容鮮潔。《白苧》結句云：「料想裁縫，白苧春衫薄」，此處亦云：「追想，白苧裁縫」，所寫或即一人，亦未可知。

此詞係次清真《應天長》韻之作，清真原韻亦寫暮春寂寞，感舊懷人。兩相比較，清真之作鋪叙描寫，轉折勾勒，層次清楚，用語質實，詞意明白；蔣捷次韻之作，構句新巧，多用典故，轉接稍覺跳脱，運意亦較隱約。比起清真的渾厚，似更見匠心。

賀新郎　檃括杜詩〔一〕

絶代幽人獨〔二〕。掩芳姿、深居何處，亂雲深谷〔三〕。自説關中良家子，零落聊依草木〔四〕。

世喪敗，誰收骨肉〔五〕。輕薄兒郎爲夫壻，愛新人、窕窈顔如玉〔六〕。千萬事，風前燭〔七〕。鴛鴦一旦成孤宿。最堪憐、新人歡笑，舊人哀哭。侍婢賣珠回來後，相與牽蘿補屋〔八〕。漫採得、柏枝盈掬〔九〕。日暮山中天寒也，翠綃衣、薄甚肌生粟〔一〇〕。空斂袖，倚修竹。〔一一〕

【校　注】

〔一〕檃括：亦作檃栝、隱括。依原有文章的内容、詞句，加以翦裁、改寫，往往變换文體。南朝梁劉勰《文心雕龍・鎔裁》：「蹊要所司，職在鎔裁。檃括情理，矯揉文采也。」杜詩：此指所檃括的杜甫詩《佳人》：「絶代有佳人，幽居在空谷。自云良家子，零落依草木。關中昔喪亂，兄弟遭殺戮。官高何足論，不得收骨肉。世情惡衰歇，萬事隨轉燭。夫壻輕薄兒，新人美如玉。合昏尚知時，鴛鴦不獨宿。但見新人笑，那聞舊人哭。在山泉水清，出山泉水濁。侍婢賣珠回，牽蘿補茅屋。摘花不插髮，采柏動盈掬。天寒翠袖薄，日暮倚修竹。」杜：吴本、毛本、續本作「松」，誤。《御選歷代詩餘》詞題作「括杜少陵佳人詩」。

〔二〕絶代：絶世，舉世無雙之意。漢《李延年歌》：「北方有佳人，絶世而獨立。」幽人：指幽居深谷的佳人。

〔三〕掩芳姿：掩藏起美好的姿容。

〔四〕關中：函谷關以西古秦地概稱關中。《史記・項羽本紀》：「人或説項王曰：『關中阻山河，四塞，地肥饒，可都以霸。』」裴駰《集解》引徐廣曰：「東函谷，南武關，西散關，北蕭關。」良家子：清白人家的子女。《史記·李將軍列傳》：「孝文帝十四年，匈奴大入蕭關，而廣以良家子從軍擊胡。」司馬貞《索引》：「案如淳云：非醫巫商賈百工也。」零落：草木凋謝。戰國楚屈原《離騷》：「惟草木之零落兮，恐美人之遲暮。」此處作身世飄零解。

〔五〕喪敗：喪亂。指安史之亂。

〔六〕輕薄兒郎：即輕薄兒，輕浮放蕩的青壯年男子。南朝梁沈約《三月三日率爾成章》：「洛陽繁華子，長安輕薄兒。」窕窈：黃本作「窈窕」。顏如玉：即玉顏，美好如玉的容顏。戰國楚宋玉《神女賦》「貌豐盈以莊姝兮，苞温潤之玉顏。」

〔七〕千萬：《詞林萬選》作「千里」。風前燭：隨風轉向的燭影，喻人情世事的反復無常。即杜詩「轉燭」。

〔八〕蘿：藤蘿。

〔九〕漫採得、柏枝盈掬：柏枝常緑，柏味最苦，採柏盈掬喻佳人貞心不改，清苦自甘。掬，雙手捧取曰掬。

〔一〇〕翠綃衣：翠色薄紗衣，即杜詩「翠袖」。肌生粟：皮膚因寒冷而起的粟狀小粒。宋蘇軾《和陶詩·和貧士七首》其五：「無衣粟我膚，無酒顰我顏。」

〔一一〕修竹：修長的竹子。竹子有節，以喻佳人堅貞高尚的節操。

【疏解】

此詞隱括杜詩《佳人》，屬於跨文體改寫的範疇，相當於西方文論所説的互文性寫作現象之一種。上片人物出場，自述身世。「絶代」四句，改寫杜詩「絶代有佳人，幽居在空谷」二句，以作者視角介紹交待人物。杜詩「幽居」即含「獨」意，蔣詞直接點出「獨」字；增加「掩芳姿」三字，是詞人對「絶代佳人」爲何幽居「亂雲深谷」的理解；又用問句「深居何處？」提起對佳人居處的關注。「自説」以下至前結，改由佳人自述，與杜詩同，所述即杜詩「自云良家子，零落依草木。關中昔喪亂，兄弟遭殺戮。官高何足論，不得收骨肉。世情惡衰歇，萬事隨轉燭。夫壻輕薄兒，新人美如玉」十句所寫，控訴了安史之亂給自己家族和廣大人民帶來的深重災難，揭露了人情冷暖、世態炎涼的嚴酷現實，譴責了夫婿的喜新厭舊、輕薄無行。下片由佳人自述轉回起句的作者視角，「鴛鴦」以下四句，改寫杜詩「鴛鴦不獨宿。但見新人笑，那聞舊人哭」三句，傳統社會裏女性的命運，取決於時代社會和家族背景，更直接取決於夫婿的品行，所遇不淑，即難逃悲劇。「佳人」以「絶代」之姿而遭輕薄夫婿遺棄，故云「最堪憐」。「侍婢賣珠回來後，相與牽蘿補屋」二句，改寫杜詩「侍婢賣珠回，牽蘿補茅屋」二句，言其流落空谷生活窮困，加上「相與」，把杜詩裏侍婢「補屋」的個人行爲變成佳人參與的共同勞作，則佳人不僅清貧，而且辛勞。但她「採柏盈掬」，表明甘於清苦、堅貞自持的心迹。「日暮」五句，改寫杜詩「天寒翠袖薄，日暮倚修竹」二句，以景結情，不著議論，進一步襯托出佳人堅守高節、不隨時俯仰的意志和品格，餘味不盡。

蔣捷在改寫杜詩的過程中，省掉了原作「合昏尚知時」、「在山泉水清，出山泉水濁」、「摘花不插髮」四句，增加了「掩芳姿、何處、亂雲、愛、窕窈、一旦成、最堪憐、歡、哀、相與、漫、山中、肌生粟、空斂」等詞句，兩相比較，杜詩五古，體格渾厚，蔣捷檃括爲詞，多了一些細部的敷衍，點染了一些女性情感的香豔色彩，以與詞格相侔。至於題旨，則與杜詩同。黄生《讀杜詩説》分析杜甫創作《佳人》一詩的動機云：「偶有此人，有此事，適切放臣之感，故作此詩。」乾元二年（七五九）秋，被排擠出朝廷的杜甫眼見社會動亂、朝政昏暗，棄官攜家西行，《佳人》即寫由華州往秦州途中所見，藉以抒發自己的身世之感，寄託堅持高尚情操的人格理想。蔣捷身遭喪亂，輾轉漂泊，不辱志節，讀《佳人》而産生共鳴，加以檃括改寫，以之寄迹明志。

玉漏遲〔一〕　壽東軒

客窗空翠杪〔二〕。前生飲慣，長生瓊醥〔三〕。回首紅塵，换了□花蟪草。隔水神仙洞府，但只有、飛霞能到〔四〕。誰信道。西風送我，還陪清嘯〔五〕。　縹渺。柳側雙樓，正繡幕圍春，露深煙悄。魚尾停時，雪上鬢雲猶少〔六〕。醉傍芙蓉自語，願來此、年年簪帽〔七〕。青嶼小。鶴立淡煙秋曉。

【校　注】

〔一〕玉漏遲：調見《花草粹編》卷九宋韓嘉彦詞。《夢窗詞》注夷則商。

〔二〕客窗：客舍的窗子。翠杪：蒼翠的樹梢。杪：木末，樹梢。《南史·王元規傳》：「留其男女三人，閣於樹杪。及水退，俱獲全。」

〔三〕瓊醥：美酒。醥，清酒。晉左思《蜀都賦》：「觴以清醥，鮮以紫鱗。」紅塵：佛道等家稱人世爲紅塵。宋朱敦儒《好事近》：「摇首出紅塵，醒醉更無時節。」

〔四〕洞府：謂神仙所居之地。南朝梁沈約《華山館爲國家營功德》：「丹方緘洞府，河清時一傳。」此喻東軒府第。飛霞：空中飄動的雲霞。

〔五〕清嘯：清吟嘯歌。

〔六〕停：吴本、毛本、影鈔本、續本作「傍」。時：毛本、續本作「旹」。雪上鬢雲：黑髮裏的白髮。鬢雲，黑髮盛美。鬒，髮黑而稠美。《詩經·鄘風·君子偕老》：「鬒髮如雲，不屑髢也。」

〔七〕醉傍三句：詞人願年年來此，簪戴芙蓉花於帽，爲東軒祝壽。芙蓉：毛本、續本作「芙容」。自語：吴本、毛本、續本作「目語」，誤。

【疏　解】

祝壽之俗起源甚早，至宋代風氣尤盛。皇帝例建生辰爲節日，朝野同慶，對文武大臣的生日，則頒賜盛禮。上行下效，兩宋社會祝壽成風，催生了一大批祝壽詩詞，南宋時期，以詞祝壽風氣尤熾。據統計，《全宋詞》有壽詞近兩千首，佔到存詞總數的十分之一，成爲宋詞重要的題材類別。詞人集子例有壽詞，且有數量驚人者，如魏了翁《鶴山詞》存詞一八六首，有壽詞一〇二首；劉辰翁《須溪詞》三五四首，有壽詞九十首；李劉存詞十一首，十首皆爲壽詞；更有一些人存詞一首，即是壽詞。蔣捷《竹山詞》存詞九十餘首，有壽詞九首，占存詞比近十分之一，其中寫給東軒一人的壽詞就有四首。這首《玉漏遲》，如題所示，即是「壽東軒」的。上片寫到東軒家祝壽。起句寫東軒家的客舍高曠。接以「前生飲慣，長生瓊醥」，自我調侃中含有頌禱主人長壽之意。「飲慣」説明屢次來飲壽酒，言外是説還將一次次來飲，祝願東軒長壽的意思不言自明。「回首」二句因闕文不能確解，大意當是秋冬花草换季，人世又一輪回。據前詞，知東軒生辰在「立冬前一日」，正當秋冬季節輪换之時。「紅塵」二字爲下句「神仙洞府」陪襯鋪墊。東軒家在馬迹山雁峰，與詞人居住的竹山隔水相望，「隔水神仙洞府」即指東軒府第。因是壽詞，故美譽其家爲「神仙洞府」，那裏只有天上的雲霞能夠飄臨，但是一帆好風竟把我送來，再次陪壽翁清吟嘯歌。「誰信道」三句，神奇其詞，增添喜慶氣息。下片正寫祝壽，但也只「繡幕圍春，露深煙悄」二句，不事鋪排誇飾，避免了壽詞往往不免的俗氣。「縹渺」形容東軒家的「柳側雙樓」高矗入雲，回應上片「仙府」、「飛霞」等字面。「魚尾」二句，可説是插入的東軒肖像描寫，眼角的魚尾紋不再長出，鬢角的白髮也不見多，突出壽翁長春不老的意思。「醉傍芙蓉自語，願來此、年年簪帽」三句，轉寫詞人的醉態醉語，仍是祝願東軒健康長壽之意，東軒長健是詞人

「年年來此」的前提。結以景語，淡煙秋曉，青嶼鶴立，景物淡雅清新，鶴乃仙禽壽徵，故雖寫景終不失壽詞本位。

又　傅巖隱木如武林，納浴堂徐氏女子於客樓〔一〕。其歸也，亦貯之所居樓上，而圖西湖景於樓壁〔二〕

翠鴛雙穗冷。鶯聲喚轉，春風芳景〔三〕。花湧□香，此度徐妝偏稱〔四〕。水月仙人院宇，到處有、西湖如鏡〔五〕。煙岫暝〔六〕。纖蕙誤指，蓮峰篁嶺〔七〕。料想小閣初逢，正浪拍紅猊，袖飛金餅〔八〕。樓倚斜暉，暗把佳期重省〔九〕。萬種惺松笑語，□一點、温柔情性〔一〇〕。釵倦整。盈盈背燈嬌影。

【校　注】

〔一〕傅巖隱木：作者傅姓友人，生平不詳。彊村本作「傅巖隱木」，影鈔本作「傅隱岩木」，黄本作「傅巖隱（木）」。如武林：往武林。如，往，到。《左傳·僖公二十八年》：「宋人使門尹般如晉師告急。」武林：本山名，即今浙江杭州市西靈隱山。後多用以指杭州。宋蘇軾《送子由使契丹》：「沙漠回看清禁月，湖山應夢武林春。」納：納娶。

〔二〕歸：影鈔本作「得」。貯：藏，藏嬌。漢班固《漢武故事》：「若得阿嬌作婦，當作金屋貯之。」唐李商隱《茂陵》：「玉桃偷得憐方朔，金屋修成貯阿嬌。」圖：繪，畫。漢司馬相如《子虛賦》：「衆物居之，不可勝圖。」《御選歷代詩餘》詞題作「贈傅岩叟納姬」。

〔三〕芳景：美好的景色。

〔四〕□香：吴本、毛本、《康熙詞譜》、《御選歷代詩餘》、影鈔本、續本作「袖香」。

〔五〕水月：水中月影。喻空明、清淨之境。唐李世民《三藏聖教序》：「松風水月，未足比其清華；仙露明珠，詎能方其朗潤。」院宇：庭院屋宇。宇：屋宇。《楚辭·招魂》：「高堂邃宇，檻層軒些。」王逸《注》：「宇，屋也。」

〔六〕煙岫暝：雲煙繚繞的峰嶺暮色蒼茫。岫：峰巒，山谷。南齊謝朓《郡内高齋閒望答吕法曹》：「窗中列遠岫，庭際俯喬林。」

〔七〕纖蔥：纖細的手指。蔥，即葱。詩文中常以喻女性手指。唐白居易《箏》：「雙眸翦秋水，十指剥春蔥。」蓮峰篁嶺：蓮峰指蓮華峰，靈隱山五峰之一。篁嶺指風篁嶺，龍井在其上，晉葛洪曾在此煉丹，宋蘇軾、辯才嘗往來於此，皆有詩。見南宋周密《武林舊事》卷五《湖山勝概》。

〔八〕小閣初逢：即序中所記傅姓友人初納「徐氏女子於客樓」時。紅猊：紅色獅子。猊，狻猊，獅子。金餅：月亮的代稱。宋葉夢得《定風波·魯卿見和復答之》：「斜漢初看素月流，坐驚金餅出雲頭。」

〔九〕暗：毛本、續本作「晴」，誤。《康熙詞譜》「暗」作「剩」，《御選歷代詩餘》作「賸」。佳期：戰國楚屈原《九歌·湘夫人》：「登白薠兮騁望，與佳期兮夕張。」王逸《注》：「佳，謂湘夫人也。」原意是與佳人相約會。後來凡歡叙之日、婚期統稱佳期。重省：再次省思。省，察看；明白。

〔一〇〕惺忪：指聲音悦耳，南宋張炎《甘州·趙文叔與余賦别十年餘，余方東游》：「記當年，紫曲戲分花，簾影最深深。聽惺忪語笑，香尋古字，譜掐新聲。」□一點：影鈔本作「語一點」，吴本、毛本、《康熙詞譜》、《御選歷代詩餘》、續本作「一點」。

【疏解】

據詞序可知，此詞爲傅姓友人納徐氏妾而作。季節在春天，事件是婚娶，本皆熱鬧，卻以「翠鴛雙穗冷」領起，當是出於意格的考慮。「翠鴛雙穗」當指女子綴飾穗綫的翠色鴛鴦鞋履。「鶯聲喚轉，春風芳景」二句，寫鶯啼聲脆、東風送暖的大好春景。説鶯聲喚得春回，是形象的寫法。這是大的季節背景。然後，隨著陣陣花香，人物出場，徐氏此番妝梳打扮，看上去格外得體。「水月」三句，描寫人物的居處環境，庭院屋宇像仙家般明潔清淨。據詞序，知傅姓友人在杭州客樓納徐氏爲妾，然後載美而歸，藏嬌樓上，而在樓壁四周遍繪西湖風景。這樣做，一方面是對生長西湖的徐氏的體貼，同時也爲紀念自己在杭州納娶這一段感情經歷。「到處有、西湖如鏡」、「煙岫暝」、「蓮峰篁嶺」，都是寫壁畫上的湖山景觀。黄昏時分，壁畫上雲煙繚繞的峰嶺暮色蒼茫，以至於讓從小在西湖邊長大的徐氏，錯把蓮華峰認作風篁嶺。「纖蔥」兩句，才人伎倆，寫來煞有介事。换頭三句，插入詞人的推想，補寫友人與徐氏「小閣初逢」的情形，當時西湖晚潮初漲，月輪飛升。「浪拍紅猊，袖飛金餅」兩句，意象狂恣浪漫，正是男女初會興高采烈的光景。「樓倚斜暉」句，轉回現在，時間上回應「煙岫暝」，寫徐氏在脈脈斜暉中倚樓，再次回憶初會的「佳期」，這令人難忘的第一印象。「萬種惺忪笑語」，摹寫徐氏風情萬種，種種可憐，自其變者而觀之；「一點温柔情性」，是説萬變不離温柔，「温柔」是徐氏的秉性，則是自其不變者而觀之。看來，温柔而不拘謹，活潑而不放縱，正是徐氏的性格特點和可愛之處。結句「釵倦整。盈盈背燈嬌影」，寫夜晚内室，徐氏鬢釵倦整、羞赧背燈的嬌慵情態。詞賦男女情事，至此便足，詞筆的分寸感使詞情雅潔含蓄。

高陽臺　江陰道中有懷〔一〕

宛轉憐香，徘徊顧影，臨芳更倚苔身〔二〕。多謝殘英，飛來遠遠隨人〔三〕。回頭卻望晴檐下，等幾番、小摘微薰〔四〕。到而今、獨裊鞭梢，笑不成春〔五〕。　愁吟未了煙林曉，有垂楊夾路，也爲輕嚬〔六〕。今夜山窗，還□□繞梨雲〔七〕。行囊不是吴牋少，問倩誰、去寫花真〔八〕。待歸時，葉底紅肥，細雨如塵〔九〕。

【校注】

〔一〕江陰：地名。今江蘇省江陰市，原爲江陰縣，爲梁代所置，宋爲江陰軍，元改州，明廢，仍置縣，明、清屬常州府。見《讀史方輿紀要》卷二五《常州府》、《寰宇通志》卷一五《常州府》。

〔二〕憐香：唐徐夤《蝴蝶》詩：「防患每憂雞雀口，憐香偏繞綺羅衣。」金元好問《荆棘中杏花》詩：「京師惜花如惜玉，曉擔賣徹東西家。」以香、玉惹人愛憐，喻女性；憐香惜玉喻男子對情人的憐愛。此处以香代花。顧影：自顧其影。有自矜、自負之意。晉趙至《與嵇茂齊書》：「若迺顧影中原，憤氣雲湧，哀物悼世，激情風烈。」此處似顧花影。臨芳：對花觀賞。苔身：指花樹生有苔蘚的枝幹。如南宋周密《乾淳起居注》、范成大《梅譜》所記「苔梅」之類。南宋姜夔《疏影》：「苔枝綴玉，有翠禽小小，枝上同宿。」

〔三〕殘英：猶殘紅，落花。

〔四〕頭：毛本、續本作「顧」。

〔五〕不成春：毛本、續本作「不成」。

〔六〕愁：毛本、續本作「春愁」。

〔七〕□□：吴本、毛本、續本作「是費」，影鈔本作「費」。

〔八〕行囊：裝行李的囊袋。吴牋：吴地所産的箋紙。倩：毛本、續本作「情」，誤。寫花真：爲花寫真。寫真，描畫人或物的肖像。北齊顔之推《顔氏家訓·雜藝》：「武烈太子偏能寫真，坐上賓客，隨宜點染，即成數人。問以童孺，皆知姓名矣。」此謂畫人像；唐李白《求崔山人百丈崖瀑布圖》：「聞君寫真圖，島嶼備縈迴。」此謂畫景物。

〔九〕葉底紅肥：葉子底下紅碩的果實。紅肥：紅碩豐滿。唐杜甫《陪鄭廣文游何將軍山林十首》：「緑垂風折筍，紅綻雨肥梅。」

【疏解】

詞寫旅愁，而從家居切入，「宛轉憐香，徘徊顧影，臨芳更倚苔身」三句，寫家居賞花情狀，真可謂千種愛憐，百般顧惜。詞人對花用情至深，似也爲花所感知，所以，纔有「殘英飛來遠遠隨人」，慰藉詞人旅途的孤寂。詞人回望家園，想像「晴檐下」的花枝，正等待著自己去「幾番小摘微薰」，如此方爲不負春光。「小摘」乃見惜花心性，回應起句「憐香」；「幾番」乃見憐花不舍，回應次句「徘徊」；有花不可無酒，然對花亦不可爛醉，唐突非宜，微醺最好。可是「到而今」看看春盡，自己依然「獨裊鞭梢」，奔走於風塵旅途，「晴檐下幾番小摘微薰」的美好想望全都落空了。詞人不禁漾出一絲苦笑，感歎這旅途上的春天簡直就不像是春天。換頭「愁吟未了煙林曉」，可知詞人爲旅愁所苦，一夜吟哦，未曾入眠，而煙林曉色，又在催喚詞人上路，開始新的一天奔波。他感覺「夾路」的「垂楊」，似也爲自己的旅愁所感染，憐自己旅途之苦況，而翠眉微皺。因習慣上有「柳眉」之喻，所以才作此擬人化的描寫。江陰雖離詞人家鄉陽羨不遠，但今日看來還是不能到家，夜晚還得借宿山村，看「山窗」

外繚繞的白雲，多像心裏縈繞不散的思鄉愁緒啊！「行囊不是吴牋少，問倩誰、去寫花真」三句，是説不能歸家賞花的詞人，也設想過描花容於箋紙，以隨身賞鑒，可是能夠託誰爲自己「去寫花真」呢？設想難以落到實處，詞人憐花無計，欲慰此情，看來只能等到「歸時」了。但是待到歸來，「葉底紅肥，細雨如塵」，已是果實紅碩的梅雨時節，早已無花可賞。家園一春花事都被旅途誤盡，愛花成癖的詞人，情懷實不堪已極。江陰道既離家鄉不遠，然則詞人爲何不兼程趕回呢？言外有多少不得已處，讀者於此不可不察。

此詞借渴盼歸家賞花來表現旅愁鄉思，而無一言及人，寫法頗爲别致。家居愛憐不已、旅途想爲寫真的晴檐芳花，有無喻義，當在可指不可指間，花耶人耶，疑似全憑解會。而憐香惜花，有逾常情，亦是詞人本色。

【集　評】

先著《詞潔輯評》卷四：《高陽臺》，蔣捷，「宛轉憐香」。前後結三字句，或韻或不韻。後段起句，或七字或六字。六字者用韻，七字多不韻。若執一而論，將何去何從。意者宫調不當淩雜，而字句或可參差。今既已不被管絃，徒就字句以繩詞，雖自詫有獨得之解，吾未敢以爲合也。

探春令[一]

玉窗蠅字記春寒，滿茸絲紅處[二]。畫翠鴛、雙展金蜩翅[三]。未抵我、愁紅膩[四]。　芳心一點天涯去。絮濛濛遮住[五]。舊對花、彈阮纖瓊指[六]。爲粉靨、空彈淚[七]。

【校　注】

〔一〕探春令：又名探花令、景龍燈。調見《能改齋漫録》卷一六宋趙佶詞。《康熙詞譜》卷九云：「此調宋人俱詠初春風景，或詠梅花，故名『探春』。」毛本、續本詞牌下有詞題「春怨」二字。底本詞末小字注云：「案塡詞圖譜卷三此首誤作蘇軾詞。」

〔二〕玉窗：窗户的美稱。唐王維《班婕妤》：「玉窗螢影度，金殿人聲絶。」蠅字：即蠅頭小字。南宋陸游《讀書》之二：「燈前目力雖非舊，猶得蠅頭二萬言。」滿茸絲紅處：謂在紅茸絲織物上寫滿蠅頭小字。

〔三〕金蜩：金蟬。蜩：蟬的别名。《詩經·豳風·七月》：「四月秀葽，五月鳴蜩。」

〔四〕愁紅：謂經風雨摧殘的花，也以喻女子的愁容。唐李賀《黄頭郎》：「南浦芙蓉影，愁紅獨自垂。」紅：《花草萃編》、影鈔本作「痕」。

〔五〕濛濛：形容飛絮稠密紛亂。宋晏殊《踏莎行》：「春風不解禁楊花，濛濛亂撲行人面。」

〔六〕舊對花：吴本、毛本、《词律》、續本作「對花」。彈阮：彈撥阮咸。阮：阮咸，樂器名，傳爲晉阮咸所造，長頭十三柱，形似今之月琴。《花草萃編》、影鈔本作「玩」，誤。唐李匡乂《資暇集》下：「樂器有似琵琶而圓者，曰『阮咸』。」唐袁郊《甘澤謡・紅綫》：「紅綫，潞州節度使薛嵩青衣，善彈阮，又通經史。」纖瓊指：纖纖玉指。

〔七〕粉靨：宋高承《事物紀原・妝靨》：「遠世婦人妝喜作粉靨，如月形，如錢樣，又或以朱若燕脂點者，唐人亦尚之。」是爲一種婦女面部的化妝樣式。亦可泛指粉面。

【疏解】

詞寫女子傷離懷遠之愁。上片寫早春時節，女子作字繪畫，努力排遣愁緒。起句寫女子不顧春寒料峭，窗前作字，是相思的詩詞，還是問訊的書信？但見蠅頭小字密密麻麻，寫滿了紅茸絲織物。「玉窗」兩句寫冒寒作字，則知此情雖已難耐，但表現上還比較隱蔽，並未説破。「畫翠鴛、雙展金蜩翅」兩句，再寫女子繪畫，畫面是翠色毛羽的鴛鴦，鴛鴦成雙戲水棲宿，這就透漏了女子的情感心理指向。只是這兩句意思銜接上有未明處，「金蜩」，金蟬，所畫爲鴛鴦，怎麽會「雙展金蜩翅」呢？或者以此錯畫，表現女子之心煩意亂，亦未可知。「未抵我、愁紅膩」兩句，是説女子雖然不停地作字繪畫，終未能抵消自己的愁情。下片寫暮春時節，女子心飛天涯，追隨遠人。「芳心一點天涯去」，解釋了上片冒寒作字、錯亂繪畫，也就是「愁紅膩」的原因，皆爲思念「天涯」的遠人。但暮春時節漫天濛濛飛絮偏不作美，遮住了「芳心」飛往天涯的道路。「舊對花」以下幾句，寫情無所寄的女子，於是感傷落淚，她用過去「對花彈阮」的纖纖玉指，彈去臉上的淚水。「舊對花、彈阮纖瓊指」一句，主語是「瓊指」，「對花彈阮」的動作和「舊」的時態，都是修飾成份，補寫了別離前的一段歡樂往事，説明女子頗通音律，多才多藝，但今非昔比，女子早已無心藝事，「彈阮」的瓊指只剩「彈淚」的份了。這一句可謂一石三鳥，内容豐富。結句「爲粉靨、空彈淚」，寫出女子既傷心又愛美的心理，而曰「空」，有兩層意思，一是傷心流淚也不爲遠人所知，二是爲護惜「粉靨」而「彈淚」，其實「粉靨」已是淚水模糊了。這六字動作、表情、心理兼寫，摹形傳神，富有表現力。

秋夜雨〔一〕　秋夜〔二〕

紅雲轉入黄雲水驛秋笳噎〔三〕。吹人雙鬢如雪。愁多無奈處，謾碎把、寒花輕撚〔四〕。香心裏，夜漸深、人語初歇〔五〕。此際愁更別。雁落影、西窗斜月〔六〕。

【校　注】

〔一〕秋夜雨：調見南宋吴潛《履齋先生詩餘》。《康熙詞譜》卷九云：「調見蔣捷《竹山樂府》」，似誤。

〔二〕秋夜：吴本、毛本、續本作「秋雨」。《御選歷代詩餘》作「秋」。

〔三〕水驛：水路的驛站。唐李白《流夜郎至西塞驛寄裴隱》：「揚帆借天風，水驛苦不緩。」噎：鬱結氣逆難以呼吸。《詩經·王風·黍離》：「行邁靡靡，中心如噎。」

〔四〕謾：同漫。聊且，胡亂。唐杜甫《江上值水如海勢聊短述》：「老去詩篇渾漫與，春來花鳥莫深愁。」寒花：寒冷季節開放的花。晉張協《雜詩》：「寒花發黄彩，秋草含緑滋。」撚：折斷。

〔五〕紅雲：吴本作「紅螢」，《花草萃編》作「紅芳」。香心：《詞律》作「心香」。

〔七〕斜：吴本、毛本、彊村本、續本、黄本作「殘」。

【疏解】

詞抒秋夜旅愁。上片寫聞笳生愁。薄暮時分，黄雲一天雨意，水驛秋笳嗚咽，天涯孤旅的詞人，觸景聞聲，勾起多少新愁舊恨。那故國破亡的慘痛記憶，這年復一年的輾轉漂泊，記憶不堪回首，漂泊何日了時，詞人怎能不被折磨得「雙鬢如雪」！把衰老的原因歸於秋笳吹人，强調了對「笳聲」的敏感。笳乃胡樂，遺民詞人聽來，自是不堪入耳。「愁多」的「多」，就是指詞人被笳聲觸痛的民族感情，引發的無窮現實感慨。然故國難復，家園難回，時已秋晚，人已老去，任是愁煞，也屬無奈。「謾碎把、寒花輕撚」，是一個傳神的細節，「輕撚寒花」以至於「碎」，下意識支配的動作，寫盡了暮年詞人遣愁無計之情狀。下片寫夜宿水驛。過片「紅雲」、「香心」字樣，於極寂寞蕭索處，著色略作點染，聊爲緩解。「夜漸深、人語初歇」，寫旅途辛勞的客人都已入睡，水驛的夜格外寂靜。笳聲驚聽，人語聒耳，固然令人不耐。笳聲人語，一時都絶，闃然無聲之際，詞人更覺惆悵難耐。「此際愁更別」的「別」，是「傷心人別有懷抱」的「別」，是「別有一番滋味在心頭」的「別」。末句「雁落影、西窗斜月」，以景結情，滿腹愁緒的詞人，又在無眠的熬煎中度過了一個漫漫長夜。

此詞當作於詞人晚年，由「頭白如雪」一句可知。詞中抒寫的暮年漂泊之愁，是詞人的親身經歷和深切感受，所以寫來真實感人。

又〔一〕　蔣正夫令作春夏冬各一闋，次前韻〔二〕

金衣露溼鶯喉澀〔三〕。春情不解分雪〔四〕。寶箏絃斷盡，但萬縷、閒愁難撚〔五〕。長紅小白誰亭館，過禁煙、彈指芳歇〔六〕。今夜休要別。且醉宿、緗桃花月〔七〕。

【校　注】

〔一〕又：毛本、《御選歷代詩餘》、續本調下有詞題「春」字。

〔二〕蔣正夫：或爲詞人宜興同族，生平不詳。

〔三〕金衣：金衣公子，黄鶯的别名。五代後周王仁裕《開元天寶遺事》上：「明皇每於禁苑中見黄鶯，常呼之爲金衣公子。」

〔四〕分雪：分辯，説明。

〔五〕寶箏絃斷盡：以喻春情無訴，恩愛斷絶。

〔六〕長紅小白：謂大大小小各色花朵。唐李賀《南園》其一：「花枝草蔓眼中開，小白長紅越女腮。」禁煙：即禁火，謂寒食節，在農曆清明前一或二日。南朝梁宗懍《荆楚歲時記》：「去冬節一百五日，即有疾風甚雨，謂之寒食，禁火三日。」人皆冷食。相傳此節起於春秋時晉文公追念介之推，後沿成民俗節令。宋王禹偁《寒食》詩：「郊原曉緑初經雨，巷陌春陰乍禁煙。」彈指：佛家語「一彈指」的省稱。極言時間的短暫。《翻譯名義集》卷二《時分》：「俱舍云：壯士一彈指頃六十五刹那。」唐白居易《禽蟲十二章》之八：「何異浮生臨老日，一彈指頃報恩讐。」唐司空圖《偶書》之四：「平生多少事，彈指一時休。」

〔七〕緗桃：結淺紅色果實的桃樹。北魏賈思勰《齊民要術》卷四《種桃》：「《西京雜記》曰：『核桃、櫻桃、緗桃。』」

【疏解】

詞題中的蔣正夫，或爲蔣捷宜興族人，他當是在看到前首《秋夜雨·秋夜》後，提議作者四季各賦一首，蔣捷於是應命續作春、夏、冬三首，以足四季之數。此首賦春夜別愁。上片寫春愁無訴，先以黄鶯比興。黄鶯有金衣公子之稱，但其「金衣」已遭「露溼」，歌喉凝噎不再婉轉啼唱，似有暗恨，而滿腹「春情」，竟不懂得訴説出來。然後寫人，「寶箏絃斷盡」，説明彈撥之久，發力之大，可知其心中愁愫之多，鬱積之深。然則「箏絃斷盡」，多少欲訴未訴情，也都無從訴説了，因其無以排遣，故而「萬縷閒愁難撚」。下片寫愁因。「長紅小白誰亭館，過禁煙、彈指芳歇」三句傷春，説誰家亭館花開正繁，但等到寒食節一過，彈指之間，盛開的花朵就要凋謝了。「今夜休要別。且醉宿、緗桃花月」三句傷別，因春光短暫匆促，令人更加珍惜，春宵一刻值千金，別離不應在今夜，這寶貴美好的時光，應醉酒眠花、相守共度纔是。

此詞傷春傷別，抒及時行樂之意，詞情穠麗，卓人月贊爲「香秀異常，有寶唾玉啼之美」。

【集　評】

卓人月《詞統》卷七：四詞香秀異常，有寶唾玉啼之美。（按：四詞，指同題之《秋夜雨》四首。）

又〔一〕

鬆車轉急風如噎〔二〕。冰絲鬆藕新雪〔三〕。有人涼滿袖，怕汗溼、紅綃猶撚〔四〕。三更夢斷敲荷雨，細聽來，疏點還歇。茉莉標致別〔五〕。占斷了、紗廚香月〔六〕。

【校注】

〔一〕又：影鈔本無「又」字。毛本、《御選歷代詩餘》、續本調下有詞題「夏」字。

〔二〕髹車：塗漆的車。髹，赤黑色的漆。如：吴本、毛本、續本作「吹」。

〔三〕冰絲：雪白的藕絲。鬆藕新雪：鬆脆的藕片如新雪一樣潔白。鬆，鬆脆。

〔四〕撧：同撅，掀起衣服。《墨子·公孟》注：「撅，揭衣也。」謂撩起紅綃衣袖，以免汗溼。

〔五〕茉莉：花名。花白色，芳香，夏日盛開。也作「末利」、「末麗」，又稱鬘華。晉嵇含《南方草木狀》上：「耶悉茗花、末利花，皆胡人自西國移植於南海，南人憐其芳香，競植之。」宋李光《四月十四日曉陳列之見顧追涼翫月》：「影翻鳳尾檳榔果，香散龍涎茉莉花。」標致：美麗，風韻。宋晁補之《下水船·和季良瓊花》：「似夢覺，曉出瑶臺十里，猶憶飛瓊標致。」

〔六〕占斷：占盡，占有。宋吕渭老《南鄉子》：「百計不遲留。明月他時獨上樓。水盡又山山又水，溫柔，占斷江南萬斛愁。」紗廚：紗帳，又作紗㡡。唐司空圖《王官》之二：「盡日無人只高臥，一雙白鳥隔紗㡡。」廚：吴本作「櫥」。

【疏解】

詞賦夏夜聽雨。起句所寫風中急轉的「髹車」，當是南方水鄉汲水灌溉的風車之屬，「髹車轉急」

見出風大。夏有涼風，最是愜意。「冰絲」句寫夏日吃食，鬆脆爽口、顏色如雪的藕片，正宜消夏食用。吹著涼風，吃著冰藕，雖在夏日，滿袖涼意，然而擔心「汗溼」的她，還是把「紅綃」衣袖挽了起來。上片勾畫出一幅夏日納涼小景，人物之雅潔，從服食、心理、動作描寫中襯托出來。下片轉寫夜晚。因風而雨，前後照應。雨打荷葉，聲聞室内，致女子「三更夢斷」。於是略無睡意的她，索性聽著荷雨，消此長夜。睡至三更，倦意已減，風雨涼夜，閒臥牀頭，細聽窗外雨敲池荷，很是富於詩意。「細聽」見其入神，聽至「疏點還歇」，夜雨漸停，應該有一個較長的時間過程，即此知她亦非俗人，而是一個心理蘊蓄豐富的女子。雨停聲歇之後，斜月臨窗，茉莉花影楚楚，馨香盈室，把灑在碧紗小帳上的月色都染香了。「茉莉」三句，仍然是通過女子的感知來寫，花香月色進一步烘托出人的韻致。

小詞如一幅夏日小景，白藕紅綃，涼風夜雨，池荷雨聲，茉莉香月，人物潔美，景物清雅，詩情畫意，讀之氣清神爽。

又〔一〕

更深紅麟不暖瓶笙噎〔二〕。鑪灰一片晴雪〔三〕。醉無香嗅醒，但手把、新橙閒擲〔四〕。凍損梅花也，聽畫堂、簫鼓方歇〔五〕。想是天氣別。豫借與、春風三月〔六〕。

【校注】

〔一〕又：影鈔本無「又」字。毛本、《御選歷代詩餘》、續本調下有詞題「冬」字。

〔二〕紅麟：紅色的暖爐。麟，爐身的麒麟形圖案。或謂指燒紅的麒麟炭。麟，用碎炭製成的麒麟形獸炭。《晉書・羊琇傳》：「琇性豪侈，費用無復齊限，而屑炭和作獸形以温酒，洛下豪貴咸競效之。」瓶笙：亦作缾笙。以瓶煮水，微沸時發出聲音如笙，美稱曰瓶笙。宋蘇軾《缾笙引》：「劉幾仲餞飲東坡，中觴，聞笙簫聲杳杳，若在雲霄間。……徐而察之，則出於雙缾，水火相得，自然吟嘯。……坐客驚歎，得未曾有，請作《缾笙詩》記之。」南宋陸游《初睡起有作》：「老夫徐下榻，負火聽瓶笙。」

〔三〕鑪灰句：謂爐中炭灰呈雪白色。

〔四〕香嗅醒：嗅香醒酒。醒：黄本作「盡」。新橙：新熟之橙。橙：吴本、毛本、續本作「燈」。宋周邦彦《少年游》：「并刀如水，吴鹽勝雪，纖手破新橙。」

〔五〕畫堂：有圖畫裝飾的廳堂。南朝梁蕭綱《餞廬陵内史王脩應令》：「迴池瀉飛棟，濃雲垂畫堂。」簫鼓：簫鼓之聲。南朝宋鮑照《出自薊北門行》：「簫鼓流漢思，旌甲被胡霜。」

〔六〕豫借：即預借。

【疏解】

詞詠冬夜。上片寫寒夜醉酒。麟爐不暖，瓶笙聲噎，本該是燃燒正旺的紅炭，卻見一片如雪的白灰。寒夜爲何爐火不燃，湯水不熱？原來都是因爲主人醉酒「無香嗅醒」所致。無香可嗅的醉酒者，只好以橙代香，漫不經心地剥開來吃，以爲醒酒之用。下片寫夜聞簫鼓。冬夜深更，無火禦寒，主人擔心要把梅花凍壞了。這時候，他聽到人家「畫堂」裏熱鬧的「簫鼓」聲，剛剛停下來。簫鼓聲引起他社日臨近的錯覺，他想這天氣真是特别，莫不是誰提前借來了暖意融融的「春風三月」，不然的話，簫鼓聲怎麽會這樣熱鬧歡暢呢？「豫借春風」也與主人疼惜寒夜凍損梅花有關，在更深的層次上，符合冬日苦寒的人們盼望天地早日回春的普遍心理。

此首中人物身份性别不明，但以瓶煮水，聽其微沸時發出聲音美妙如笙，是一種詩性的心理感覺；寒夜擔心梅花凍損，頗與詞人愛梅的性格相合；獨處醉酒，疏離歡場，也正是詞人暮年的索寞心境。詞中人物身上，顯然有著詞人的投影。

少年游〔一〕

梨邊風緊雪難晴〔二〕。千點照溪明。吹絮窗低，唾茸窗小，人隔翠陰行〔三〕。　而今白鳥横飛處，煙樹渺鄉城〔四〕。兩袖春寒，一襟春恨，斜日澹無情〔五〕。

【校　注】

〔一〕少年游：又名小闌干、太常引、玉臘梅枝。此調有平韻、仄韻兩體，分别見宋晏殊《珠玉詞》、宋晁補之《晁氏琴趣外篇》。《康熙詞譜》卷八云：「調見《珠玉集》，因詞有『長似少年時』句，取以爲名。」《張子野詞》注雙調、林鍾商，《片玉集》注黃鍾、商調，《古今詞話・詞辨》引《古今詞譜》云：「黃鍾宮曲。」毛本、續本有詞題「春思」二字。

〔二〕梨邊風：謂二十四番花信風中春分節之梨花風。雪：喻梨花。宋周邦彥《浪淘沙慢》：「恨春去，不與人期，弄夜色，空餘滿地梨花雪。」

〔三〕吹絮窗：用吹綸絮做紗的窗子。吹絮，吹綸絮，一種極薄的絲織品。《後漢書・章帝紀》建初二年：「癸巳，詔齊相省冰紈、方空縠、吹綸絮。」注曰：「綸，似絮而細。吹者，言吹噓可成。亦紗也。」唾茸窗：用刺繡織物作簾的窗子。唾茸，見前《高陽臺・送翠英》注〔四〕。小：影鈔本作「上」。翠陰：樹蔭。

〔四〕白鳥：白羽之鳥，如鷗鷺之類。《詩經・大雅・靈臺》：「麀鹿濯濯，白鳥翯翯。」横：吴本作「斜」。鄉城：見前《瑞鶴仙・鄉城見月》注〔三〕。

〔五〕一襟：滿襟，滿懷。南宋王沂孫《齊天樂》：「一襟餘恨宮魂斷，年年翠陰庭樹。」一，滿，全。《禮記・雜記》：「一國之人皆若狂，賜未知其樂也。」

【疏解】

詞抒今昔之感。上片憶昔。起句「梨邊風緊雪難晴」，寫春分前後，二十四番花信風中的梨花風起，風中梨花盛開如冬雪難晴。「千點」句詞采明麗，形容潔白如雪的梨花，把溪水映照得格外亮人眼目。「吹絮窗低，唾茸窗小」兩句，只寫居室窗子低小，以吹綸絮爲紗，以唾茸繡作簾，而精緻舒適之意自見。吹絮、唾茸，事關女紅織繡，意象的性别色彩明顯，窗子的「低小」形制，也給人玲瓏、幽美之感。那小巧的窗子内，精美的簾幕後，曾掩映過多少旖旎温馨的故事啊！你看，簾外窗前，翠蔭那邊，又有人娉娉嫋嫋地走來了……這上片是詞人對當年家居生活的美好回憶。

下片感今。「而今」由回憶轉入現實，「白鳥横飛處」也就是水天空闊處，是詞人目光所及的地方，那裏遠樹含煙，一片渺茫，遮住了詞人遥望「鄉城」的視綫。由眺望「鄉城」可知，詞人是在漂泊旅途懷鄉思親，眷念過去和平安定的家居生活。但現實是不惟難以歸家，連望鄉的視綫也被「煙樹」阻斷。「日暮鄉關何處是」？異鄉漂泊的詞人，只能鼓「兩袖春寒」，懷「一襟春恨」，在暗淡的落日餘暉裏，繼續著漂泊的途程。

此詞當作於南宋亡後，上片回憶的暖亮温馨與下片現實的迷惘冷淡對比鮮明。游子何曾澹忘歸，斜日著實澹無情，「一襟春恨」四字，包容複雜，但用筆含蓄，不加點破，用淡淡的落日餘暉加以烘染，詞情藴藉。從鄉愁主題詩詞的表現手法來看，下片包含著「遠望當歸」和「日暮起愁」兩個原型模式，也有效地强化了詞作的藝術感染力。

【集　評】

潘游龍《古今詩餘醉》卷一一：「淡無情」三字妙。

卓人月《詞統》卷六：游子澹忘歸，正似斜日澹無情。

又〔一〕

春風未了秋風到，老去萬緣輕〔四〕。只把平生，閒吟閒詠，譜作櫂歌聲〔五〕。　楓林紅透晚煙青。客思滿鷗汀〔二〕。二十年來，無家種竹，猶借竹爲名〔三〕。

【校　注】

〔一〕又：毛本、續本「又」下有詞題「秋思」二字。

〔二〕客思：懷念家鄉的心情。南齊謝朓《離夜》：「翻潮尚知限，客思眇難裁。」鷗汀：鷗鳥棲息的汀洲。指代詞人長期漂泊的江湖水鄉。

〔三〕無家二句：蔣捷號竹山，係取家鄉太湖竹山之名。無家種竹，言詞人身遭國變，流落他鄉，有家難歸。

〔四〕萬緣：佛家指一切因緣，即事物的因果關係。宋李彌遜《病後戲呈謨老禪師》：「一事關身俱是夢，萬緣彈指已非今。」

〔五〕櫂歌：船工、漁父所唱之歌。漢劉徹《秋風辭》：「簫鼓鳴兮發櫂歌，歡樂極兮哀情多。」

【疏解】

這首《少年游》，是蔣捷暮年之作，在各種版本的《竹山詞》中，排序也都在末後幾首。這首詞是垂老的詞人，對自己亡國之後二十多年漂泊生涯和創作歷程的回顧與總結，可與詞人的另一首自敘平生的名作《虞美人·聽雨》相參看。上片以寫景起，楓葉紅透，暮煙深青，色彩絢爛。楓葉意象與下面的竹子意象，共同喻示著詞人的堅貞志節。然楓紅爲經歷嚴霜所致，那是一番痛苦熬煎出的烈烈風采；而晚煙又是一日將盡的黄昏之象，與楓葉標明的一歲將盡的深秋季節，都有晚景遲暮的意味。接以「客思滿鷗汀」，景中含情，詞人在宋亡之後，拒絶出仕新朝，選擇了自我放逐的漂泊江湖，年深歲久，客思濃鬱自在情理之中。面對黄昏時分静謐的沙洲上閒暇棲息的鷗鳥，流離失所的詞人自然會興起强烈的身世淪落之感。一個「滿」字，透露了浪迹江湖的詞人愁思的深濃。「二十年來」是指亡國之後的二十多年漫長歲月。「無家種竹，猶借竹爲名」二句，是詞人長期處在艱難困苦之中仍然堅守志節的寫照。「松竹梅歲寒三友」，竹子罹霜欺雪壓而青青不改，直節勁挺，確如一首詩所詠：「曾經雪壓與霜欺，修竹依舊青青枝。還從直節生直節，歷劫豈移淩雲志。」在傳統文化意象系列裏，竹是高節淩雲的象徵。竹節中空，成爲虚心的喻指，所謂「未出土時先有節，到淩雲處總虚心。」竹子修長的形象，尤其是風竹如鸞鳳翔舞般的飄逸美感，又適合抱持審美人生觀的傳統文士的心理趣味。所以，竹子受到了重視人格修爲、美感陶冶的古代文人的普遍喜愛。以至讓蘇軾吟出「可使食無肉，不可居無竹」這樣表達對竹子至愛的詩句。改朝换代之際的蔣捷，更是以竹砥礪自己，寄託抱節自持的遺民心事。宜興東北數十里的太湖之濱有竹山，詞人曾隱居於此，並取以爲號。雖國破家亡浪迹江湖，無家可以種竹，但詞人仍然以「竹山」自號，表明了守節不移的耿耿心迹。後起兩句「春風未了秋風到，老去萬緣輕」，寫時間季節在迅速地轉换消逝，自己對周圍發生的事情已無所掛心了。「秋」和「老去」，回應前起的「楓林晚煙」。正是經歷了國破家亡之後二十餘年的漫長歲月消磨，少年的豪情，中年的悲慨，轉成了暮年的淡漠。在詞人的感覺中，現實熱鬧的一切、種種的利害，都是無甚緊要的。萬緣皆輕，不僅是一種心境上的超脱，也隱含著詞人對新朝人事的蔑視。詞人願意做的，能夠做的，只剩下把平生的「閒吟閒詠」，去譜入「櫂歌」，讓舟子漁人去嘔呀閒唱了。在國家危亡之際，既不能去大聲呼唤救亡；在國破家亡之後，也不能去填詞鼓動反抗；詞人一生無法釋然的破家之仇，亡國之恨，無以紓解，只能轉成貌似曠達的「閒吟閒詠」，這種以灑脱的筆致寫出的閒適、淡漠，實是一種無以言表的更深層次的悲痛，一種「大悲無聲」式的悲痛。

柳梢青　游女〔一〕

學唱新腔〔二〕。鞦韆架上〔三〕，釵股敲雙。柳雨花風，翠鬆裙褶，紅膩鞋幫〔四〕。　歸來門掩銀釭〔五〕。淡月裏、疏鐘漸撞〔六〕。嬌欲人扶，醉嫌人問，斜倚樓窗。

【校　注】

〔一〕毛本、續本詞題「游女」下有「或刻蔣達」四字。《詞林萬選》、《御選歷代詩餘》無詞題，《詞林萬選》於詞末按曰：「或曰是毛平仲作」。底本詞末小字注云：「案此首別誤作毛幵詞，見《詞林萬選》卷三。」

〔二〕新腔：新的曲調。宋黄庭堅《以酒渴愛江清作五小詩》：「時時能度曲，秀句入新腔。」

〔三〕架：《詞綜》作「梁」。

〔四〕柳雨花風：春天柳緑花紅時節的風雨，所謂「沾衣欲溼杏花雨，吹面不寒楊柳風。」翠鬆裙褶：翠色裙褶被風吹得鬆飄。褶：影鈔本作「摺」。紅膩鞋幫：雨溼紅鞋色澤更覺濃豔。

〔五〕銀釭：銀燈。釭：吴本、毛本、影鈔本、續本作「缸」。南朝梁蕭繹《草名詩》：「金錢買含笑，銀釭影梳頭。」宋晏幾道《鷓鴣天》：「今宵賸把銀釭照，猶恐相逢是夢中。」

〔六〕疏鐘：稀疏的鐘聲。唐李賀《南園十三首》其十三：「古刹疏鐘度，遥嵐破月懸。」南宋翁元龍《江城子》：「一年簫鼓又疏鐘。愛東風。恨東風。吹落燈花，移在杏梢紅。」

【疏　解】

詞詠「游女」，題材和寫法頗爲别致新穎。上片扣題，寫少女出游。「學唱新腔。鞦韆架上，釵股敲雙」三句，描寫少女坐在晃蕩的鞦韆架上，拔下金釵敲打著節拍，學唱時新的流行曲調。蕩鞦韆是古代女孩子喜歡的游戲，經常出現在古典詩詞的意象系列裏，這個女孩子僅只蕩鞦韆並不見奇，她的個性體現在蕩罷鞦韆，敲釵爲節，學唱新曲上，其追逐時尚、自由自在、無拘無束之狀可掬，這是一般女孩子所不敢爲的。「柳雨」三句，寫少女翠裙紅鞋，衣飾鮮麗。「翠鬆裙褶」承接「花風」，是説少女翠色裙褶被風吹得鬆飄起來。「紅膩鞋幫」承接「柳雨」，是説雨溼紅鞋色澤更覺濃豔。這幾句描寫充分顯示出走出閨房的女孩子，並不特別害羞和扭捏，風飄裙褶、雨溼鞋幫全不在意。可見這個少女青春生命的自由和美麗。下片寫游罷歸來。「門掩銀釭」説明少女貪玩，一直在外游玩到掌燈時分方纔回家，則其快活歡暢、流連忘返不問可知。這時月出東天，遠處傳來了疏疏落落的報更鐘聲。「嬌欲人扶」，寫其游玩歸來的疲累慵倦，「醉嫌人問」，寫其不願洩露個人的秘密。這八字形容游春歸來的少女，肖形傳神寫心，極富表現力，宜乎潘游龍贊其「美人嬌女賦當讓之」。少女不僅在外暢游一天，而且暢飲醉酒，這在少女的生命歷程裏，是一次空前的人性解放。少女抑制不住內心的興奮，「斜倚樓窗」的動作，説明她雖身回閨房，仍然神思飛越，有些魂不守舍。

詞中所寫的「游女」，是一個快樂活潑、嬌憨大膽的青春女性，傳統社會的禮教和閨訓似乎束縛不了她。陳廷焯《閒情集》卷二評此詞云：「麗語不免於俗」，去掉貶義，他説的「俗」還是很有見地的。詞中少女非出世家大族，當是市井世俗人家的女孩子，如此方得享有這一份游玩的自由。兩宋婉約詞中，這樣的女性形象實不多見，倒是更接近於元散曲中的女性形象。注重敘述描寫、淡化抒情的手法，也是散曲式的。

【集評】

潘游龍《古今詩餘醉》卷一二：「欲人扶」，「嫌人問」，美人嬌女賦當讓之。

卓人月《詞統》卷六：「嬌欲」二句，踽踽欲動。

世經堂康熙十七年殘本《詞綜》批語：險韻，自然。

李調元《雨村詞話》卷二：蔣竹山詞，有全集所遺而升庵《詞林萬選》所拾者，最爲工麗。如《柳梢青》云：「學唱新腔。秋千架上，釵股敲雙。柳雨花風，翠鬆裙褶，紅膩鞋幫。歸來門掩銀釭。淡月裏、疏鐘漸撞。嬌欲人扶，醉嫌人問，斜倚樓窗。」

許昂霄《詞綜偶評》：《柳梢青》，「柳雨花風」三句，態濃意遠。

陳廷焯《閑情集》卷二：麗語不免於俗。

霜天曉角〔一〕

人影窗紗〔二〕。是誰來折花。折則從他折去，知折去、向誰家〔三〕。　檐牙〔四〕。枝最佳。折時高折些。説與折花人道，須插向、鬢邊斜。

【校　注】

〔一〕霜天曉角：又名山莊勸酒、月當窗、長橋月、踏月、梅花令、霜天曉月、霜角。此調有平韻、仄韻兩體，分別見南宋趙長卿《惜香樂府》、《全芳備祖》前集卷一梅花門宋林逋詞。《于湖詞》注越調。毛本、《詞綜》、《御選歷代詩餘》、續本詞牌下有詞題「折花」二字。影鈔本上下片間例空一格，此首未空格。此首末云：「乙巳春季假錫山劒光閣本校閲一過。」底本此首末注云：「以上彊村叢書本竹山詞。」

〔二〕人影窗紗：窗紗上映出人的影子。

〔三〕從他：隨他，聽任他。

〔四〕檐牙：房檐邊角翹出如牙之部分。唐杜牧《阿房宫賦》：「廊腰縵迴，檐牙高啄。」

【疏　解】

這是一首雖詞而實曲的作品。不循宋詞主觀抒情的常規，客觀地描寫人物的活動與心理，語言淺俗輕快，當是受到文壇新興文體散曲影響的結果。起句「人影窗紗」，是一個特寫鏡頭，畫面感很强，當然是通過主人公的眼睛看到的。然後轉寫主人公的心理：是誰到自己的院子裏來折花呢？主人公可能想詢問並加以制止，但轉念又覺得用不着，折就讓來人折吧，折花人是愛花人，有花堪折直須折嘛。可主人公心理還是想：這是誰家人，要折花到哪裏去作什麽用呢？下片换頭三句：

「檐牙。枝最佳。折時高折些」，寫主人公雖然心有疑問，但還是友好地告訴折花人：靠近屋檐的樹枝高處，花開得最繁盛，要折就折那高枝上的吧！最後主人公又忍不住叮囑折花人：一定要把它斜插在鬢髮邊，才不辜負這麽好的花枝呀。其體貼和善良，大有「只緣恐懼轉須親」的味道。世經堂康熙十七年殘本《詞綜》批語評此詞云：「手如轆轤」，準確地把握住了這首詞語句上回轉流走的特點。詞寫主人公的心理、語言，寫折花人的動作，確如轆轤回轉，上下片一氣蟬聯不斷。主人公的性格，從對折花人的反應和態度中體現出來；折花人的動作，從主人公的眼睛和心理變化中體現出來；折花人和主人公都是年輕女性，這從紗窗閨房的居處、折花的事件、插向鬢邊的叮囑中體現出來。畫面、動作、心理、語言，很好地表現了詞中人物的性格：折花人愛美，忍不住花的誘惑，不惜跑到別人家的院子裏去折花，她一定是有幾分頑皮也懷著幾分忐忑吧。主人公從發現窗前人影的些許驚訝，到聽任來人折花，再到提示哪處花枝最好，直到叮囑插向鬢邊，一個溫厚、良善、大度的善解人意的淑女形象也已鮮明顯現，儘管自始至終她都在紗窗閨房裏没有露面。她對折花人的關切，表明她是一個十分惜花愛美的年輕女子。全詞畫面、動作、心理、語言次第展示，轆轤回轉，彷彿一折表演生動的小戲。

蔣捷《竹山詞》風格多樣，這首《霜天曉角》生動新鮮，寫法上汲取了散曲白描輕快的特點，但又不像多數散曲那樣粗放酣暢，仍然保留了幾分宋詞的清麗雅致情調。所以李調元《雨村詞話》認爲「最爲工麗」，潘游龍《古今詩餘醉》評爲「淡而濃，俚而雅」。

【集評】

卓人月《詞統》卷四：用平韻。請代折花人諷云：干卿何事？

潘游龍《古今詩餘醉》卷一三：此詞妙在淡而濃，俚而雅，雅而老，又在柳、秦、張、周之上。

世經堂康熙十七年殘本《詞綜》批語：手如轆轤。

李調元《雨村詞話》卷二：蔣竹山詞，有全集所遺而升庵《詞林萬選》所拾者，最爲工麗。如……《霜天曉角》云：「人影窗紗，是誰來折花。折則從他折去，知折去、向誰家。　檐牙。枝最佳。折時高折些。説與折花人道，須插向、鬢邊斜。」

附録

一、存目詞〔一〕

調名	首句	出處	附注
翻香令	金爐猶暖麝煤殘	填詞圖譜續集	蘇軾詞，見東坡詞卷下
垂楊	銀屏夢覺	填詞圖譜續集	陳允平詞，見絶妙好詞卷五
沁園春	問訊竹湖	古今詞統卷一五	劉過詞，見龍洲詞
好事近	葉暗乳鴉啼	記紅集卷一	蔣雲龍詞，見樂府雅詞拾遺卷上

【校注】

〔一〕存目詞：吴本、毛本、彊村本、影鈔本、續本、黄本並無。

二、蔣捷詩文輯佚

銅官山

崒嵂荆南山，袁令葬其麓。相傳天賜棺，咄咄詎流俗。令嘗成輿梁，天報宜以福。賜棺信榮矣，畢竟入鬼録。珠官在嶺南，錦官在川蜀。鹽官與鐵官，登載紛簡牘。吾恐古有司，鑄銅山之足。後人訛承訛，官傍妄加木。政須改銅官，大字鑱崖腹。事有作俑者，併按王喬玉。（永樂《常州府志》卷一三《文章》一引《毗陵續志》；光緒二年聚珍版《常州府志》卷三一《藝文》；《全宋詩》卷三六五七）

題太平寺畫水

耽耽建元寺，一片黄河秋。波濤起于陸，明明忽幽幽。如見伐晉人，來此曾焚舟。久立方瞿然，身在殿角頭。偕行功名士，西風黑貂裘。夢想河之北，欲以竹葉浮。嗟哉古毗壇，百年兩戈矛。燕歸巢春林，陰鬼聲啾啾。檜心火自出，既爲神所收。雙龍倦攫石，亦作寥天游。閒僧語斜陽，喜此迹尚留。我不以畫觀，獨對如前修。白帽管幼安，青門東陵侯。（永樂《常州府志》卷一四《文章》二引《泰定毗陵志》）

季子廟

裒字榮生翠碣春，寥寥百世德堪薰。當年若代諸樊立，不過勾吴一國君。（永樂《常州府志》卷一四《文章》二引《泰定毗陵志》）

多稼亭

亭前瘦竹一林寒，亭下腴田萬頃寬。多稼十分非不好，三分百姓七分官。（永樂《常州府志》卷一四《文章》二引《泰定毗陵志》）

報恩寺 坡詩所謂「井花水養石菖蒲」，即此寺也。

莫欺此寺太荒蕪，曾有高僧識大蘇。白髮頭陀欲存古，井花依舊養菖蒲。（永樂《常州府志》卷一四《文章》二引《泰定毗陵志》）

宜興雜詠三絶

東坡田

老去紅灰酒甕前，向來青草瘴江邊。卜居自爲溪山好，不是區區爲買田。（亦見永樂《常州府志》卷一三《文

章》一引《毗陵續志》;厲鶚《宋詩紀事》卷七八;《全宋詩》卷三六五七)

宜興長橋 周處斬蛟之地

喝電呵雷下半空,豪搜猛索水神宫。劍鋒一裂老蛟斷,橋外拍天腥浪紅。

文筆峰

詩仙擲筆下雲端,幻作孤峰碧玉寒。此筆莫愁無蘸處,太湖萬頃硯池寬。(永樂《常州府志》卷一四《文章》二引《泰定毗陵志》)

前府判袁公政績記

毗陵統二州、二邑、一司,劇郡也。問賦賦夥,問訟訟繁。地當大道,水航陸騎,往來無虚日。凡仕於此,竭蹶酬應,塵塵不落吾事,奚暇出其餘力,以自表現。益都袁公德麟來爲判官,乃獨游刃大窾郤中,略不見有難色,故詳政者以公爲能。公始至周視廳事,弊陋將壓,慨然有圖新之意。乃上其事於省,出官錢分授邦人,士有材幹者,俾經營,爲屋百三十一間,戒石亭等不與,此制度增廣,視舊有加。嚴嚴翼翼,萬目咸聳。尋命創倉城東,徙吕城舊倉於無錫,以便民輸郡。有强弗友者,蟠結儔黨,淩駕州縣,公一大治之,如薙如獮,俗爲之革。庚子大旱,賑饑民三萬六千二百三十户,以米計者四萬一千七百三十有六。明年大水,民居蕩析,公賑之益力,米以石計者七千五百六十有九。又明年,核實被災户口,捐米四萬八千餘石賑之。公之加惠斯民有始有卒,大抵如此。漕渠貫城,束於民廬,衆舟爭先,往往鬪毆。天久不雨，水淺舟澀，則爭兹甚。公浚地南外渠，以里者九，以分其舟，行者便之。公去官久，邦人思公不忘，合辭於府，請紀其績。府官可之，於是伐石登載如右。（永樂《常州府志》卷一六《文章》四引《毗陵續志》）

惠簡公譜牒後序

公爲中興名相，距今百有餘年。流風遺烈，猶有能景慕而樂道者。公歿後，朝事日非，一時元輔如韓侂胄、史彌遠、賈似道，其人接踵而起，甚於賣國之檜。不得如公者維挽於其間，國祚遂移。乃公之子孫，亦稍淩夷衰微矣。傳曰：「君子之澤，五世而斬」，抑又有之。世臣親臣，與國同休戚，其斯之謂歟！余遭喪亂，濱處湖濱，既與公同壤，公之孫祖儒者，好文墨，工於詞，時相過從，共抱黍離之悲。每出其家藏譜牒示余，如接公之晤語。竊又幸公雲裔濟濟，積慶未艾，不與故國山河同歸絶滅也。爲續書行輩於剩簡，而復贅數言，俾後之覽者，知余掩卷而重有感云。（宜興後村《周氏宗譜》）

三、蔣捷傳記資料

永樂《常州府志》卷一二《人物二·文學》引《毗陵續志》：蔣捷，字勝欲，世居陽羨，後占籍武進，遂爲武進人。宋德祐中爲名進士，元初遁跡不仕。大德間參政燕公某政禮請見，不赴。憲使臧公夢解、陸公垕交章薦辟，亦辭不就。延祐甲寅，朝廷設科取士，先生以詩書授學者。若浚儀馬公祖常，時侍父爲武進達魯花赤，居郡城。從先生受業，其後擢高科，爲一代名臣。山東馮某，不遠千里來受業，以疋布爲贄，先生憫其貧，姑受之，至冬乃製衣予之。越二年，業成而歸，遂領鄉薦。既聞先生歿，匍匐來弔，哀痛欲絶。先生成就後學多若此。平生著述，一以義理爲主，其《小學詳斷》，發明旨趣尤多。至正丙申，家殲於兵，書皆不存。學者以先生家竹山，故咸稱竹山先生云。

萬曆《宜興縣志》卷八《隱逸》：蔣捷，字勝欲，後徙居武進。宋德祐進士。元初遁跡不仕，大德間，憲使臧夢解、陸垕交章薦其才，卒不就。不臣二姓，蓋天植其操云。平生著述，一以義理爲主，而《小學詳斷》，發明尤多。學者以其家竹山，稱爲竹山先生。

萬曆《重修常州府志》卷一五《隱逸》：蔣捷，字勝欲，宜興人，徙居武進。舉德祐進士。元初遁跡不仕，大德間，憲使臧夢解、陸垕交章薦其才，卒不就。不臣二姓，有陶靖節之風焉。平生著述，一以義理爲主，而《小學詳斷》，發明尤多。學者以其家有竹山，稱爲竹山先生。

清沈辰垣《御選歷代詩餘》卷一六〇《詞人姓氏》：蔣捷，字勝欲，義興人。德祐進士，入元不仕。學者稱竹山先生。有《竹山詞》一卷。

《中國地方志集成·江蘇府縣志輯·常州府志》，據清康熙三十四年（一六九五）刻本影印，江蘇古籍出版社一九九一年六月首版首印：蔣捷，字勝欲，宜興人，徙居武進。舉德祐進士。元初遁跡不仕，大德間，憲使交薦其才，卒不臣二姓。學者稱爲竹山先生。

乾隆《江南通志》卷一六八《人物志·隱逸·常州志》：蔣捷，字勝欲，宜興人。德祐中進士。元初晦跡不仕，大德中，憲使臧夢解、陆垕俱薦其才，不就。博學工詞，學者稱竹山先生。

光緒《常州府志》卷二七《隱逸・鄉賢》：蔣捷，字勝欲，宜興人，徙居武進，舉德祐進士。元初遁跡不仕，憲使交薦其才，卒不臣二姓，學者稱爲竹山先生。

光緒《重刊宜興縣志》卷八《人物傳・隱逸》：蔣捷，字勝欲，宋德祐進士。元初遁跡不仕，大德間，憲使臧夢解、陆垕交章薦其才，卒不就。博學工詞，著《小學詳斷》，學者稱爲竹山先生。

《中國地方志集成・江蘇府縣志輯・增修宜興縣舊志》卷八《人物傳・隱逸》：蔣捷，字勝欲，宋德祐進士。元初遁跡不仕，大德間，憲使臧夢解、陆垕交章薦其才，卒不就。博學工詞，著《小學詳斷》，學者稱爲竹山先生。

清舒夢蘭輯《白香詞譜箋》：捷字勝欲，自號竹山，宜興人。德裕中，嘗登進士。宋亡之後，遁跡不仕以終。有《竹山詞》。《詞綜》作義興人。（按：德裕應爲德祐。）

清葉申薌《天籟軒詞譜》卷五末附「詞人姓名爵里」：蔣捷，字勝欲，義興人。德祐進士。入元不仕。有《竹山詞》。

清沈雄《古今詞話》：蔣捷，字竹山，義興人，宋亡不仕，有《竹山集》。

謝章鋌《賭棋山莊詞話》卷三：捷字勝欲，義興人。德祐進士，入元不仕，學者稱竹山先生。有《竹山詞》一卷。

胡適《詞選》：蔣捷，字勝欲，宜興人。宋末德祐年間（一二七五——一二七六），他曾中進士。宋亡之後，他隱居不仕。大德年間（一二九七—一三〇七），有許多人推薦他，他總不肯出來做官。他住在竹山，人稱爲竹山先生。他頗有些著作，有《竹山詞》。（《彊村叢書》本是用黄蕘圃藏的元鈔本刻的。）

胡雲翼《詞選》：蔣捷，字勝欲，義興人，德祐進士。入元隱居不仕。有《竹山詞》。

胡雲翼《宋詞選》：蔣捷，字勝欲，陽羨（今江蘇宜興縣）人。宋恭帝時進士。宋亡，隱居竹山不仕，學者稱竹山先生。元成宗大德年間，有人向政府推薦他，他始終不肯做元朝的官。今傳《竹山詞》。

龍榆生《唐宋名家詞選》：蔣捷字勝欲，陽羨人，德祐進士，自號竹山，遁跡不仕，以詞名。（《宋詩紀事》卷七十八）所作《竹山詞》一卷，見汲古閣宋六十家詞中。

唐圭璋《全宋詞》：捷字勝欲，陽羨（今江蘇宜興）人。咸淳十年（一二七四）進士。自號竹山，遁跡不仕。有《竹山詞》。

昌彼德等《宋人傳記資料索引》册五「蔣姓」：蔣捷，字勝欲，陽羨人，咸淳十年進士，元初遁跡不仕。大德間，憲使臧夢解、陸垕交章薦其才，卒不就。平生著述，一以義理爲主，其《小學詳斷》，發明旨趣尤多。家竹山，學者稱爲竹山先生。又工詞，有《竹山詞》。

四、蔣捷《竹山詞》題跋叙録

吴本卷末跋語：竹山先生出義興鉅族。宋南渡後，有名璨字宣卿者，善書，仕亦通顯，子孫俊秀，所居擅溪山之勝。故先生貌不揚，長於樂府。此稿得之於唐士牧家藏本。至正乙巳秋七月録。正德丁卯季夏十日，蘇臺雲翁誌。（按：「瑮」應爲「璨」。）

毛晉汲古閣繡鐫《竹山詞》卷首《題竹山詞》：竹山先生出義興鉅族。宋南渡後，有名瑮字宣卿者，善書，仕亦通顯，子孫俊秀，所居擅溪山之勝。故先生貌不揚，長於樂府。此稿得之於唐士牧家藏本，雖無詮次，庶幾無遺逸云。至正乙巳歲次秋七月十有七日湖濱散人題。（按：「瑮」應爲「璨」。）

毛本《竹山詞》跋：昔人評詞，盛稱李氏、晏氏父子，及耆卿、子野、子游、子瞻、美成、堯章止矣，蔣勝欲泯焉無聞。今讀竹山詞一卷，語語纖巧，真世説靡也；字字研倩，真六朝隃也。豈其稍劣於諸公耶？或讀招落梅魂一詞，謂其磊落横放，與辛幼安同調，其殆以一斑而失全豹矣。湖南毛晉識。（按：「子游」應爲「少游」。續本翻刻毛本，湖濱散人題竹山詞、毛晉識語與毛本全同。）

四庫全書總目《竹山詞》提要：《竹山詞》一卷，安徽巡撫采進本。宋蔣捷撰。捷字勝欲，自號竹山，宜興人。德祐中嘗登進士。宋亡之後，遁跡不仕以終。是編爲毛晉汲古閣所刊，卷首載至正乙巳湖濱散人題詞，謂「此稿得之唐士牧家，雖無詮次，已無遺逸」。當猶元人所傳之舊本矣。其詞煉字精深，調音諧暢，爲倚聲家之榘矱。間有故作狡獪者，如《水龍吟·招落梅魂》一闋，通首住句用「些」字；《瑞鶴仙·壽東軒》一闋，通首住句用「也」字；而於虚字之上，仍然叶韻，蓋偶用《詩》《騷》之格，非若黄庭堅、趙長卿輩之全不用叶，竟成散體者比也。他如《應天長》一闋，注云「次清真韻」，前半闋「轉翠籠池閣」句止五字，而考周邦彦詞作「正是夜堂無月」，實六字句。後半闋「漫有戲龍盤」句，亦五字，而考周詞「又見漢宫傳燭」，實亦六字。此必刊本各有脱字。至於《沁園春》「絶勝珠簾十里樓」句，樓字上訛增「迷」字；《玉樓春》「明朝與子穿花去」句，「花」字訛作「不」字；《行香子》「奈雲溶溶」句，「奈」字下訛增「何」字；《粉蝶兒》「古今來人易老」句，訛脱一「來」字；《翠羽吟》「但留殘月掛蒼穹」句，訛脱「月」、「蒼」二字；皆爲疏舛。《唐多令》之訛爲「糖多」，尤足嗢噱。其《喜遷鶯》調所載改本一闋，視元詞殊減風韻，似非捷所自定，《詞統》譏之甚當，但指爲史達祖詞，則又誤記耳。

朱祖謀彊村叢書本《竹山詞跋》：《竹山詞》一卷，黄蕘圃藏鈔本。卷端有明孫唐卿胤嘉記云：乙巳春季，假錫山劒光閣本校一過。蕘圃稱嘉慶庚午得之毛意香，寔吴枚庵物，《竹山詞》祖本也。毛子晉刊本似從兹出。而詞佚目存之謁金門、菩薩蠻、卜算子、霜天曉角、點絳脣十四闋，及上半闋之憶秦娥，下半闋之昭君怨，毛本并目不載。喜遷鶯，毛本二闋復十餘句，兹本并缺。而目稱一闋，或傳寫有異耶。蕘圃定爲元鈔，意極珍秘。往從吾鄉張石銘假録，勘正毛本數十字。異時倘並其缺佚者補得之，是所蕲於同志已。癸丑清明前一日，朱孝臧跋於吴下聽楓園寓。

陶湘《景宋金元明本詞叙録·景元鈔本竹山詞叙録》：湘案：此昔年藝風先生撫寄伯宛者。前有題字，四行，不著姓名。稱此稿得之於唐士牧家藏本，至正乙巳秋七月録。末有明人題及楊五川、夢羽二印，亦士禮居舊藏。半葉十行，行二十字。其詞凡次行以下，皆低一字，特爲創格。伯宛曾據以校汲古刻，訂補極多。惜輾轉迻寫，不能盡如原本耳。

饒宗頤《詞集考》卷六《宋代詞集解題·竹山詞》：《竹山詞》，蔣捷撰。捷字勝欲，號竹山，陽羨人。系出鉅族，登德祐（一二七五）進士第，宋亡，遁迹不仕。《宋史藝文志補》有蔣捷《小學詳斷》，不分卷。《竹山詞》九十餘首，煉字精深，《提要》推爲詞家榘矱。《蒿庵論詞》則云：「全集實多可議，嘉道間吴中七子類祖述之，去其質而俚者自勝矣。」傳本有元鈔及唐宋名家、宋元名家詞等。元鈔本卷前題記：「竹山先生義（宜）興舊族，南渡後有名璨字宣卿者，善書，仕亦通顯，子孫俊秀，所居擅溪山之勝。故先生貌不揚，長於樂府。此稿得之於唐士牧家藏本。至正乙巳秋七月録。」有楊夢羽等印。末又有嘉慶庚午黄復翁跋，稱得之吴枚庵許。舊題元人鈔本，古拙良是。是本藏臺北中央圖書館。據此可訂《竹山詞》湖濱散人序作「瑮」者之誤，知其先世出於蔣璨。汲古刻《六十一家詞》本《竹山詞》，九十三首。有至正乙巳（二十六年）秋七月湖濱散人題詞，謂得之唐士牧家，則據元鈔本。其中《金蕉葉》闋下直接《小重山》闋。據黄蕘圃藏元鈔本，《金蕉葉》下有《憶秦娥》上半，次爲《謁金門》至《點絳唇》共存目十四首，次爲《昭君怨》下半及《如夢令》一首，又次始爲《小重山》。雖詞佚而目存，今毛本從删，而《如夢令》則補録卷末，多題「村景」二字，殆出轉鈔者所爲。但《喜遷鶯·暮春》闋，題下竟誤删「改前詞」三字，其次首文句亦大異元鈔本。《四庫》著録即毛本。有汪氏覆刻，《四庫備要》排印。《彊村叢書》收黄蕘圃藏元鈔本，卷端有明孫唐卿記云：「乙巳春季假劍光閣本校一過。」佚去十四首尚存其目。《喜遷鶯·暮春》詞無題，而换録改作之次首。彊村撰有校記。（校中所舉毛本與排印本異）陶湘涉園續刊景元鈔本《竹山詞》一卷。卷前題字四行，不標「序」或「題詞」，無末二句及湖濱散人之名。佚詞存目，卷内則空三十餘行。《喜遷鶯·暮春》詞有初稿及改作二首，但與毛刻同韻而異文，且缺「金村阻風」一首，借劍光閣本校過一行在卷末，無孫唐卿之名。其詞凡次行以後皆低一字。陶湘《敘録》惜其輾轉迻寫，不能盡如原本云。（調名《虞美人》，此本作《虞姬》，亦少見。）《全宋詞》二七五蔣捷詞凡九十四首，據朱本入録。其《昭君怨》缺去之上半，從《永樂大典》補足，亦稍償彊村所蘄之志已。

五、蔣捷《竹山詞》總評

倪瓚《清閟閣全集》卷一二：韓奕，字公望，吴之良醫也。好與名僧游。所云蔣竹山者，則義興蔣氏也。以宋詞名世，其清新雅麗，雖周美成、張玉田不能過焉。

毛晉《竹山詞跋》：《竹山詞》語語纖巧，真世説靡也；字字妍倩，真六朝隃也。

毛奇齡《西河詞話》卷一：崇禎甲寅（案崇禎無甲寅，或甲申之訛。），京師梨園有南遷者，自訴能絃舊詞。試其技，促彈而曼吟，極類搊箏家法，然調不類箏。坐客授蔣竹山長調令絃，輒辭曰：口俚礙吟歎何也。時徐仲山貽九日唱和詞至，誦而授之，歌裁數過，指爪融暢。詢其故，云：吾所傳者，無調而有詞，無宫徵而有音聲，詞雅則音諧，音諧則絃調。由是推之，世之仿辛、蔣者可返已。菊莊者，吴江徐子電發也。

毛奇齡《西河詞話》卷二：張鶴門詞，以草堂爲歸，其長調絶近周、柳，雖不絶辛、蔣，然亦不習辛、蔣，此正宗也。大抵詞必有意有調有聲有色，人人知之。若别有氣味在聲色之外，則人罕知者。

朱彝尊《黑蝶齋詞序》：詞莫善於姜夔，宗之者：張輯、盧祖皋、史達祖、吴文英、蔣捷、王沂孫、張炎、周密、陳允平、張翥、楊基，皆具夔之一體。

蔣景祁《荆溪詞初集序》：吾荆溪……以詞名者，則自宋末家竹山始也。竹山先生恬淡寡營，居滆湖之濱，日以吟詠自樂。故其詞沖夷蕭遠，有隱君子之風。

汪森《詞綜序》：鄱陽姜夔出，字琢句煉，歸於醇雅。於是史達祖、高觀國羽翼之，張輯、吴文英師之於前，趙以夫、蔣捷、周密、陳允衡、王沂孫、張炎、張翥效之於後，譬之於樂，舞箾至於九變，而詞之能事畢矣。

王又華《古今詞論》，又見鄒祇謨《遠志齋詞衷》：朱承爵《存餘堂詩話》云：「詩詞雖同一機杼，而詞家意象與詩略有不同。句欲敏，字欲捷，長篇須曲折三致意，而氣自流貫乃得。」此語可爲作長調者法。蓋詞至長調，變已極矣。南宋諸家，凡偏師取勝者，莫不以此見長。而梅溪、白石、竹山、夢窗諸家，麗情密藻，盡態極妍。要其瑰琢處，無不有蛇灰蚓線之妙，則所謂一氣流貫也。

世經堂康熙十七年殘本《詞綜》批語：竹山如花間紫騮，不住嬌嘶，縱微有蹄齧處，不愧神駿。

鄒祇謨《遠志齋詞衷》：僻調之多，以柳屯田爲最。此外則周清真、史梅溪、姜白石、蔣竹山、吴夢窗、馮艾子集中，率多自製新調，餘家亦復不乏。

鄒祇謨《遠志齋詞衷》：長調惟南宋諸家，才情蹀躞，盡態極妍。阮亭嘗云：詞至姜、吴、蔣、史，有秦、李所未到者。正如晚唐絶句，以劉賓客、杜紫微爲神詣，時出供奉、龍標一頭地。

彭孫遹《金粟詞話》，又見田同之《西圃詞説》：南宋詞人，如白石、梅谿、竹屋、夢窗、竹山諸家之中，當以史邦卿爲第一。昔人稱其分鑣清真，平睨方回，紛紛三變行輩，不足比數，非虚言也。

沈雄《古今詞話·詞話上卷》：《松筠録》曰：宋季高節，蓋推廬陵、吉水、涂川，亦同一派，如鄧剡字光薦，劉會孟號須溪，蔣捷號竹山，俱以詞鳴一時者。更如危復之於至元中，累徵不仕，隱紫霞山，卒謚貞白。趙文自號青山，連辟不起，與劉將孫爲友，結青山社。王學文號竹澗，與汪水雲爲友，不知所之。至若彭巽吾名元遜，羅壺秋名志仁，顏吟竹名子俞，吴山庭名元可，蕭竹屋名允之，曾鷗江名允元，王山樵名從叔，蕭吟所名漢傑，尹磵民名濟翁，劉雲閒名天迪，周晴川名玉晨，皆忠節自苦，没齒無怨者。必欲屈抑之爲元人，不過以詞章闡揚之，則亦不幸甚矣。

沈雄《古今詞話·詞品上卷》：山谷《阮郎歸》，全用山字爲韻。稼軒《柳梢青》，全用難字爲韻。註云：福唐體，即獨木橋體也。竹山如效醉翁也字，楚辭些字、兮字。一云騷體即福唐也，究同嚼蠟。

沈雄《古今詞話·詞辨下卷》：《柳塘詞話》曰：《一翦梅》，爲南劇引子，起句仄仄平平仄仄平是也，諸闋如劉克莊、蔣捷盡然。

沈雄《古今詞話·詞評上卷》：蔣捷字竹山，義興人，宋亡不仕，有《竹山集》。其詞章之刻入纖豔，非游戲餘力爲之者，乃有時故作狡獪耳。

沈雄《古今詞話·詞評下卷》：徐釚曰：古人藴藉生動，一唱三歎，以不盡爲嘉。清真以短調行長調，滔滔莽莽，如唐初四傑作七古，嫌其不能盡變。至姜、史、蔣、吴融鍊字句，法無不備，兼擅其勝者，惟芝麓尚書矣。

先著《詞潔輯評》卷五：美成如杜，白石兼王、孟、韋、柳之長。與白石並有中原者，後起之玉田也。梅溪、夢窗、竹山皆自成家，遜於白石，而優於諸人。草窗諸家，密麗芊綿，如温、李一派。玉臺沿至於宋初，而宋詞亦以是終焉。以詩譬詞，亦可聊得其彷彿。

《四庫全書總目提要》卷一九九：捷詞煉字精深，調音諧暢，爲倚聲家之榘矱。

李調元《雨村詞話序》：詞非詩之餘，乃詩之源也。周之頌三十一篇，長短句居十八。……鄱陽姜夔郁爲詞宗，一歸醇正。於是辛稼軒、史達祖、高觀國、吴文英師之於前，蔣捷、周密、陳君衡、王沂孫效之於後，譬之於樂，舞箾至於九變，而歎觀止矣。

李調元《雨村詞話》卷四：本朝朱彝尊竹垞，詞名冠一時，有《江湖載酒集》三卷，《静志居琴趣》一卷，《茶煙閣體物集》二卷，《蕃錦集集句》一卷。余酷喜其……戲題竹垞壁《風中柳》云：「有竹千竿，寧使食時無肉。也不須更移珍木。北垞也竹。南垞也竹。護吾廬幾叢寒玉。　晚來月上，對影描他横幅。賦新詞竹山竹屋。郫筒一束。筍鞵三伏。竹夫人醉鄉同宿。」竹山，蔣捷詞名；竹屋，高觀國詞名也。發語尤趣，可想竹垞之高風。

田同之《西圃詞説》，又見《詞苑萃編》卷二引《詞綜叙略》：白石而後，有史達祖、高觀國羽翼之。張輯、吴文英師之於前，趙以夫、蔣捷、陳允衡、王沂孫、張炎、張翥効之於後。譬之於樂，舞箾至於九變，而詞之能事畢矣。

田同之《西圃詞説》：華亭宋尚木徵璧曰：吾於宋詞得七人焉。……其外則謝無逸之能寫景，僧仲殊之能言情，程正伯之能壯采，張安國之能用意，万俟雅言之能協律，劉改之之能使氣，曾純甫之能書懷，吴夢窗之能疊字，姜白石之能琢句，蔣竹山之能作態，史邦卿之能刷色，黄花庵之能選格，亦其選也。詞至南宋而繁，亦至南宋而敝，作者紛如，難以概述矣。

焦循《雕菰樓詞話》：詞韻無善本，以花間、尊前詞核之，其韻通叶甚寬，蓋寄情託興，不比詩之嚴也。余嘗取唐詞，盡擇其韻考之，爲唐詞韻攷，以未暇成就。……吴夢窗自度《金盞子》調云：「新雁又無端送人江上，短亭初泊」，上九字句，余所謂緩調，字字可停頓也。乃或據蔣竹山詞，讀又字爲頓。竹山固本諸夢窗，乃據竹山以衡夢窗，可乎。

焦循《雕菰樓詞話》：毛大可稱詞本無韻，是也。偶檢唐、宋人詞，如……蔣捷《探春令》用「處去御淚寘指紙住遇」。……蔣捷《秋夜雨》云：「黄雲水驛（秋）笳噎。吹人雙鬢如雪。愁多無賴處，漫碎把、寒花輕撚。」凡此皆用當時鄉談里語，又何韻之有。「撚」字見元曲，《蝴蝶夢》云：「撓腮撚耳」，音釋云：「撚，疽且切」。

郭麐《靈芬館詞話》卷二：國初浙西詞人輩出，嘉善曹顧庵爾堪與吴中尤西堂侗齊名。西堂《百末詞》，自以爲《花間》、《草堂》之餘。顧庵頗爲雅潔，《念奴嬌》一闋，殊有竹山風調：「孤舟初發，正嚴霜似雪，布帆如紙。一派殘雲縈别恨，愁向青山隱几。晚圃黄花，小槽紅酒，客路誰同醉。蒯緱黯澹，自將管樂爲比。　遥念旅宿新寒，丹陽古道，老樹酣青紫。戌鼓沈沈天未曉，殘月模糊映水。白袷談兵，青燈讀易，漫灑英雄淚。啼烏成陣，石頭城外潮起。」

周濟《介存齋論詞雜著》：竹山薄有才情，未窺雅操。

周濟《詞辨自序》：（董）晉卿深詆竹山粗鄙。牴牾又一年，予始薄竹山，然終不能好少游也。

周濟《宋四家詞選目録序論》：竹山有俗骨，然思力沈透處，可以起懦。……梅谿才思，可匹竹山。竹山粗俗，梅溪纖巧，粗俗之病易見，纖巧之習難除。穎悟子弟，尤易受其熏染。余選梅溪詞多所割愛，蓋慎之又慎云。

馮金伯《詞苑萃編》卷八引高二鮑語：《末邊詞》，能掃盡臼科，獨露本色，在宋人中絶似竹山。

譚瑩《論詞絶句一百首》：江湖遁跡竟忘還，詞品尤推蔣竹山。心折春潮春恨語，扁舟風雨宿蘭灣。

丁紹儀《聽秋聲館詞話》卷九：詹天游送童甕天兵後歸杭《齊天樂》……，《詞品》譏其絶無黍離之感，桑梓之悲，而止以游樂爲言，真是無目人語。篇中第一句即寓滄桑之慨。前闋「倚擔」、「認旗」、「吹香弄碧」，追喟時事，隱然言表。後闋「花天月地，人被雲隔」，似指賈似道一輩言。至後結二語，更明明點破矣。昔蔡君笛椽與余論南宋之亡，謂不亡於强敵，而亡於稗政。於時公田會子鹽酒酤榷，紛紛整飭爲富强計。不知財聚於上，民困於下，元氣已剥削殆盡，有元乃得而乘之。今論詹詞，益慨念當日朝臣，漫不知省。而一二見幾之士，如蔣竹山、吴夢窗輩，又復沉淪草澤，無所於告，遂一一寓之於詞。其杳渺恍惚處，具有微義存焉。

丁紹儀《聽秋聲館詞話》卷二〇：浙詞多法姜、張，吴下則不然，然究厥指歸，不外竹山、竹屋數家。昭文邵蘭風茂才廣銓所爲詞，於蔣尤近。

丁紹儀《聽秋聲館詞話》卷二〇：因思南宋末季，士多憫世遺俗，託興遥深，如蔣竹山《解佩令》云：「春晴也好。春陰也好。著些兒、春雨越好。春雨如絲，剛繡出花枝紅嫋。怎禁他、孟婆合皂。梅花風小。杏花風悄。海棠風、驀地寒峭。歲歲春光，被二十四風吹老。楝花風、爾且慢到。」《祝英臺近》云：「柳邊樓，花下館。低捲繡簾半。簾外游絲，擾擾似情亂。知他蛾緑纖眉，鵝黄小袖，在何處、閒游閒玩。　最堪歎。箏面一寸塵深，玉柱網斜雁。譜字紅蔫，翦燭記同看。幾回傳語東風，將愁吹去，怎奈向、東風不管。」與德祐太學生《百字令》詞「真箇恨煞東風」同一意旨。彼「天下事、問天怎忍如此」，與「縱使一邱添一畝，也應不似舊封疆」，及「但把科場鬧秀才，未必調羹用許多」等語，未免直率。竹山又有句云：「斷腸不在分襟後，原來在、襟未分時。」當是入元後作。蓋北宋之禍，始於安石之喜更張。南宋之亡，誤於似道之講綜覈。竹山追念亂所由起，既往莫咎，故託諸閨襜兒女，慨乎言之。

江順詒《詞學集成》卷一：尤悔菴侗《詞苑叢談序》云：「詞之繫宋，猶詩繫唐也。唐詩有初盛中晚，宋詞亦有之。……」詒案：比詞於詩，原可以初盛中晚論，而不可以時代後先分。……竹山、竹屋、梅溪、碧山、夢窗、草窗，則似中唐退之、香山、昌谷、玉溪之各臻其極。

江順詒《詞學集成》卷四：紀曉嵐先生昀云：「《西河詞話》無韻一條最爲精核，謂辛、蔣爲別調，深明源委。」先生於詞不屑爲，故所論未允。夫宋人之詞，皆可入樂。韻爲天籟，未有四聲以前，三百篇未有無韻者。豈唐宋以後入樂之文而不用韻乎。況宋人自度腔皆可歌，後人不得其傳。至辛、蔣以豪邁之語，爲變徵之音。如今弦笛，腔愈低則調愈促，聲高則調高，何礙吟歎之有。

江順詒《詞學集成》卷五：竹垞先生《黑蝶齋詞序》云：詞莫善於姜夔，宗之者：張輯、盧祖皋、史達祖、吴文英、蔣捷、王沂孫、張炎、周密、陳允平、張翥、楊基，皆具夔之一體。

江順詒《詞學集成》卷五「劉熙載論各家詞」：蔣竹山詞，未極流動自然，然洗鍊縝密，語多創獲。其志視梅溪較貞，其思視夢窗較清。

江順詒《詞學集成》卷五：陳曼生鴻壽《衡夢詞序》云：「夫流品别則文體衰，摘句圖而詩學蔽。《花庵》淫縟，爭價一字之奇。《草堂》噍殺，矜惜片言之巧。繆道乖典，鮮能圓通。是以耆卿騫翮於津門，邦彦厲響於照碧。至北宋而一變。石帚、玉田，理定而摛藻。梅溪、竹山，情密而引詞。詞至南宋又一變矣。」詒案：論書者謂初寫黄庭，恰到好處。詞自太白創始，至南唐而極盛，温潤綺麗，後鮮其倫。南北二宋，其文中之八家乎。

謝章鋌《賭棋山莊詞話》卷一：紅友《詞律》，倚聲家長明燈也。然體調時有脱略，平仄亦多未備。……《賀新郎》，余據蘇軾、張元幹、辛棄疾、劉克莊、劉過、高觀國、文及翁、蔣捷、李南金、葛長庚、王奕增出四十三字。雖其中不無誤筆，然有累家通用者，不載則疏矣。然其中亦有以入代平、以上代平之字，不得第據平仄而不細辨也。

謝章鋌《賭棋山莊詞話》卷四：毛西河少年受知於陳臥子，故詞詩皆承其派别，而詞較勝於詩。臥子之論詞也，探源《蘭畹》，濫觴《花間》，自餘率不措意。西河雖稍貶辛、蔣，而不廢周、史。

謝章鋌《賭棋山莊詞話》卷四：蔣竹山《聲聲慢》「秋聲」、《虞美人》「聽雨」，歷數諸景，揮灑而出，比之稼軒《賀新涼》「緑樹聽啼鴂」闋，盡集許多恨事，同一機杼，而用筆尤爲嶄新。迦陵春溪泛舟填《四代好》，上闋提四水，下闋分疏其事，亦是此格。

謝章鋌《賭棋山莊詞話》卷七：康熙中，閩縣黄御卜名甌著《數馬堂問答》。……御卜又謂：詞體如美人含嬌掩媚，秋波微轉，正視之一態，旁觀之又一態，近窺之一態，遠窺之又一態。數語頗俊，然此亦謂温、李、晏、秦耳，若蘇、辛、劉、蔣，則如素娥之視虚妃，尚嫌臨波作態。

謝章鋌《賭棋山莊詞話》卷一二：北宋多工短調，南宋多工長調。北宋多工軟語，南宋多工硬語。然二者偏至，終非全才。歐陽、晏、秦，北宋之正宗也。柳耆卿失之濫，黄魯直失之傖。白石、高、史，南宋之正宗也。吴夢窗失之澀，蔣竹山失之流。若蘇辛自立一宗，不當儕於諸家派别之中。

謝章鋌《賭棋山莊詞話續編》卷二：《木蘭花慢》，《詞律》以蔣竹山爲譜，謂此詞規矩森然，誠爲毫髮無憾矣。然予讀《吴禮部詩話》，載柳耆卿此調云……。其結調用韻，與竹山正同。柳先於蔣，何舍置之。

謝章鋌《賭棋山莊詞話續編》卷三：歙淩次仲廷堪教授著《梅邊吹笛譜》，按篇注明宫調。……宣城張其錦，次仲之高弟也，述其師之言曰：「……填詞之道，須取法南宋，然其中亦有兩派焉。一派爲白石，以清空爲主，高、史輔之。前則有夢窗、竹山、西麓、虚齋、蒲江，後則有玉田、聖與、公謹、商隱諸人，掃除野狐，獨標正諦，猶禪之南宗也。一派爲稼軒，以豪邁爲主，繼之者龍洲、放翁、後村，猶禪之北宗也。」

馮煦《蒿庵論詞》：《金谷遺音》小調，間有可采。然好爲俳語，在山谷、屯田、竹山之間。而雋不及山谷，深不及屯田，密不及竹山。蓋皆有其失，而無其得也。

馮煦《蒿庵論詞》：子晉之於竹山深爲推挹，謂其有世説之靡，六朝之隃，且比之二李、二晏、美成、堯章。《提要》亦云：「煉字精深，調音諧暢，爲倚聲家之榘矱。」然其全集中，實多有可議者。如《沁園春》「老子平生」二闋，《念奴嬌》「壽薛稼翁」一闋，《滿江紅》「一掬鄉心」一闋，《解佩令》「春晴也好」一闋，《賀新郎》「甚矣吾（君）狂矣」一闋，皆詞旨鄙俚，匪惟李、晏、周、姜所不屑爲，即屬稼軒亦下乘也。又好用俳體，如《水龍吟》仿稼軒體，押腳純用「些」字。《瑞鶴仙》「玉霜生穗也」，押腳純用「也」字。《聲聲慢·秋聲》一闋，押腳純用「聲」字。皆不可訓。即其善者亦字雕句琢，荒豔炫目。如《高陽臺》云：「霞鑠簾珠，雲蒸篆玉。」又云「燈摇縹暈茸窗冷。」《齊天樂》云：「電紫鞘輕，雲紅筤曲。」又云「峰繒岫綺。」《念怒嬌》云：「翠簨翔龍，金樅躍鳳。」《瑞鶴仙》云：「螺心翠靨，龍吻瓊涎。」《木蘭花慢》云：「但鷺斂瓊絲，鴛藏繡羽」等句。嘉道間，吳中七子類祖述之，其去質而俚者自勝矣。然不可謂正軌也。

劉熙載《藝概》卷四：蔣竹山詞未極流動自然，然洗鍊縝密，語多創獲。其志視梅溪較貞，其思視夢窗較清。劉文房爲五言長城，竹山其亦長短句之長城歟？

陳廷焯《雲韶集》卷八：竹山詞，信手拈來，都成絶唱，若不假思索者。此正是詞中老境。

陳廷焯《雲韶集》卷八：竹山詞亦是效法姜堯章，而奇鷔雄快，非白石所能縛者。竹山詞勁氣直前，老横無匹，如秋風之掃敗葉。斬絶，快絶。

陳廷焯《詞壇叢話》：白石詞，如白雲在空，隨風變滅，獨有千古。同時史達祖、高觀國兩家，直欲與白石並驅，然終讓一步。他如張輯、吴文英、趙以夫、蔣捷、周密、陳允平、王沂孫諸家，各極其盛，然未有出白石之範圍者。

陳廷焯《白雨齋詞話》卷一：劉改之、蔣竹山，皆學稼軒者。然僅得稼軒糟粕，既不沉鬱，又多支蔓。詞之衰，劉、蔣爲之也。板橋論詞云：「少年學秦、柳，中年學蘇、辛，老年學劉、蔣。」真是盲人道黑白，令我捧腹不禁。

陳廷焯《白雨齋詞話》卷一：竹山詞，外强中乾，細看來尚不及改之。竹垞《詞綜》，推爲南宋一家，且謂其源出白石，欺人之論，吾未敢信。

陳廷焯《白雨齋詞話》卷一：竹山詞多不接處。……古人脱節處，不接而接也。竹山不接處，乃真不接也。大抵劉、蔣之詞，未嘗無筆力，而理法氣度，全不講究。是板橋、心餘輩所祖，乃詞中左道。有志復古者，當别有會心也。

陳廷焯《白雨齋詞話》卷二：彭駿孫云：南宋詞人，如白石、梅溪、竹屋、夢窗、竹山諸家之中，當以史邦卿爲第一。……此論推揚太過，不當其實。……至以竹屋、竹山與之並列，是又淺視梅溪。大約南宋詞人自以白石、碧山爲冠，梅溪次之，夢窗、玉田又次之，西麓又次之，草窗又次之，竹屋又次之。竹山雖不論可也。

陳廷焯《白雨齋詞話》卷二：竹屋詞最雋快，然亦有含蓄處。抗行梅溪則不可。要非竹山所及。

陳廷焯《白雨齋詞話》卷四：板橋、心餘，未落筆時，先有意爲劉、蔣，金剛努目，正是力量歉處。

陳廷焯《白雨齋詞話》卷五：蔣竹山，至元大德間，臧、陸輩交薦其才，卒不肯起。詞不必足法，人品卻高絶。

陳廷焯《白雨齋詞話》卷六：板橋論詩，以沉着痛快爲第一。論詞取劉、蔣，亦是此意。然彼所謂沉着痛快者，以奇警爲沉着，以豁露爲痛快耳。吾所謂沉着痛快者，必先能沉鬱頓挫，而後可以沉着痛快。若以奇警豁露爲沉着痛快，則病在淺顯，何有於沉。病在輕浮，何有於着。病在鹵莽滅裂，何有於痛與快也。

陳廷焯《白雨齋詞話》卷六：板橋詞，如「把夭桃斫斷，煞他風景，鸚哥煮熟，佐我杯羹……」似此惡劣不堪語，想彼亦自以爲沉着痛快也。蔣竹山詞如「春晴也好，春陰也好，著些兒春雨越好。」同此惡劣。

胡薇元《歲寒居詞話》：《竹山詞》，蔣捷撰。宜興人，德祐進士，宋亡遁跡不仕。詞練字精深，音調諧暢，爲倚聲家之榘矱。《水龍吟》「招落梅魂」一闋，通首用「些」字；《瑞鶴仙》「壽東軒」一闋，通首用「也」字煞，忽作騷體，亦自適其意，終非正格也。《詞統》譏之，甚當也。

葉矯然《龍性草堂詩話續編》：樂天《聽箏》詩：「江州去日聽箏夜，白髮新生不願聞。如今格是頭成雪，彈到天明亦任君。」蔣竹山《聽雨》詞云：「少年聽雨歌樓上，紅燭昏羅帳。壯年聽雨客舟中，江闊雲低斷雁叫西風。　而今聽雨僧廬下，鬢已星星也。悲歡離合總無情，一任階前點滴到天明。」人生老境，萬緣都盡，二老人聽箏聽雨，一任天明，實情實景。李獻吉《元夕》云：「兒女添燈鬧，鄰家品笛殘。少時思可笑，走馬向更闌。」老人追憶少年時，往往可笑，皆此類也。

張德瀛《詞徵》卷五：神不全，軋之以思，竹山是已。韻不足，規之以格，西麓是已。讀石帚諸人所製，乃知姑射仙姿，去人不遠。破觚爲圜，要分別觀之。

張祥齡《詞論》：尚密麗者失於雕鑿。竹山云鷺曰「瓊絲」，鴛曰「繡羽」，又「霞鑠簾珠，雲蒸篆玉」、「翠簨翔龍，金樅躍鳳」之屬，過於澀鍊，若整疋綾羅，翦成寸寸。七寶樓臺，蓋薄之之辭。吴中七子，流弊如此。反是者又復鄙俚，山谷之村野，屯田之脱放，則傷雅矣。作者自酌其才，與何派相近，一篇之中，又不可雜合，不配色。意鍊則辭警闢，自無淺俗之患。若夫興往情來，召吕命律，吐納山川，牢籠百代，又非飣餖所知矣。

況周頤《蕙風詞話卷一》：晏同叔賦性剛峻，而詞語特婉麗。蔣竹山詞極穠麗，其人則抱節終身。……詞固不可槩人也。

陳匪石《宋詞舉》卷上：選南宋詞者，戈順卿取史、姜、吴、周、王、張六家，周稚圭取姜、史、吴、王、蔣、張六家，周止庵則以辛、王、吴爲領袖。……然蔣捷身世之感同於王、張，雕琢之工導源吴氏。

陳匪石《聲執》卷下：《心日齋十六家詞録》，周之琦所選。時在道光二十三年，所録爲温庭筠、李煜、韋莊、李珣、孫光憲、晏幾道、秦觀、賀鑄、周邦彦、史達祖、吴文英、王沂孫、蔣捷、張炎、張翥十六家。自言爲平生得力所自，故輯而録之。末各綴一絶句，皆能得其真詮。

吴梅《詞學通論》：蔣捷，字勝欲，陽羨人。德祐進士，自號竹山，遁跡不出。有《竹山詞》。録《高陽臺》一首(送翠英)。《竹山詞》亦有警策處，如《賀新郎》之「浪湧孤亭起」、「夢冷黄金屋」，二首確有氣度。竹垞《詞綜》推爲南宋一家，且謂源出白石，亦非無見。惟其學稼軒處，則叫囂奔放，與後邨同病。如《水龍吟・落梅》一首，通體用些字韻，無謂至極。《沁園春》云：「若有人尋，只教童道，這屋主人今自居。」又「次强雲卿韻」云：「結算平生，風流債負，請一筆勾。蓋攻性之兵，花圍錦陣，毒身之鴆，笑齒歌喉。」又云：「迷因底，歎晴乾不去，待雨淋頭。」《念奴嬌・壽薛稼堂》云：「進退行藏，此時正要，一著高天下。」又云：「自古達官酣富貴，往往遭人描畫。」《賀新郎・餞狂士》云：「據我看來何所似，一似韓家五鬼，又一似、楊家風子。」此等處令人絶倒。學稼軒至此，真屬下下乘矣。大抵後邨、竹山未嘗無筆力，而風骨氣度，全不講究，是心餘、板橋輩所祖，乃詞中左道。有志復古者，當從梅溪、碧山用力也。

胡適《詞選》：蔣捷受了辛棄疾的影響，故他的詞明白爽快，又多嘗試的意味。辛棄疾曾作《水龍吟》，每韻脚用「些」字收。《竹山詞》中有「效稼軒體，招落梅之魂」的《水龍吟》。我們選的《聲聲慢》，用了十個「聲」字，其中八個用在韻脚。這雖是受了辛棄疾的「些」字的影響，其實是一首無韻詞的嘗試。現在我們選他的詞，偏重那些富於實驗精神的。詞到了宋末元初，許多詞人都走入了纖細用典的詠物路上去。蔣捷的詠物詞頗能自出新意，也肯自造新句。如《賀新郎》詠秋曉云：「起搔首窺星多少。月有微黄，籬無影，掛牽牛數朵青花小。」這是很美的描寫。

梁令嫻《藝蘅館詞選》：蔣捷，字勝欲，有《竹山詞》。周止庵云：竹山有俗骨，然思力沈透處，可以起懦。又云：稼軒豪邁，是真。竹山便僞。

胡雲翼《宋名家詞選》：（蔣捷）能婉約，亦能豪放。雖被稱爲姜派的詞人，而自由肆放，能不爲文字與音律所拘，頗有辛棄疾的精神。

胡雲翼《宋詞選》：蔣捷的品格向來獲得一致的好評，對於他的詞則意見分歧。肯定他的如《四庫全書提要》説：「捷詞煉字精深，音調諧暢，爲倚聲家之榘矱。」劉熙載甚至稱爲「長短句之長城」。否定他的如陳廷焯，則把蔣捷列於南宋詞人的末位，説「竹山雖不論可也」。這些詞話家對於《竹山詞》之所以没有共同語言，主要由於着重點和看法不同。前者只抓字句細節；後者是以姜夔、王沂孫爲宗而形成的觀點來衡量蔣捷，從而抹煞了他的詞的特徵。宋亡以後，作者過的生活是隱遁、恬淡的生活。他的詞作没有像劉辰翁那樣正面反映時代的巨變，可是仍然和時代息息相關。……題材内容不限於一隅，是《竹山詞》的特徵之一。……其次，寫作方法和風格的多樣化，也是《竹山詞》的特徵之一。想像豐富，語言多創獲，格律形式運用自由，這些優點都説明作者接近辛派。

薛礪若《宋詞通論》：捷字勝欲，義興人。南宋最末（德祐）進士，自號竹山，入元遁跡不仕。其《竹山詞》有《宋六十家詞》本，有《雙照樓景刊宋元明本詞》本。他的詞造句極纖巧妍倩，而有時失之瑣碎。其學辛之作，則多叫囂直率，如「據我看來何所似，一似韓家五鬼，又一似、楊家風子，」「結算平生，風流債負，請一筆勾。蓋攻性之兵，花圍錦陣，毒身之鴆，笑齒歌喉」等類的句子，皆落下乘，毫無意味。兹録其本色之作數闋如下：《少年游》「梨邊風緊雪難晴」（詞略）、《聲聲慢・秋聲》（詞略），此等詞皆清醇幽暢，爲集中出色之作。他有時練字練句，亦頗能尖新動人。如《永遇樂》：「梅檐滴溜，風來吹斷，放得斜陽一縷。」《高陽臺》「燕卷晴絲，蜂黏落絮，天教綰住閑愁」等類的句子，集中極多。

鄭騫《成府談詞・蔣捷》（《詞學》第十輯）：元初人詞，如劉秉忠《藏春樂府》、張弘範《淮陽詞》、劉因《樵庵詞》及鳳林書院《草堂詩餘》所收諸作，其佳處皆在排比鋪叙，層層襞積，而能以流轉之氣、深沈之思運之，開闔變化，不傷板滯。後來散曲雜劇，皆用此法。竹山爲宋遺民，隱居不出，風節似尚高於玉田、碧山，其詞卻是元調，與南宋面目不同。蓋風會所關，有不期然而然者。仇遠、張翥輩仍宗南宋末流，遂致索然無生氣，此亦所謂「違天不祥」。

鄭騫《成府談詞・蔣捷》（《詞學》第十輯）：陳廷焯《白雨齋詞話》痛貶竹山，每失過當。其論《賀新郎・秋曉》詞，則字句文法亦未看清，甚矣成見之蔽人也。此君每以理法氣度論詞，於古人佳作，常不能得之於牝牡驪黄之外。

唐圭璋《讀詞札記》：竹山小詞，極富風趣，詩中之楊誠齋也。如「紅了櫻桃，緑了芭蕉」，及「纔捲珠簾，卻又晚風寒」，因已傳誦人口。他如梅花詞，……情景宛在，逸趣横生。至賣花人詞，則有一首

《昭君怨》，亦明白如話。

吴世昌《詞林新話》：蒿庵曰竹山詞「多有可議」，「詞旨鄙俚」，「好用俳體」，「皆不可訓」，「即其善者，亦字雕句琢，荒豔炫目」，此評極是。

吴世昌《詞林新話》：亦峰謂竹山等人詞，未嘗無筆力，而理法氣度，全不講究，乃詞中左道。此論甚是。

六、《竹山詞》歷代重要選本收録篇目

明楊慎《詞林萬選》，明毛晉汲古閣刻本，卷三録十一首：《女冠子·元夕》「蕙花香也」、《金盞子·秋思》「練月縈窗」、《水龍吟·招落梅魂》「醉兮瓊瀣浮觴些」、《瑞鶴仙·鄉城見月》「紺煙迷雁跡」、《高陽臺·送翠英》「燕捲晴絲」、《風入松·戲人去妾》「東風舊日小桃枝」、《白苧》「正春晴」、《南鄉子》「泊雁小汀洲」、《齊天樂·元夜閲夢華録》「銀蟾飛到觚棱外」、《賀新郎》「絶代幽人獨」、《柳梢青》「學唱新腔」（或曰毛平仲詞）

明陳耀文《花草粹編》，四庫全書本，録十九首：《柳梢青·游女》「學唱新腔」、《秋夜雨》「黄雲水驛秋笳噎」、《探春令》「玉窗蠅字記春寒」、《南鄉子》「泊雁小汀洲」、《虞美人·梳樓》「絲絲楊柳絲絲語」、《步蟾宫·中秋》「去年雲掩冰輪皎」、《一翦梅·舟過吴江》「一片春愁待酒澆」、《行香子》「紅了

櫻桃」、《解佩令・春》「春晴也好」、《祝英臺近》「柳邊樓」、《最高樓・催春》「新春景」、《聲聲慢・秋聲》「黄花深巷」、《春夏兩相期》「聽深深」、《絳都春》「春愁怎畫」、《晝錦堂・荷花》「染柳煙消」、《金盞子・秋思》「練月縈窗」、《大聖樂・陶成之生日》「笙月涼邊」、《翠羽吟》「紺露濃」、《白苧》「正春晴」。

明卓人月《古今詞統》，《續修四庫全書》上海古籍出版社二〇〇二年三月版，録五十首（誤收劉過《沁園春・送孫季和》「問信竹湖」一首爲蔣詞，實爲四十九首）：《霜天曉角・折花》「人影窗紗」、《金蕉葉・秋夜不寐》「雲褰翠幕」、《柳梢青・游女》「學唱新腔」、《少年游・春思》「梨邊風緊雪難晴」、《秋夜雨・春》「金衣露溼鶯喉噎」、《秋夜雨・夏》「鬆車轉急風吹噎」、《秋夜雨・秋》「黄雲水驛秋笳噎」、《秋夜雨・冬》「紅麟不暖瓶笙噎」、《步蟾宮・木樨》「緑華剪碎嬌雲瘦」、《步蟾宮・春景》「玉窗掣鎖香雲漲」、《虞美人・梳樓》「絲絲楊柳絲絲雨」、《虞美人・聽雨》「少年聽雨歌樓上」、《南鄉子・秋思》「泊雁水汀洲」、《小重山》「晴浦溶溶明斷霞」、《蝶戀花・風蓮》「我愛荷花花最軟」、《一剪梅》「一片春愁帯酒澆」、《解佩令・春詞》「春晴也好」、《風入松・戲人去妾》「東風方到舊桃枝」、《最高樓・催春》「新春景」、《洞仙歌・柳》「枝枝葉葉」、《梅花引・荆溪阻雪》「白鷗問我泊歸舟」、《探芳信・菊》「翠吟悄」、《滿江紅》「一掬鄉心」、《滿江紅・秋旅》「秋本無愁」、《聲聲慢・秋聲》「黄花深巷」、《高陽臺・芙蓉》「霞鑠簾珠」、《高陽臺・送翠英》「燕卷晴絲」、《念奴嬌・壽薛稼堂》「稼翁居士」、《絳都春・春怨》「春愁怎畫」、《木蘭花慢・賦冰》「傍池闌倚遍」、《木蘭花慢・前題》「渺琉璃萬頃」、《齊天樂・元夜閲夢華録》「銀蟾飛到觚稜外」、《晝錦堂・荷花》「染柳煙消」、《水龍吟・招落梅魂》「醉兮瓊瀣浮觴些」、《瑞鶴仙·紅葉》「縞霜霏霽雪」、《瑞鶴仙·鄉城見月》「紺煙迷雁跡」、《瑞鶴仙·立冬前一日壽東軒》「玉霜生穗也」、《金盞子·秋思》「練月縈窗」、《永遇樂·緑陰》「清逼池亭」、《女冠子·元夕》「蕙花香也」、《沁園春·次强雲卿韻》「結算平生」、《沁園春·壽岳君舉》「昔裴晋公」、《沁園春·爲老人書南堂壁》「老子平生」、《沁園春·送孫季和》「問信竹湖」、《賀新郎·鄉士以狂得罪賦此餞行》「甚矣君狂矣」、《賀新郎·懷舊》「夢冷黄金屋」、《賀新郎·兵後寓吴》「深閣簾垂綉」、《賀新郎·秋曉》「渺渺鴉啼了」、《賀新郎·約友三月旦飲》「雁嶼晴嵐薄」、《白苧·春情》「春正晴」。

清賴以邠《填詞圖譜》，北京中國書店影印木石居校本《詞學全書》，一九八四年一月版，録三首：《金蕉葉》「雲褰翠幕」、《春夏兩相期》「聽深深」、《金盞子》「練月縈窗」。

清賴以邠《填詞圖譜續集》，北京中國書店影印木石居校本《詞學全書》，一九八四年一月版，録二首：《翻香令》「金爐猶暖麝煤殘」（蘇軾詞，見東坡詞卷下。）、《垂楊》「銀屏夢覺」（陳允平詞，見絶妙好詞卷五）

清葉申鄉《天籟軒詞譜》，道光十一年（一八三一）天籟軒刻本，録十二首：《女冠子》「蕙風香也」、《霜天曉角》「人影窗紗」、《喜遷鶯》「風濤如許」、《秋夜雨》「黄雲水驛秋笳咽」、《一翦梅》「一片春愁帶酒澆」、《金蕉葉》「雲褰翠幕」、《芭蕉雨》「雨過涼生藕葉」（此首不見於今傳各本《竹山詞》）、《高陽臺》「燕卷晴絲」、《春夏兩相期》「聽深深」、《木蘭花慢》「傍池闌倚遍」、《白苧》「正春晴」、《翠羽吟》「紺露濃」。

清舒夢蘭《白香詞譜》，謝朝徵箋本，中華書局一九八二年十一月新一版，録二首：《一翦梅·春思》「一片春愁待酒澆」、《永遇樂·緑陰》「清逼池亭」

清謝元淮《碎金詞譜》，《續修四庫全書》本，録四首：《翠羽吟》「紺露濃」、《瑞鶴仙·壽東軒立冬前一日》「玉霜生穗也」、《一翦梅·舟過吴江》「一片春愁待酒澆」、《秋夜雨·秋夜》「黄雲水驛秋笳噎」。

清謝元淮《碎金續譜》，《續修四庫全書》本，録一首：《解佩令·春》「春晴也好」。

清朱彝尊、汪森《詞綜》，嶽麓書社一九九五年三月第一版，録二十一首：《賀新郎》「渺渺啼鴉了」、《賀新郎·約友三月旦飲》「雁嶼晴嵐薄」、《賀新郎》「夢冷黄金屋」、《洞仙歌·對雨思友》「世間何處」、《洞仙歌·柳》「枝枝葉葉」、《瑞鶴仙·鄉城見月》「紺煙迷雁跡」、《白苧》「正春晴」、《女冠子·元夕》「蕙花香也」、《永遇樂·緑蔭》「清逼池亭」、《高陽臺·送翠英》「燕捲晴絲」、《絳都春》「春愁怎畫」、《聲聲慢·秋聲》「黄花深巷」、《金蓋子》「練月縈窗」、《梅花引》「白鷗問我泊孤舟」、《解佩令》「春晴也好」、《虞美人·聽雨》「少年聽雨歌樓上」、《虞美人·梳樓》「絲絲楊柳絲絲雨」、《祝英臺近·次韻惜別》「柳邊樓」、《行香子·舟宿蘭灣》「紅了櫻桃」、《柳梢青·游女》「學唱新腔」、《霜天曉角·折花》「人影窗紗」。

清萬樹《詞律》，上海古籍出版社據清光緒二年本影印，一九八四年二月版，録二十一首：《女冠子·元夕》「蕙花香也」、《霜天曉角·折花》「人影窗紗」、《喜遷鶯》「游絲纖弱」、《金蕉葉》「雲褰翠幕」、《探春令》「玉窗蠅字記春寒」、《秋夜雨》「黄雲水驛秋笳咽」、《木蘭花慢》「傍池闌倚徧」、《步蟾宫》「玉窗掣鎖香雲漲」、《虞美人·梳樓》「絲絲楊柳絲絲雨」、《小重山》「晴浦溶溶明斷霞」、《一翦梅·舟過吴江》「一片春愁待酒澆」、《行香子》「紅了櫻桃」、《解佩令》「春晴也好」、《粉蝶兒》「啼鳩聲中」、《尾犯》「夜倚讀書牀」、《春夏兩相期》「聽深深」、《晝錦堂》「染柳煙消」、《解連環》「妒花風惡」、《大聖樂》「笙月涼邊」、《白苧》「正春晴」、《翠羽吟》「紺露濃」。

清徐誠菴《詞律拾遺》，上海古籍出版社據清光緒二年木影印，一九八四年二月版，録一首：《水龍吟》「醉兮瓊瀣浮觴些」。

清沈辰垣《御選歷代詩餘》，浙江古籍出版社據覃隱廬影印康熙四十六年内府刻本縮印，一九九八年五月第一版，録七十一首：《如夢令》「夜月溪篁鸞影」、《霜天曉角·折花》「人影窗紗」、《金蕉葉》「雲褰翠幕」、《阮郎歸》「雪飛燈背雁聲低」、《柳梢青》「小歙微吟」、《柳梢青》「學唱新腔」、《少年游》「梨邊風緊雪難晴」、《少年游》「楓林紅透晚煙青」、《探春令》「玉窗蠅字記春寒」、《秋夜雨·春》「金衣露溼鶯喉噎」、《秋夜雨·夏》「鬆車轉急風如噎」、《秋夜雨·秋》「黄雲水驛秋笳噎」、《秋夜雨·冬》「紅鱗不暖瓶笙噎」、《燕歸梁·風蓮》「我夢唐宫春晝遲」、《戀繡衾》「蒨金小袖花下行」、《浪淘沙》「明露浴疏桐」、《虞美人》「絲絲楊柳絲絲雨」、《虞美人》「少年聽雨歌樓上」、《南鄉子》「泊雁下汀洲」、《南鄉子·元夕》「翠幰夜游車」、《步蟾宫·中秋》「去年雲掩冰輪皎」、《小重山》「晴浦溶溶明斷霞」、《唐多令·壽東軒》「秋碧瀉晴灣」、《一翦梅》「小巧樓臺眼界寬」、《一翦梅·舟過吴江》「一片春愁待酒澆」、《蝶戀花》「我愛荷花花最軟」、《解佩令》「春晴也好」、《粉蝶兒》「啼鳩聲中」、《風入松》「東風方到舊桃枝」、《祝英臺近》「柳邊樓」、《最高樓》「新春景」、《洞仙歌》「世間何處」、《洞仙歌·柳》「枝枝葉葉」、《梅花引・荊溪阻雪》「白鷗問我泊孤舟」、《探芳信・菊》「醉吟嘯」、《玉漏遲・贈傅岩叟納姬》「翠鴛雙穗冷」、《滿江紅》「秋本無愁」、《聲聲慢・秋聲》「黄花深巷」、《念奴嬌・夢有奏方響而舞者》「夜深清夢」、《念奴嬌・贈薛稼翁》「稼翁居士」、《絳都春》「春愁怎畫」、《高陽臺・送翠英》「燕捲晴絲」、《春夏兩相期》「聽深深」、《木蘭花慢》「傍池闌倚徧」、《木蘭花慢》「渺琉璃萬頃」、《晝錦堂・荷花》「染柳煙消」、《瑞鶴仙・鄉城見月》「紺煙迷鴈跡」、《瑞鶴仙・買妾名雪香》「素肌元是雪」、《瑞鶴仙・紅葉》「縞霜飛霽雪」、《瑞鶴仙・壽東軒立冬前一日》「玉霜生穗也」、《喜遷鶯》「晴天遼廓」、《喜遷鶯・金港阻風》「風濤如許」、《喜遷鶯・暮春》「游絲纖弱」、《金盞子》「練月縈窗」、《水龍吟・招梅魂》「醉兮瓊瀣浮觴些」、《花心動・南塘元夕》「春入南塘」、《永遇樂・緑陰》「清逼池亭」、《解連環・岳園牡丹》「妒花風惡」、《大聖樂・壽陶成之》「笙月涼邊」、《女冠子・元夕》「蕙花香也」、《沁園春・書南堂壁》「老子平生」、《摸魚兒・壽東軒》「嚲吟鞭」、《賀新郎・秋曉》「渺渺啼鴉了」、《賀新郎・約友三月旦飲》「雁嶼晴嵐薄」、《賀新郎・懷舊》「夢冷黄金屋」、《賀新郎》「深閣簾垂繡」、《賀新郎・題後院畫像》「緑墮雲垂領」、《賀新郎・吴江》「浪湧孤亭起」、《賀新郎》「妾有琵琶譜」、《賀新郎・括杜少陵佳人詩》「絶代幽人獨」、《白苧》「正春晴」、《翠羽吟》「紺露濃」。

清陳廷敬、王奕清《康熙詞譜》，嶽麓書社二〇〇〇年十月第一版，録十九首：《女冠子》「蕙花香也」、《霜天曉角》「人影窗紗」、《喜遷鶯》「游絲纖弱」、《秋夜雨》「黄雲水驛秋笳咽」、《步蟾宫》「玉窗掣鎖香雲漲」、《一翦梅》「一片春愁待酒澆」、《金蕉葉》「雲褰翠幕」、《解佩令》「春晴也好」、《江城梅花引》「白鷗問我泊孤舟」、《玉漏遲》「翠鴛雙穗冷」、《尾犯》「夜倚讀書牀」、《絳都春》「春愁怎畫」、《高陽臺》「燕捲晴絲」、《木蘭花慢》「傍池闌倚徧」、《瑞鶴仙》「玉霜生穗也」、《畫錦堂》「染柳煙消」、《金盞子》「練月縈窗」、《白苧》「正春晴」、《翠羽吟》「紺露濃」。

清董毅《續詞選》，中華書局一九五七年八月第一版，録一首：《賀新郎》「夢冷黄金屋」。

清周濟《宋四家詞選》，古典文學出版社一九五八年六月第一版，於辛棄疾下附録五首：《賀新郎》「渺渺啼鴉了」、《賀新郎》「夢冷黄金屋」、《瑞鶴仙·鄉城見月》「紺煙迷雁跡」、《女冠子·元夕》「蕙花香也」、《絳都春》「春愁怎畫」。

清周濟選、譚獻評《詞辨》，齊魯書社一九八八年九月第一版，録一首：《賀新涼》「夢冷黄金屋」。

清朱祖謀《宋詞三百首》，安徽文藝出版社一九九三年十一月第一版，録三首：《瑞鶴仙》「紺煙迷雁跡」、《賀新郎》「夢冷黄金屋」、《女冠子》「蕙花香也」。

清夏秉衡《歷代名人詞選》一三卷，宣統元年（一九〇九）掃葉山房石印，録九首：《如夢令·村景》「夜月溪篁鸞影」、《金蕉葉·秋夜》「雲褰翠幙」、《柳梢青·游女》「學唱新腔」、《浪淘沙·重九》「明露浴疎桐」、《一翦梅·客思》「小巧樓臺眼界寬」、《滿江紅·秋旅》「秋本無愁」、《聲聲慢·秋聲》「黄花深巷」、《絳都春·春愁》「春愁怎畫」、《永遇樂·緑陰》「清逼池亭」。

梁令嫻《藝蘅館詞選》，廣東人民出版社一九八二年十二月第一版，録二首：《賀新郎》「夢冷黄金屋」、《瑞鶴仙·鄉城見月》「紺煙迷雁跡」。

胡適《詞選》，中華書局二〇〇七年四月第一版，録十首：《一翦梅・舟過吴江》「一片春愁待酒澆」、《虞美人・聽雨》「少年聽雨歌樓上」、《燕歸梁・風蓮》「我夢唐宫春晝遲」、《少年游》「梨邊風緊雪難晴」、《少年游》「楓林紅透晚煙青」、《梅花引・荆溪阻雪》「白鷗問我泊孤舟」、《最高樓・催春》「新春景」、《聲聲慢・秋聲》「黄花深巷」、《霜天曉角》「人影窗紗」、《賀新郎・秋曉》「渺渺啼鴉了」。

俞平伯《唐宋詞選釋》，人民文學出版社一九七九年十月第一版，録一首：《燕歸梁・風蓮》「我夢唐宫春晝遲」。

胡雲翼《詞選》，亞細亞書局一九三三年版，録九首：《霜天曉角・折花》「人影窗紗」、《虞美人・聽雨》「少年聽雨歌樓上」、《又・梳樓》「絲絲楊柳絲絲雨」、《解佩令》「春晴也好」、《少年游》「梨邊風緊雪難晴」、《一翦梅・舟過吴江》「一片春愁待酒澆」、《聲聲慢・秋聲》「黄花深巷」、《梅花引》「白鷗問我泊孤舟」、《高陽臺・送翠英》「燕捲晴絲」。

胡雲翼《宋詞選》，上海古籍出版社一九九七年十月第一版，録七首：《賀新郎》「浪湧孤亭起」、《賀新郎》「深閣簾垂繡」、《女冠子》「蕙花香也」、《一翦梅》「一片春愁待酒澆」、《虞美人》「少年聽雨歌樓上」、《賀新郎》「甚矣君狂矣」、《霜天曉角》「人影窗紗」。

龍榆生《唐宋名家詞選》，上海古籍出版社一九八〇年二月新一版，録六首：《賀新郎・懷舊》「夢冷黄金屋」、《女冠子・元夕》「蕙花香也」、《聲聲慢・秋聲》「黄花深巷」、《虞美人・聽雨》「少年聽雨歌樓上」、《一翦梅・舟過吴江》「一片春愁待酒澆」、《燕歸梁・風蓮》「我夢唐宫春晝遲」。

唐圭璋《全宋詞簡編》，上海古籍出版社一九九三年五月第一版，録十七首：《賀新郎・秋曉》「渺渺啼鴉了」、《賀新郎・吴江》「浪湧孤亭起」、《賀新郎》「夢冷黄金屋」、《賀新郎・兵後寓吴》「深閣簾垂繡」、《女冠子・元夕》「蕙花香也」、《瑞鶴仙・鄉城見月》「紺煙迷雁跡」、《絳都春》「春愁怎畫」、《聲聲慢・秋聲》「黄花深巷」、《梅花引・荆溪阻雪》「白鷗問我泊孤舟」、《解佩令・春》「春晴也好」、《一翦梅・宿龍游朱氏樓》「小巧樓臺眼界寬」、《一翦梅・舟過吴江》「一片春愁待酒澆」、《昭君怨・賣花人》「擔子挑春雖小」、《如夢令》「夜月溪篁鸞影」、《虞美人・梳樓》「絲絲楊柳絲絲雨」、《虞美人・聽雨》「少年聽雨歌樓上」、《霜天曉角》「人影窗紗」。

唐圭璋《唐宋詞簡釋》，上海古籍出版社一九八一年七月第一版，録二首：《賀新郎》「夢冷黄金屋」、《女冠子・元夕》「蕙花香也」。

中國社會科學院文學研究所《唐宋詞選》，人民文學出版社一九八一年一月第一版，録五首：《賀新郎・秋曉》「渺渺啼鴉了」、《賀新郎・兵後寓吴》「深閣簾垂繡」、《梅花引・荆溪阻雪》「白鷗問我泊孤舟」、《一翦梅・舟過吴江》「一片春愁待酒澆」、《虞美人・聽雨》「少年聽雨歌樓上」。

張璋、黄畬《歷代詞萃》，中州古籍出版社一九八三年四月第一版，録五首：《霜天曉角》「人影窗紗」、《虞美人・聽雨》「少年聽雨歌樓上」、《一翦梅・舟過吴江》「一片春愁待酒澆」、《解佩令・春》「春晴也好」、《聲聲慢・秋聲》「黄花深巷」。

周篤文《宋百家詞選》，廣東人民出版社一九八三年九月第一版，録三首：《一翦梅・舟過吴江》

「一片春愁待酒澆」、《賀新郎・兵後寓吴》「深閣簾垂繡」、《賀新郎・懷舊》「夢冷黄金屋」。

上海辭書出版社《唐宋詞鑒賞辭典》，一九八八年八月第一版，録十五首：《賀新郎・秋曉》「渺渺啼鴉了」、《賀新郎・吴江》「浪湧孤亭起」、《賀新郎》「夢冷黄金屋」、《賀新郎・兵後寓吴》「深閣簾垂繡」、《女冠子・元夕》「蕙花香也」、《聲聲慢・秋聲》「黄花深巷」、《尾犯》「夜倚讀書牀」、《梅花引・荆溪阻雪》「白鷗問我泊孤舟」、《一翦梅・舟過吴江》「一片春愁待酒澆」、《虞美人・梳樓》「絲絲楊柳絲絲雨」、《虞美人・聽雨》「少年聽雨歌樓上」、《燕歸梁・風蓮》「我夢唐宫春晝遲」、《賀新郎・鄉士以狂得罪，賦此餞行》「甚矣君狂矣」、《少年游》「楓林紅透晚煙青」、《霜天曉角》「人影窗紗」。

江蘇古籍出版社《唐宋詞鑒賞辭典》，一九八六年十二月第一版，録九首：《賀新郎・秋曉》「渺渺啼鴉了」、《賀新郎》「夢冷黄金屋」、《賀新郎・兵後寓吴》「深閣簾垂繡」、《女冠子・元夕》「蕙花香也」、《瑞鶴仙・鄉城見月》「紺煙迷雁跡」、《梅花引・荆溪阻雪》「白鷗問我泊孤舟」、《一翦梅・舟過吴江》「一片春愁待酒澆」、《虞美人・聽雨》「少年聽雨歌樓上」、《賀新郎・鄉士以狂得罪，賦此餞行》「甚矣君狂矣」。

七、《竹山詞》研究論著目録

錢仲聯《唐宋詞談——〈燕歸梁〉（蔣捷）》，《新民晚報》一九六二年一月四日。

陳幸蕙《故鄉流年——蔣捷〈一翦梅〉之賞析》，《中央日報》一九七九年三月九日第十版。
黄岑《關於蔣捷的〈一翦梅〉》（上、下），《中央日報》一九七九年三月二十七、二十八日第十版。
陳幸蕙《再話蔣捷的〈一翦梅〉》（上、下），《中央日報》一九七九年四月九、十日第十版。
丁邦新、陳琪《説〈一翦梅〉的是非——文學作品的異文問題》（上、下），《中央日報》一九七九年四月十一、十二日第十版。
周雞晨《蔣捷〈一翦梅〉之研讀——何日歸家洗客袍》，《中央日報》一九七九年四月十五日第十版。
蕭鴻《蔣捷〈一翦梅〉的異同》，《中央日報》一九七九年四月十六日第十版。
蔡先山《也談蔣捷的〈一翦梅〉》（上、下），《中央日報》一九七九年四月二十五、二十六日。
金　昆《關於蔣捷的〈一翦梅〉之我見》，《中央日報》一九七九年四月二十七日第十版。
臥　雲《釋「銀字」——兼論蔣捷〈一翦梅〉的異文問題》（一—四），《臺灣日報》一九七九年五月十六—十九日第十二版。
王　符《〈一翦梅〉餘音嫋嫋（蔣捷）》，《臺灣日報》一九七九年五月五日第十二版。
唐圭璋《讀詞札記》，《南京師範學院學報》（社科版）一九八〇年第一期第六三—七七頁。
劉　瑜《〈一翦梅〉賞析》，錦州師範學院《語文教學與研究》一九八一年第二期。
佚　名《蔣捷的〈一翦梅〉》，《語文園地》一九八二年第一期第四七頁。
楊海明《關於蔣捷的家世和事蹟》，《中華文史論叢》一九八二年第三輯第四九—五〇頁；《唐宋詞論稿》第三一一—三一三頁，杭州，浙江古籍出版社一九八八年五月版。

鍾尚君《沉鬱俊美，精工流麗——蔣捷〈一翦梅〉賞析》，《語文月刊》一九八二年第十二期第三頁。

張　敬《由蔣捷〈竹山詞〉略論詩詞的時代分劃——「蔣捷及其詞」序》，《中外文學》第十一卷十期第四—七頁，一九八三年三月。

張　敏《妙在虚實之間——讀蔣捷詞〈燕歸梁〉（風蓮）》，《唐宋詞鑒賞集》，人民文學出版社一九八三年五月版，第四七八—四八二頁。

范之麟《一隻惆悵的隨想曲——讀蔣捷的〈梅花引〉（荆溪阻雪）》，《唐宋詞鑒賞集》，人民文學出版社一九八三年五月版，第四七〇—四七三頁。

陳邦炎《讀蔣捷〈虞美人〉（聽雨）詞》，《唐宋詞鑒賞集》，人民文學出版社一九八三年五月版，第四七四—四七七頁。

劉慶雲《蔣捷人品、詞品、詞風初探》，《文學遺産》一九八四年一期第七四—八三頁。

王文鵬《旨隱詞婉境全出——蔣捷詞〈一翦梅〉賞析》，上海，《語文學習》一九八五年第二期第四三頁。

單乃真《故國之情哀以思——談蔣捷詞》，《鞍山師專學報》一九八五年第三期第二三—二四頁。

謝維琪《蔣捷及其詞臆説》，《黑龍江教育學院學報》一九八六年第三期第一二五—一二八頁。

陳如江《竹山詞論析》，《華東師範大學學報》一九八六年第四期第七九—八五頁。

公淮《蔣捷〈竹山詞〉初探》，《徽州師專學報》一九八七年第三期第七三—七八頁。

崔子恩《語語纖巧，字字妍倩——析蔣捷〈一翦梅〉（舟過吴江）》，《名作欣賞》一九八七年第四期第三六頁，四三頁；《文史知識》一九八八年第十二期第三二——三三頁。
鄭樹平《「淡處還他滋味多」——蔣捷詞藝術特徵論析》，《濰坊教育學院學報》（社科版）一九八八年第一期第一二——一六頁。
渭君《蔣捷的晚年》，《詞學》第七輯第三七頁，上海，華東師範大學出版社一九八九年二月版。
北山《竹山詞》，《詞學》第七輯第五二頁，上海，華東師範大學出版社一九八九年二月版。
北山《竹山〈翠羽吟〉》，《詞學》第七輯第一八三頁，上海，華東師範大學出版社一九八九年二月版。
常國武《竹山詞探勝》，《詞學》第七輯第一〇二——一一三頁，上海，華東師範大學出版社一九八九年二月版。
陳斌《蔣捷〈一翦梅·舟過吴江〉賞析》，《名作欣賞》一九八九年第二期第三八——三九頁。
李若鶯《由竹山詞探討「類疊」在詞中的應用》，《高雄師範大學學報》一九九〇年第一期第九九——一一七頁。
朱鴻《蔣捷生平考略》，《龍岩師專學報》一九九一年第一期第七七——八二頁；《中國古代近代文學研究》（人民大學復印報刊資料）一九九一年第九期第一七八——一八三頁。
常國武《辭藻密處窺真情：蔣捷〈賀新郎〉心解》，《古典文學知識》一九九三年第三期。
易健賢《〈聲聲慢〉詞名非源於蔣捷考》，《貴州教育學院學報》一九九四年第一期第七九——八三頁。

宋安華《試論蔣捷的詞》，《洛陽師專學報》一九九四年第二期第四六—五〇頁。

朱鴻《心懷故國，笑傲江湖：試論南宋遺民詞人蔣捷》，《華僑大學學報》一九九五年第一期第一〇九—一一五頁。

朱鴻《論竹山詞的藝術風格及其在南宋詞壇上的地位》，《華僑大學學報》一九九五年第二期第一〇七—一一三頁。

鍾尚君《以少總多，意境深廣——蔣捷〈虞美人〉詞賞析》，《閱讀與寫作》一九九六年第十二期第九頁。

張春《隱者情懷：蔣捷〈梅花引·荆溪阻雪〉賞讀》，《古典文學知識》一九九七年第六期第三八—四〇頁。

楊林夕《竹山詞思想内容初探》，《婁底師專學報》一九九七年第三期第四一—四五頁。

鄭樹平《蔣捷詞藝術論》，《安徽師範大學學報》（哲社版）一九九八年第三期第三三七—三四二頁。

陳澤範《黍離哀歌悼國亡——讀蔣捷〈賀新郎·兵後寓吴〉》，《語文教學與研究》一九九八年第十一期第三九頁。

趙中忱《兩個愛花人，一段小插曲：蔣捷〈霜天曉角〉賞析》，《閱讀與寫作》二〇〇〇年第一期第一六—一七頁。

韓雪松《蔣捷的生平及其思想發展軌迹》，《吉林工業大學學報》（社科版）二〇〇〇年第二期第三七—四〇頁。

林琳《論〈竹山詞〉傳本》，《四川師範大學學報》（社科版）二〇〇〇年第二期第六四—七〇頁。
范曉燕《淒涼一片秋聲——蔣捷〈聲聲慢〉獨木橋體的妙用》，《寫作》二〇〇〇年第十一期第一〇—一一頁。
顔湘君《此恨難平君知否——〈竹山詞〉藝術特色淺論》，《雲夢學刊》二〇〇一年第三期第七二—七三，七七頁。
鄭海濤《蔣捷研究二題》，《四川師範學院學報》（哲社版）二〇〇一年第四期第三七—四一頁。
路成文《好奇而別有創獲：簡論蔣捷的幾首福唐獨木橋體詞》，《文學遺產》二〇〇二年第一期第一二二—一二五頁。
丁楹、丁稱生《博採衆長話竹山：論蔣捷師法衆長對其詞風形成之影響》，《柳州師專學報》二〇〇二年第一期第一六—二一頁。
劉尊明錢建狀《一種奇異的詞體——福唐獨木橋體考辨》，《古典文學知識》二〇〇二年第三期第九五—九九頁。
馬麗婭《閒吟閒詠譜櫂歌——論蔣捷詞的獨特風格》，《鹽城師範學院學報》（人文社科版）二〇〇二年第四期第五一—五五頁。
李娜《蔣捷詞風初探》，《中州學刊》二〇〇二年第六期第六六—六九頁。
文昌榮《隱括詞和杜甫詩》，《杜甫研究學刊》二〇〇三年第二期第三九—四三頁。

鄭海濤《論蔣捷的婉約詞》,《撫州師專學報》二〇〇三年第四期第五八—六一頁。
范進軍《試論蔣捷詞的憂患意識和隱逸意識》,《學術交流》(哈爾濱)二〇〇三年第九期第一四七—一五〇頁。
鄭海濤《蔣捷家世考》,《遵義師範學院學報》二〇〇三年第四期第三五—三七頁。
房日晰《試論蔣捷的白話詞》,《光明日報》二〇〇四年四月七日。
路成文《論蔣捷詞的漂泊情懷及其文化意蘊》,《湖北大學學報》(哲社版)二〇〇四年第二期第二〇三—二〇七頁。
潘大春《論蔣捷詞的藝術風格》,《南京師範大學學報》(社科版)二〇〇四年第三期第一三五—一三九頁。
牛海蓉《蔣捷詞心三部曲》,《陝西師範大學繼續教育學院學報》二〇〇四年第二期第六七—七〇頁。
馬茂軍張海沙《蔣捷三考》,《文學遺産》二〇〇四年第四期第一三三—一三七頁。
鄭海濤《蔣捷生平行實考》,《昆明師範高等專科學校學報》二〇〇四年第一期第四六—四八、六三頁。
鄭海濤《試論前人對〈竹山詞〉的毁譽及其原因》,《船山學刊》二〇〇四年第四期。
史華娜《淒涼一片秋聲——蔣捷詞意象分析》,《渭南師範學院學報》二〇〇四年第一期第七一—七三頁。
史華娜《論竹山詞風》,《中國韻文學刊》二〇〇四年第四期第四六—五一頁。
王兵、張征《黍離之悲的抒發模式——蔣捷詞主題淺窺》,《邊疆經濟與文化》二〇〇四年第十二期第六九—七一頁。

高瑩《蔣捷「竹山」之號來歷考》，《石家莊學院學報》二〇〇五年第一期第九三—九七頁。

張靜《無奈與無依的漂泊：蔣捷詞的情感主旋律》，《台州學院學報》（臨海）二〇〇五年第二期第二四—二七頁。

閻續瑞《跨越時空的生命體驗：蔣捷〈虞美人·聽雨〉賞析》，《名作欣賞》二〇〇五年第六期第二三—二四頁。

戴春花《故國悲歎　寄寓遥深——淺論蔣捷詞作》，《南京工程學院學報》（社科版）二〇〇五年第三期第一八—二二頁。

鄭海濤《論竹山詞對迦陵詞的影響》，《船山學刊》二〇〇五年第三期第一五一—一五三頁。

鄭海濤《蔣捷考異五題》，《廣州大學學報》二〇〇五年第四期第二六—二八頁。

楊傳慶《論蔣捷的「自爲」孤獨》，《語文學刊》二〇〇五年第十一期。

袁征《紅了櫻桃，緑了芭蕉——蔣捷白話詞淺説》，《天津職業院校聯合學報》二〇〇六年第四期第一一四—一一八頁。

葛琦《蔣捷詞中的生命意識》，《内蒙古大學學報》（人文社科版）二〇〇六年第五期第六九—七三頁。

陳曉懿《多少恨，欲説還休——讀蔣捷〈虞美人·聽雨〉》，《科教文匯》二〇〇六年第八期（上半月）第一四五頁。

許文君《論竹山詞的多元風格》,《湖北社會科學》二〇〇六年第九期第一二六—一二七頁。

房日晰《蔣捷詞論略》,《咸陽師範學院學報》二〇〇六年第五期第五二—五五頁。

路成文《論竹山詞的遺民情緒》,《南陽師範學院學報》(社科版)二〇〇六年第十期第七三—七七頁。

淩天松《從詞學批評看蔣捷詞藝術之詮釋》,《蘭州學刊》二〇〇七年第一期第一四九—一五二頁。

高　瑩《論元、明詞學視野中的蔣捷詞》,《石家莊學院學報》二〇〇七年第一期第八一—八五頁。

趙　旭《亂世的悲情詞人——淺析蔣捷詞中的愁苦情緒》,《瀋陽教育學院學報》二〇〇七年第一期第五—七頁。

李美英《纔百餘年又夢華——蔣捷元夕詞探微》,《消費導刊》二〇〇七年第二期第二二六頁。

高　濤《二十世紀八十年代以來蔣捷研究綜述》,《河西學院學報》二〇〇七年第三期。

李　岳《論蔣捷詞的獨特風格》,《湖湘論壇》二〇〇七年第五期第一〇〇—一〇二頁。

陸　樂《流浪在人生獨立座標上的「閑吟閑詠」——蔣捷〈竹山詞〉精神特質初探》,《新余高專學報》二〇〇七年第六期第一四—一六頁。

高　瑩　張子健《「相士蔣竹山」非蔣捷考辨》,《社會科學論壇》二〇〇七年第八期第二〇六—二〇八頁。

趙綺豔《蔣捷〈虞美人·聽雨〉解讀》,《現代語文》二〇〇七年第八期第一一六—一一八頁。

都春月《觸景傷情,感觸萬千——讀蔣捷〈虞美人·聽雨〉》,《課外語文》(初中)二〇〇七年第十期第五二—五三頁。
淩天松《蔣捷詞對稼軒詞愛國志意的承傳》，《重慶社會科學》二〇〇七年第十期第三五—三八頁。
張仲裁《〈竹山詞〉常用詞調考論：兼論蔣捷的詞派歸屬》，《寧夏大學學報》（人文社科版）二〇〇七年第六期第一二三—一二四、一二九頁。
史華娜《追憶故國、青春與理想——蔣捷〈女冠子·元夕〉賞析》，《名作欣賞》二〇〇七年第十二期第一一六—一一八頁。
林語塵《淡然無奈説蔣捷》，《書屋》二〇〇八年第一期第四四頁。
劉　水《南宋蔣捷詞的語言特色》，《阜陽師範學院學報》（社科版）二〇〇八年第一期第四二—四三頁。
鄭海濤《蔣捷研究述評》，《殷都學刊》二〇〇八年第二期。
高　瑩《論清代浙西詞派對蔣捷〈竹山詞〉的接受》，《石家莊學院學報》二〇〇八年第五期。
肖世才《試析南宋蔣捷詞的豪放特色》，《中共鄭州市委黨校學報》二〇〇八年第五期第一三三—一三四頁。
劉　濤《從蔣捷〈虞美人·聽雨〉看人生三態》，《安徽文學》二〇〇八年第五期第四八頁。
季　娜《〈虞美人·聽雨〉賞析》，《文學欣賞》二〇〇八年第六期第九二頁。
申冠星《流浪者的哀歌——從蔣捷的人生歷程淺析〈竹山詞〉》，《安徽文學》二〇〇八年第八期第三七—三八頁。

張仲裁《竹山詞常用語研究：兼論其藝術風格與師承》，《西南交通大學學報》（社科版）二〇〇八年第九期第三六—四〇頁。

高　瑩《論清初詞壇對蔣捷〈竹山詞〉的容受》，《河北大學學報》（哲社版）二〇〇九年第四期。

黄明校點《竹山詞》，五六頁，上海古籍出版社一九八八年十二月版。

陳　燕《蔣捷及其詞研究》，三七八頁，臺北華正書局一九八三年三月版。

武魯芳《蔣竹山詞研究》，私立輔仁大學中國文學研究所碩士論文，一九八二年。

史華娜《論蔣捷及其〈竹山詞〉》，陝西師範大學碩士論文，二〇〇四年。

淩天松《蔣捷詞藝術特色探源》，黑龍江大學碩士論文，二〇〇四年。

葛　琦《試論蔣捷詞的生命意識》，内蒙古大學碩士論文，二〇〇四年。

高　瑩《蔣捷〈竹山詞〉接受史研究》，河北大學碩士論文，二〇〇五年。

張仲裁《〈竹山詞〉研究》，北京師範大學碩士論文，二〇〇五年。

才　濱《獨行者之心曲——〈竹山詞〉論》，東北師範大學碩士論文，二〇〇六年。

衣　芳《蔣捷個性色彩探源》，東北師範大學碩士論文，二〇〇六年。

李　岳《蔣捷詞研究》，湘潭大學碩士論文，二〇〇六年。

何　榮《蔣捷及其〈竹山詞〉研究》，西北師範大學碩士論文，二〇〇七年。

李　傑《蔣捷及其詞作論稿》，吉林大學碩士論文，二〇〇八年。

後記

二〇〇四年春天，我到華東師範大學中文系師從趙山林先生訪學。感於詞史上「宋末四大家」之一的蔣捷詞集迄無校注本行世，遂産生校注蔣捷《竹山詞》的想法，得到趙山林先生和馬興榮先生、齊森華先生、高建中先生的肯定和支持。是年四月，參加復旦大學舉辦的中國文學古今演變研究國際學術研討會，拙書《古典詩詞曲與現當代新詩》受到章培恒先生和與會專家們的關注，德高望重的章先生拿出數小時的時間，專門約我到附近的上島咖啡餐叙，對我嘗試進行的古今詩歌傳承研究勉勵有加。章先生的一飯之恩，既使我倍感温暖，倍受鼓舞，同時也爲佔有年高事繁的章先生大半天寶貴時間而深感不安。談話間，章先生聞知我有校注《竹山詞》的打算，也鼓勵我動手去做。於是在訪學期間，我開始著手搜集相關資料，爲校注《竹山詞》做初步準備。二〇〇五年春夏間，我以《蔣捷〈竹山詞〉校注》爲題，申報了全國高校古籍整理研究工作委員會重點研究項目，獲准立項並得到資助。二〇〇六年秋，參加西南大學吕進先生主辦的「華文詩學名家國際論壇」期間，幸遇南京師範大學鍾振振先生，鍾先生也囑咐我做好《竹山詞》的整理工作。此後數年間，整個校注工作是在日常繁忙的教學和繁重的家務之餘，陸續完成的。感謝八十高齡的馬興榮先生，他老人家從康熙十七年世經堂殘本《詞綜》中發現數則蔣捷詞批語，特爲複印並親筆賜函寄我。感謝北京大學安平秋先生、丁世良先生和圖書館古籍部的老師們，使我順利查閱比勘了北大圖書館珍藏的海内孤本紫芝漫鈔本《竹山詞》。感謝在北京大學讀研的同事代學田先生和北京師範大學圖書館葛瑞華老師，他們幫助我複印了部分資料。感謝武漢大學王兆鵬先生，熱情推薦拙稿。感謝中華書局文學編輯室俞國林先生，他對拙稿從體例到内容的悉心指導，使本書的質量有了保證。可以説，没有諸位先生的鼓勵支持和指導幫助，就没有《蔣捷詞校注》的成書。對此，我有深切的感知，並將永遠銘感於心。

鑒於筆者學識淺陋，書中疏誤之處在所難免，歡迎學界方家和讀者朋友大力教正！

楊景龍

二〇〇九年十二月